高职高专电子商务与物流管理专业系列教材

市 场 营 销 学

主　编　　陈茂强

副主编　　周井娟

西安电子科技大学出版社

内 容 简 介

为了体现高职教育的特点，本书主要以各个营销项目为载体，以完成项目所需的相关知识为基础来进行编排，并且各个营销项目之间存在紧密的前后逻辑关系，相关知识也能体现市场营销学的知识体系。

本书内容主要包括五个营销活动项目：项目一为认识市场营销，使学生对市场营销学的知识框架有个整体的了解，能初步运用营销学知识分析某个具体的企业；项目二为分析营销机会，介绍企业应该如何挖掘市场机会和规避市场风险，主要由五个模块组成；项目三为规划企业营销战略，介绍企业应该如何有效地制定营销战略，以把握和利用市场机会，主要由两个模块组成；项目四为制定营销策略，介绍企业应该如何制定有效的市场营销策略，主要由四个模块组成；项目五为营销活动的管理，介绍如何通过有效地实施市场营销策略来达成预期的营销目标。

本书可作为高职高专工商管理类专业的教材，也可作为企业营销技能培训班的教材。

★本书配有电子教案，需要者可登录出版社网站，免费下载。

图书在版编目（CIP）数据

市场营销学／陈茂强主编.—西安：西安电子科技大学出版社，2011.3
高职高专电子商务与物流管理专业系列教材
ISBN 978－7－5606－2524－9

Ⅰ.市… Ⅱ.陈… Ⅲ.① 市场营销学—高等学校:技术学校—教材 Ⅳ.① F713.50

中国版本图书馆 CIP 数据核字(2010)第 249955 号

责任编辑　雷鸿俊　寇向宏
出版发行　西安电子科技大学出版社(西安市太白南路 2 号)
电　　话　(029)88242885　88201467　邮　　编　710071
网　　址　www.xduph.com　　　　电子邮箱　xdupfxb001@163.com
经　　销　新华书店
印刷单位　陕西光大印务有限责任公司
版　　次　2011 年 3 月第 1 版　2011 年 3 月第 1 次印刷
开　　本　787 毫米×1092 毫米　1/16　印　张　13.75
字　　数　324 千字
印　　数　1～3000 册
定　　价　20.00 元

ISBN 978－7－5606－2524－9/F·0056

XDUP 2816001-1

＊＊＊ 如有印装问题可调换 ＊＊＊

本社图书封面为激光防伪覆膜，谨防盗版。

前　言

　　高职教育是以获取职业能力为导向的动态发展过程，强调的是职业所需技能、职业精神以及必要的知识的掌握。所以，编写体现职业能力的教材就显得非常重要。

　　本教材的编写体现项目导向、任务驱动教学模式的思想，与传统的学科教材的区别在于，本教材的内容由若干个项目构成，内容展开以项目完成为主线，以企业（或产品）真实或模拟项目为载体，理论知识的取舍以完成工作任务为依据。教材编写尽可能与企业合作，教学项目的设计一方面要符合企业实际，另一方面要符合教学特点，使项目源自企业又高于企业。教材编写中涉及的理论知识结合典型案例编写，以便于实施启发引导的教学方法。教材中每个项目的编写体例采用教学目标、项目/模块任务要求、示范案例、活动设计、理论知识、思考与练习等形式。

　　市场营销理论发展已日臻成熟，本教材在内容选择时注意突出对学生职业技能的训练，理论知识的选取紧紧围绕营销活动的工作任务完成的需要来进行，同时还兼顾考虑高等职业教育对理论知识学习的需要。本教材的项目设计以认识市场营销、分析营销机会、规划企业营销战略、制定营销策略以及营销活动的管理为线索来架构。教材总共有五个项目，其中分析营销机会项目由五个模块组成，规划企业营销战略项目由两个模块组成，制定营销策略项目由四个模块组成，其余项目各由一个模块组成。

　　为确保本教材项目设计的真正有效性，一方面需要仿真模拟的营销软件和校内生产性实训作为辅助，另一方面需要与校外企业加强合作，能为学生提供真实的企业背景资料和策划任务，以真正做到教、学、练结合。

　　本书由浙江工商职业技术学院陈茂强任主编，周井娟任副主编，其中陈茂强对本书的编写工作进行了整体筹划、项目的设计和统稿工作，周井娟主要负责教材理论知识的编写工作。

　　由于作者水平有限，书中不当之处在所难免，敬请批评指正。

编　者

2010 年 11 月

前　言

目　　录

项目一　认识市场营销

一、教学目标

最终目标： 使学生对市场营销学的知识框架有整体的了解，能初步运用营销学知识分析某个具体的企业。

促成目标：

(1) 了解市场营销学的知识框架；

(2) 掌握营销学基本的核心概念；

(3) 运用网络等手段收集相关企业和行业的信息；

(4) 运用营销学知识对具体企业进行初步的分析。

二、项目任务要求

(1) 选择的企业必须在本地区具有一定的代表性；

(2) 收集的企业或行业数据必须真实可靠，最好能用数据说话，数据需注意时效性；

(3) 对收集到的数据必须进行整理，防止随意的堆砌；

(4) 对资料的分析和对策的提出须有比较强的针对性。

三、示范案例

星巴克咖啡

"星巴克"是 100 多年前美国一个家喻户晓的小说的主人公，20 世纪 70 年代，3 个美国人把它变成一家咖啡店的招牌来推广美国精神，现为全球最大的咖啡连锁店。星巴克在全球范围内已经有近 12 000 家分店，遍布北美洲、南美洲、欧洲、中东及太平洋地区。

星巴克的成功并不在于其咖啡质量的优异，轻松、温馨气氛的感染才是星巴克制胜的不二法宝。因为"星巴克所渲染的氛围是一种崇尚知识，尊重人本位，带有一点'小资'情调的文化"。在星巴克咖啡馆里，强调的不再是咖啡，而是文化和知识。"星巴克"文化实际上是围绕人和知识这两个主题下功夫的文化，这种文化的核心是利用尽量舒适的环境帮助人拓宽知识和能力层面，挖掘人在知识上的最大价值。

和其他跨国大企业不同，星巴克是不利用巨额的广告宣传和促销的少数品牌之一。星巴克品牌推广不依赖广告，其一贯的策略是重在品牌形象推广，全球皆然。星巴克认为咖啡店不像麦当劳，咖啡店有独特的文化性，赞助文化活动对星巴克的形象推广很重要。比如以前上海举办的达利画展，星巴克就是主要赞助商。星巴克还是上海 APEC 会议的赞助者。

星巴克连锁店的外观单纯地从店周围的环境来考虑，但是其内部装修却要严格地配合连锁店统一的装饰风格。每一家店本身就是一个形象推广，是星巴克商业链条上的一环。由美国的设计师专门为每一家店创造丰富的视觉元素和统一的风格，从而使顾客和过路客赏心悦目，达到推广品牌的目的。这种推广方式被称为 Tie-in，就是把咖啡馆的形象和顾客紧密联系起来。

在星巴克咖啡店里，员工是传递体验价值的主要载体，咖啡的价值通过员工的服务才能提升，因而员工对体验的创造和环境同样重要。事实上，星巴克的员工就如同咖啡迷，他们可以详细地解说每一种咖啡产品的特性，而且善于与顾客进行沟通，预感他们的需求。员工在星巴克被称为"伙伴"，因为所有人都拥有期权，他们的地位得到了足够的尊重，也为星巴克品牌创造了极大的竞争力。

全球一致的管理、质量和口味，星巴克的成功故事并非始于每一杯都保持相同味道的咖啡，而是当咖啡豆还在成长的时候就已经开始了：十分挑剔地选择咖啡豆，从品种到产地到颗粒的形状等，每一个环节都有严格的标准。据说星巴克绝不让未经专家严格品评(杯评)的咖啡豆进入市场，其咖啡品评专家每年要品评 10 万杯以上的咖啡，以确保质量，先以杯评法挑选咖啡豆，然后决定精准的烘焙程度，令每一种咖啡的独有滋味都得以完全释放。星巴克的口号是：将每一粒咖啡的风味发挥到极致。最后的一道工序是把热气腾腾的咖啡连同标准的服务模式一起卖给顾客。

在星巴克看来，人们的滞留空间分为家庭、办公室和除此以外的其他场所。麦当劳努力营造家的气氛，力求与人们的第一空间——家庭保持尽量持久的关系；而作为一家咖啡店，星巴克致力于抢占人们的第三滞留空间，把赚钱的目光紧紧盯住人们的滞留空间，让喝咖啡变成一种生活体验，让喝咖啡的人自觉很时尚，很有文化。

案例启示：从市场营销的角度来评价星巴克的成功，主要可以从星巴克对外部环境的机会分析、对消费者和竞争对手的深入研究、成功的产品细分和定位战略以及与之相匹配的产品、定价、选址和促销策略等方面来展开讨论。

(资料来源：http://www.starbucks.com.cn)

四、活动设计

(1) 通过网络或实地考察，收集在本地区营销方面比较成功的企业的相关资料，并从市场营销的角度分析其主要成功的地方。收集资料的主要内容包括：企业的基本情况、企业所在行业的基本情况、企业外部的环境因素、企业的目标消费者分析、主要的竞争对手情况、企业产品线分布、产品的主要特色、产品定价情况、销售通路情况等。

(2) 通过网络或实地考察，收集在本地区营销方面比较失败的企业的相关资料，并从市场营销的角度分析其失败的主要原因，同时提出初步的对策。

五、理论知识

市场营销是企业中的一项关键职能，它直接影响到企业的经济效益。为了正确地理解和进行这项职能并取得预期的效果，企业首先必须理解市场营销的基本含义及其主要相关内容，以树立起正确的营销观念，并用这种观念指导企业的市场营销活动。

(一) 营销概述

1. 营销的定义

市场营销不同于销售和促销，营销主要是辨别和满足人类和社会的需要，把社会或个人的需要变成有利可图的商机行为。对营销所做的最简短的定义就是"有利益地满足需求"。对市场营销的定义，近几十年来中外学者表述各异，具有代表性的有以下几种。1960年，美国市场营销协会(American Marketing Association，AMA)曾提出一个定义："把产品和劳务从生产者引导到消费者或用户所进行的企业活动。"这是关于市场营销概念最早的一种表述。美国营销学者尤金·麦卡锡认为："市场营销是引导物品及劳务从生产者至消费者或使用者的企业活动，以满足顾客并实现企业的目标。"1985年，美国市场营销协会又对市场营销的定义做了新的表述："营销是(个人和组织)对思想产品和服务的构思、定价、促销和分销的执行过程，以创造达到个人和组织的目标的交换。"

菲利普·科特勒认为："市场营销是致力于通过交换过程满足消费者的需求与欲望的一种人类活动，它是一个社会管理过程，在这个过程中，个人和群体通过创造、提供、与他人交换有价值的产品而满足自身的需要和欲望。"

上述关于市场营销定义的几种表述各有特点，美国市场营销协会1985年所下的定义较好地表述了市场营销的全部含义。

(1) 该定义兼蓄了当代有关营销的各种不同观点，较为全面、客观地反映了现代营销的本质特征，即以交换为中心，以顾客为导向，协调各种营销活动，通过使顾客满意来实现组织的诸目标。

(2) 该定义强调管理导向，强调管理是一个过程，包括分析、计划、执行和控制。

(3) 该定义的适用范围较广，它适用于个人和组织，包括营利性组织和非营利性组织，大、小公司，国内、国际企业，有形和无形产品，消费品市场、工业品市场、劳务市场，等等。

有空间就有可能——别克汽车中国市场营销案例

从1999年市场占有率3%，排名第七，发展到2002年市场占有率超过10%，成为仅次于上海大众、一汽大众之后的第三轿车生产集团，上海通用每年都以100%的速度超常规发展。尤其是2001年才上市的赛欧，销量已经突破了5万辆，成为细分市场上的领跑车型。

进入中国市场只有三年的通用汽车，目前已经形成三大系列的车型，分别为别克系列、多功能商务车——陆地公务舱系列和赛欧系列。

通用刚进入中国走的是高端路线。在当时的中国轿车市场上，桑塔纳、捷达和雪铁龙富康已经占据中档车的主要市场，经济型轿车的竞争也比较激烈，只有中高档轿车市场还是以进口车为主，市场存在较大的空间。通用把旗下成熟的别克车型引进中国市场，上市的第一年就推出了三款轿车：别克新世纪、GLX和GL，成为当时在中国市场生产的最高档的车型，几乎领先更高档的奥迪A6半年多时间，从而在市场上处于主动地位。2000年上海通用又分别推出具有驾驶乐趣的别克CS和中国第一辆多功能公务车别克GL8，紧接着又针对 20 多万元的市场推出排量比较小的别克 G，形成从 20 多万到 30 多万这样一个梯级排列的中高档轿车的格局。

随着别克在中国的成功，一汽大众和广州本田也先后从德国大众和日本本田引进了与别克同一级的奥迪 A6 和本田雅阁，其中奥迪 A6 更是国产顶级轿车的翘楚。本田雅阁则是当今最畅销的车型，全球销量超过 800 万辆，最新引进的是雅阁第六代产品，具有很强的竞争力。不久，上海大众又从德国大众集团引进更先进的帕萨特 B5，也是一款在国际上屡次获得大奖的车型。这样一来，在 25 万～45 万这一级的市场上就有了奥迪 A6、别克系列、本田雅阁和帕萨特四大品牌的竞争，高档车市场竞争开始白热化，别克系列轿车受到来自一汽大众、上汽大众和广州本田的挑战，市场受到了一定挤压。

为了寻求突破，上海通用把眼睛盯向了经济型轿车市场，向低端市场延伸。应该说，经过了将近两年的市场运作和品牌传播，别克轿车在中国已经有了很高的知名度和认知度，凭借着别克的品牌号召力完全可以进行品牌延伸。在 2000 年以前的经济型轿车市场上还没有一款完全意义上的进口轿车，有些进口轿车虽然价格便宜，但给消费者的印象是低质低价，缺乏一种具有竞争力的车型，这时通用将在海外市场上的一款欧宝车引进中国，取名赛欧，俗称小别克。别克赛欧推出后，在中国轿车市场上引起了很大轰动，凭借着别克的品牌效应和 10 万元轿车的概念，别克赛欧在中国轿车市场取得了成功。2001 年上海通用又针对中国家庭市场推出了赛欧的家庭版——赛欧 SRV，将全新的汽车消费观引入中国普通的消费者中。2002 年赛欧 SRV 的产销量达到 5 万辆，成为这一级别市场的最大赢家。

2002 年 11 月上海通用的产量突破 10 万辆，跻身中国三大轿车集团行列，上海通用完成了一次飞跃。在上海通用的发展过程中，成功的产品战略是保证其快速发展的基础，通用总是能够根据中国市场的变化适时地推出相应的新产品，填补国内某个市场的空白，并保持每年推出一款新车的新产品策略。在短短的三年中产品线就从 30 多万覆盖到 10 万左右的各个级别，同时还在多功能公务车市场上占据绝对优势。2002 年底至 2003 年初，上海通用还推出了一款全新的车型，填补了自己在 20 多万到十几万元市场的空缺。

营销策略与顾客对话，比顾客更关心顾客。

别克虽然是美国通用的五大轿车品牌之一，在国际市场上有着一定的影响力，但在通用来到中国以前，中国的消费者并不了解别克，所以上海通用还担负着在最短时间内迅速提升别克品牌的重要任务。

可能你还记得两年前，赛欧让顾客苦等新产品下线的情景。那时候，每个新产品露面时，都有十分明确的市场定位，顾客不仅看到的是别克专卖店的统一标识，感受到的也是别克的热情服务。在营销策略方面，别克非常重视最基本的服务营销和提升自身品牌知名度的创新营销：别克是中国第一家实行品牌专卖的公司，第一家建立客户关系营销网络的公司和第一家用因特网和客户交流并在网上登记卖车的公司。

上海通用非常注重经销商在销售上是否与上海通用一样具有市场的理念——以用户为中心的理念。上海通用 90 多家经销商，几乎都是三位一体的，网络分布和数量也是根据市场的需求和容量，在科学地估计合作伙伴投资回报的基础上来确定的。这些都使经销商得以全面贯彻"以顾客为中心"的理念。

上海通用强调建立与客户之间的长久对话，即通常所说的 CRM(客户关系管理)系统，这在国内汽车厂家中是第一个。与众不同的是，通用不但最早建立 CRM，而且最早建立比较规范的客户支持中心，在整个汽车工业中是第一个用因特网和客户交流的厂商。CRM 的建立，也是上海通用在激烈的市场竞争中的感悟。由于上海通用基本是按订单生产，因此物料计划、生产计划、销售订单信息都是相通的。开始时由于客户订单经常改变，如座椅真皮的颜色由黑色改成米黄色，导致供货商总是每种颜色都准备一些，但经过一段时间之后发现米黄色供不应求，出现缺货，而黑色无人问津，不仅造成库存积压，还耽误了生产。因此，进一步的信息化已是势在必行。上海通用按照美国通用公司全球战略的部署以及在中国的具体情况，选用了 Siebel 的 CRM 系统，并请在实施 CRM 方面非常有经验的 IBM 公司提出解决方案并负责项目的整体实施。2001 年美国最具权威性的独立调查机构针对中国市场上绝大部分进口和国产的轿车所做的调查中，上海通用的销售满意度名列第二位，售后服务满意度居第一位。

2002 年上海通用还启动了中国汽车的第一个售后品牌——BuickCare(别克关怀)。上海通用启动的这个服务品牌不仅有规范的标识系统，还有完善的服务理念——以"比你更关心你"为核心，强调售后服务的主动性，要求售后服务人员比车主更关心他的车，主动担当车主的义务汽车保养顾问，并重视车主在体验整个服务过程中的心理感受。品牌化的进程，使售后服务更为具象化、专业化，并将原先阶段性、季节性的服务活动标准化。"别克关怀"的推出，突破了售后服务在形象上从属于销售的现状，更将汽车售后服务从传统的被动式维修服务带进主动关怀的新时代，同时加强了别克品牌的市场竞争力。

为将全新的售后服务理念落到实处，并让每位车主都体验到别克关怀，上海通用汽车推出了 6 项标准化"关心服务"，包括：① 主动提醒问候服务，主动关心；② 一对一顾问式服务，贴身关心；③ 快速保养通道服务，效率关心；④ 配件价格、工时透明管理，诚信关心；⑤ 专业技术维修认证服务，专业关心；⑥ 两年或四万公里质量担保，质量关心。

上海通用一系列的营销策略和举措在国内汽车市场上是领先的，这些营销战略的制定和实施在很大程度上与成功的产品策略相得益彰，并进一步提升了别克的品牌竞争力。

上海通用在国内轿车市场的推广上不仅保持了一种高水平的品牌传播技巧，还不断推出花样翻新的活动，每个营销活动的推出都在市场上产生了巨大的反响。

通用刚进入中国市场时提出的品牌传播主题是"当代精神，当代车"，用鲜明的广告语将最新的别克车型和当代精神捆绑在一起，朗朗上口，又颇具时代感。针对每款新车推出的 TVC 都是轿车广告中的精品，从没有水分的"水滴"篇洋溢出的高贵、典雅的别克新世纪到"动于外而静于内"的"蜂鸟"篇所展现的别克 CS 的驾驶操控性，从"有空间就有可能"的"小鹿"篇传达出别克 GL8 所具有的浪漫主义情怀到赛欧轿车所倡导的"自立新生活"的品牌主张，上海通用高质量的电视广告将轿车的视觉艺术与品牌质量紧紧地联系在一起，很好地树立起了别克轿车的品牌形象和品牌内涵。

2001 年以来，别克品牌逐渐开始本土化的品牌传播策略，上海通用逐渐放弃侧重于表面传播力的口号"当代精神，当代车"，而是为品牌注入更为内敛的品牌内涵，随着"心静、思远，志在千里"的新传播语的使用，别克品牌传达出来的那种和谐、宁静、大气、富有哲理和理性思维开始感染人们。

报纸广告也是通用重要的品牌塑造和传播的载体。除了常规的信息传达外，别克的报纸广告总是能够制造出不同的卖点，或是不断地制造出吸引人的话题和主题，让人们对别克轿车保持一种新鲜的感受。别克早期上市的系列平面广告都是平面广告中的精品，将文字艺术和产品的特点精彩地融合为一体，同时也让平面广告增加了更多的看点。而2002年别克的平面广告则更具品牌个性，具有了更多的人性化的倾向，而人性化的表现同样与产品的卖点结合得天衣无缝，这就是别克广告的魅力所在。

在品牌的塑造和传播方面，除了传统的电视广告、报纸广告、杂志广告的传播表现外，上海通用还创新了一些新的传播渠道。例如，他们与电视剧合作，通过赞助的方式，将轿车品牌融入到故事情节中，比如由上海通用赞助拍摄的电视剧《家庭主妇》的故事情节就紧紧围绕女主人公卖车发展，很多场景都是在通用别克的销售中心拍摄的，而剧情发展也渗透进很多别克的品牌和通用的企业文化，使剧情与别克的品牌巧妙地结合在一起。这种企业与电视剧紧密合作，将品牌和企业文化深入地贯穿到剧情中的做法在国内是不多见的。

此外，上海通用还通过提供车辆的形式赞助不少电影和电视剧的拍摄，让通用的车型可以贯穿剧情的始终，无形中也宣传了品牌。

(资料来源: 重庆工商大学，http://sc.ctbu.edu.cn/jpkc/case)

2. 市场营销学中的核心概念

1) 需要、欲望和需求

一切市场需求都是由人类的需要和欲望引起的，因此，研究市场营销首先要研究需要和欲望。

需要描述的是人类固有的基本要求，比如衣、食、住、行等；欲望是指能满足需要的东西；需求是指有能力和意愿购买某个具体产品的欲望。

比如，人有维持体面的需要，欲望可能是得到一辆奔驰车，但是只有极少数人能够并愿意买一辆。如果有能力购买而且也有意愿购买，这时，欲望就变成了需求；如果没有购买力，那么欲望最多还只是一种潜在的需求。

实际上，"市场营销能够创造需要"的讲法是错误的，因为需要不能被创造，需要存在于营销之前，营销只是影响了人的欲望，促使欲望转变成需求。比如，一个顾客由于经济实力的原因本来不打算买一辆奔驰车，但是，现在汽车销售公司提供分期付款，他有能力购买了，于是就买了一辆，欲望变成了需求。

有一点非常重要：企业家不应该只关注现实的需求，更应该关注将来的或潜在的需求，因为企业只有正确地把握未来的市场需求才能比竞争对手先行一步，才能抢占市场先机。

通过需要、欲望和需求可以引出另一个与此相关的重要概念——市场。

2) 市场

市场在不同的领域有不同的含义。

传统的概念认为，"市场"是指买卖双方聚集在一起进行交换活动的实地场所；在经济学里，市场是指买方和卖方的集合；在市场营销学里，我们将市场定义为买方的集合，买方构成市场，卖方构成产业。

3) 产品(或市场提供物)

顾客有了需要和欲望，就要通过某种产品或服务去满足这种需要或欲望。那么，什么是产品？

所谓产品，是指提供给市场的，供顾客购买、使用、消费的，能满足顾客某种需要或愿望的任何东西。

在市场营销学里，产品或供应品通常涉及 10 种概念：商品、服务、经历、事件、个人、组织、主意、信息、地点和财产权。

4) 顾客满意、顾客价值和顾客让渡价值

仅仅知道顾客有哪些需要和欲望是不够的，企业还要想办法去满足这种需要，也就是让顾客满意。顾客满意是现代营销观念的核心。

菲利普·科特勒认为，满意是指一个人对一种产品的感知到的效果与他的期望值比较后，所形成的愉悦或失望的感觉状态。如果效果低于期望值，顾客就不会满意；如果效果和期望值相当，顾客就满意；如果效果超过期望值，顾客就会高度满意或欣喜。

顾客如何形成他们的期望值呢？期望值基于顾客过去的购买经验、朋友和伙伴的种种言论以及营销者的承诺。因此，营销者如果将期望值提得太高，顾客就很可能会失望。

企业为什么要追求顾客满意呢？首先，顾客是企业利润的源泉，如果没有顾客，企业也就失去了存在的意义。其次，顾客满意度直接关系到顾客忠诚度，只有顾客满意了，他才会忠诚于本企业，才会重复购买本企业的产品。施乐公司的研究表明，高度满意或欣喜的顾客会：

- 更久地忠诚于公司；
- 购买更多公司生产的新产品并提高购买产品的等级；
- 为公司以及产品说好话；
- 忽视竞争品牌，对本公司产品的价格不敏感；
- 向公司提出产品或服务建议；
- 由于交易的惯例化降低了服务成本。

那么怎么才能提高并保持高的顾客忠诚度呢？方法很多，但从根本上讲，是给顾客传递高的顾客价值。

顾客价值也叫总顾客价值，是顾客从某一特定产品或服务中获得的一系列利益的总和，包括产品价值、服务价值、人员价值和形象价值；总顾客成本是顾客在评价、获得和使用该产品或服务时而引起的总费用，包括货币成本、时间成本、体力成本和精力成本。

产品价值包括可靠性、耐用性、性能和再出售价值；服务价值包括送货、培训、维修、保养等；人员价值主要是指企业员工的素质，比如知识、技能、责任心、沟通能力等；形象价值主要指企业、企业产品和品牌在公众心目中的印象。

总顾客价值和总顾客成本之差就是顾客让渡价值，它是企业取得高顾客忠诚度的关键。

顾客让渡价值可以用绝对数表示，也可以用相对数表示。例如，如果总顾客价值是 20000 元，总顾客成本是 16000 元，那么，顾客让渡价值用绝对数表示就是 4000 元，用相对数表示就是 1.25。顾客让渡价值越高，对顾客购买行为的刺激作用也就越大。

(二) 市场营销观念

1. 营销观念的概念

简单地讲，营销观念就是指指导和影响营销活动的经营哲学。

2. 营销观念的作用

由上述营销观念的定义可以看出，营销观念是营销活动的指导思想，因此，它对企业的营销活动起着方向性的作用，有什么样的营销观念就会有什么样的营销活动。

3. 市场营销观念的概念

市场营销观念的全名叫市场导向的营销观念或顾客导向的营销观念。因为在市场营销这门学科里，市场就是顾客的总和，所以，我们可以简单地把顾客和市场看成是一回事。在实际营销活动中，为了方便，顾客导向的营销观念往往简称为营销观念。市场营销观念的概念为：企业实现目标的关键在于确认目标市场的需要，然后比竞争对手更加有效地满足这种需要。

市场营销观念的原型最早是在 1957 年由通用电气的约翰·麦克金特立克提出的。他认为，市场营销观念是提高企业效益和保持长期盈利的关键，企业经营成功的关键在于脚踏实地地研究顾客的需要，然后通过提供适当的产品或服务去满足这种需要，这是组织实现自身目标的最佳方式。这一不同凡响的见解，对营销史有着破旧立新的意义。正如顾客所希望看到的，市场营销概念的重点从"以产定销"转向"以销定产"，在满足顾客需求的同时也实现了企业自身的目标，使顾客与企业之间的关系趋于双赢。这是企业营销观念的一次重大的飞跃。后来，菲利普·科特勒对此进行了补充和完善，形成了上述完整的市场营销观念，同时，菲利普·科特勒也因为他在市场营销领域的杰出成就而被称为当代营销大师。

4. 采用以市场为导向的营销观念的必要性

企业的营销活动之所以要以市场(顾客)为导向，是因为：首先，顾客是企业利润的源泉；其次，市场竞争越来越激烈，顾客是各竞争者争取的对象；再者，只有满意的顾客才会更久地忠诚于本企业，才会重复购买，才会降低交易成本和提高交易速度。

顾客和利润，哪个更重要？

与企业家交流的时候，企业家经常会问，你说企业的营销活动要以顾客为导向，那利润呢？一般的教科书对这个问题都羞答答的，不好意思讲到利润。然而，企业毕竟不是慈善机构，不能回避利润。实际上，企业追求顾客满意和追求利润不但不矛盾，而且应该是相辅相成的。因为，顾客满意了才会重复购买；顾客重复购买企业才会赢利；企业赢利了才能让顾客更满意。这是一种良性循环。

成功的企业是相似的：它们以市场为导向，在研究市场需求的基础上制定出营销战略，然后在营销战略的基础上制定出营销策略，再通过有效地实施这些营销策略获得利润。然而，失败的企业却有不同的失败方式，有的在营销观念上犯错误，有的在营销战略方面出差错，而有的在营销策略上出问题。但从根本上来讲，最严重的失误是营销观念上的失误。这是因为：首先，营销观念是营销活动的指导思想，因此，营销战略和营销策略方面的错误往往是由观念的错误引起的；其次，在营销观念正确的情况下，即便在营销战略和营销策略方面出现一些失误，还有挽回的余地，然而，在营销观念错误的情况下，营销战略和营销策略越"成功"，企业往往死得越彻底。任何企业，一旦脱离了市场，脱离了顾客，迟早会走向死亡，这是一条被不断证明的铁的规律。

市场营销观念看起来非常简单，然而营销中最困难的事情莫过于观念的转变，尤其是对企业家来讲，要转变营销观念，确实还有一段很长的路要走。

缺乏市场营销的商业策划——摩托罗拉的铱星计划

在摩托罗拉的铱星计划开始之初，就有人预言这个计划注定要失败，因为从技术、生产、广告到销售，在整个过程中，摩托罗拉公司居然没有听听半点顾客的声音。

摩托罗拉铱星公司与其他许多科技公司一样，存在一个大问题：他们误认为企业就是由技术、生产、广告和销售构成的，而营销职能不过是销售职能的陪衬，是为销售提供支持的部门，其功能并不比广告大多少。技术部门创造出来的东西就是销售部门必须要卖的，营销部门不能影响企业战略、产品设计及销售价格，也不应该对现有的销售组织提出质疑。

铱星的命运在做商业策划时就已注定失败。当时，摩托罗拉与一些拥有销售渠道的区域投资者做了接洽，日本、韩国、委内瑞拉及其他国家和地区的投资者都承担起了销售任务。铱星公司把这项业务当成是块大肥肉，产品生产是在依利诺伊州秘密进行的；而铱星公司在华盛顿的总部则成了一个行政指挥部，忙着与政府打交道和处理国内、国外公共关系方面的事务；一个像联合国一样跨国、跨语言的董事会管理着整个公司。这种垄断的构架显然不适应竞争激烈的电信行业，最要命的是，在这一庞大的组织中，居然没有代表顾客的组织部门存在。

在耗费了1亿美元的广告费用之后，铱星公司只签下了2万个客户，远远低于原先估计的60万个。主要原因之一是摩托罗拉铱星手机太重、太贵，需要很长时间才能接通，通话效果也不好，如果隔了一堵墙或一棵树，或者坐在小车里，天线接收和卫星转播之间就存在障碍。这种铱星手机不利于普及推广，只是在高山和开阔的海域比较适宜。

在任何商业风险项目中，营销法则都必须是基于客户调查和竞争分析的产品设计。铱星公司营销的唯一动作就是广告，结果证明那不过是吹牛，并没有提升顾客价值。

(资料来源：米尔顿·科特勒. 缺乏市场营销的商业策划. 中国营销传播网，2001-03-16)

(三) 营销观念的历史演进

营销观念的形成受各种因素的影响，在不同的市场和历史条件下往往会有不同的营销观念。在营销的发展历史上，先后出现过以下几种有代表性的营销观念。

1. 生产观念

1) 生产观念的内容

生产观念认为，消费者喜欢那些随处可买到的、价格低廉的产品，因此，企业应致力于提高生产率和扩大销售覆盖面。

2) 生产观念产生和流行的社会背景

20世纪初，美国的大工业生产刚刚起步，许多工业品供不应求；消费者生活水平比较低，对他们来讲，获得某种产品比获得什么样的产品更为重要。

在当时的市场条件下，生产观念被很多企业所采用，确实也有很多企业因此很快地发展了起来。福特汽车公司就是一个典型的例子。

福特与 T 型车(之一)

20 世纪初，汽车是由技术工人用手工制造而成的，因此成本高，产量低，售价昂贵。当时，拥有汽车是少数人的特权，是地位和身份的象征。

年轻的福特意识到这是个商业机会。福特认为，高价位妨碍了汽车市场的开拓，于是决定设法把汽车变成大众购买的普通商品。福特用大规模生产实现了这一点，他创造了世界上第一条汽车装配流水线。输送带系统的使用大大节省了工人时间，降低了成本与价格。

为了满足市场对汽车的大量需求，福特采用了当时颇具创新性的做法：只生产一种车型，即 T 型车；只有一种颜色，即黑色。于是，黑色的 T 型车几乎成了汽车的代名词。这样做的好处是福特能以最低成本生产，用最低价格向消费者提供汽车。

T 型车几乎改变了日后美国人的生活方式，使美国变成了汽车王国。1908 年冬天，T型车出厂后，美国人能以 825 美元的价格买到一部轻巧、有力、两级变速、容易驾驶的 T型车。这种简单、坚固、实用的小汽车推出后，它的创造者福特欣喜若狂。广大中产阶级大大增加了对汽车的需求，而福特成为了美国最大的汽车制造商。到 1914 年，福特汽车占有了美国一半的汽车市场份额。

在我国当前的市场条件下，生产观念已明显失去其有效性。因为，在商品严重供过于求的市场条件下，如果企业不顾市场的需求而盲目地大量生产，必然会导致产品的大量积压，从而导致严重的亏损。

2. 产品观念

1) 产品观念的内容

产品观念认为，消费者喜欢那些质量高、功能多、有特色的产品，因此，企业应致力于生产高档次的产品，并不断地加以改进。

2) 产品观念产生和流行的社会背景

当时，市场已开始由卖方市场向买方市场过渡，消费者的生活水平有了很大的提高，已不再满足于产品的基本功能，已开始追求产品在质量、性能、特色等方面的差别，因此，企业的当务之急就是生产出质量更高、更有特色的产品。

在当时的市场条件下，产品观念比之以前的生产观念，其优越性非常明显。通用汽车公司在市场竞争中一举击败了福特公司就是一个典型的例子。

福特与 T 型车(之二)

T 型车的成功使福特欣喜若狂，但是好景不久，市场便悄悄地开始酝酿变革，消费者的偏好在逐渐发生变化：消费者不再喜欢千篇一律的 T 型车。但是，被胜利冲昏头脑的福特没有意识到这一点，没有及时因消费者消费口味的变化而采取对策。于是，在 19 世纪 20年代末期，福特在独霸廉价小汽车市场多年后，败给了通用汽车。通用汽车生产低价位的雪佛莱与福特竞争，除了具备福特所没有的舒适感外，雪佛莱产品质量更好，更加迎合消费者追求时髦和口味多样化的需求。但福特太喜爱他的 T 型车了，他泥古不化，还是不改变车型，后来售价下降到仅 190 美元。到 1926 年，T 型车的销售量大幅下降，福特不得不承认 T 型车时代的结束，1927 年正式关闭了 T 型车生产线。

目前在我国，有很多企业不同程度地信奉产品观念，他们把质量作为企业的头等大事来抓，认为质量就是生命，企业竞争就是质量竞争。这在一定程度上推动了我国企业产品的革新换代，缩小了与发达国家同类产品之间的差距。但是应该注意到，这种观念具有明显的片面性：所谓质量不应该只是经营者心目中的质量，而应该是消费者心目中的质量，而且，质量也并不是越高越好。比如茅台酒和二锅头酒。不可否认，茅台酒的绝对质量肯定要比二锅头酒高，然而二锅头酒的顾客并不比茅台酒的顾客少。如果把二锅头酒的质量提高到茅台酒的水平，再以茅台酒的价位出售，结果会怎么样？

3. 推销观念

1) 推销观念的内容

推销观念认为，一方面，消费者在购买产品时都有惰性，一般不会足量购买某种产品；另一方面，追逐消费者的产品太多，消费者一般不会足量购买某个企业的产品。因此，企业必须大力开展推销和促销活动。

2) 推销观念产生和流行的社会背景

卖方市场已完全转向买方市场，产品供过于求。

必须承认，推销观念的两个前提条件在现代社会中是客观存在的。在消费品极其丰富的市场条件下，消费者一般不用担心买不到某种产品，因此，没必要一次性大量购买所需要的产品；另一方面，一种产品往往有很多家企业在生产，因此，追逐消费者的厂家很多。在这样的市场条件下，企业确实有必要加强宣传，让更多的消费者了解你企业的产品，也就是说好酒也得吆喝。然而问题并不是好酒要不要吆喝，而是吆喝的是不是好酒。如果不是好酒，即便是吆喝出去了，其副作用也是非常巨大的。

在当前的市场条件下，还有很多企业信奉这种观念。在世界营销发展史上，如果按投入的兵力来看，没有任何企业能超过"三株"，将来也很可能不会有。因为，"三株"的人海推销战术毕竟是特殊历史时期的产物，随着营销环境的变化，营销观念代替了推销观念，人海战术必将成为历史。这里引用"三株"作为一个案例，并不是想对"三株"的失败作出评价，而是想说明"三株"的营销活动明显体现出推销导向：把十几万的销售人员派到全国各地，在第一线进行推销和促销。

4. 营销观念

到了20世纪50年代，市场营销经历了一次质的飞跃，其标志是现代市场营销观念的产生，包括顾客导向的营销观念、社会营销观念和战略营销观念。

顾客导向的营销观念也叫市场导向的营销观念，简称市场营销观念或营销观念，这在上面已经介绍过。

市场营销观念的产生在营销理论的发展史上具有深远的意义，它较之传统的营销观念是一次质的飞跃。图1.1对推销观念和营销观念进行了比较。

(1) 由图1.1可见，相比于推销观念，营销观念在以下几方面有了重大改变。在思想认识上，顾客导向的营销观念把思考问题的出发点由企业自身转向目标市场。

(2) 顾客导向的营销观念把工作重心由原来的产品转向顾客需要。

(3) 顾客导向的营销观念把企业经营的目标由通过销量获得利润转向通过顾客满意来获得利润。

(4) 顾客导向的营销观念把实现目的的手段由推销和促销转向整合营销。

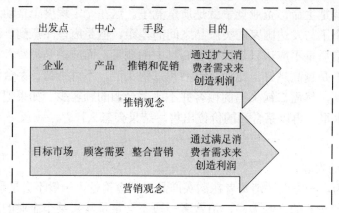

图 1.1　推销观念和营销观念的比较

5. 社会营销观念

1) 社会营销观念的内容

企业经营者在进行营销决策时,不但要考虑消费者的需要和企业目标,更要考虑消费者和社会的长期利益,要在自身利益、顾客利益和社会利益之间达成平衡和协调。社会营销观念包括生态营销观念和人道主义营销观念。

2) 社会营销观念产生的背景

20 世纪 70 年代,社会和企业开始反思传统的营销活动,意识到企业的营销应担负起一定的社会责任。因为消费者有时是无知的,营销不应该利用他们的弱点,如企业说服消费者抽某个品牌的香烟或看某部刺激的电视片,这可能于消费者不利。汉堡包可以充饥,可是汉堡包里含有大量脂肪,严重地危害消费者的健康,因此,快餐业要考虑其产品对人体的不利方面。同样,娱乐业也要提供好的精神产品。而且,社会资源是有限的,如果企业的营销活动一味鼓励消费者大量消费,势必会造成社会资源的枯竭。此外,大量消费会引发环境方面的问题:化妆品和洗涤用品对江河造成严重污染,生产方便食品的企业所使用的塑料包装严重地污染了环境,等等。

相信在未来,社会营销观念会成为企业营销观念的主流。但需要指出的是,社会营销观念只是顾客导向的营销观念在某一方向的拓展,在本质上并没有大的突破。

6. 战略营销观念

营销观念的第二次质的飞跃发生在 20 世纪 70 年代后期,其标志是战略营销观念的出现。

1) 战略营销观念的内容

所谓战略营销,就是用战略的思想和方法对市场营销活动进行管理。

2) 战略营销观念产生的社会背景

20 世纪 70 年代,由于石油危机的爆发和日本竞争者的进入,美国企业普遍面临生存危机,在这样的环境下,美国企业纷纷寻找解决危机的办法,于是,战略管理的思想开始被引入到企业的营销活动中来。

战略营销观念比之一般的顾客导向的营销观念,思考问题的层次更高,考虑问题更加全面和系统,理论体系也更加丰富和完善。具体地讲,战略营销观念具有以下特征:

(1) 方向性。战略营销强调方向性，它首先关心的是企业应该向什么方向开展营销活动，这是因为每个企业的资源都是有限的，有所不为才能有所为。

(2) 长期性。战略营销是在为将来作决策，因此，它不但关心目前的市场需求，更重要的是要关心未来的、潜在的市场需求。如果企业只顾消费者眼前的需求，片面理解顾客导向，企业就只能抓住市场的尾巴，紧跟顾客需求而疲于奔命。只有对顾客的长期需求有正确把握，企业才能抢得市场先机，才能有安身立命之本。

(3) 竞争性。战略营销之所以强调竞争性，是因为竞争是战略的本质，也是当前市场活动的现实。

(4) 创造性。战略是创造，是胸怀胆略、高瞻远瞩，而不是一味地模仿。只有创造，才能直面竞争对手而获胜，或避开竞争对手而生存。

(5) 协调性。战略是一个体系，是一个系统，因此，它要求市场营销活动所涉及的各项职能、各项目标、各项政策、各项活动等必须具有高度的内在统一性。因为，只有协同，才能消除抵触、避免浪费，才能使各项分散的创造顾客价值的活动紧密地联系起来，使系统效益最大化。

(6) 参与者共赢。战略营销不但追求企业自身的利益，还追求所有的参与者都受益，包括顾客、社会、持股者、供货商等。

六、思考与练习

1. 问答题

(1) 什么是市场营销？它涉及的核心概念有哪些？

(2) 简述社会营销观念的含义及其产生背景。

(3) 说明营销观念与推销观念的主要区别，营销观念有哪些主要特征？

2. 案例讨论

雀巢咖啡

20 世纪 80 年代初，瑞士的"雀巢"与美国的"麦氏"咖啡在中国的电视媒体上展开了一场势均力敌的广告战，以期进入并占领中国市场。经过 3 个回合的较量，"雀巢"咖啡取得了广告的成功，占有了中国咖啡市场的大部分，并影响着许多消费者对"提神醒脑"饮料的消费习惯。"雀巢"咖啡打出的第一则广告以中国人的"好客"心理作为市场难题的突破点，以执行"热情与敬客得体"作为主导，以通俗的"味道好极了"使受众得到感情共鸣。第二则广告抓住了中国人重礼尚往来的习俗，以礼品盒为主要产品，抓住礼品市场。第三则广告以家庭主妇及办公室白领为突破口，以时尚休闲及家庭的"爱与温馨"为表白求得市场销量的增加。这三则电视广告一环扣一环，唤起了消费者的情感共鸣与消费欲望。"麦氏"咖啡的第一则广告强调的是"注重健康"，以健康为诉求点；第二则广告突出"美国名牌咖啡"，广告投放后虽有较高知名度，却未能获得与"雀巢"一样的品牌购买率；"麦氏"的第三则广告通过改变产品形态，推出礼品包装，注重中国大众文化心理，以"款款皆精品，浓情由此生"的广告也使产品在中国市场上占有一部分份额。经过两个品牌的广告宣传，上海市"雀巢"咖啡年销量均在 5000 吨以上，成为绝大多数家庭都享用过的饮料，而"麦氏"则落后于"雀巢"，只能占领部分市场。也正因为两个外国品牌的竞争，上海咖啡厂被逼得年销量从辉煌时期的 600 万吨下降到不足 100 吨。

（资料来源：http://www.nescafe.com.cn/）

讨论：

(1) "雀巢"和"麦氏"的广告宣传是否体现了现代市场营销的基本精神？

(2) "雀巢"咖啡在中国的成功营销说明了什么？

3. 课后练习

利用网络资源收集淘宝电子商务网站的相关资料，从市场营销的角度来分析其成功和不足的地方。

项目二　分析营销机会

模块一　宏观环境分析

一、教学目标

最终目标：能结合具体企业或行业，分析该企业或行业外部宏观环境变化带来的机会和威胁。

促成目标：
(1) 知道环境因素的重要性；
(2) 熟悉分析经济环境的方法；
(3) 熟悉分析人口环境的方法；
(4) 熟悉分析物质技术环境的方法；
(5) 熟悉分析政治法律环境的方法；
(6) 熟悉分析社会文化环境的方法。

二、模块任务要求

(1) 结合学生所学专业选择具有代表性的企业或行业；
(2) 在分析现有环境因素的基础上初步能预测环境因素的未来发展趋势；
(3) 分析环境因素时应注意环境因素的全面性，并能认识到关键的环境因素；
(4) 在对环境因素进行分析的基础上，简洁地归纳出环境的机会点和威胁点。

三、示范案例

"康师傅"发迹大陆

在我国方便面市场上，"康师傅"、"统一面"和"一品面"已成三足鼎立之势。相比之下，"康师傅"更是抢摊夺地，咄咄逼人。在许多地方，"康师傅"几乎成了方便面的代名词。

"康师傅"的投资者是台湾的顶宏集团，其创建者当中的90%是彰化县永靖镇人，平均年龄40岁出头，大多数股东原先在台湾生产、经营工业用蓖麻油，并不熟悉食品业，而且在岛内也不那么风光，是一批所谓"名不见经传"的小业主。

顶宏集团的一位董事透露，1987 年底，他们原本计划到欧洲投资。动身前，台湾当局宣布开放大陆探亲，他们灵机一动，立即改变行程，决定在大陆市场寻找发展机会。开始，他们并不清楚搞什么行当最能挣钱，于是决定先去看看。经过大陆之行的实地调查后，发现改革开放后的大陆，经济建设搞得如火如荼，"时间就是金钱"的口号遍地作响，人们的生活节奏日趋加快。更重要的是，方便面行业在大陆刚刚起步，市场上基本上是 1 元左右的低价袋装方便面。于是，一个新点子涌上他们的脑海：为什么不去适应大陆的快节奏，在快餐业上寻求发财的机会呢？当年，日本的日清公司抓住 50 年代后期日本经济腾飞的时机，开发出方便面而大获成功，我们为什么不去占领大陆的方便面市场呢？在对中国大陆的经济、政治形势和现有方便面生产厂家的情况进行了冷静的分析之后，顶宏集团决定在大陆开发生产新口味的方便面。

新产品要名副其实，才能真正赢得市场。然而，要想使新产品符合中国大陆消费者的口味，首先要进行消费者分析，了解消费者的口味。为了使"康师傅"在大陆市场畅通无阻，必须要在"大陆风味"上下功夫。在这点上，顶宏集团的决策者采用了"最笨"、"最原始"的办法——"试吃"来研究方便面的配料和制作工艺。他们以牛肉面为首打面，先请一批人试吃，不满意就改。待这批大陆人接受了某种风味后，再找第二批人品尝，改善配方和工艺后再换人试吃，直到有 1000 人品尝后，他们才将"大陆风味"确定下来。难怪当新口味的"康师傅"方便面正式上市销售时，消费者几乎异口同声地说："味道好极了！"一年后，"康师傅"在北京、天津、上海、广州等大城市销售火爆，台湾报纸惊呼顶宏集团的创举乃"小兵立奇功"。

说顶宏集团是"小兵"，是相对台湾食品业的巨子"统一集团"和"一品集团"而言的，尤其是"统一集团"，可以说是台湾食品业的龙头老大。然而，这位老大在大陆生产经营方便面却不很理想。其实，"统一"与"顶宏"差不多是同时到达大陆的，但是"统一"在营销策略上犯了一个方向性的错误：他们采取了"以货试市"的路线，先把岛内最畅销的鲜虾面端出来，想让大陆人尝尝"台湾风味"，过过现代快餐食品之瘾。谁知是"剃头匠的挑子——一头热"，大陆消费者对鲜虾面敬而远之。接着，他们又换上岛内排名第二、第三的方便面，依然是一厢情愿。在惊异两岸同胞的口味差异如此之大后，"统一"老大哥这才想起"入乡随俗"的古训，放下"台湾架子"，进行"风味大陆化"的研究，然而，"统一"集团想以龙头老大的身份一统方便面的天下已非易事了。

案例启示： "康师傅"在大陆的发迹除了其顾客导向的营销观念之外，还得益于其对营销机会的分析和把握。首先，"康师傅"分析了大陆的宏观政治经济环境；其次，还分析了竞争产品；更重要的是，"康师傅"花大力气研究了大陆顾客的口味，在这点上与"统一"形成鲜明的对照。这三个方面的研究为"康师傅"的发迹奠定了坚实基础。"康师傅"的大陆打拼的确给我们上了一堂生动的市场营销课。

（资料来源：肖云龙．"康师傅"发迹大陆．销售与市场，1996(3)）

四、活动设计

(1) 选择某个感兴趣的行业，调查该行业所面临的外部环境的变化因素并分析带来的影响。

(2) 在所选择的行业里选择某个企业，结合企业的实际情况，分析外部环境变化所带来的机会与威胁。

五、理论知识

在分析营销机会之前，企业首先要了解什么是市场机会。

所谓市场机会，从根源上讲，就是未满足或尚未得到很好满足的需求。比如，空调企业的机会在哪儿？从根本上讲，就是有能力或即将有能力购买空调而尚未购买的顾客，以及已经购买了空调但觉得不满意的顾客。

接下来就自然而然地引出下一个问题：市场机会在哪儿？如何分析市场机会？

由于市场机会本身是一种需求，而需求只能是人或组织的需求，因此，研究市场机会必须研究顾客；其次，由于顾客生活在社会里，顾客的购买行为既受自身因素的影响，同时也受各种环境因素的影响，因此，研究市场机会必须要研究顾客生活的环境；此外，由于竞争对手也提供同样的产品，因此，顾客是否购买本企业的产品也受竞争对手的影响，因此，研究市场机会还要研究竞争对手。综上所述，营销机会分析主要包括三个方面的内容：宏观环境分析、顾客购买行为分析及竞争对手分析。

至于具体的分析市场机会的调研方法，主要有以下三种：

(1) 观察法：调查人员直接或通过仪器在现场观察被调查对象的行为并加以记录，以获取所需要的信息。

(2) 询问法：调查人员用事先拟定的调查项目或问题以一定的方式向被调查对象询问，由此获得所需要的信息。

(3) 实验法：在控制一个或多个因素的前提下，通过实验研究对象，以测定这些因素之间的关系，从而获得所需要的信息。

企业之所以要分析宏观环境，是因为宏观环境的变化既可能给企业带来机会，也可能给企业带来威胁。宏观环境是指那些给企业造成市场机会和环境威胁的主要社会力量，是企业不可控制的因素，包含一些影响整个微观环境的更广泛的社会因素——人口、经济、自然、政治法律、科学技术和社会文化因素。

1. 人口环境

人是需求的主体，没有人就没有市场需求，企业也就无需进行营销活动。分析人口环境就是要分析人口状况及其变化对企业的生存和发展的影响。我们可以从以下几个方面来研究人口因素对企业的影响。

(1) 人口总量和增长速度。众多的人口和过高的人口增长速度给企业带来了市场机会，因为多一个人就多了一份需求；同时，众多的人口也带来了威胁，因为太多的人口会制约经济的发展，从而影响购买力。

据某报告预计，到 2011 年，世界人口总数将突破 70 亿，且增长主要来自发展中国家。未来 40 年，97% 的人口增长来自亚洲、非洲、拉丁美洲和加勒比海地区。预计到 2005 年，世界人口将超过 90 亿，人口过亿的国家将增至 17 个，印度将成为世界人口第一大国，中国将退居第二。目前，全世界青年人口约 12 亿，其中 90% 在发展中国家，高生育率和大量年轻人口将成为这些发展中国家人口增长的主要动力，特别是在非洲，妇女一生中平均生育六七个孩子。报告显示，在发达国家中，美国和加拿大的人口总数将增长最多，部分来自本国人口的自然增长，另一部分来自移民迁入。尽管很多国家的生育率已下降，但世界人口总数依然会快速增长，同世界人口总数从 50 亿增至 60 亿一样，从 60 亿增至 70 亿也大约只需 12 年时间。

(2) 年龄结构。人口年龄结构是企业分析市场环境的主要内容之一。人口的年龄结构是指在一定时期内的不同年龄构成。年龄与收入的高低、家庭的规模、消费者对商品的价值观念等有密切关系。我国的个人工资水平和工作年限相关，因此，收入就和年龄有着直接的联系。在一般情况下，一个人从踏上工作岗位开始，收入就会随着年龄的增长而增加，这种情况会一直持续到退休。不同的年龄又决定了家庭的规模。一个人有了第三代，其年龄至少已达到了 50 岁左右。现在的趋势是 20～50 岁年龄层中以三口之家为主。因为现在男女双方组合成家庭以后，往往与双方的父母分开生活，中国传统的大家庭观念已越来越淡薄，这势必造成中国的家庭规模变小。不同的年龄层有着不同的偏好与需要，因而市场也就客观地形成了老年市场、中年市场、青年市场、儿童市场和婴幼儿市场。了解了不同年龄结构所具有的需求特点，也就知道了企业产品的投向。目前，人口老龄化是世界人口年龄结构变化的新特点，其原因在于许多国家尤其是发达国家的人口死亡率普遍下降，平均寿命延长。这一人口环境动向对市场需求的影响十分深刻，使整个国家的消费能力的重心发生了转移。

(3) 民族构成。许多国家的人口都包含有各种不同的民族，不同民族的消费者在各自传统民族文化的影响下，其消费行为、消费内容有着鲜明的民族性。我国是一个多民族的国家，除占人口绝大多数的汉族外，还有满、藏、回、壮、维吾尔、蒙古等 50 多个少数民族。每个民族都有特殊的需求和消费习惯。以不同民族消费者为目标顾客的营销者必须尊重民族文化，理解民族文化间的差异。

(4) 教育水平。一些产品的需求跟消费者的教育水平有密切的关系，比如高学历的人在旅游、书刊杂志、继续教育等方面的支出比较高。

(5) 家庭类型。一些产品，尤其是家电和住房，其营销跟家庭类型密切相关。以住房为例，不同的家庭类型需要不同的户型：刚踏出校门的毕业生需要一室一厅，厅要稍微大一点，因为经常有同学和朋友聚会；准备结婚的年轻人最适合的户型是三室一厅或二室一厅，而且厅要大一点，原因是刚结婚的时候家用电器比较多，厅大一点摆起来好看一些，而卧室可以小一点，因为需要有一种两人世界的气氛；核心类家庭(即三口之家)则需要一个大的卧室，这是养小孩的需要；老两口适合的户型则是厅小室大型，由于年龄和身体的关系，他们走动不是很方便，所以直接把卧室当起居室，家里来人可以直接坐在卧室。

(6) 人口的地理迁移。现在是一个国家内和不同国家间人口大迁移的年代。在同一国家内，当人口从农村向城市再向郊区迁移时，也会出现人口流动。地点对商品和服务偏好有一定的影响。营销者因此也要观察消费者的聚集地。自 20 世纪 80 年代中期我国允许国内人口自由流动以来，我国流动人口总量大幅上升，90 年代每年约为 8000 万～9000 万人，迁移方向以大中城市、东部沿海地区为主，主要原因是那些地区就业和赚钱的机会多，其次是寻求发挥个人才能的更好的环境。

2. 经济环境

(1) 消费者收入水平的变化。消费者收入是指消费者个人从各种来源中所得的全部收入，包括消费者个人的工资、退休金、红利、租金、赠与等收入。消费者的购买力来自消费者的收入，但消费者并不是把全部收入都用来购买商品或劳务，购买力只是收入的一部分。

(2) 国内生产总值(GDP)。一般来说，工业品的营销与这个指标有关，而消费品的营销则与此关系不大。国内生产总值增长越快，对工业品的需求和购买力就越大，反之就越小。

(3) 人均国民收入。这是用国民收入总量除以总人口的比值。

一般来说，如果人均国民收入增长，对消费品的需求和购买力就大，反之就小。

根据近 40 年的统计，一个国家的人均国民收入达到 5000 美元时，机动车可以普及，其中小轿车约占一半，其余为摩托车和其他类型车。

(4) 个人可支配收入。这是在个人收入中扣除税款和非税性负担后所得的余额，它是个人收入中可以用于消费支出或储蓄的部分，它构成实际的购买力。

(5) 个人可任意支配收入。这是在个人可支配收入中减去用于维持个人与家庭生存不可缺少的费用，如房租、水电、食物、燃料、衣着等项开支后剩余的部分。它一般用于购买高档耐用消费品、旅游、储蓄等，它是影响非生活必需品和劳务销售的主要因素。

(6) 家庭收入。很多产品是以家庭为基本消费单位的，如冰箱、抽油烟机、空调等。因此，家庭收入的高低会影响很多产品的市场需求。一般来说，家庭收入高，对消费品需求大，购买力也大；反之，需求小，购买力也小。

(7) 消费者支出模式和消费结构的变化。优化的消费结构是优化的产业结构和产品结构的客观依据，也是企业开展营销活动的基本立足点。

(8) 消费者储蓄和信贷情况的变化。消费者的购买力还要受储蓄和信贷的直接影响。

人民币升值对世界经济的影响

2005 年 7 月 21 日，中国央行宣布将人民币兑美元汇率升值，美元对人民币交易价格调整为 1 美元兑 8.11 元人民币。消息公布后，外汇市场上美元全线回落，亚洲货币表现出色。尤其是日元和澳元，欧洲货币也受到一些提振，但表现相对较为逊色。原油和金属价格也有不同程度的上涨。由于中国在世界经济格局中的地位越来越重要，人民币升值后对全球金融市场产生了重要的影响。人民币升值后，中国出口商品的美元标价上升，对出口贸易将有一定的抑制作用，而国外的进口商品价格则会相应降低。另外，人民币小幅升值，有助于降低进口商品的价格，抑制通货膨胀率，减轻中国央行的升息压力，为中国经济提供一个宽松的货币环境，从而保持较快的增长速度，并继续作为全球经济增长的发动机。基于以上原因，人民币升值的决定对于那些高度依赖中国市场的国家无疑是个利好消息，这些国家主要分布在亚太地区，如日本、澳大利亚、新加坡等，其出口将会受到拉动，相关国家的货币也将受到提振。在人民币升值决定未做出之前，每当市场上流传中国将要进行汇率改革的时候，以上这些货币都会受到买盘的推动。

(资料来源：http://business.sohu.com/20050721/n240176269.shtml)

3. 政治法律环境

企业的经营活动都是在一定的政治法律环境中进行的，因此，企业的经营活动必然要受到法律的约束和政治因素的影响。随着国际化进程的推进，越来越多的企业走出国门，进入了跨国经营的行列，在这样的情况下，企业的经营活动不但要符合国内的有关法律规定，而且还要符合国际法和国际惯例。

在政治法律环境方面，企业主要考虑的因素主要有四个方面：政局是否稳定；工商业方面的立法；国家产业政策；国际关系。

4. 自然环境

自然环境方面的因素主要有四个方面：原材料的短缺；能源价格的上升；污染程度的增加；气候状况。

自然环境也与企业的经营息息相关，这可以从两个方面来理解。首先，随着原材料的短缺和能源价格的上升，以及人们对环境污染问题的日益重视，企业必须使自己的经营活动适应自然环境的变化。其次，一些行业由于行业自身的特点，尤其需要关注自然环境的变化。比如，天气情况直接影响空调行业和制伞业的经营。

高温"烤"问中国经济

在不少城市发出警报后，中央气象台终于在 2010 年 7 月 6 日 10 时发布了高温橙色预警。虽然高温天气"烤"热了城市，却也乐坏了很多商家。昨日，记者在长宁路上的苏宁电器和国美电器等大卖场发现，尽管是上班时间，但是仍有大量消费者在空调、风扇柜台前驻足询问并挑选产品。"尽管部分空调产品涨价了，但相比于 5 月，这几天空调产品还是很热销，部分型号都已经在用存货了。"国美电器卖场内一位工作人员在和《国际金融报》的记者聊天时说，甚至连一些之前不太受欢迎的变频空调也在热卖。

"客观来说，高温确实对部分行业是利好消息。"昨日，中商流通生产力促进中心分析师宋亮告诉本报记者，比如大家所能想到的空调业、饮料、医药和凉席制造等行业。一个侧面的佐证是，股市中食品饮料行业正在受到部分机构的追捧。

此外，分析人士认为，受高温影响，旅游业、建筑业等行业可能迎来低谷期。与此同时，专家指出，商家在抓住"高温经济"卖点大力营销的同时，还需要在配套服务、经营思路等方面作出一定改变，以满足消费者的需求，并适应新的销售环境。

值得注意的是，在记者昨天的调查中，菜价似乎出现了一定程度的涨幅。

昨日，上海昭化路附近的小摊贩告诉记者，"3.5 元一斤的鸡毛菜不算贵，据我所知，部分地方的鸡毛菜都 5 元一斤了。"

据国家发改委价格监测中心的最新监测，7 月 5 日，36 个大中城市的超市、集市猪肉(精瘦肉)的零售价格平均每 500 克为 10.97 元，比 7 月 2 日上涨了 0.05 元。这是否又与近几天的高温天气有关呢？

"从传统意义上看，高温天气并不能促进猪肉和粮食的消费，更不可能拉动价格上涨。"宋亮表示，猪肉价格的上涨更多的是因为供求关系发生了变化，且政府收储意义产生了很大作用，而菜价的情况不能代表所有地区的情况，"因而，高温天气与我国的 CPI 没有直接联系"。

经济学家崔新生表示，目前的高温天气对国内经济的冲击很小，仅是对旅游业等部分行业造成了影响，"这种影响其实也是临时性影响，毕竟，高温天气相对很短暂，相关方面的反应也远没这么敏感"。

"但如果高温天气持续时间更长的话，国内宏观经济将会受到冲击。"崔新生进一步表示，"今年我国受灾害天气较多，从经济层面上来说，这恰恰可以提醒相关部门考虑设立预警经济机制。具体可设立相关的指数，以评估灾害天气对国内经济到底造成多大的影响，进而为决策层提供借鉴和帮助。"

（资料来源：黄烨．高温"烤"问中国经济．今晚经济周报，2009-06-30）

5. 技术环境

技术是建立企业竞争优势的一个重要途径，很多企业在竞争中胜出，主要是依靠技术，因此，在日趋激烈的市场竞争中，企业确实不能忽视技术环境。

随着科学的发展和时代的进步，技术革新的速度越来越快，这给企业的发展提供了机会，同时，也给企业的生存带来了威胁。一方面，今天先进的技术明天有可能就被淘汰，因此，企业在技术方面需要不断的投入，以维持自己的技术优势；另一方面，原来技术落后的企业，可以通过技术引进或技术创新等手段，一举在技术方面建立起自己的优势。

6. 社会文化环境

营销人员对文化环境的研究，一般从以下几个方面入手：

(1) 教育状况。通常分析教育状况可利用现成的统计指标，如某国家、地区的受教育程度，文盲率高低，在校大、中、小学生的人数和比率，受过教育人的性别构成等。

(2) 宗教信仰。宗教对营销活动的影响可以从以下几方面进行分析：① 宗教分布状况；② 宗教要求与禁忌；③ 宗教组织与宗教派别。

(3) 审美观念。处于不同时代、不同民族、不同地域的人有不同的审美观念和美感，这将影响人们对商品及服务的看法，营销人员必须根据营销活动所在地区人们的审美观设计产品，提供服务。一般从以下几个方面进行分析：① 对产品的要求；② 对促销方式的要求。

(4) 语言。企业在进行国际、国内营销活动时，要看到语言差异及其对消费者购买行为的影响，以针对不同的语言群体制定相应的策略。研究语言环境要做到：① 顺利地与各方面沟通；② 准确地翻译；③ 制定适当的策略。

(5) 亚文化群。亚文化群可以按地域、宗教、种族、年龄、兴趣爱好等特征划分。企业在用亚文化群来分析需求时，可以把每一个亚文化群视为一个细分市场，分别制定不同的营销方案。

综合上述内容可知，企业在分析市场机会的时候，首先要分析企业所处的经营环境，包括经济、政治法律、人口、技术、社会文化、自然环境等方面。在这方面，本模块开篇案例中"康师傅"的做法值得广大企业学习。

中国转型市场营销之特征

中国转型市场不同于西方成熟市场，许多跨国公司的高层管理者在深入中国市场数年后都不禁感叹："中国市场太大、太复杂、变化太快……"

中国市场正处在转变过程之中，过程之一是从"计划经济"到"社会主义市场经济"，达到终点的标志是政府与企业的关系完成蜕变，实现现代企业制度；过程之二是从"封闭市场"走向"开放市场"，其终点以中国进入 WTO 为界。1995 年国家计委的研究报告称，中国经济总体市场化程度为 65%左右。在这一过程中，中国市场环境和市场运作在不断转型，显然，转型市场与成熟市场有着种种不相同的奇异点，而这正是正确解读中国市场最基本的要点。

在计划经济与市场经济、封闭市场与开放市场这两种截然不同的环境中，行为特征、思维方式和价值体系都相距甚远，利益配制也完全不同，这直接影响和决定了企业会有不同的行为。

计划经济的主要特征是：官本位，政府权限极大；官大于民；官管民；企业求政府；企业和民受约束(全面审批制)；政府分配资源；政府是裁判。

市场经济的主要特征是：市场(顾客)本位；政府服务企业和消费者；政府受约束；市场配置资源；竞争决定胜负。

中国市场环境的特点可以用以下5个字来描述：

- 大：地域辽阔；前景巨大；赚钱的天堂。
- 变：发展快；变化快；政策多变；法规不健全。
- 乱：市场秩序混乱；假冒侵权严重；反常怪事多；信誉(商业伦理)严重缺乏。
- 燥：短期导向；大起大落；过度竞争。
- 异：区域差异、体制差异、行业差异、营销水平差异、世代差异都很显著。

中国的消费者、企业和政府都呈现出不成熟的市场表现。例如，消费者对价格的敏感度特别高、缺乏权益意识以及迷信广告；企业家的官场情结、短期行为和过度的价格战；政府迷恋对企业的权力、地方保护及随意阐释或改变市场游戏规则。企业行为深受政府行为的约束和牵制，政府行为有时又为权力利益甚至腐败所左右，使整个市场变得更加复杂和不规范。

中国转型市场营销的主要奇异点有：

(1) 难防的通路陷阱；

(2) 假货泛滥与知识产权恶梦；

(3) 细分市场非常差异；

(4) 市场调查误差高；

(5) 国企及垄断行业营销障碍；

(6) 战略规划失败率高；

(7) 广告运作的困惑；

(8) 关系营销的中国特色；

(9) 中国式的新产品开发；

(10) 中国文化导向的品牌建立。

(资料来源：卢泰宏. 解读中国营销. 北京：中国社会科学出版社，2004)

六、思考与练习

1. 问答题

(1) 什么是市场营销环境？它包括哪些因素？

(2) 讨论人口增长减缓如何影响所在地区的企业。

(3) 讨论全世界的城市化趋势将如何影响国际营销机会。

(4) 人口环境和文化环境有什么变化趋势？

2. 案例讨论

"银发世界商机无限"——"夕阳"产业"钱"景广阔

在国际上，一般把一个社会65岁以上人口占总人口的7%及以上叫做老年型社会(另一种计算方法是人口总数中60岁以上人口占人口总数的10%就是老年型社会)。联合国在2001年2月28日发布的统计报告表明，目前全世界60岁以上的老人有6.06亿，并预计到2050年将上升到20亿，届时80岁以上老人将达到4亿，100岁以上的老人也将达到320万。2000年，我国举行了第5次全国人口普查，普查表明，我国65岁及以上人口占总人口的6.96%，可以说，我国已基本上进入了老年社会，其中广东、山东、福建、浙江、辽宁、北京、上海和天津等省市已经大大超过了7%，早已进入了老年社会，如北京市已达到了14%，天津市已达到了8.65%，上海已达到了13%。因此，老年人口的急剧增加已成为世人所关注的一个重要的社会问题和重要的理论课题。这对于企业来说是一个机遇，可以开拓出一个广阔的老年人市场，"银发世界"里蕴含着无限商机，人们普遍认为，"老人产业"是21世纪最有前途的产业之一。

一、"老人产业"发展的可能性与必要性

一方面，老年人有很强的购买力，这为实现消费提供了可能性和前提条件。目前，全国老年人的退休金、再就业收入、子女孝敬的赡养费，每年约2000亿元，到2005年将达到4000亿元。其中，仅退休金就会达到2500亿元，由此可见，"老人市场"的确是个亟待开发的天地。另一方面，"老人产业"覆盖的领域十分广泛，如今老人的消费观已大大改变。以前，很多老人习惯地苦待自己，他们是"宁伤竹子，不伤笋"，一味为子女，但现在很多人已明白，"儿孙自有儿孙福"，而且在这个竞争社会里，过分地呵护孩子反而对孩子不利；他们还认识到，自己的健康对自己和孩子都是福，观念变了，生活方式随之而变。

现在的老人大多追求"老有所养、老有所乐、老有所学、老有所为"，还奉行"长寿四字诀"："一要跳(生命在于运动)；二要笑(笑一笑，十年少)；三要俏(穿好有利于身心健康)；四要掉(自掉架子)"，并开始"吃讲营养、穿讲漂亮、住讲宽敞、用讲高档、行讲便当、心讲舒畅"。商机就蕴含在这些新的生活方式之中。

二、"老人产业"发展的对策

1. 产品策略：实用性、舒适性、针对性

企业在开发老年产品时，必须考虑老年人的生理、心理及行为特征，注重其实用性、方便性和保健性。例如在饮食方面，老年人一般要求食用一些易嚼、易消化、低脂、低糖、低胆固醇的食物；在穿着方面，基本要求是服装大方实用，易穿易脱；在用的方面，要求物品轻便、实用等。除了老年人用品市场以外，老年人服务市场更是一个亟待开发的市场，如开办老年公寓，提供生活服务、教育服务、送温暖服务、保健服务、医疗服务、娱乐服务、旅游服务、咨询服务和送终服务等一系列服务。老年人服务商品化和市场化是市场经济发展和完善的必然结果，也是社会进步的表现。在我国，老年人服务市场的发展潜力十分巨大。

2. 价格策略: 适中实惠, 物有所值

一般老年人生活阅历较为丰富, 消费者主权意识较强, 是一个成熟的消费群体, 他们购买产品时一般较为慎重。因此, 企业在产品定价时一定要实事求是, 价格适中, 实实在在, 物有所值。

3. 渠道策略: 增加便利, 开设专柜, 服务上门

渠道策略应以增加老年人的便利条件、尽量接近消费者为主线, 如开设老年专柜、老年专卖店、老年便利店等。店铺的位置应分布在老年人较集中的居住区; 店铺的设施应尽量自动化, 增加休息区; 店铺的服务应细致周到, 热情为老年人提供商品介绍、购物咨询, 为行动不便的老年人提供上门服务、电话预约购物等。

4. 促销策略: 情感营销, 以情促销

适当应用广告策略。针对老年消费者制作的广告, 应该多选择介绍性、提示性和劝说性广告, 而避免炫耀性、夸张性广告, 名人广告对老年消费者的影响也不大。在广告媒体的选择上可以发现, 视听广告和报刊广告是两个比较重要的媒体。同时, 还要注意老年人不喜欢孤独, 又最容易孤独, 他们渴望与人接触, 渴望得到社会与家人的尊重和关注。因此在促销的各个环节上, 都要用"情"字贯穿始终, 以情感人, 以情动人, 时时处处为老人着想。

三、结语

当今社会人口发展变化的趋势是老龄化, 而人口是构成市场的第一要素。因此, 企业要密切关注人口环境的变化, 即及时抓住商机, 赢得市场。

（资料来源: 林祖华. 市场营销案例分析. 北京: 高等教育出版社, 2003）

问题:

(1) "夕阳"产业"钱"景广阔, 那么还有哪些老人产品可以开发? 举例说明。

(2) 结合当前我国的市场环境, 列举我国还有哪些行业存在较大的市场机会。

(3) 老年消费者的消费行为有何特点?

(4) 如果你是生产老年消费品的企业决策人, 如何针对目标顾客群进行促销?

3. 课后训练

调查某网络公司的商业模式, 分析该公司所面临的宏观环境变化带来的机会与威胁。

模块二　市场需求测量训练

一、教学目标

最终目标: 能测量和预测某一产品的市场容量。

促成目标:

(1) 熟悉市场和企业需求的相关概念;

(2) 熟悉常用的预测市场和企业需求的定性和定量方法;

(3) 知道各种预测方法适用的条件。

二、模块任务要求

选择自己所感兴趣的产品，运用网络或实地调查收集相关历史资料，综合运用定性和定量的需求预测方法来预测市场和企业的需求，并最终确定需求量。

三、示范案例

市场调查与预测案例

某市春花童装厂近几年沾尽了独生子女的光，生产销售连年稳定增长。谁料该厂李厂长这几天来却在为产品推销、资金搁死大伤脑筋。原来，年初该厂设计了一批童装新品种，有男童的香槟衫、迎春衫，女童的飞燕衫、如意衫等。借鉴成人服装的镶、拼、滚、切等工艺，在色彩和式样上体现了儿童的特点，活泼、雅致、漂亮。由于工艺比原来复杂，成本较高，价格比普通童装高出了 80% 以上，比如一件香槟衫的售价在 160 元左右。为了摸清这批新产品的市场吸引力如何，在春节前夕厂里与百货商店联合举办了"新颖童装迎春展销"，小批量投放市场后十分成功，柜台边顾客拥挤，购买踊跃，一片赞誉声。许多商家主动上门订货。连续几天亲临柜台观察消费者反应的李厂长，看在眼里，喜在心上。不由想到，"现在都只有一个孩子，为了能把孩子打扮得漂漂亮亮的，谁不舍得花些钱？只要货色好，价格高些看来没问题，所以应趁热打铁，尽快组织批量生产，及时抢占市场。"

为了确定计划生产量，以便安排以后的月份生产，李厂长根据过去的月销售统计数，运用加权移动平均法，计算出了以后的月份预测数。考虑到这次展销会的热销场面，他决定将生产能力的 70% 安排新品种，30% 为老品种。二月份的产品很快就被订购完了。然而，现在已是四月初了，三月份的产品还没有落实销路。询问了几家老客商，他们反映有难处，原以为新品种童装十分好销，谁知二月份订购的那批货，卖了一个多月还未卖三分之一，他们现在既没有能力也不顾意继续订购这类童装了。对市场上出现的近一百八十度的需求变化，李厂长感到十分纳闷。他弄不明白，这些新品种都经过试销，自己亲自参加了市场调查和预测，为什么会事与愿违呢？

案例启示： 该童装厂的产品销售从持续稳定增长到戛然中止，其主要原因出在向市场轻率地推出了与正常需求不相适应的"新产品"，并过快地将这些"新产品"取代原本畅销的老产品，以致造成目前的被动局面。

产品的适销既要考虑到产品的功能、质量、款式等使用价值，也应包括产品价格的适销。该厂的童装新品种虽然在款式上令人喜爱，但由于借鉴成人服装工艺，成本增加，定价太高，超过消费者愿意承担的范围。除了在特殊情况下的特殊需求以外，考虑到儿童正处于长身体阶段，童装的实际使用时间有限，而且每户家庭一般又都只有一个子女，因此，多数顾客虽然喜欢新款式，但都不愿意购买价格偏高的童装，这样就使该厂失去了最基本的，也是最主要的市场。

李厂长虽然对童装新品种预先也经过了市场调查与预测，但还是出现了事与愿违。究其原因在于运用市场调查与预测的方法不恰当，即在运用时忽视了与市场环境的一致性，对春节前的购销旺季的特殊销售状况和市场的正常销售状况不加区别，错误地估计自己产品完全适应了市场需求，销售量将继续增长，而忘记了时过境迁，消费者的购买动机和购买行为会发生变化，从而对企业产品的销售带来巨大影响。同时，该厂在进行产品销售预测时，简单地套用了加权移动平均法，而没有看到市场预测的基本条件已经发生变化。由于加权平均法对各期的销售量作了加权平均，从而会降低偶然性变化的影响程度，因而它主要适用于对销售比较稳定，基本上只受偶然性变化影响的销售状况进行预测。当销售状况受到必然性变化的影响时，就不能采用这种方法来进行预测。该厂在春节前生产销售的是老产品，而春节以后，根据春节这个特殊时期的销售状况决定主要生产销售新产品，该厂用老产品的统计资料来预测新产品的销售量，作为安排生产的依据，必然会得出错误的结论。

（资料来源：http://www.jlrtvu.jl.cn/wlkc/course）

四、活动设计

活动1

预测食品和饮料的销售量

Vintage 饭店位于靠近佛罗里达的 Fort Myers 的 Captiva 岛上，是一个公众常去的场所。它由 Karen Payne 拥有和经营，到目前经营已超过 30 年。在这期间，Karen 一直在寻求建立以新鲜海味设置的高质量正餐的饭店信誉。Karen 及其员工的努力被证实是成功的，她的饭店成为岛上最好的、营业额增长最快的饭店之一。

Karen 为确定饭店未来的增长计划，需要建立一个系统，这个系统可使她提前一年预测今后每个月食品和饮料的销售量。Karen 拥有如下资料，这些资料是在三年的经营中有关食品和饮料的销售总量(单位：千美元)：

月 份	1	2	3	4	5	6	7	8	9	10	11	12
第一年	242	235	232	178	184	140	145	152	110	130	152	206
第二年	263	238	247	193	193	149	157	161	122	130	167	230
第三年	282	255	265	205	210	160	166	174	126	148	173	235

分析 Vintage 饭店的销售资料，为 Karen 准备一份囊括你的发现、预测和建议的报告。其内容包括：

(1) 时间数列的图形。

(2) 对数据的季节性分析。指出每个月的季节指数，并讨论各月销售量的高低。季节指数有直观上的意义吗？对此应加以讨论。

(3) 预测第四年各月的销售量。

(4) 当用来说明新的销售资料时，提出对你所建立的系统的建议。

(5) 在你报告的附录中，给出评论分析的结果。

假设第四年1月份的销售额为 295 000 美元，你的预测误差为多少？如果这个误差太大，Karen 可能会对你的预测值和实际销售额的差异产生疑虑，你将如何消除她对预测方法的疑虑？

活动2

至少运用两种预测方法预测下年度某品牌网络游戏的市场规模。

五、理论知识

在市场营销观念的指引下，企业要想通过比竞争者更好地满足消费者需求，赢得竞争优势，从而取得合理的利润，就必须从研究市场出发，对市场进行各种定性与定量的分析，测量目前和未来市场需求规模的大小。

(一) 市场需求及潜量预测

1. 市场需求

某一产品的市场总需求是指在一定的营销努力水平下，一定时期内在特定地区、特定营销环境中，特定顾客群体可能购买的该种产品总量。对需求的概念，可从以下 8 个方面进行考察。

(1) 产品。首先确定所要测量的产品类别及范围。

(2) 总量。可用数量和金额的绝对数值表述，也可用相对数值表述。

(3) 购买。指订购量、装运量、收货量、付款数量或消费数量。

(4) 顾客群。要明确是总市场的顾客群、某一层次市场的顾客群、目标市场或某一细分市场的顾客群。

(5) 地理区域。根据非常明确的地理界线测量一定的地理区域内的需求。企业根据具体情况，合理划分区域，测定各自的市场需求。

(6) 时期。市场需求测量具有时间性，如年度、5 年、10 年的市场需求。由于未来环境和营销条件变化的不确定性，预测时期越长，测量的准确性就越差。

(7) 营销环境。测量市场需求必须确切掌握宏观环境中人口、经济、政治、法律、技术、文化诸因素的变化及其对需求的影响。

(8) 营销努力。市场需求也受可控因素的影响。市场需求受产品质量、产品价格、促销和分销方式等的影响，一般表现出某种程度的弹性，不是一个固定的数值。因此，市场需求也称为市场需求函数。随着行业营销费用的增加，刺激消费的力度加大，市场需求一般会随之增大，但报酬率由递增转入递减。当营销费用超过一定的水平后，就不能进一步促进需求，市场需求所达到的极限值称为市场潜量。由于市场环境的变化深刻地影响着市场需求的规模、结构和时间等，因此也深刻地影响着市场潜量。

2. 总市场潜量

总市场潜量是指在一定时期内、一定环境条件和一定行业营销努力水平下，一个行业中所有企业可能达到的最大销售量。估算公式为：

$$Q = nqp$$

式中：Q——总市场潜量；

  n——既定条件下特定产品的购买者人数；

  q——每一购买者的平均购买数量；

  p——单位产品的平均价格。

由公式还可推导出另一种估算市场潜量的方法，即连锁比率法，它由一个基数乘以几个修正率组成，即由一般相关要素移向有关产品大类，再移向特定产品，层层往下推算。

假定某啤酒厂开发出一种新啤酒，估计其市场潜量时可借助下式：

新啤酒需求量＝人口×人均可任意支配收入×人均可任意支配收入中用于购买食物的百分比×食物花费中用于饮料的平均百分比×饮料花费中用于酒类的平均百分比×酒类花费中用于啤酒的平均百分比×啤酒花费中用于该新啤酒的预计百分比

3. 地区市场潜量

企业在测量市场潜量后，为选择拟进入的最佳区域和合理分配营销资源，还应测量各地区的市场潜量。较为普遍的有两种方法：市场累加法和多因素指数法。前者多为工业品生产企业采用，后者多为消费品生产企业采用。

(1) 市场累加法：先识别某一地区市场的所有潜在顾客，并估计每个潜在顾客的购买量，然后计算出地区市场潜量。如果公司能列出潜在买主，并能准确估计每个买主将要购买的数量，则此法无疑是简单而又准确的。问题是获得所需要的资料难度较大，花费也较大。目前可以利用的资料主要有全国或地方的各类统计资料、行业年鉴、工商企业名录等。

(2) 多因素指数法：也称为购买力指数法，指借助与区域购买力有关的各种指数以估算其市场潜量。例如，药品制造商假定药品市场与人口直接相关，某地区人口占全国人口的2%，则该地区的药品市场潜量也占全国市场的2%。这是因为消费品市场上顾客很多，不可能采用市场累加法。但上例仅包含一个人口因素，而现实中影响需求的因素很多，且各因素影响程度不同，因此通常采用多因素指数法。

(二) 企业需求及潜量预测

1. 企业需求

企业需求是指在市场需求总量中企业所占的份额。其公式为：

$$iQ = iSQ$$

式中：iQ——i 公司的需求；

　　　iS——i 公司的市场占有率；

　　　Q——市场需求，即市场总需求。

2. 公司预测与企业潜量

公司预测是指公司销售预测，是与企业选定的营销计划和假定的营销环境相对应的销售额，即预期的企业销售水平。这里销售预测不是为确定营销计划或营销努力水平提供基础，而是由营销计划所决定的，它是既定的营销费用计划产生的结果。与销售预测相关的还有两个概念。一个是销售定额，即公司为产品线、事业部和推销员确定的销售目标，是一种规范和激励销售队伍的管理手段，分配的销售定额之和一般应略高于销售预测。另一个是销售预算，主要为当前采购、生产和现金流量做决策。销售预算既要考虑销售预测，又要避免过高的风险，一般略低于销售预测。企业潜量即公司销售潜量，指当公司的营销努力相对于竞争者不断增大时，企业需求所达到的极限。当公司的市场占有率为100%时，企业潜量也就是市场潜量，但这只是一种少见的极端情况。

(三) 行业销售额和市场占有率

企业为识别竞争对手并估计它们的销售额，同时正确估量自己的市场地位，以利在竞争中知己知彼，正确制定营销战略，就有必要了解全行业的销售额和本企业的市场占有率状况。企业一般通过国家统计部门公布的统计数字、新闻媒介公布的数字以及行业主管部门或行业协会所收集和公布的数字，来了解全行业的销售额。通过对比分析，可计算出本公司的市场占有率，还可将本公司的市场占有率与主要竞争对手进行比较，计算相对市场占有率。例如，全行业和主要竞争对手的增长率为 8%，本企业增长率为 6%，则表明企业在行业中的地位已被削弱。为分析企业市场占有率增减变化的原因，通常要剖析以下几个重要因素：产品本身因素，如质量、装潢、造型等；价格差别因素；营销努力与费用因素；营销组合策略差别因素；资金使用效率因素；等等。

(四) 市场需求定性预测方法

科学的营销决策不仅要以市场营销调研为出发点，而且要以市场需求预测为依据。市场需求预测是在营销调研的基础上，运用科学的理论和方法，对未来一定时期的市场需求量及影响需求的诸多因素进行分析研究，寻找市场需求发展变化的规律，为营销管理人员提供未来市场需求的预测性信息，作为营销决策的依据。市场需求预测的方法分为定性与定量两种，常用的定性预测方法主要有以下几种。

1. 购买者意向调查法

购买者意向调查法即通过直接询问购买者的购买意向和意见，据以判断销售量。如果购买者的购买意向是明确清晰的，这种意向会转化为购买行为，并且愿意向调查者透露，这种预测法特别有效。但是，潜在购买者数量很多，难以逐个调查，故此法多用于工业用品和耐用消费品的调查。同时，购买者意向会随着时间而发生转移，故适宜做短期预测。调查购买者意向的具体方法比较多，如直接访问、电话调查、邮寄调查、组织消费者座谈会等。例如，采用概率调查表向消费者调查耐用消费品的购买意向，可能会收到较好的效果。

2. 综合销售人员意见法

综合销售人员意见法即通过听取销售人员的意见来预测市场需求。销售人员包括基层企业的营业员、推销员及有关的业务人员。销售人员最接近市场，比较了解顾客和竞争者的动向，熟悉所管辖地区的情况，能考虑到各种非定量因素的作用，较快地做出反应。由于销售人员中没有受过预测技术教育的居多，往往因所处地位的局限性，对经济形势和企业营销总体规划不够了解，可能存在过于乐观或过于悲观的估计。但在销售人员较多时，过高或过低的期望值可互相抵消，从而使预测结果趋向合理。

3. 专家意见法

专家意见法即根据专家的经验和判断以求得预测值。具体形式有以下 3 种：

(1) 小组讨论法。召集专家集体讨论，互相交换意见，取长补短，发挥集体智慧，从而做出预测。

(2) 单独预测集中法。由每位专家单独提出预测意见，再由项目负责人员综合专家意见得出结论。

(3) 德尔菲法。美国兰德公司在 20 世纪 40 年代末制定此法，用系统的程序，采取不署名和反复进行的方式，先组成专家组，将调查提纲及背景资料提交给专家，轮番征询专家的意见后再汇总预测结果。特点是专家互不见面，可避免相互影响，且反复征询、归纳、修改，有时经四五轮，意见趋于一致，结论比较切合实际。

4. 市场试验法

在新产品投放市场或老产品开辟新市场、启用新分销渠道时，选择在较小范围内的市场推出产品，观察消费者的反应，预测销售量。由于时间长、费用大，因而多用于投资大、风险高和有新奇特色产品的预测。

(五) 市场需求定量预测方法

市场需求定量预测方法主要有以下两种。

1. 时间序列分析法

时间序列分析法是将某种经济统计指标的数值按时间先后顺序排列成序列，再将此序列数值的变化加以延伸并进行推算，预测未来发展趋势。这种方法的主要特点是以时间的推移来研究和预测市场需求趋势，排除外界因素的影响。采用此法首先要找出影响变化趋势的因素，再运用其因果关系进行预测。产品销售的时间序列(Y)的变化趋势主要是以下 4 种因素发展变化的结果。

(1) 趋势(T)：系人口、资本积累、技术发展等因素共同作用的结果。利用过去的销售资料描绘出销售曲线，可看出某种趋势。

(2) 周期(C)：许多商品销售受经济周期的影响，销售额往往呈波形运动。认识循环周期对中期预测相当重要。

(3) 季节(S)：指一年内销售额变化的规律性周期波动。此变化通常与气候、假日、交易习惯有关，如果具体到周、日，也可能与上下班时间有关。

(4) 不确定因素(E)：包括自然灾害、战乱以及其他变故，这些偶发事件一般无法预测，应从历史资料中剔除这些因素的影响，考察较为正常的销售活动。

2. 回归分析预测法

回归分析预测法是指研究并导出因变量与自变量之间的数量关系和技术。在企业持续销售预测中，利用回归分析可以判断变量之间是否存在相关关系以及相关的密切程度，探索出它们之间合适的数学表达式，近似地确定它们之间的数量关系。销售回归预测分析又包括一元线性回归分析和多元线性回归分析。

六、思考与练习

1. 问答题

(1) 在走向知识经济时代的过程中，我国企业应如何改进市场营销信息工作？

(2) 加强营销调研工作对参与市场竞争有何重要意义？

(3) 市场需求预测中应深入研究哪些因素？

(4) 怎样根据不同情况选择不同的预测方法？

(5) 需求预测中容易出现的失误有哪些？

2. 案例讨论

××公司的市场需求预测

1999 年 10 月 17 日，××公司总裁在新华社的一次年会上宣读了《争做中国第一纳税人》的报告。他预测，该公司眼下的发展速度是 2000%，到 2001 年的增长速度放慢到 200%，2002 年放慢到 100%，2003 年放慢到 50%。在 20 世纪末，就可以完成 900 亿元到 1000 亿元的产值，成为中国第一纳税人。他说："中国 500 强企业中，最大的企业是大庆，它现在的产值是 346 亿元，我们在 5 年至 6 年的时间内超过它是大有希望的。"其勃勃雄心溢于言表，颇有当年"超英赶美"的气势。为了实现这一理想，该公司制定了 1999 年的奋斗目标，准备开辟"第二战场"，向医疗电子、精细化工、生物工程、材料工程、物理电子及化妆品等 6 个行业渗透，进行一场多元化的"产业革命"，后来又计划再上一个饮料厂。该总裁说："我们研制成功的一个饮料产品，就连现在世界上的名牌产品可口可乐也是没法与我们相比的，我们准备马上注册专利，将来与可口可乐比高低，去占领国际市场。"当然，更让总裁激动的想法是把公司建成一个"日不落"的生物工程王国，在 21 世纪将人类寿命延长 10 岁。为了实现这一美好的愿望，公司在 2001 年一口气兼并了 20 多个制药厂，为该公司扩资 5 亿元。在激情之中，该公司尝试了产品多元化经营和产权经营。结果与预期相差得很远，多元化只有在化妆品上有规模，而产业兼并则让该公司背上了大包袱。当企业进入产权经营阶段时，企业发展战略决策显得越来越重要，个人决策的非理性因素可能导致"一招不慎，满盘皆输"，加强市场需求预测已经是刻不容缓的大事。

(资料来源：http://baike.baidu.com/view)

讨论：

(1) 从××公司的决策失误来分析市场需求预测对企业生存和发展的重要意义。

(2) 我国企业在市场需求预测问题上的认识误区主要有哪些？

3. 课后训练

选择一种网络游戏产品，预测该产品下年度的全国需求总量和某地区需求总量。

模块三 消费者购买行为分析

一、教学目标

最终目标：会分析某类产品的消费者或某个消费群体的购买行为过程及影响因素。

促成目标：

(1) 分析某类产品的消费者或某个消费群体的个性心理特征；

(2) 了解某类产品的消费者或某个消费群体的购买决策过程；

(3) 了解影响消费者购买决策的主要因素。

二、模块任务要求

(1) 选择自己所感兴趣的某类产品的消费者或某个消费群体；

(2) 消费者行为调查要符合一般的调查流程,明确调查目的,需进行实地或网络的调查,完成调查报告,并提出相应的建议。

三、示范案例

"酷儿":感性的品牌,理性的产品

"酷儿"的目标消费者是儿童。儿童的消费充满了感性与幻想色彩,但这并不能构成真正的消费,因为决定是否购买产品的恰恰是他们的父母。父母在为自己的孩子购买果汁饮料时,会表现出高度的理性色彩,甚至是苛刻。

从这一点上来说,"酷儿"在营销策略的制定上就遇到了一个比较矛盾的问题:既要取得儿童的喜爱,因为如果儿童不喜爱,家长买了也是白买,又要博得父母的认同,因为如果父母不认同,不出钱,亦构不成消费。为了解决这一问题,"酷儿"非常高明,决定双剑齐出,两条腿走路,采用"感性的品牌,理性的产品",把功能诉求与个性诉求完美地结合在一起。

在理性方面,"酷儿"强调产品的功能利益点:果汁里添加了维他命(维生素)C及钙,这无疑给注重孩子健康的父母们吃了一颗定心丸:"孩子喜欢,又有利于孩子的身体发育,买就买吧。"正是在这种潜意识的支配下,家长开始掏钱。

在感性方面,"酷儿"更是个用情高手。为了博得小朋友的喜爱,"酷儿"对小朋友的心理进行了充分的研究,最后把焦点集中在大部分儿童都有的一个心理上,那就是:快乐、喜欢助人但又爱模仿大人。而这个有点儿笨手笨脚、但又不易气馁的"蓝色酷儿",恰恰让小朋友有一种看到"酷儿"就像是看到自己的感觉。而且,"酷儿"还善于针对儿童的心理特点,讲述他们喜欢的神奇故事,比如对于"酷儿"的来历就讲了这样一个故事:出生在遥远的大森林中,敏感而好奇,喜欢喝果汁,一喝果汁就两颊泛红,喝的时候要右手叉腰,同时要很陶醉地说"QOO——"。类似这样的故事对小朋友自然有极大的吸引力。

因此,"酷儿"走红大江南北固然有多方面的原因,但主要是"酷儿"在消费者角色的把握方面匠心独运。营销巨人可口可乐又一次给我们上了一堂生动的营销课。

案例点评:"酷儿"的案例告诉我们,酷儿的成功很大程度上是对儿童的个性心理做了深入的调查与分析。酷儿档案:酷儿有大大的脑袋,喜欢右手叉腰、左手拿果汁饮料,陶醉地说"QOO——",它来自森林,被一堆好心的父母收养,是家里唯一的孩子,谣传他相当于人类的5~8岁,快乐、乐于助人、活泼可爱、爱模仿大人又经常犯些小错误,有时候会小小地自我陶醉,它的朋友是 5~12 岁的儿童、山鸽和所有的动物。针对儿童的个性特征,为产品设计讨消费者喜欢的个性、外形、故事和做派。

(资料来源:肖志营.酷儿"——细分市场的超级霸主.中国营销传播网,2002-10-22)

四、活动设计

针对网络购物的消费者,设计一份消费者调查问卷,并实施调查,了解网络购物消费者的个性特征、影响购买的因素及购买决策过程。

五、理论知识

分析了宏观环境之后,企业还要进一步分析顾客的购买行为,为企业的营销决策提供

依据。需要说明的是，根据其购买产品目的的不同可将顾客分为两类：一类是消费者顾客，他们购买产品是为了消费；另一类是经营者顾客，他们购买产品是为了经营。比如，一个人买了一部电脑供个人使用，那么，他是消费者；企业或学校购买电脑是为了经营或用于教学，因此，企业和学校是经营者。

由于篇幅的关系，这里只介绍消费者的购买行为分析，经营者的购买行为虽然与消费者的购买行为在原理上有许多相似的地方，但也有其特点，因此也要注意。

市民生活二则

一、在上海娶妻花多少钱

男人到一定的年龄要娶老婆是一个古今中外不变的社会问题。发展到今天，娶老婆已经不仅仅是为了繁衍后代、养儿防老的需要了，而是演变成为一项体现自身价值、获得社会认同、决定阶级层次的重大决策行为。

目前，以上海为例，要娶一个老婆，没有一定的物质基础是很难办到的。结婚需要房子，上海女孩一般不愿和父母住一块，那么另购一套婚房是每一个上海男人首先需要完成的一项工作，而买房理所当然的是由男方解决。下面以娶一个条件在中上(学历大专以上、身材相貌较好、有稳定工作)的上海老婆为例，粗略地计算一下各项成本：

1. 房屋一套(80 平方米以上，市区)，以均价 7500 元计，0.75 万元 × 80 = 60 万元。

2. 装修，以中等装修，80 平方米算，计 10 万元。

3. 家电及家具，计 5 万元(有部分女方以嫁妆形式出资承担)。

4. 轿车，以普通代步车为标准，计 10 万元。也有部分通情达理的女孩同意以电动车作为替代品，计 1500 元。

5. 办喜酒，以中等酒店(喜乐的档次)25 桌，包括自带酒、烟、糖，计 0.1 万元 × 25 = 2.5 万元，回收红包以每桌平均 1200 元，计 0.12 万元 × 25 = 3 万元，盈利 0.5 万元。

6. 度蜜月，以港澳、新马泰、云南、海南为主要出行地，平均每人费用以 6000 元为标准，计 0.6 万元 × 2 = 1.2 万元。

7. 从谈恋爱到决定结婚这段时间(恋爱期)，包括出去吃饭、买礼物、娱乐、旅游、送女友父母节日礼品等，平均每月以 1500 元的标准，谈 2 年，计 0.15 万元 × 12 × 2 = 3.6 万元。

综上，各项成本合计 60 + 10 + 5 + 10 - 0.5 + 1.2 + 3.6 = 89.3 万元。以男方家庭 30 万元的家产，男人年收入 6 万元计，(89.3 - 30)/6 ≈ 10 年。最后得出的结论为：男方倾家荡产 + 男人不吃不喝地工作 10 年 = 娶一个上海中上条件的老婆的成本！

二、李小姐的超级省钱买衣法

李小姐在上海一家讲究仪表的公司工作，大家都很讲究穿着。有个收入相同的同事，光是刷卡买衣一年就需要 12 万元。而李小姐穿得不比她差，一年总共不过用 1 万元。算起来，一年中，李小姐有 62% 的时间是在办公室的，所以买上班可以穿的衣服是利用率最高的。其他的晚装是没机会穿的，运动装、家居服可以适当添点，但比例也不能超过 38%。

1. 先购基本款服装，基本色、基本款，料子要硬点，不皱可水洗，外贸货最好。例如两件套的针织服装，黑色西装套装；直身短裙，白色衬衣。200 元一件就可以买到极好的西装了。

2. 再补充点艳色的时尚衣服，如 T-shirt 一类，50 元以下。

3. 便宜而又有特色的小饰品多置点，如各色腰带、胸针、项链，3 元一条的腰带质地也很好。

4. 再有包和鞋子，基本款的可以买打折牌子货(反正款式多年不变)，价格控制在 200～500 元之间。耐用的款式可以用十年，又可以提升整体的档次，值得投资。

5. 瑞丽伊人杂志 20 元一个月，看完后可以将旧衣服配出多套新花样。这一方法值得强力推介。

下面来看看李小姐的得意之选：

No.1 服饰：用于工作、见客户

在淮海路的小店，只用 50 元就买了一条 GUCCI 的吊带裙。面料是有弹性的棉布，花样是今年最流行的白底蓝色大花，很满意。

最近比较喜欢去 M 街，买了一件阿曼尼的长袖白西装，是收腰的款式，腰上还有条蓝色的带子，正好跟上面的裙子搭配，唯一的缺点是会皱。

No.2 服饰：用于周末、平时

上衣是 DKNY 正品的双层纱衣，在 XS 广场买的。外层是花纱，上面有小小的亮片，里面是红纱，也是高搭配的那种。裙子是黄色的军装裙，在 XS 广场对面的商场买的。包是在襄阳路买的便宜货，其颜色与衣服很相配。

No.3 服饰：用于宴会、party

基本款式是一件黑色无袖、无吊带的连衣裙。上身搭配有两种：一是配米色西装，显得既随和又精干；二是配 JESSIC 的粉红上衣，兼顾淑女、休闲与工作。在非正式场合，也可以不再另配上衣，而只配一条 CHANNEL 的腰链，显得很时尚。

（资料来源：上海财经大学精品课程，http://course.shufe.edu.cn/course）

(一) 消费者购买行为分析

1. 消费者购买行为分析的目的

消费者购买行为分析的目的是为了明确哪些因素影响消费者的购买行为。如果我们知道消费者的购买行为受哪些因素影响，就可以通过控制这些因素，从而达到影响消费者购买行为的目的。

2. 消费者购买行为分析所包括的内容

消费者购买行为分析主要要明确以下内容：

- 哪些人构成该市场？
- 他们购买什么东西？
- 他们为什么购买？
- 谁参与购买？
- 他们如何购买？
- 他们何时购买？
- 他们在何地购买？

对企业来讲，这几项中的每一项都非常重要。以"谁参与购买(也即购买角色)"为例，很多企业家误认为购买决策是消费者个人的事，其实不然。比如，某个家庭买一台电脑可

能涉及这样一些角色:

爷爷(提倡者): 首先提出给孙子买一台电脑

同事(影响者): 推荐某品牌和型号

妻子(决策者): 决定下星期去电脑市场购买

丈夫(购买者): 去市场挑选、付款,并把电脑运回家

儿子(使用者): 使用买来的电脑

可以看出,他们共同构成购买行为而并不是一个人,因此,应该把消费者看做是一个由不同角色构成的一个非正式群体更为贴切。

3. 影响消费者购买行为的外部刺激因素

从大的方面来讲,影响顾客购买行为的因素可分为两类:外部刺激因素和自身特征因素,如图 2.1 所示。

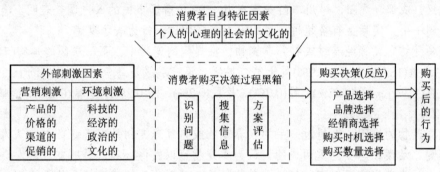

图 2.1　消费者行为分析模型

外部刺激因素包括:

(1) 营销刺激。营销刺激包括本企业的刺激,也包括竞争对手的刺激。具体刺激因素主要是产品、价格、分销渠道和促销等方面。

(2) 环境刺激。环境刺激包括经济、科技、文化、政治等方面的刺激。例如,在经济低速增长或衰退时期,降价对消费者的刺激作用并不像经济高速增长时期那样有效。

4. 影响消费者购买行为的自身特征因素

影响消费者购买行为的自身特征因素主要有四类,见表 2.1。

表 2.1　影响消费者购买行为的自身特征因素

个人因素	心理因素	社会因素	文化因素
年龄和人生阶段	动机	相关群体	文化
职业	知觉	家庭	亚文化
经济状况	学习	角色和地位	社会阶层
生活方式	价值观念		
	信念和态度		
	个性和自我观念		

从影响的直接性来看,前面的因素比后面的因素对消费者购买行为的影响更为直接;从识别性角度来看,前面的因素比后面的因素更易于识别。

关于宠物的消费者习惯及态度研究

调查地点：北京、上海、广州、武汉、成都、沈阳、郑州、西安

调查方法：入户调查

调查时间：2000 年

样本量：4509

被访者：普通市民

调查机构：零点公司

报告来源：零点公司

报告内容：

随着人们的生活日益紧张，人们之间的关系益发淡漠，情感的栖息点逐渐转移到宠物身上，与宠物为友，可以使人感受简单，使人的心情放松。零点公司 2000 年对北京、上海、广州、武汉、成都、沈阳、郑州、西安等八市 4509 位普通市民的入户调查表明，有上述看法的人不到一半。实际上有略超过一半的人对养宠物这一行为表示反感。

三成多受访市民曾经养过或打算养宠物。在提到的宠物中，第一层级的是狗(54.4%)和猫(39.6%)；鱼(18.3%)和鸟(16.9%)处于第二层级；第三层级是乌龟(8.6%)和兔子(6.3%)；第四层级是鸡(1.3%)、小猪(0.2%)、蛇(0.2%)、松鼠(0.2%)、鸭(0.2%)、老鼠(0.2%)、蟋蟀(0.1%)和猴子(0.1%)。

谈及养宠物的原因，有超过一半的人养宠物或打算养宠物是出于好奇心，认为动物通人性、可爱、活泼、忠实；近两成的人认为养宠物可以做伴，和人是朋友，家人会比较喜欢；也有人认为养宠物可以陶冶情操，美化环境，可以作为情感寄托，给人欢乐；可以调节生活，娱乐，换个心情；可以解除工作疲劳，增进家庭成员的融洽感。对于养得最多的宠物猫和狗，有些人分别是因为猫可防地震、捉老鼠，狗可以看家、防小偷，吃剩食品。

调查显示，对养宠物的态度与自身是否养过宠物有显著关系。养过或打算养宠物的人中仅有二成反感，未养过也没有打算养宠物的人中有近七成的人表示反感。

不同年龄的群体对养宠物的态度有显著差异。年轻人喜欢养宠物。随年龄段增长，反感比例上升。18～25 岁中 31.8%的人反感养宠物；26～55 岁中反感者比例为 55.4%，56～70 岁群体中为 66.6%。

从事不同职业的群体对养宠物的态度也有很大差异。农、林、矿从业人员(26.9%)，在校大中专学生(30.9%)，在校中学生(27.5%)，媒体工作者(29.6%)，民营和私营企业中层以上管理人员及个体业主(45.6%)对宠物的反感比例较低。大学教师(71.4%)、离退休人员(65.9%)、党政机关社会团体中公务员以外的干部(63.2%)最为反感；在国有企业、集体企业就职的人员中有一半以上的人对养宠物表示反感；而三资企业、国内私营企业职员中这一比例相对较低。

反对养宠物原因各异，但本身对养宠物没有兴趣的人不到一成，他们提到的主要反对理由包括："养宠物与自己的年龄不符"、"动物应回归自然，人和动物的生活不协调"、"养宠物不如献爱心"、"养宠物是追求时尚、崇洋媚外的表现"、"养宠物是有钱人空虚、消磨意志的表现"等。更多的反对理由集中在养宠物对家庭及公共卫生环境的破坏方面：有将近七成的人表示"养宠物太脏"；有近两成的人认为"养宠物会带菌，传染疾病，

不利于人的身心健康"；有人认为"宠物妨碍交通、影响公共秩序和城市环境、增加社会负担"；还有人觉得"养宠物太吵闹，影响睡眠"；有 14%的人是认为"养宠物是浪费时间、太麻烦"。

有人对养宠物本身不反感但拒绝养宠物，调查结果显示其中的主要原因集中在对养宠物的一些担心和"恐惧"上："害怕宠物会咬人、害怕狂犬病"、"宠物死了会过于伤心"、"害怕宠物丢失"；也有人表示是因为经济原因，养不起宠物或没有养宠物的空间。

看来并没有多少人讨厌猫狗等小动物本身，猫狗的可爱也让不少人平添几分乐趣。不少人反对养宠物是出于对养宠物者的否定或养宠物对自己所处的生活环境带来的负面影响，正所谓"猫狗可爱，关乎其人"。

(资料来源: 中国经典营销案例库)

(二) 如何进行消费者购买行为分析

由于消费者决策过程是一种思想活动过程，难以具体观察和测量，因此，通常采用行为科学研究中经常使用的"刺激—反应"分析方法，通过对外部刺激与消费者最后的行为反应之间的联系，来判断消费者的决策过程，达到有目的、有重点地刺激消费者购买行为的目的。

案例一

宝洁的消费者购买行为分析

宝洁(P&G)公司越来越清楚地认识到亚太地区是一个具有广阔发展前景的诱人的大市场。从长远来看，在接下来的 25 年中，世界经济增长的很大部分将来自亚洲。展望未来，P&G 产品类目中超过50%的销售增长都将来自亚洲。为了保持目前的地位和拓展新的市场，P&G 公司不惜花费大量的财力和人力，对亚洲消费者进行了全面而细致的研究。要知道，亚洲是独一无二的，亚洲消费者是与众不同的，吸引亚洲消费者并不容易。

不像北美、欧洲和拉丁美洲的消费者，几乎没有什么社会的或经济的结合力将亚太地区的消费者紧密联结在一起。实际上，P&G 对于亚洲消费者的分析是一个对比研究。日本的消费者很精明，仔细检查产品的每一方面，而中国的消费者比较朴实，他们只是习惯于选择品牌。另外，可将城市社会(比如中国香港)与农村社会(比如越南和泰国)作比较。还有，在菲律宾绝大多数消费者是天主教徒，在马来西亚和印度尼西亚消费者则绝大多数是穆斯林。在澳大利亚和新西兰的消费者拥有西方的价值观，而在亚太地区的大多数人则是儒家价值观。正因为这样，P&G 不得不根据亚洲消费者的不同性情修改全球成功模型，为之量身定做。

比如，P&G 在日本、中国香港和台湾同时售出一套叫做 SK-Ⅱ的皮肤护理产品。P&G 的营销人员和广告代理人员花了数月的时间，与公司的忠诚消费者共同讨论该品牌以及她们为什么会购买。正是通过这种深层次的消费者研究，P&G 对 SK-Ⅱ每一市场的用户均获得了一些新的发现。假设某消费者的年龄在 26 岁到 34 岁之间，她开始认识到年龄对皮肤的影响，于是希望找到一种产品能令她皮肤光洁，但这种光洁肌肤的类型因地而异。在日本，最称心如意的是"像煮熟的鸡蛋"一样"半透明"的光洁肌肤；而"水晶般光洁"在香港最吸引人；台湾人的标准是"红润光洁"。由于对消费者的充分研究和了解，SK-Ⅱ在亚洲的三个市场均取得了良好的业绩。

(资料来源: 王芳，卢泰宏. P&G 智取亚洲市场. 销售与市场，1999(1))

案例二

芬必得的情感化过程

20 世纪 90 年代的中国，是众多国际药业巨头虎视眈眈的市场。然而，市场潜力并非轻易就能开发，品牌的使用在进入市场之初往往也会面对巨大的市场障碍：在西药止痛药市场中，长久以来中国人对待疼痛和止痛的固有观念，以及市场上各种各样的本土产品和中药帖膏已经在这个变幻莫测的市场上为一个西药止痛药的成功树立了很难逾越的障碍。在这种严峻而复杂的市场环境下，芬必得抓住了"情感化"这个突破口，最终成长为中美史克旗下最大的止痛药品牌，占据市场份额达 60%之多。

芬必得进入市场的四五年间，可以说是一个合资品牌的真空期，但到了 1995 年，情况已经有了很大的不同。众多合资产品纷纷抢摊中国市场，泰诺、百服宁、扶他林、拜尔等合资品牌不仅在专业渠道开始投资，更在电视媒体上不断轰炸，从而使媒体环境也愈加复杂。

问题还不仅于此。通过调研发现，尽管芬必得在过去几年中在消费者教育领域投注了很大精力，之前的广告战役也主要以唤起对疼痛的关注为主，而实际上消费者仍然对使用止痛药有很大的抗拒心理，通常止痛药会和强副作用联系在一起，从安全角度给止痛药带来了很大障碍。消费者心里普遍存在的观点是"忍痛"和对止痛及止痛药知识的匮乏，这与中国的历史文化内涵有很大的联系，这也成为芬必得必须要解决的问题。

药品的特性决定了其品牌的高度理性化，造就了大量的冷冰冰、生硬的品牌，消费者对它们没有情感付出，但是，芬必得率先进入了情感沟通领域。芬必得确定了新的发展路线，同时在产品和情感层面上满足消费者的心理需求：在战略层面，芬必得定位为"有效安全缓解日常生活中的各种疼痛"；在执行层面，则从消费者忍痛的事实出发，发展出一个强有力的消费者利益点，即"无需忍痛"，并以此为出发点，为芬必得定制了全新的主题广告——"庄泳篇"，从 1995 年 2 月开始投放。

"庄泳篇"选用游泳世界冠军庄泳作为品牌的代言人。广告没有在庄泳的成功上着墨太多，反而是从她的平常生活入手，选取她与丈夫温馨的生活片断，以一个冠军和妻子的口吻带出"芬必得帮助我对付成功背后的疼痛，使我无需忍痛"的概念，并配合对产品药效的有力说明，通过一个公认的止痛专家——庄泳的信任，来树立芬必得"止痛专家"的形象。"庄泳篇"广告在社会上取得了极大的成功，品牌知名度迅速飚升。1996 年 3 月调研结果显示，芬必得在电视媒体环境中的能见度高达 47%，是位列第二位竞争产品的三倍左右。而无提示广告知名度和无提示品牌知名度分别达到了 65%和 85%之多，约为第二名竞争对手的两倍。甚至于在若干年后的调研中，仍然有消费者可以回忆起这一广告，并将芬必得广告和庄泳形成了自然的联系。"庄泳篇"的成功不仅仅表现在增强品牌知名度和树立品牌形象上，它也证明了好的广告可以带来最终销售的增长：1996 年芬必得的销售额增长达 37%，市场份额为 24%。

"庄泳篇"播放两年后，芬必得拥有了一个强有力的品牌核心"无需忍痛"，如何进一步加强品牌内涵也是需要在新的战役中解决的问题。综合调研发现，在关节炎和肌肉劳损患者中有很大市场潜力，所以在策略上考虑如何吸引这一群消费者进行尝试。

这一阶段主要以两支新的主题广告"刘小光篇"为主，加强芬必得作为家庭用止痛药的定位，并在缓解肌肉骨骼疼痛和关节炎方面进行发展，进一步吸引试用和扩大市场潜力。创意上从情感入手，深入围棋国手的家庭故事，描述父子之间和夫妻之间相互关怀，并最后落到"无需忍痛"的利益点。同时，发布了以平面广告为主而辅以广播广告来专门针对痛经。通过探索专门的市场领域，进一步扩大芬必得的使用人群和品牌知名度。在经历了七八年的发展以后，随着市场上的竞争品牌同样日趋成熟，芬必得的地位受到了前所未有的威胁。同时，随着医疗体制改革的发展，消费者对于选择药品不再盲目，而是逐渐有了品牌意识，主动挑选适合自己的；而芬必得在医院渠道中的优势地位也随着OTC药品分家和报销制度的解体遇到极大的挑战。如何才能延续芬必得品牌的优势，在变化的市场和消费者中间巩固并占领他们脑海中首选止痛药的位置，是公司面临的巨大挑战。

市场调研在芬必得每一次的战略中有不容忽视的重要性。经过调研发现，消费者变得越来越复杂，对待疼痛已经开始采取一种相对主动的态度，但对于究竟疼痛由何而来，人们并不是太关心。疼痛已超越了其简单的生理上的痛苦和不适，而是会给心理上带来压力，影响到情绪这些感情层面的因素。于是，建立强有力的情感关系就成为芬必得此次新尝试的突破口。

在长达两年的"自我突破"的酝酿期经历了三大轮大规模的探索之后，2000年初，芬必得最终找到一个将疼痛与止痛最好结合的切入点，将产品利益提升到精神层面：创造一个"无痛世界"的概念——当你没有疼痛困扰时，你存在于一个无痛世界，在这个世界上，你可以尽情享受自由自在的快乐。

"无痛世界"不仅是感性诉求的突破，也代表了品牌内涵的加强。品牌不仅是认知和形象，更代表了一种主张和态度。这绝对是一次大胆的突破：长时间以来，药品广告一直以产品功能为主要信息，虽然也开始慢慢建立与受众的情感联系，但后者仅仅是通过故事来表现，在整个概念中只是一个陪衬的作用——毕竟是一个需要理性判断的产品，脱离产品而专注在情感层面还不曾有人尝试过。芬必得有这样一个机会去尝试：首先，它是一个非常成熟的品牌，多年来不断有大众媒介投入和专业渠道的投资，使广大消费者对产品的功能和定位有很清楚的了解，芬必得这个名字就代表了"持续快速缓解疼痛"；其二，芬必得也是止痛药市场上的领先品牌，多年来的资产累计使芬必得有资格去发展并拥有一个更广义的品牌价值和品牌主张；第三，早在"庄泳篇"时，芬必得就已经开始建立与消费者的感性沟通，所以，今天它完全可以在此方向上加强并升华这种情感的联系。在将概念转化成创意执行时，以人与海豚的和谐共泳作为载体，通过与消费者在精神层面追求共鸣，充分表现出无痛世界中自由自在的意境。

(资料来源：李克. 芬必得的情感化过程. 经济观察报，2002(11))

案例三

营销在中国：独生代

20年前，他们叫"小皇帝"、"小太阳"；20年后，他们叫"QQ族"、"新新人类"。最早的一批独生子女，到2004年已25岁，开始进入消费高峰期。其鲜明的反传统特色与巨大的消费潜能预示着新的消费浪潮的到来。

1979年中国政府开始实行"一对夫妇只生育一个孩子"的政策，这一史无前例的"创举"造就了大约1亿(2001年)的独生子女人群，而且随着时间的推移，这个人群还将进一步扩大(据预测,中国的人口大约还需 50 年才能实现负增长)。在中国家庭人口结构(2001 年)中,三口之家比重最大,占 31.45%,城市中三口之家比重更高达 43.10%(《中华人民共和国年鉴 2002》)。

最早的一批独生子女,目前已进入消费高峰期。他们的工作和收入趋于稳定,未来收入预期乐观。也就是说,独生代将迅速替代占主导地位的 18~35 岁消费群体,成为中国新的消费主力。更重要的是,独生代正在引发中国的消费革命。

一、独生代素描

美国《新闻周刊》最早引发对中国独生子女的关注。1985 年 3 月 18 日,该刊发表题为《一大群"小皇帝"》的文章,拉开了中国教育学、心理学和社会学等领域对独生子女问题的研究序幕。我们这里试图从市场和消费者行为角度给予关注,并引入专业术语"独生代"(the Only-Child Generation,简称为 OCG)。

可以找到比照的是美国的"婴儿潮"一代(1946 年 1 月~1964 年 12 月出生)和日本的"影像的一代"(20 世纪 50、60 年代出生),他们都在其国家推动起巨大的消费转变浪潮。相比之下,中国独生代是一个特殊群体。他们主要是政府政策的产物,作为个体人,他们又同时成长在根文化极浓的中国环境中。这些过于特殊的成长环境,孕育出中国独生代特殊的心理、行为和消费价值观,加上其消费能力的大提升,从而在整体上会改变中国的消费趋势,并将改变中国主流家庭的消费结构。

中国独生代 20 年前被称呼为"小皇帝"、"小太阳",20 年后他们是"QQ 族"、"新新人类"。他们曾经过着千娇百宠的生活,是别人羡慕的对象;但他们也羡慕别人:他们生而孤单,没有兄弟姐妹。计划生育政策在保证他们相对富足的成长环境的同时,也意味着他们无法体味拥有兄弟姐妹的好处。他们被指责为娇生惯养、依赖成性,他们还要承受难以承受的心理重负——为 6 个长辈圆未来之梦。所有的矛盾都在这里聚结。

1992 年,对北京 360 个城市家庭调查发现,家庭支出的 66.3%用在了独生子女身上,全国城市家庭支出中,他们的消费则占到了五至七成。这样的家庭氛围,对其心理和未来消费行为的影响都是长远的。他们集万千宠爱于一身,从小被呵护着,没有受过苦,没有缺过钱花;因为没有兄弟姐妹,也从没试过跟别人争东西吃,争衣服穿,这样的环境造成了独生代孤独自我的性格特征,这是整代人的共性;另一方面,他们又更独立,对事情更有自己的主张和见解。

二、独生代消费革命

中国独生代有以下反传统的消费价值观及消费特征:

特征 1: 无所不闻超早熟

特征 2: 独立个性酷自我

特征 3: 全方位享乐主义

特征 4: "有钱就花"不存钱

特征 5: 崇尚品牌时尚成风

特征 6: 旅游电游追寻心情和体验

综上所述,独生代需求欲望高、执著个性和高档品牌、习惯透支、乐于新品、心理需求高、寻求刺激和体验等消费特征日益凸显出来,独生代的消费价值观既倾向于西方,又在心理层面不同于西方。其与传统消费形式的巨大反差及其巨大的消费潜能,预示着新的消费浪潮的到来。加强对中国消费新世代的实证研究并进行营销策略创新已成为必需。

(资料来源: M.R.所罗门，卢泰宏. 消费者行为学. 第6版.中国版，2006)

六、思考与练习

1. 问答题

(1) 消费者市场有哪些特点？

(2) 影响消费者购买行为的主要因素有哪些？

(3) 结合你所熟悉的一种产品，说明对该产品的消费者行为描述。

2. 案例讨论

日清食品智取美国快食市场

日清食品公司是日本著名食品产销企业集团。日清食品公司在准备进入美国食品市场之前，聘请美国食品行业的市场调查权威机构，对方便面的市场前景和发展趋势进行了全面细致的调查和评估。可是，美国食品行业的市场调查权威机构所得出的调查评估结论是：美国人没有吃热汤面的饮食习惯，而是喜好"吃面条时干吃面，喝热汤时只喝汤"，决不会把面条和热汤混在一起食用，汤面合一的方便面是很难进入美国食品市场的。日清食品公司并没有盲目迷信这种结论，而是派出自己的专家考查组前往美国进行实地调研。经过千辛万苦的商场问卷和家庭访问，专家考查组最后得出了与美国食品行业的市场调查权威机构完全相反的调查评估结论——美国人的饮食习惯虽呈现出"汤面分食，决不混用"的特点，但是随着世界各地不同种族移民的大量增加，这种饮食习惯在悄悄地发生着变化。再者，美国人在饮食中越来越注重口感和营养。

日清食品公司基于自己调查的结论，从美国食品市场动态和消费者饮食需求出发，通过适当的营销策略，终于改变了美国人"不吃热汤面"的饮食习惯，使日清公司的方便面成为美国人的首选快餐食品。针对美国人热衷于减肥运动的生理需求和心理需求，巧妙地把自己生产的方便面定位于"最佳减肥"食品，刻意渲染方便面"高蛋白、低热量、去脂肪、剔肥胖、价格廉、易食用"等种种食疗功效。针对美国人好面子、重仪表的特点，精心制作出"每天一包方便面，轻轻松松把肥减，瘦身最佳绿色天然食品，非方便面莫属"等具有煽情色彩的广告语，挑起美国人的购买欲望，获得了"四两拨千斤"的营销奇效。为了满足美国人以叉子用餐的习惯，日清食品公司果敢地将适合筷子夹食的长面条加工成短面条，为美国人提供饮食之便；并从美国人爱吃硬面条的饮食习惯出发，一改方便面适合东方人口味的柔软特性，精心加工出稍硬又有劲道的美式方便面，以便吃起来更有嚼头。日清公司别出心裁地把方便面命名为"杯面"，并给它起了一个地地道道的美国式副名"镶在杯子里的热牛奶"，期望方便面能像"牛奶"一样，成为美国人难以割舍的快餐食品；他们根据美国人爱喝口味很重的汤的独特口感，不仅在面条制作上精益求精，而且在汤味佐料上力调众口，使方便面成为"既能吃又能喝"的二合一方便食品。日清公司从美国人食用方便面时总是把汤喝光而将面条剩下的偏好，灵敏地捕捉到方便面制作工艺求变求新的着力点，一改方便面面多汤少的传统制作工艺，研制生产了汤多面少的美式方便面，并将其副名更改为"远胜于汤"，从而使"杯面"迅速成为美国消费者人见人爱的"快餐汤"。

(资料来源: 胡羽. 日清食品智取美国快食市场. 销售与市场，2004(11))

讨论：

(1) 结合本模块内容，分析日清食品公司是如何突破"众口难调"的难题，成功打入美国快餐食品市场的。

(2) 试分析日清食品的消费者购买决策的过程。

3. 课后训练

设计一份网络调查问卷，调查消费者购买网络游戏的主要动机、个性特征和影响购买的因素等，完成调查分析报告。

模块四　竞争对手分析

一、教学目标

最终目标：能立足行业，分析该行业的竞争状况。

促成目标：

(1) 熟悉竞争者的类型、竞争方式；

(2) 调查和评价竞争者营销战略；

(3) 能了解竞争者的优势和劣势；

(4) 熟悉竞争者反应模式。

二、模块任务要求

能通过网络或实地调查，了解行业内竞争的动向，能跟踪主要竞争对手的营销战略和策略。

三、示范案例

湖南卫视："大哥"很生气，后果不严重

来势生猛的江苏卫视让一向处变不惊、应对自如的湖南卫视再也没了往日的大度与自信，先是指责前者的《非诚勿扰》抄袭自己的《我们约会吧》，后是非官方博客"舞美师"称《背后的故事》、《百科全说》将光荣下架，取而代之的是一系列新节目，以对抗目前国内真人秀综艺新王牌《非诚勿扰》，誓与江苏卫视在七、八月份展开一场收视血战。

即便是浙江卫视 2009 年在收视上逼迫再猛时，湖南卫视都未如此激烈反应过。这回，"大哥"真的生气了。这是为什么呢？只因江苏卫视这回实实在在地戳到了湖南卫视的命门。

过去，江苏卫视定位为情感卫视，湖南卫视可以不当回事，因为一来情感这个概念太过宽泛，电视节目本身就是精神情感层面的产品，有这个定位与没这个定位对于一个电视频道来说，似乎没什么两样；二来江苏卫视过去以《人间》为代表的情感栏目主打的是中年男女之间的家长里短、爱恨情仇，这与湖南卫视重点网罗的型男潮女这一年轻受众群体没有太多直接竞争。现在，江苏卫视忽然发力，将频道定位明晰为"幸福中国"，明眼人一看便知，这比湖南卫视的"快乐中国"从情感层面分析要高出一筹，因为幸福是长久的理性追求，快乐只是短暂的情绪快感。更要命的是，《非诚勿扰》后发先至，不仅将湖南

卫视先行开播的同类节目《我们约会吧》远远甩在后头，更将多年收视王牌《快乐大本营》挑落马下，也让当年超女的收视神话一并作古，一举俘获了湖南卫视不少忠实粉丝的心，并分走了湖南卫视广告大户步步高音乐手机的一大笔营销预算。江苏卫视表面上看似只在《非诚勿扰》这个点上取得了突破，实则下的是一封从频道理念、受众定位到广告经营全方位挑战湖南卫视老大地位的战书。

其次，江苏卫视发起挑战的时机也可谓恰到好处，这也很是让湖南卫视不爽。湖南卫视早已意识到自己近年节目老化、创新不足的问题，正欲从体制机制改革下手，从根本上改变这一局面，而改革从来就是利益关系的调整，高层变动、改制转轨带来的是人心不稳。这给了江苏卫视下手的时机。结果是，湖南卫视的不少人才被江苏卫视招至麾下。本来作为奶牛类产品的湖南卫视现在到了必须加大投入的时候了，而如今的明星类产品江苏卫视若乘势而上，不用多久便可成为现金牛产品。这种挑战不只是策略性的，而更是战略性的。强大的竞争压力会让湖南卫视失去改革所必需的良好外围环境。

"大哥"很生气，后果是否很严重呢？未必。一来从湖南卫视这次对竞争对手的评论与反应来看，似乎已乱了分寸。要知道，节目模板的版权问题在国际上本身就是个至今没有妥善解决办法的难题。当年湖南卫视的《玫瑰之约》、《快乐大本营》的节目模板来自于港台同类节目，如今的"超女快男"、《我们约会吧》也非湖南卫视的原创，既然如此，又何必说《非诚勿扰》便是抄袭呢？

退一万步讲，电视频道之间的竞争无论多么惨烈，但归根结底只是体制内的竞争。体制内的竞争迟早会碰到体制为竞争参与者设置的铜墙铁壁。也就是说，即便江苏卫视全面赶超了湖南卫视，坐上了省级卫视的头把交椅，当年湖南卫视遭遇的看不见的天花板，江苏卫视同样会碰到。我们很难想象，以当年超女气势之盛，若能完全按市场机制任其发展，现在会是怎样一个娱乐王国。未来的省级卫视市场格局，很可能是"城头变换大王旗，各领风骚三五年"。

案例启示：江苏卫视通过一系列的举措，挑战娱乐频道的老大湖南卫视，并取得了阶段性的成功，这主要得益于事前对湖南卫视进行了深入的竞争分析，从竞争对手的目标群体、产品定位、优势与劣势、可能的反应模式等方面着手，针对竞争对手的特点，推出相应的应对措施，并取得了较好的效果。

（资料来源：刘再兴. 湖南卫视："大哥"很生气，后果不严重. 广告主，2010-06-18，

www.advertiser.cn）

四、活动设计

(1) 收集资料，分析格力空调主要竞争对手的目标、战略和企业的优劣势，并根据竞争对手的战略来评估格力空调目前的竞争战略，根据评估结果来调整或重新设计竞争战略。

(2) 调查并分析国内电脑行业的竞争状况，并形成分析报告。

五、理论知识

(一) 行业的主要特征

行业分析是为了明确市场的吸引力，也就是说"饼"有多大。具体分析内容包括：市

场规模，竞争范围，市场增长速度及在生命周期中所处的阶段，竞争者的数量以及相对规模，购买者数量和相对大小，行业中企业前向和后向一体化的程度，各竞争对手提供服务和产品的差别化的程度，资源获得以及进入或退出市场的容易程度，行业利润是否高于社会平均水平，等等。

(二) 行业竞争强度分析

分析行业总体竞争情况的一个非常有效的工具是迈克尔·波特的五种力量分析模型。迈克尔·波特认为，特定行业的竞争强度由以下五种力量决定：

(1) 现有企业之间的竞争。现有企业之间的竞争往往是五种力量中最重要的一种。企业间的竞争在这几种情况下会加剧：竞争者数量增加、竞争者在规模和能力方面更为均衡、赌注增加、产品需求下降、降价策略被普遍采用、市场退出壁垒高、固定成本较高、产品易变质、合并和收购在行业中很流行，等等。

(2) 潜在竞争者的进入。如果新竞争者可以很容易地进入某特定行业，该行业内的竞争强度将加剧。当然，很多因素可以构成壁垒，包括技术、专利、经验、最小经济规模、顾客对原来产品的忠诚度、品牌偏好、销售渠道、政府的控制、原材料等。

(3) 替代品的开发。替代品的存在客观上给企业产品的价格规定了上限，因为，如果超过了这个价格，就没有需求。替代品之间的替代关系越接近，替代品的价格越有吸引力，或用户改用替代品能降低成本时替代品带来的竞争压力将会增大。

(4) 供应商的讨价还价能力。如果供应商的讨价还价能力强，会加剧行业的竞争；如果供应商的讨价还价能力弱，则会使行业的竞争强度减弱。

(5) 顾客的讨价还价能力。如果顾客的讨价还价能力强，会加剧行业的竞争；如果顾客的讨价还价能力弱，则会减弱行业的竞争强度。在这几种情况下顾客的讨价还价能力强：顾客集中，购买量大；购买本产品的支出在顾客全部费用或购买量中所占的比例大；由于顾客的利润低，因此对价格敏感；产品标准化，差别不大；存在后向一体化可能性；存在替代产品；等等。

(三) 竞争对手的分析

由于市场经济从某种意义上讲是竞争经济，因此，企业必须要懂得如何分析竞争对手。在企业营销的实际活动过程中，可以从以下五个方面来分析竞争对手。

1. 分析竞争对手的战略

首先，企业要分析竞争对手的战略，包括其总体战略、各经营单位战略和职能战略，因为它们之间有密切的内在联系。企业要确定竞争对手采用的是一体化战略、多元化战略还是防御式的战略。此外，企业必须不断地观察竞争者的战略，尤其是监视竞争对手的扩张计划。

2. 分析竞争对手的长远目标

战略只是手段，竞争对手想利用战略获得某种目标，因此，企业一旦了解了主要竞争对手及其战略后，必须进一步弄清楚每个竞争者在市场上追求什么，即竞争对手的长远目标是什么。

3. 分析竞争对手的假设

分析竞争对手的假设主要包括三个部分的内容。

首先,分析竞争对手所信奉的理念。一些企业信奉的理念是短期利润,认为只有利润才能支持发展;而日本企业信奉的是市场占有率和规模经济理论,它们认为只要能占领市场,扩大生产销售规模,单位成本自然就会下降,接着,利润就会滚滚而来。

其次,分析竞争对手对自己的假设。每个企业都会对自己有所假设,它可能把自己看成是知名的企业、行业霸主、低成本生产者、产品领导者等。这样的假设可能正确,也可能不正确。

此外,分析竞争对手对行业和行业中其他经营者的假设。正如竞争对手对它自己持有一定的假设一样,每个企业对行业和竞争对手也持有一定的假设。同样,这样的假设可能正确,也可能不正确。

企业之所以要分析竞争对手的假设,是因为通过对竞争对手假设的检验能发现竞争对手在认识环境方面可能存在的偏见和盲点。竞争对手的盲点可能是根本没有看清楚重大问题之所在,也可能是没有正确地认识自己。找出这些盲点可以使竞争对手对企业制定的战略无力作出反应。

4. 分析竞争对手的优势和劣势

我们可以从以下几个方面来判断一个企业(包括企业的竞争对手)的优势和劣势。

1) 资源

资源指的是企业用来为顾客提供有价值的产品或服务的生产要素。从大的方面来讲,资源可以分为有形资源和无形资源两大类,见表2.2。

表2.2 资源类别

资源类别	内 容
有形资源	实物资源、财务资源
无形资源	组织资源、技术资源、人力资源、企业形象、企业文化

有形资源易于识别,也容易评价,因而容易通过外部市场获得。无形资源的识别和评价相对就困难得多,因此也就难以从外部市场获得。如果企业拥有的资源其他企业也很容易拥有,那么企业的持久竞争优势就很难建立起来;反之,如果企业拥有其他企业很难拥有的资源,那么,这些资源就可以成为企业持久竞争优势的重要来源。很显然,有形资源容易获得,而无形资源很难获得,因此,构建企业持久竞争优势的重点应当放在无形资源而不是有形资源的获取上。

区分有形资源和无形资源的现实意义是一些企业对无形资源的认识还相当肤浅,突出表现在:① 重设备和厂房等硬件投资,轻技术等软件投资;② 重企业的外表,轻内部管理建设;③ 重组织程序、制度等硬性规定,轻学习和创新氛围。这种状况如果不改变的话,中国企业的持久竞争优势就很难建立起来。

2) 能力

我们将能够把企业的资源加以统筹整合以完成预期的任务和目标的技能称为企业的资源转换能力,简称能力。企业的能力主要有三种类型,见表2.3。

表 2.3　企业能力的三种类型

企业能力类型	内　容
管理能力	计划、组织、领导、控制
职能领域能力	营销、人力资源、研发、制造、管理信息系统、财务
跨职能的综合能力	学习能力、创新能力、战略性整合能力

竞争优势的基础是企业拥有的资源，但是，单靠资源通常并不能直接形成竞争优势，没有能力，资源很难发挥作用，也很难增值。就像一支拥有众多球星的球队，如果不能对这些"大腕"进行有效的组织，球队还是赢不了比赛。从此意义上说，资源和利用资源的能力一道构成了企业竞争优势的基础。

3) 独特竞争能力和竞争优势

资源和能力为企业提供了制定和完成战略任务所需的基础，但是，并不是所有的资源与能力都能够成为战略性资源和能力，只有那些能够使企业形成竞争优势的资源和能力才是独特竞争能力。独特竞争能力非常重要，一些学者做了大量的实证性的研究，归纳出了判断某项资源或能力是否独特竞争能力的六个标准：稀有性、难以模仿性、持久性、获利性、无法替代性、优越性。

竞争优势，更确切地讲是持久竞争优势，产生于企业的顾客价值创造战略，即用什么方法创造顾客价值。当现有的和潜在的竞争者没有实施与企业同样的顾客价值创造战略的时候，或者竞争对手无法模仿企业的顾客价值创造战略的好处的时候，我们就说企业具有持久的竞争优势。

竞争优势可以用企业满足顾客需要的程度来衡量。如果企业能够很好地满足顾客的需要，为顾客创造比竞争者更多的价值，我们就可以说企业有竞争优势。

4) 价值链分析法

当我们将企业看做一个资源转换系统的时候，资源转换是通过一系列的作业实现的。每一项作业都要消耗一定的资源，同时增加一定的价值，转移到下一个作业，直到最终把产品和服务提供给顾客，满足他们的需要。因此，作业链同时也表现为"价值链"。迈克尔·波特将企业的创造价值和生成成本的过程分为战略上相互联系的九项活动，其中五种是基础性活动，四项是支持性活动，如图 2.2 所示。迈克尔·波特的价值链是识别和分析企业资源和能力的有效方法。

图 2.2　一般的价值链

一种能力要成为竞争优势，必须能使企业以一种优于竞争对手的方法完成特定的基础性作业或支持性作业，或者使企业开展一种任何竞争对手都不能进行的价值创造作业。只有这两种情况才能使企业为顾客创造更高的价值并取得持久的竞争优势。这通常意味着企业要以独一无二的方式重新形成或重新组合价值链上的作业。美国的联邦快递公司就是重新组织了基础性的作业和支持性的作业而创造了昼夜投递服务，并改变了邮递业务的本质，从而建立起竞争优势。

价值链描述了企业作业的一般形态，一般来说，每个企业都要进行价值链中的各项作业。但是，随着竞争的加剧，越来越多的企业开始更多地把精力用在提升核心竞争能力上，而对其他的作业则采用外包的形式从外部获得。所谓外包就是从企业外部购买价值创造作业，这在发达国家已经非常普遍。

广泛采用外包的主要原因是基于这样一个事实：很少有企业拥有充分的资源和能力使其能够在所有的基础性作业和支持性作业方面都做得非常完美，达到竞争领先的地位。通过外包企业能够更多地关注那些能够形成竞争优势的领域。

比如，宜家公司(IKEA)是一家专门从事家具业务的跨国公司，这家公司的经营管理特点是不建立自己的工厂进行制造，而是通过外包的方式委托家具制造企业进行生产。它把公司的资源和能力重点放在产品开发和营销上，使其竞争能力在这两个方面得以强化。

价值链分析方法有其优点，也有其不足。从其优点来看，价值链分析方法第一次将顾客价值作为考察企业竞争能力的基本导向；同时，它提供了一套可以用于竞争能力分析的范畴和清单；它还提醒管理者注意企业中的任何一项作业都会影响顾客价值的创造，都必须加以深入的考察和管理。但是，价值链也有一个较大的问题，就是它没有给我们提供一个分析作业之间关系的思路和方法。下面的核心业务过程(也叫流程)分析可以弥补这个不足。

5) 核心业务过程分析

对价值链上单个作业的分析很重要，因为它们是创造顾客价值的基础，但是，单个作业不能给顾客提供最终的产品或服务，因此，更重要的是对整个过程(流程)进行分析。我们将为完成某项任务而联系起来的一个作业组称为"流程"。为了确保组成价值链的作业能够提供更高的顾客价值，企业必须将它们看做是一个更大的业务流程的一部分进行管理。

管理者已经接受了这样的观点：有必要将价值链上的价值创造作业作为核心业务流程的一部分进行管理，以便使顾客价值最大化。事实上，目前全球管理界都在致力于"再造"这些核心业务流程，从而为顾客提供最大的价值。未来管理的趋势将把企业看成是核心业务过程的集合体。

企业的核心业务过程主要有：

① 新产品实现过程：在预算范围内高效地研究、开发和推出新的高质量的产品。

② 库存管理：管理原材料、半成品和成品的库存水平，在确保供应充足的前提下使库存成本最低。

③ 顾客获得和保留：发现和保留顾客，并发展与他们的业务。

④ 订单—付款过程：接受、确定订单，及时送货和收款。

⑤ 顾客服务：在整个过程中为顾客提供服务。

企业的独特竞争能力不仅来源于单个流程的组织和优化，最重要的是将几个核心业务流程统筹起来，成为一个支持企业战略的有机整体。亦即从三个方面或者说三个层次来分析核心业务流程的能力：一是各单个业务流程是否和战略一致；二是各流程之间是否协调和契合；三是整体优化。

5. 分析竞争对手的反应模式

一般来说，竞争对手的反应模式有以下几种：

(1) 从容型竞争者：这类竞争者对某一特定竞争者的行动不迅速作出反应，或反应不强烈。原因可能包括：它们相信顾客是忠诚于它们的，不会为竞争对手的行为所动；它们本身反应迟钝；它们可能缺乏作出反应的资本。由于这类竞争者难以捉摸，因此企业要倍加小心。

(2) 选择型竞争者：这类竞争者只对某种类型的攻击作出反应。比如壳牌和埃克森公司就是这类竞争者，它们只对降价作出反应，而对竞争对手的促销活动则不予理睬。

(3) 凶猛型竞争者：这类竞争者对向其所拥有的领域发动的任何进攻都会迅速地作出强烈的反应。宝洁公司就是这类竞争者，它绝不会听任任何一种新的洗涤液轻易投放市场。

(4) 随机型竞争者：这类竞争者的反应模式具有随机性，对同样的一种竞争举措，它可能会也可能不会作出反应。许多小型公司都是随机型竞争者，它们的竞争行踪捉摸不定。

(四) 设计竞争战略

竞争是商业活动的现实，任何企业都不可回避。要在当前日趋激烈的市场竞争中胜出，企业就不得不精心设计自己的竞争战略和竞争策略。

在分析竞争对手的基础上，企业接下来的任务就是根据竞争对手和自身的情况，设计适当的竞争战略和具体的竞争策略。

1. 竞争战略的类型

在 20 世纪 80 年代最为广泛流传的竞争方面的著作是迈克尔·波特的《竞争战略》、《竞争优胜》和《国家竞争优势》，迈克尔·波特也因此被公认为世界上最著名的竞争战略专家。迈克尔·波特认为各种战略使企业获得竞争优势的三个基点是：总成本领先、差别化和集中于一点。迈克尔·波特将这些基点称为一般性战略、通用战略或竞争战略，包括总成本领先战略、差别化战略和集中战略。

1) 总成本领先战略

总成本领先战略强调以很低的单位成本为价格敏感的用户生产标准化的产品。

在这几种情况下，企业适合采用总成本领先战略：市场上有很多价格敏感的用户；实现产品差别化的途径很少；购买者不太在意品牌间的差别；具有明显的规模经济效应和经验效应；竞争者很难以更低的价格提供同样的产品。这里的关键是使自己的成本和价格低于竞争对手，从而提高市场份额和销售额，将一些竞争对手彻底赶出市场。

采用总成本领先战略的风险有：竞争对手可能会模仿企业的战略，这会压低整个行业的盈利水平，甚至使整个行业无利可图；本行业技术上的突破可能会使这一战略失效；购买者的兴趣可能会转移到价格以外的其他产品特征上。在我国空调行业，采用总成本领先战略的典范是"奥克斯"，在微波炉行业是"格兰仕"，在手机行业是"波导"。

格兰仕微波炉的战略

经过激烈的市场竞争，格兰仕攻占了国内市场 60%以上的份额，成为中国微波炉市场的代名词。在国家质量检测部门历次全国质量抽查中，格兰仕几乎是唯一全部合格的品牌，与众多洋品牌频频在抽检中不合格而被曝光形成鲜明对比。去年，格兰仕投入上亿元技术开发费用，获得了几十项国家专利和专有技术；今年，格兰仕将继续加大投入，使技术水平始终保持世界前列。

由于格兰仕的价格挤压，近几年微波炉的利润空间降到了低谷。今年春节前夕，甚至出现个别韩国品牌售价低于 300 元的情况，堪称世界微波炉的最低价格。国内品牌的主要竞争对手一直是韩国产品，它们由于起步早而曾经一度占据先机。在近几年的竞争中，韩国品牌落在了下风。韩国公司在我国的微波炉生产企业，屡次在一些重要指标上被查出不合标准，并且屡遭投诉，这在注重质量管理的韩国公司是不多见的。业内人士认为，200 多元的价格水平不正常，是一种明显的倾销行为。它有两种可能：一是韩国受金融危机影响，急需扩大出口，向外转嫁经济危机；二是抛库套现，做退出前的准备。

面对洋品牌可能的大退却，格兰仕不是进攻而是选择了暂时退却。目前，格兰仕总部发出指令，有秩序地减少东北地区的市场宣传，巩固和发展其他市场。这一决策直接导致了春节前后一批中小企业进军东北，争夺沈阳及天津市场。

这些地区已经平息的微波炉大战，有重新开始的趋势。格兰仕经理层在解释这种战略性退让时指出，其目的在于让出部分市场，培养民族品牌，使它们能够利用目前韩国个别品牌由于质量问题引起信誉危机的有利时机，在某一区域获得跟洋品牌直接对抗的实力，形成相对的针对洋品牌的统一战线，消除那些搞不正当竞争的进口品牌。

从长远来看，格兰仕保持一些竞争对手，也是对自己今后的鼓励和鞭策。格兰仕的目标是打出国门。1998 年，格兰仕微波炉出口额 5000 万美元，比上年增长两倍，在国内家电行业名列前茅，其国际市场价格平均比韩国同类产品高 25%。前不久，在世界最高水平的德国科隆家电展中，第二次参展的格兰仕不仅获得了大批订单，而且赢得了世界微波炉经销商的广泛关注。今年格兰仕的出口目标是再翻一番。

为继续扩大规模，格兰仕将有选择地在国内微波炉企业中展开收购工作。1998 年收购安宝路未果后，公司总结了经验教训，今年将重点联合政府部门实现新的目标。鉴于亚洲金融危机的影响短期内可能不会消除，格兰仕表示，并购工作对海外品牌企业一视同仁。

（资料来源：吴健安. 市场营销学. 北京：高等教育出版社，2007）

2) 差别化战略

差别化战略是指以较高的价格向价格相对不敏感的顾客提供独特的产品或者服务。成功的差别化战略能够使企业以更高的价格出售产品，并通过产品的差别化特征赢得顾客的忠诚。

在决定采取差别化战略的时候，企业必须仔细研究购买者的需求和偏好，以便决定将一种或多种差别化特征结合在一个独特的产品中，达到所需要的产品特性。成功的差别化战略意味着更大的产品灵活性、更大的兼容性、更高水平的服务、更大的方便性或更多的特性。新产品开发就是一种提供差别化优势的战略。

差别化战略也有它的风险：顾客对产品价值的认同和偏好不足以使其接受该产品的高价格，在这种情况下，总成本领先战略会轻而易举地击败差别化战略；另一个风险是竞争者会设法迅速模仿本企业产品的差别化特征。因此，要设置壁垒防止竞争者的模仿，以保证产品具有长期的独特性。在我国家电行业采用差别化战略的典范是海尔，在手机行业是

TCL。

3) 集中战略

所谓集中战略就是集中企业所有的资源和能力在一个较小的细分市场经营。

从严格意义上来讲，集中战略不是一种独立的基本战略，它是总成本领先战略和差别化战略在一个很小的细分市场上的运用。根据迈克尔·波特的观点，总成本领先战略和差别化战略是雄霸一方的战略，而集中战略是窝居一隅之策。其原因是企业由于资源和能力的制约，既无法成为成本领导者，也不能成为差别化者，而是介于其中。波特同时还指出，如果企业能够约束自己的经营领域，集中资源和能力于某一特殊的顾客群或者较小的地理范围，那么企业也可以在一个较小的目标市场获得竞争优势。换言之，集中战略就是对选定的目标市场进行专业化服务的战略。比如定制服装、皮鞋等。

集中战略往往可以作为过渡战略，为企业的未来发展奠定基础。

集中战略存在的问题有三个方面：第一，一般来说，集中战略由于产量和销量较小，生产成本通常较高，因此会影响企业的获利能力；第二，集中战略的利益可能会由于技术的变革或者顾客需要的变化而突然消失；第三，它要始终面对总成本领先战略者和差别化战略者的威胁。

一个典型的集中战略的例子是奥普浴霸，它的主要产品是浴室里洗澡时取暖用的灯，不管从灯具行业还是从卫生洁具行业来看，都非常狭窄。

"奥普浴霸"的市场营销策略

澳大利亚奥普卫浴电器(杭州)有限公司是专业从事卫浴电器研发、生产和营销的国际化现代企业，其代表产品"奥普浴霸"(浴室取暖设备)在国内外颇受欢迎，奥普公司仅此一项在中国地区的年销售额便超过 2 亿元。在中国市场，奥普公司靠"奥普浴霸"系列产品而成名，"浴霸"(浴霸两个字变成了浴室取暖设备的代名词)因奥普公司在中国内地的引进和发展而成为一个行业。7 年前，当中国人"随时在家洗个热水澡"的梦想因热水器的大量上市而变成现实时，人们又感觉到，洗浴时浴室的温度太低(尤其在冬季南方一些地区，此问题更加突出)。正当无奈之际，"奥普浴霸"在中国杭州生产的产品就已经下线了。产品在中国部分城市上市后，立即引起强烈反响，产品在许多销售点供不应求。7 年后的今天，奥普浴霸在中国内地市场已拥有近 300 万用户，用户群对产品的理解已经开始从奢侈品转变为大众适用商品，继而成为家庭浴室的必备用品。

作为行业的开拓者和领导者，奥普无疑是成功的。那么，奥普在市场营销战略和策略方面有哪些独到之处呢？

有些人认为，企业应该从市场的多方面需求考虑，经营范围要广，产品种类要多，而奥普只生产卫浴电器，其市场发展空间有限，这不利于企业的长远发展。

奥普公司则认为，作为一个企业，应该集中所有的优势，在一个专门的领域内经营，这样才能把工作做得系统，做得细致。那种什么钱都想赚、产品开发求大求全的做法是不科学的，是不利于企业长期稳定发展的，这也正是中国许多企业"短命"的原因。奥普把所有的技术优势、资源优势、品牌优势集中在卫浴电器产品的开发和推广。在奥普的战略报告中可以看到这样的描述："奥普的战略目标是集中优势资源来努力建造一个品质卓越、品位高尚、品牌国际化的卫浴电器品牌。"

　　从表面上看，奥普的业务仅仅局限于卫浴电器，其产品开发涉及领域相对较小，但是奥普却在浴室这个小空间里，做出了大文章。奥普公司认为在卫生间这个空间里，人是最自然、最需要体会生活品味的，由此而产生的需求也是多种多样的。只要有需求就有市场，只要产品定位准确就有市场空间。奥普现任 CEO 马悦先生描述了奥普产品的使用价值：关注人的生活品质，特别是在卫浴方面的各种需求，强调卫浴中满足深层次需求、细致关怀，最终实现保护人类自身健康的目的，使现代人的生活品质获得显著提升。

　　另外，奥普在安全性方面的专业技术优势也正是其采用集中战略生产卫浴电器的主要原因。浴室让人联想到的是潮湿，而在潮湿的环境中使用电器就容易给人一种不安全感，所以安全成为浴用电器的重要保障。而奥普在技术上的专业优势恰恰在于制造安全的卫浴电器产品。

　　在这样的理念指导下，奥普相继开发出系列卫浴产品：继奥普浴霸之后，牙具消毒器、智能电热水器、智能洁身器等系列高安全、高享受、满足消费者深层次需求的卫浴电器即将面市。我们可以通过奥普公司的第一代产品——"奥普浴霸"的开发过程发现其明晰的战略意图。正是奥普公司对消费需求研究的专注和资源投入的专一，为奥普浴霸从行业开拓者到始终保持行业领先打下了扎实的基础。

　　　　　　(资料来源：铭伯，张辉."奥普浴霸"市场营销案例.中国经营报，2001-3-8)
　　许多中小型企业还处在积累实力阶段，因此，集中战略无疑是一种值得优先考虑的竞争战略。

2. 不同竞争地位的企业或业务的具体竞争策略设计

　　竞争战略是一种方向性的东西，它指导企业应该如何有效地分配自己有限的资源。在确定竞争战略的基础上，企业还需要制定出具体的竞争策略。

　　在一个行业市场上，可以根据竞争地位的不同把竞争者分为市场领导者、市场挑战者、市场跟随者和市场补缺者。处在不同竞争地位的企业应该根据自己的竞争地位和行业的特点制定出相应的竞争策略。

1) 市场领导者的目标和竞争策略

　　一般情况下，每个行业都存在公认的"市场领导者"。所谓的"市场领导者"一般具有这样的特征：在其所在行业拥有最大的市场占有率；在价格变动、产品开发、促销强度等方面领导其他企业。市场领导者往往是竞争者群起而攻之的对象。一些著名的市场领导者如 IBM(计算机业)、可口可乐(饮料)、通用(汽车)、波音(飞机)、格兰仕(微波炉)等广为人知。

　　这些居于支配地位的企业通常会有以下的战略目标及其实现这些目标的手段：

　　(1) 扩大整个行业市场。由于居于支配地位的企业拥有最高的市场占有率，因此，如果扩大整个行业市场，显然对之最有利。市场领导者总是应该为自己的产品寻找新用户、新用途并扩大使用量，以此获取更多的利益。

　　① 新用户。一种产品，无论覆盖面多广，总有其没有触及的地方。就大多数产品而言，没用过这种产品的潜在顾客往往为数众多，因此，假若能扩大使用者队伍，则企业获益匪浅。具体办法有：市场渗透策略，即说服以前未使用这种产品的顾客使用本企业的产品；新市场策略，即另辟蹊径，比如说服男士使用香水；地理扩展策略，如向外国出口。

　　② 新用途。通过发现并推广产品的新用途来扩大市场。企业应当关注顾客对本企业产

品的使用情况，积极探索产品的多种用途，每发现一个新用途就可能会为企业找到一个新的发展空间。一个典型的例子是杜邦公司的尼龙。尼龙原先是被用作降落伞的合成纤维，后来又被用作女袜的纤维，再后来成为男女衬衫、轮胎和地毯等的主要原料。

③ 扩大使用量。第三种扩大市场的手段是说服现有顾客在每次使用企业产品时增加使用量。

(2) 保护市场份额。市场领导者必须巩固自己的竞争优势，为此，企业要采取适当的措施保护市场占有率，避免受竞争对手的攻击。市场占有率实际上是各竞争者力量平衡的结果，要保持支配地位，必须不断地去争取，不断地进行抗争，以攻为守。在新产品的推出、服务、成本削减等方面都要不停地进行改进，始终保持领先地位，以免给竞争者留下可乘之机。具体的防守策略主要有：巩固防守、侧翼防守、先占防守、反攻防守、活动防守和收缩防守。

(3) 扩大市场份额。市场领导者也可以进一步扩大市场占有率，以提高其利润率。有研究表明，在一定的范围里，市场占有率与利润率之间存在一种线性关系，即利润率随着市场占有率的提高而提高。比如，当市场占有率为 10%时，其利润率为 10%，那么，当市场占有率上升到 30%时，则利润率可能会高达 30%。提高市场占有率对市场领导者来说是可能的，因为它具有更强的实力和更大的优势。但是，市场占有率与利润率之间的这种线性关系并不是绝对的，在一些行业，企业要以牺牲利润为代价来换取市场份额，因此，有时企业市场占有率的提高不但会降低利润率，而且总体利润都会下降。因此，企业切不可认为提高市场份额就会自然而然地增加利润。

可口可乐，一个百年品牌演绎的营销神话

可口可乐是饮料行业中的领导者，其市场地位无人能撼，然而，即便是这样的企业也不断地采用各种策略来巩固自己的市场地位。

目前，可口可乐公司销售的饮料可分成四类：以可口可乐为商标的主打产品；主要是水的饮料；含有咖啡因和维他命的功能饮料；有益于健康和有营养的果汁和牛奶。这些产品总共采用了 230 多个品牌。除了可口可乐，其他三个国际品牌和众多本土品牌的产品包装下都注明"可口可乐公司荣誉出品"字样。这种多品牌战略，以可口可乐这一强势品牌为核心，雪碧、健怡可口可乐、芬达为两翼，其他本土品牌为补充，在四周建立起一圈牢固的防护墙，可口可乐的品牌家族就这样建立起一支攻无不胜的航母编队。在这一体系下，可口可乐品牌仍可保持它的吸引力和实力，消费者相信其提供的其他饮品也会同样具有异乎寻常的吸引力。二线品牌既可从核心品牌强有力的形象和认同中获益，又可保持自己的个性，占领不同的细分市场。

可口可乐公司正在向一个全面型饮料公司的方向发展，而不仅仅是碳酸饮料的生产者。可口可乐公司的战略是在有效的盈利前提下，在全世界范围内扩大它的饮料系列，因此，它持续不断地开发新的饮料产品。仅在 2000 年，可口可乐就在 45 个亚洲国家推出了 15 种新饮料。在中国市场上，除了传统的四个国际品牌外，可口可乐公司拥有的品牌还包括"醒目"果味饮料系列、"天与地"非碳酸系列、"保锐得"运动饮料、"津美乐"、"雪菲力"及"岚风"蜂蜜绿茶饮料和"阳光"茶饮料、"酷儿"果汁饮料，产品类别覆盖汽水、茶饮料、果汁等。

可口可乐作为市场领导者，其竞争策略是用不同的品牌把各种产品打入各个细分市场，这一策略看起来是相当成功的。除了传统的四大品牌，"保锐得"正在成为可口可乐公司的一个新的全球品牌并在向世界各大洲市场渗透。2001年，"酷儿"果汁饮料风靡亚洲，那个可爱的卡通"酷儿"在很多方面已成为孩子们生活的一部分，比如说，"酷儿"每天早上在东京电视网现身，教孩子们跳各种舞蹈——从SALSA到迪斯科。2001年"酷儿"成了日本排名第一的果汁饮料品牌。同时，包括"岚风"在内的茶饮料品牌使可口可乐公司成为日本茶饮料市场的领导者。

中国国家统计局行业企业信息发布中心和央视市场研究公司进行的、遍布35个主要城市、以15400个家庭为样本的最新调查显示，2001年可口可乐在中国市场的占有率领先于同类产品，连续7年稳居碳酸饮料榜首。其碳酸饮料系列中的其他三个品牌雪碧、芬达、醒目也名列前茅。可口可乐的品牌市场占有率为41.2%，品牌知名度为78.8%，最佳品牌认同度为39.2%。而在可口可乐涉足的非碳酸类饮料品类中，可口可乐则保持着强有力的挑战者位置。

案例点评：可口可乐在主品牌的周围围绕着一系列的品牌，运用了各种竞争策略，包括巩固防守、侧翼防守、先占防守、反攻防守、活动防守等策略，在扩大整个行业的市场容量和稳固防守自己的市场份额的同时，挤占竞争对手的市场份额，牢固地捍卫自己的市场地位。

(资料来源：贺和平.可口可乐，一个百年品牌演绎的营销神话.中国营销传播网，2002-07-15)

2) 市场挑战者的目标和竞争策略

一般来说，每个行业市场都会有其各自的领导者，比如可口可乐、宝洁、通用汽车等。同样，在它们周围，还存在着一群虎视眈眈的挑战者，例如百事可乐、高露洁、福特等，它们野心勃勃地做着准备，以伺机扭转竞争局面。

(1) 市场挑战者的目标。市场挑战者必须有明确的挑战目标，这个目标不但应该是明确无误的，而且应该是有决定意义和可以达到的。一般来说，市场挑战者的目标是提高市场占有率。

(2) 选择进攻对象。市场挑战者为达成其目标，必然要确定进攻的对象。在这个问题上，企业一般可以有三种选择：

① 进攻市场领导者。把市场领导者作为进攻对象风险较大，但是利润也很可观。当市场领导者存在不稳定因素或其他一些问题时，市场挑战者可大举进攻。

② 进攻同等规模但经营不善、资金不足的企业。

③ 进攻区域性的、规模小的、经营不善、资金不足的企业。

市场挑战者有时还连横伐纵，与同行业的其他经营者结成战略伙伴关系，以提高自己的挑战能力。

(3) 选择进攻策略。挑战者的具体挑战策略有以下几种：

① 正面进攻：集中力量，在产品、广告、价格等方面直接与竞争对手交锋。

② 侧翼进攻：避开对方的强项，选择对手的弱点进攻。比如选择竞争对手力量弱的地区进攻，夺取该市场。

③ 包围进攻：从各个方面展开进攻，既攻击正面，也攻击侧翼、背面，使对方无法应战。

④ 跨越进攻：绕过敌人，攻击比较容易进入的市场，以扩大自己的资源基础。

⑤ 游击进攻：在竞争的不同区域发起小规模的、断断续续的攻击，其目的是骚扰对方并使对方士气低落，并最终攻下阵地。

(4) 具体进攻手段。在具体的进攻手段上，有以下几种可供市场挑战者选择：

① 价格折扣；

② 便宜产品；

③ 体现身份的高档产品；

④ 增加产品品种；

⑤ 产品创新；

⑥ 改进服务；

⑦ 分销渠道创新；

⑧ 降低制造成本；

⑨ 加大广告促销力度。

蒙牛传奇：借力打力

市场挑战者：蒙牛乳业

市场领导者：伊利乳业

竞争性质：蒙牛乳业挑战伊利乳业

进攻策略和具体进攻手段：蒙牛乳业采用跨越进攻的策略，进入老大忽略的低端市场，发展同类产品中的低端产品，暗中积累竞争资源和能力；一个时期后，当蒙牛积累了足够的实力之后，便从产品、价格、市场、传播等各个方面，向伊利发起正面进攻。

挑战结果：4 岁的蒙牛与 10 岁的伊利平起平坐，同属中国奶业四强。2003 年蒙牛向三甲进军。

蒙牛与伊利，两家奶业巨头同处西北边陲重镇呼和浩特，尽管蒙牛的诞生比伊利晚 6 年，但蒙牛在短短的 4 年内奇迹般地长大，从进入市场时在同行业排行第 1116 位，到 2002 年以 1947.31% 的成长速度被商界誉为"成长冠军"，站到了可以与伊利相提并论的位置：现在蒙牛和伊利同属中国奶业四强，而如今蒙牛正在挤进前三强，蒙牛的液态奶市场占有率第一，伊利第二；伊利的冰激凌类产品第一，蒙牛第二。

4 岁蒙牛何以后来居上？又何以从后来居上的角色成长为中国乳业老大的挑战者？

(一) 虚拟联合：借力社会资本

蒙牛自诞生起，蒙牛乳业的老总牛根生就非常注重借助外部力量发展壮大。

传统思维是先建工厂，后建市场；蒙牛是逆向思维：先建市场，后建工厂。于是，"虚拟联合"诞生了：1999 年，蒙牛把区内外 8 个中小型乳品企业变为自己的生产车间，盘活了 7.8 亿元资产，经营的产品包括冰淇淋、液态奶、粉状奶的 3 个系列的 40 个品种，并使蒙牛产品很快打入全国市场，当年销售收入就高达 4365 万元。半年时间，蒙牛在中国乳品企业销售收入排行榜中，由千名之末窜升至第 119 位。"蒙牛现象"一时成为经济界备受瞩目的一个亮点。

牛根生说，在计划经济下，企业就是生产车间的同义语，而当今做企业，可以先建市场，后建工厂。像这样，一个品牌拥有者，运用自己的品牌优势、市场优势、科技优势，将许多个企业联合到自己的名下，只进行资本运营，不发生资金转移，这种联合方式就是"虚拟联合"。

2000年，蒙牛一面扩展"虚拟组织"，一面杀了个"回马枪"，创立自己的"根据地"：建起了具有国际先进水平的17条冰淇淋全自动生产流水线和22条液体无菌奶生产流水线。

蒙牛有了自己的工厂后，"虚拟联合"不仅没有收缩，而且进一步扩大。目前，参与公司原料、产品运输的600多辆运货车、奶罐车、冷藏车，为公司收购原奶的500多个奶站及配套设施，近10万平方米的员工宿舍，合起来总价值达5亿多元，没有一处是蒙牛自己掏钱做的，均由社会投资完成。通过经济杠杆的调控，蒙牛整合了大量的社会资源，把传统的"体内循环"变作"体外循环"，把传统的"企业办社会"变作"社会办企业"。

1999年，蒙牛实现销售收入4365万元，居全国同行业第119位。

2000年，蒙牛实现销售收入2.94亿元，是1999年的6.7倍，销售额居全国同行业排名第11位。

2001年，蒙牛实现销售收入8.5亿元，是2000年的3倍，销售额居全国同行业排名第5位。2002年，蒙牛实现销售收入20亿元，销售额居全国同行业排名第4位。

2002年12月，摩根士坦利等三家国际投资公司联合对蒙牛投资2600万美元，是目前中国乳业接受的最大一笔国际投资。

经济界人士说，如果不是"先建市场，后建工厂"，蒙牛产品的问世至少要晚一年；如果不用经济杠杆撬动社会资金，蒙牛的发展速度至少减慢一半；如果不引入国际资本，蒙牛的国际化至少要晚几年。

(二) 品牌和产品：从借势到抢势

牛根生是一个非常讲究策略的人。在蒙牛羽翼未丰的时候，为了生存，他暂时收起了自己的野心。

在品牌上，甘当老二，依附于伊利，借势于伊利。蒙牛巧妙地通过"甘当内蒙第二品牌"的品牌宣传和"中国乳都"等概念的推出，叫响了蒙牛自己的品牌。

创内蒙古乳业第二品牌的创意是这样诞生的：内蒙古乳业第一品牌是伊利，这世人皆知。可是，内蒙古乳业第二品牌是谁？没人知道。如果蒙牛一出世就提出"创第二品牌"，这就等于把所有其他竞争对手都甩到了后边，一起步就"加塞"到了第二名的位置。这个创意加上蒙牛的实力，蒙牛一下子就站到了巨人的肩膀上，这光沾大了，势借巧了。

蒙牛在宣传上一开始就与伊利联系在一起。它的第一块广告牌子上写的是"做内蒙古第二品牌"；在冰淇淋的包装上，它打出了"为民族工业争气，向伊利学习"的字样。把蒙牛与伊利绑在了一起，既借助伊利之名，提高了蒙牛品牌的知名度和美誉度，使双方利益具备了一定的共同点，又使伊利这个行业老大投鼠忌器，避免了其可能的报复性市场手段，因为此时伊利任何报复性的市场手段都可能造成一荣俱荣，一损俱损。由于牛根生与蒙牛的骨干力量全是从伊利出来的，所以提起伊利董事长郑俊怀，牛根生至今仍言必称"我们领导"，显示了对伊利极大的尊重。

在牛根生看来，一个品牌并不单单是一种产品的问题，而是一个地域的问题，内蒙古就是一个大品牌。为扩大蒙牛品牌的美誉度，蒙牛还提出了建设"中国乳都"的概念。呼和浩特的奶源在全国最优，人均牛奶拥有量也居全国第一，2001年6月，蒙牛以"我们共同的品牌——'中国乳都'呼和浩特"为主题，在呼和浩特的主要街道高密度投放灯箱广告。从此，"中国乳都"的概念被政府官员和媒体频频引用，得到政府和民众的支持。

对于蒙牛的举动，伊利不便作出强烈的反应：既然你蒙牛是要做大内蒙奶这块大蛋糕，我又何乐而不为呢？而牛根生从一开始就将蒙牛定位于乳品市场的建设者，努力做大行业蛋糕，而不是现有市场份额的掠夺者。他有一句"名言"：提倡全民喝奶，但你不一定喝蒙牛奶，只要你喝奶就行。

在产品上，一开始蒙牛采取了避实就虚的策略：老大的主力产品是高端的利乐纸盒包装(利乐包)，蒙牛就生产低一个档次的利乐枕塑料袋包装；老大的主战场在一线大市场，蒙牛就从二、三线市场做起，俨然一个跟随者的角色。

蒙牛在积蓄自己的力量，等待着"牛气冲天"的那一天。

2001年7月10日，离2008年奥运会主办城市揭晓还差三天，蒙牛宣布，一旦北京申办成功，蒙牛将捐款1000万元，是国内第一个向奥组委而不是奥申委捐款的企业；2003年3月伊拉克战争爆发后，蒙牛第一个在央视做字幕广告；"非典"疫情爆发后，蒙牛是国内第一个捐款捐物的企业，并以1000多万元的捐赠拔得了头筹……这一系列敢为人先、敢为第一的举动，好像是在向世人显示蒙牛要树立中国乳业第一品牌的决心。

2003年，蒙牛已成为不仅包括利乐枕，还包括利乐包的液态奶全球产销量第一的品牌，其产品在国内许多城市已坐上头把交椅。在今天的冷饮和乳品市场上，蒙牛已是伊利的强劲对手，两家企业的产品形式、价格、市场定位都有很大的趋同性，你推"四个圈"、我就来个"随便"，彼此之间早已展开了正面的竞争。

虽然伊利还像个竖在蒙牛前面的标杆，但正因为牛根生看到了乳品生产企业的高度，所以他敢大着胆子翻跟头；伊利更是一个被牛根生解剖得明明白白的躯体，他能够在运作蒙牛的过程中游刃有余，也在于深谙伊利短长。

有人问牛根生现在是不是想做"老大"，牛根生说："老大是所有人都想争取的。我们现在考虑的是哪个时间实现销售额一百亿美金的事。"

案例点评：历史上诸葛亮"借"势打败曹操，如今蒙牛又续写了"借"势成功的佳话。在蒙牛的成长中处处体现着一个"借"字：创业初期，借用工厂，实施"虚拟联合"，快速开拓市场；借势于"中国乳都"、捆绑行业老大"伊利"，打响自己的名头；借用社会资本，发展自己的实力。"借"，把蒙牛的迂回进攻战略展现得淋漓尽致。同时蒙牛将自身的优势资源集中于市场开发、技术开发，将原料供应、生产、运输等业务外包，形成以品牌优势为基础的价值网络，而且始终不渝地积累自身的品牌优势与价值网络运作优势，得以在市场中逐步壮大。

蒙牛另一高明之处是巧妙地处理与行业领导者——伊利的关系。牛根生认识到在蒙牛羽翼未丰之时是不能与行业领导者进行正面交锋的，需要厚积薄发。采用"甘当老二"的策略在思想上麻痹伊利，尽可能减少伊利的敌视、抵制。犹如三国之时的刘备，屈身曹操之处，韬光养晦，故作无志种菜、闻雷而掉箸，才能麻痹曹操，养精蓄锐，后终成三国之势。

(资料来源：王伟群，刘蔚，王卓，等.弱势者的营销战略——市场挑战者战略.成功营销，2003(8))

3) 市场跟随者的策略

在行业中处在第二、第三位的公司，比如方太、高露洁、福特、百事可乐等公司，可能攻击市场领导者和其他竞争者，以夺取更多的市场份额，即在行业中扮演市场挑战者的角色；它们也可能参与竞争，但不扰乱市场格局，这时，它们扮演的是市场跟随者的角色。

有很多时候向市场领导者直接发动攻击是不明智的，因为这可能会引发激烈的市场竞争，引起行业老大的报复。因此，除非老二、老三真的有足够的实力，否则它最好跟随领导者而非攻击领导者。

市场跟随者可以采用以下三种策略：

(1) 紧随其后。在各个细分市场和营销领域都尽量模仿市场领导者。这种策略在计算机行业非常普遍。

(2) 有距离地跟随。在很多方面模仿市场领导者，但在有些方面进行改动，即在跟随的同时又保持一些差异性，主要在价格水平、产品更新、销售方面跟随市场领导者。

(3) 有选择性地跟随。不是一味地模仿，而是在模仿的基础上进行改造，即在有些方面紧随领导者，在其他方面则具有独创性。

方太厨具甘当老二

市场跟随者：方太厨具

市场领导者：帅康厨具

竞争性质：跟随市场领导者

跟随策略：有选择性地跟随，在跟随的同时发挥自己的独创性，不进行直接的竞争。

跟随结果：从1998年开始，方太就坐上了吸油烟机行业的第二把交椅，而且这一坐就是5年。

自1996年以来，方太厨具从国内200多家吸油烟机行业的最后一名跃至第二名，已经连续在市场上刮起了四股方太旋风，连续4年保持市场增长率第一，经济增长率第一。而方太董事长茅理翔却说："方太不争第一，甘当老二。"

甘当老二，这是一种策略。

"不争第一，永当老二"，这是方太的口号。有人讥笑说：你当不了第一，故自圆其说，是"懦夫"哲学。方太董事长茅理翔的理解却是："当第一太累了，会成为众矢之的，天天战战兢兢，怕掉下来。事实上，当老二，也不是件简单的事；能永当老二，更是极不容易的。企业是有寿命的，3到5年或10到20年，长寿企业毕竟是少数。但长寿企业均有一个相似之处，即均是强势品牌企业、稳健发展企业。"甘当老二，这其实是一种策略。老大最怕有人超过他，往往最怕老二，因此，也最痛恨老二，会不惜一切手段去打老二、压老二，不叫他上来；老三老四也往往首先把目标对准老二，能把他拉下来，自己去取代他。所以老二的日子是很不好过的。这时，如果你表示不争第一，甘当老二，并且事实上，不去打击老大，甚至有时还要同情老大、保护老大，会使老大不恨你、不防你，那么它就不打你。这样，老二就可以保存精力，好好练内功。为什么甘当第二？这还与方太的市场定位有关。很简单，方太的市场定位是中高档，从市场占有率来说，中高档是永远当不了第一的，方太可以争第一品牌，但不可以争第一销量。所以，茅理翔说："我们要老老实实甘当老二，能长久当老二，就是一个成功者、胜利者。即使哪一天，老大下来，你也不要急于去争老大，肯定会有人去争老大，你还是保老二。千万记住，永当老二，才是你的出路。"

明确战略定位，才能当好老二。

从 1998 年开始，方太就坐上了吸油烟机行业的第二把交椅，而且这一坐就是 5 年，直到今天。这在中国的企业界也是很少见的。

这靠的就是方太的法宝——"不做松散的大蛋糕，宁做坚硬的金刚钻"，具体说来，就是方太的三大战略定位：行业定位——专业化，市场定位(作者注：目标市场选择)——中高档，质量定位——出精品。

方太的三大定位是赢得市场的三大法宝，是矢志不渝的企业"基本国策"，永远不能丢。

这三大战略定位是方太 6 年高速发展的经验结晶，也是方太未来发展的战略方针。

行业定位——专业化。

为什么选择专业化呢？在国际经济大分工的情况下，一个厂商不能太贪，什么都想生产，生产门类太多了，投资分散了，精力分散了，竞争对手也多了，你会应付不过来，最后什么都做不好，做不精，从而彻底失败。只有专业化，才能集中资源在单一行业做深、做强。多元化是"馅饼"，也是"陷阱"。当自己的管理水平还不能输出的时候，千万别搞多元化。巨人集团的失败就是搞多元化失败的一个典型。

方太根据自己的能力、实力选择专业化是明智的。在短短的 4 年半时间，仅吸油烟机，方太已做到 4 亿元的销售额，产品已经达到四大系列的二十几个型号。方太处处走精益求精之路，它建立了国内一流的吸油烟机、灶具测试中心，成立了开发实力较强的技术中心。方太要把厨具做专、做强，使人们购买厨具时，首先想到的是方太，一提起方太就会想到厨具。

专业化是一种战略，是市场经济中的强有力的武器之一。

市场定位——中高档。

为什么选择中高档定位？市场很大，但一个厂家也不能太贪，一定要选择属于自己的目标市场。当今，独家垄断市场的时代已经结束了，方太选择中高档市场作为自己的目标市场，选择中高档客户作为自己的目标客户，使自己的服务方向明确，精力集中，有利于新品开发与市场定位。

有了明确的客户群，相应地也使消费者了解，要购中高档厨具就选方太。虽然价格偏高一点，但人们在心理上能够承受。

质量定位——出精品。

为什么选择精品定位？现在市场上产品的质量档次也很多，既然方太的目标市场是中高端市场，那么方太的产品必须搞成精品。用精品厨具，是中高档用户身份的体现。

很多企业希望自己一夜之间长大，恨不得明天就能进入世界 500 强。所以，大家电企业全面进军小家电，而小家电企业又纷纷生产大家电。但是，就像自然界有规律一样，搞企业也是有规律的。项目太多，什么都做不精，什么都做不强，目前虽然看起来做大了，但终有一天会倒下去。而方太则坚持"不做松散的大蛋糕，宁做坚硬的金刚钻"。

老二要联合老大，保卫行业才能保卫自身。

方太坚决不参与打价格战，它要保护市场，保护自己。一个行业的老大和老二不挑起价格战，这个行业的价格就会相对稳定。

吸油烟机的价格一开始就已拉开了距离，价格和产品分为高、中、低三档，而低档价均出自杂牌军。低档吸油烟机尽管也会拉去部分顾客，但不会影响中、高档的客户。低档机的厂家无法承担服务费用，而吸油烟机的售后服务要比其他家电重要，因而一部分顾客尝到苦果后会回头来购买品牌机。由于市场一开始就有自然的产品定位与价格定位，顾客群分解得比较清楚，降低价格就等于降低产品的定位，所以方太不降价。

作为行业的老二，方太把握住了自己的三个战略定位，不参与价格战，而是用新产品、用服务、用品牌去击败竞争者，并且甘当老二，对老大不威逼、不骚扰、不打击、不落井下石，而是采取同情、保护的态度，作为老大，当然乐得与老二并肩而战，共同维护行业的良性发展。

当前，吸油烟机也已出现了恶性竞争的苗头，各路英雄大打出手，众多好汉齐相参与。某家大厂带头降价打折，其他品牌紧紧跟上；也有的以柔克刚，步步为营；几十家杂牌军的假冒伪劣产品低价倾销；大家电企业纷纷加入，不留一点空间给其他厂。但方太保持了高度的警觉，如果方太也参与价格战，势必激起老大的强烈反击，两败俱伤，这个市场就会一片混乱。

茅理翔说："方太坚决不走这条路，要保护市场，保护自己。我们相信方太的实力，方太不动，市场就不会乱。"

专家点评：虽然中国自古以来即强调战略与战术的综合运用，但到了现代，中国很多企业越来越走入忽视战略而只重战术的误区，急功近利者比比皆是，求"快"而不知"方向"，往往陷入"向量和等于零"的境地。战略与战术的关系，一个是方向，一个是方法。如果只有方法而没有方向，方法再好也无济于事。纵观方太案例，给我们一个很清晰的感觉是方太的成功得益于明晰的市场战略设计，并能持恒一致地加以执行。

(资料来源：王伟群，刘蔚，王卓，等. 弱势者的营销战略——市场跟随者战略. 成功营销，2003(8))

4) 市场补缺者策略

市场补缺者策略也叫利基(来源于英文单词 niche 的读音)策略。

几乎每个行业都有一些中小型企业，它们的规模可能不大，扮演着市场补缺者的角色，但生存状况却不错，甚至还获得了高于行业平均水平的利润。这是因为这些中小企业集中力量，专心致力于被大企业所忽略或有意放弃的某些细分市场，在这些小市场上进行专业化经营，因而获取了不错的收益。

一个理想的补缺市场应该具有如下特征：

① 有足够的市场潜力和购买力；

② 市场有发展潜力；

③ 对主要竞争者不具有吸引力；

④ 企业具备有效地为这一市场服务所必需的资源和能力；

⑤ 企业已在顾客中建立起良好的信誉，足以对抗竞争者。

补缺市场对企业来讲具有特殊的意义。面对国外跨国公司纷纷逐鹿中国市场的勃勃野心和国内大企业纵横捭阖的咄咄气势，脆弱的中小企业如何在这险峻的市场夹缝中生存和发展，已成为有关各界一直在探讨和研究的重大课题。国内著名广告策划人叶茂中出的主意是：中小企业不要到大池塘里冒着吃不到东西还要被吃掉的危险，而应到大鱼不去的小池塘里去找足以饱腹的食物。这就是补缺市场上的集中战略，企业把有限的资源集中在一个相对较小的、被大企业所忽略或有意放弃的细分市场，在这样的细分市场上施展自己的经营才能。一些大企业就是从补缺市场开始发展起来的，比如远大集团、浙江盾安集团、奥普浴霸、无锡瑞格等。

补缺者的关键是专业化，企业要在市场或产品方面实行专业化。市场补缺者可以发挥以下的角色：

① 终端用户专家：企业专门为某一类型的最终用户服务。

② 垂直层次专家：企业把精力集中在价值创造过程的某一环节。例如，一个制铜公司可能集中生产原铜或铜制零件。

③ 顾客规模专家：集中力量为小规模顾客服务。这是因为小客户往往被大公司所忽视。

④ 特定顾客专家：企业把生产和销售对象限定在一个或少数几个主要客户。

⑤ 定制专家：企业根据顾客的要求定制产品。

⑥ 服务专家：企业专门提供一种或几种其他企业所没有或不能提供的服务。

⑦ 地理区域专家：企业只把销售集中在某个区域。

⑧ 渠道专家：企业只为一种分销渠道服务。

当然，市场补缺者不是企业的终极目标，企业通过市场补缺策略积累起一定实力之后，还要寻找更大的发展空间。

维珍：永远的"补缺者"

市场补缺者：维珍集团

市场领导者：各行业的市场领导者

补缺策略：做一只跟在大企业屁股后面抢东西吃的小狗，但以鲜明的创新风格、独特的品牌内涵，为特定的目标客户服务。

补缺结果：维珍品牌在英国的认知度达到了 96%，从金融服务业到航空业，从铁路运输业到饮料业，消费者公认这个品牌的产品和服务质量高、价格廉，而且紧跟时尚潮流，这是其他品牌无法与之相比的。

从 1970 年到现在，维珍集团成为了英国最大的私人企业，旗下拥有 200 多家大小公司，涉足航空、金融、铁路、唱片、婚纱直至避孕套，俨然半个国民生产部门。维珍的老板布兰森曾经说过，如果有谁愿意的话，他可以这样度过一生：喝着维珍可乐长大，到维珍唱片大卖场买维珍电台播放过的唱片，去维珍影院看电影，通过维珍网站交上一个女朋友，和她一起乘坐维珍航空公司的航班去度假，享受维珍假日无微不至的服务，然后由维珍新娘安排一场盛大的婚礼，幸福地消费大量维珍避孕套，直到最后拿着维珍的养老保险安度晚年。当然，如果不幸福的话，维珍还提供了大量的伏特加以供借酒浇愁。

红白相间的维珍品牌在英国的认知度达到了 96%，在"英国男人最知名品牌评选"中排名第一，在"英国女人最知名品牌评选"中位列第三。但是，维珍产品在所处的每一个行业里都不是名列前茅的老大或老二，而是一只"跟在大企业屁股后面抢东西吃的小狗"。这正是布兰森本人所期望的。

维珍总是选择进入那些已经相对成熟的行业，给消费者提供创新的产品和服务。可以说，在它进入的每一个行业里，维珍都成功地扮演了"市场补缺者"和"品牌领导者"的角色。

维珍集团进入每一个行业时，很多分析家都会认为市场已很成熟，已经被一些大集团瓜分得差不多了。维珍集团在这个时候进入市场先天就已经落后了，如果不想捡别人剩下的东西吃，只能找到"利基市场"，只能创新。

布兰森认为，在一个成熟的市场环境里竞争，竞争的压力反过来加剧了企业间的相互模仿，追求标准、降低成本、回避风险成了企业的游戏规则，企业自身的创新潜力受到了压制，而消费者只能在价格上进行比较。这导致了相当糟糕的局面：管理者思想僵化、新的创意越来越少。这正是维珍的机会。维珍提供给目标顾客的是那些老大们没有想到，或者是不愿意去做，而消费者其实很欢迎、很需要、能够从中得利的产品和服务。

维珍集团的经营虽然天马行空，覆盖了生活的方方面面，但是所有产品和服务的目标客户群都锁定在"不循规蹈矩的、反叛的年轻人"身上。它把握了现代人注重享受生活、体验生活、追求个性的心理，赢得了年轻客户的认同和信任，通过长期对他们的服务和研究，掌握了关于他们职业、兴趣的信息，让他们成为了维珍集团源源不断的财富源泉。

例如，维珍移动采用横向、纵向市场并重的策略，在对市场、客户进行细分之后，将单一的移动通信产品或服务有机地捆绑打包，形成具有维珍品牌特色的增值服务产品，再通过在线和离线两个渠道进行销售。从纵向市场看，维珍移动把其客户群分成四大类：体育爱好者、文艺爱好者、旅行者、家居者。再针对这些细分市场把其服务分成三大类：标准服务、特别服务、其他服务。标准服务包括：免费留言信箱、短消息、来电显示、来电等候、传真及数据、无线上网、MP3 下载播放、电话热线以及服务质量保证，这些服务都是标准化的。特别服务则是定制化的服务，包括通过短消息给兴趣群体传送即时新闻、体育比赛、文娱项目的售票信息、无线电广播、基于地理位置的信息、交通信息、手机购物等。其他服务则给客户和合作伙伴提供了开发交叉销售、升级销售的机会，例如客户可购买手机保险、汽车路上修理应急服务、预付费卡月度明细账单、长达三个星期的语音留言保存以及国际漫游等。他的电信促销以非常有趣的方式开展，并将"一种新的生活方式"概念销售给年轻人。如将预设的配置装在手机里，只要打个特定的号码，有关的商品就可以送到顾客手中。维珍移动还与其集团旗下深受年轻人欢迎的航空公司、旅游公司、音乐公司等合作，捆绑销售，为年轻的电信用户提供不同的优惠和配套服务。

战略规划协会的一项研究发现，中小市场的投资回报率达到了 27%，超过大市场投资回报率 16 个百分点。这是一项很惊人的发现，研究者认为，造成这个结果的主要原因就是服务于中小市场的公司往往和顾客的沟通更多，更加了解顾客的想法和需要。维珍公司就是把自己定位在"服务于年轻人的专家"，因此在各个领域所向披靡。

(资料来源：王伟群，刘蔚，王卓，等. 弱势者的营销战略——市场补缺者战略. 成功营销，2003(8))

在本部分的最后需要指出的是，虽然竞争是当前商业活动的现实，有商业活动存在的地方就存在竞争，但是企业也不能为了竞争而竞争，企业在竞争的同时也不要忘了合作，因为在商业界还有一条名言：没有永远的敌人，只有永远的利益。

欧莱雅的中国市场竞争策略

一、企业背景

法国欧莱雅集团，财富 500 强之一，由发明世界上第一种合成染发剂的法国化学家欧仁·舒莱尔创立于 1907 年。历经近一个世纪的努力，欧莱雅从一个小型家庭企业跃居为世界化妆品行业的领头羊。2002 年 11 月 13 日，欧莱雅集团荣获《经济学人》(The Economist) 评选的 "2002 年欧洲最佳跨国企业成就奖"。2003 年初，欧莱雅荣登《财富》评选的 2002 年度全球最受赞赏公司排行榜第 23 名，在入选的法国公司中名列榜首。欧莱雅集团的事业遍及 150 多个国家和地区，在全球拥有 283 家分公司及 100 多个代理商，2002 年销售额高达 143 亿欧元。欧莱雅集团在全球还拥有 5 万多名员工、42 家工厂和 500 多个优质品牌，产品包括护肤防晒、护发染发、彩妆、香水、卫浴、药房专销化妆品和皮肤科疾病辅疗护肤品等。

1996 年，欧莱雅正式进军中国市场；1997 年 2 月，欧莱雅正式在上海设立中国总部。目前，欧莱雅集团在中国拥有约 3000 名员工，业务范围遍布北京、上海、广州、成都等 400 多个城市。

二、企业现状及产品市场状况

巴黎欧莱雅进入中国市场至今，以其与众不同的优雅品牌形象，加上全球顶尖演员、模特的热情演绎，向公众充分展示了 "巴黎欧莱雅，你值得拥有" 的理念。目前欧莱雅已在全国近百个大中城市的百货商店及超市设立了近 400 个形象专柜，并配有专业美容顾问为广大中国女性提供全面的护肤、彩妆、染发定型等相关服务，深受消费者青睐。

欧莱雅集团在中国的品牌主要分为大众品牌(巴黎欧莱雅、美宝莲、卡尼尔)、高档品牌(兰蔻、赫莲娜)、专业美发产品(卡诗、欧莱雅)以及活性健康化妆品(薇姿、理肤泉)。

三、市场竞争状况

2001 年中国化妆品市场销售总额为 400 亿元，2002 年我国化妆品销售增长速度为 14%～15%，实际销售总额大约为 450～460 亿元。2003 年我国化妆品行业发展速度保持稳定增长，增幅不低于 15%，销售总额达到了 500 亿元。国内生产企业已达 2500 家，品种 3 万余种，市场总额居亚洲第二位，在全世界范围内已经成为一个美容大国。

因此，世界名牌化妆品一致看好中国大陆的消费潜力，几乎无一遗漏地抢滩大陆，进驻中国市场，并且受到中国广大消费者的青睐，在中国市场上大放异彩。

目前欧莱雅集团在中国的主要竞争对手也是国际名牌化妆品，主要有雅芳(Avon)、雅诗兰黛(Este'e Lander)、倩碧(Clinique)、P&G 公司的玉兰油(Oil & Ulan)、Cover girl、SK-II 系列、露华侬(RevLon)、圣罗兰(YSL)、克里斯汀·迪奥(Christian Dior)、歌雯琪(Givenchy)、旁氏(Ponds)、凡士林(Vasekine)、克莱伦丝(Chrins)、妮维雅(Nivea)、威娜(Wella)、花牌(Fa)、资生堂(Shiaeibo)等。这些品牌在国内都具有极高的知名度、美誉度和超群的市场表现，如日本的资生堂(Shiaeibo)具有 127 年的悠久历史，又深谙中国人的美容习性及文化传统，在国内拥有一批忠实的消费者，对任何的化妆品公司而言，日本资生堂(Shiaeibo)绝对是一个难以跨越的对手；虽然欧莱雅集团的美宝莲是世界领先的王牌彩妆品牌，但是同处美国的露华侬就是其可怕的竞争对手之一，露华侬旗下的唇膏有 157 种色调，仅粉红就有 41 种之多；在护肤品方面，欧莱雅集团号称拥有 60 年的专业护肤经验，但同样面临着巨大的竞争，如 P&G 公司的玉兰油(Oil & Ulan)在国内的市场占有率就达到 10.9%。因此，在国内欧莱雅集团旗下的各种品牌无一不是遭到各世界级品牌的攻击和挑战，竞争极为激烈。

除了世界品牌在国内的混战外，欧莱雅集团还面临着国内本土品牌的袭击和进攻。化妆品市场的巨大利润，吸引了国内一拨一拨的掘金者顽强地杀入，希望能够分得一杯羹。国产品牌实施薄利多销，控制中低档市场，使得国内市场呈现各踞一方的局面。虽然欧莱雅集团旗下的各种品牌已经几乎覆盖了全部的空间,但是国内的大宝、小护士、羽西(合资)、上海家化依然占有不少的护肤市场份额。此外,经过与外资品牌的多年较量,国产品牌在市场营销能力上已经与国外品牌不相上下,甚至更胜一筹,形成了自己的品牌价值,它们逐渐成熟并虎视眈眈,伺机抢占地盘,令世界各大品牌防不胜防,头痛不已。

所以,目前国内的化妆品市场可以说是处于战国时代,群雄逐鹿,市场竞争极其惨烈,不时有品牌从市场上消失或者被其他公司吞并。为此,各化妆品公司无不如履薄冰,不敢大意。

四、欧莱雅集团的竞争策略

面对中国化妆品市场的激烈竞争,欧莱雅集团丝毫不敢有所大意。为了尽可能地争取最大的份额,欧莱雅集团在产品设计方面苦下工夫,保持了欧莱雅集团产品高质、独特、领先、丰富的文化内涵。高质是世界名牌化妆品的心脏,独特是世界名牌化妆品的大脑,领先是世界名牌化妆品的性格,文化是世界名牌化妆品的气质。

而随着化妆产品原料构成的越来越一致性,化妆品公司的竞争重点已悄悄地发生了转移:由原来的产品竞争转为市场营销竞争。

欧莱雅集团为了抢夺中国化妆品市场,主要采取了以下营销竞争策略:

1. 市场定位策略

由于欧莱雅集团属于世界顶级品牌,所以欧莱雅集团引入中国的品牌定位于中高档,主要分为大众品牌和高档品牌。随着竞争的加剧,欧莱雅集团的大众品牌价格开始有意识地下调,使得大众品牌中又分为不同档次,其最低价格已经接近国内品牌化妆品的价格,从而开始了中低市场的争夺。而高档品牌则继续高品位策略,稳定压倒一切。

通过市场定位策略,实际上欧莱雅集团在国内的化妆品市场上已经是无孔不入,不放过任何一个定位,最大可能地攫取市场份额,挤垮其他对手。

2. 细分市场策略

首先,从产品的使用对象进行细分,有普通消费者使用的化妆品和专业使用的化妆品。专业使用的化妆品主要是指美容院等专业经营场所所使用的产品。

第二,按照化妆产品的品种进行细分,有彩妆、护肤、染发、护发等,并进一步对每一品种按照化妆部位、颜色等进行细分。如彩妆又按照部位分为口红、眼膏、睫毛膏等,而就口红而言,又按照颜色细分为粉红、大红、无色等,按照口红的性质又分为保湿、明亮、滋润等。如此步步细分,光美宝莲口红就达到150多种,而且基本保持每1~2个月就推出新的款式。所以化妆品的品种细分已经达到极限了。

第三,按照地区进行细分。由于南北、东西地区气候、习俗、文化等的差异,人们对化妆品的偏好具有明显的差异。如南方由于气温高,人们一般比较少做白日妆或者喜欢使用清淡的装饰,因此较倾向于淡妆;而北方由于气候干燥以及文化习俗的缘故,一般都比较喜欢浓妆。同样东西地区由于经济、观念、气候等的缘故,人们对化妆品也有不同的要求。所以欧莱雅集团敏锐地意识到了这一点,按照地区推出了不同的主打产品。

第四,其他细分。如按照原材料的不同有专门的纯自然产品;按照年龄细分等。

3. 品牌策略

为了充分满足欧莱雅集团在中国的竞争布局,欧莱雅集团在中国引进了十个主要品牌,分别分布于不同的市场细分和定位,使得集团的竞争策略能够顺利地进行。所以,精确的品牌布局是欧莱雅集团最为关键的策略。没有恰到好处的品牌布局，就没有欧莱雅集团今天在中国大放异彩的成功。

其次，对品牌的延展性、内涵性、兼容性作出了精确的定位和培养，是欧莱雅集团品牌在中国取得成功的又一秘密。

4. 广告策略

由于化妆品的激烈竞争和越来越强的无差异趋势，如何提高自身的知名度和认可度，就成为了化妆品公司挖空心思的问题了。化妆品的日新月异和人们对流行的追随，让消费者对某一款式或品牌的忠诚度大打折扣。如果某个公司在某年度忘记了广告，那么它的化妆产品也就被人们忘记了。可见广告对化妆品的重要性。

欧莱雅集团自然不会忘记使用广告这一最有力的营销武器。针对每一品牌的不同定位和内涵，欧莱雅集团有区别地进行了分别的宣传，以达到最佳的效果。

5. 公共沟通策略

由于广告的局限性，大量的广告有时反而容易引起消费者的反感、抵触情绪，所以在运用广告之余，充分把握和利用一些公共沟通方式，往往可以起到意想不到的效果。

欧莱雅集团正是这方面的高手之一。利用文艺、选美、模特赛事、体育等活动，展现产品的特点，宣传品牌。如美宝莲 1998、1999 年连续赞助世界精英模特大赛中国选拔赛，鼓励中国女性走向世界，展示东方女性独特的韵味，吸引了不少人的"眼球"；2000~2002年连续在全国高校举办"Beauty Night 校园巡回展示活动"，帮助在校大学生更好地理解内心美、塑造外形美，美宝莲首席化妆师为女大学生进行现场个人形象设计，引起轰动。

通过与权威机构合作办理公益事项，扩大品牌效应。如和国际组织共同设立"欧莱雅—联合国教科文组织世界杰出女科学家成就奖"和"联合国教科文组织—欧莱雅世界青年女科学家奖学金"，每年评选一次，极大地提高了公司的地位和可信赖度。

利用社会焦点，吸引消费者的注意。如国际护士节之日，欧莱雅(中国)有限公司总裁盖保罗先生、欧莱雅(中国)有限公司公共关系与对外交流部总监兰珍珍女士以及公司其他高层人员正式通过上海市卫生局有关领导，将价值超过人民币 100 万元、且符合医护人员特殊需求的健康护肤品赠送给了保卫上海市人民生命安全的"非典"一线医护人员。

参与权威机构的评选，提高产品的知名度。如参与国家工商行政管理总局和国家商标局等机构共同举办的第三届"中国商标大赛"，并被评为"2002 年中国人喜爱的十大外国商标"之一。同属于欧莱雅集团的"美宝莲"品牌由于其唇膏销量占 2002 年中国市场第一而荣获"2002 年最具市场竞争力的第一唇膏品牌"以及"2002 年唇膏市场上最受欢迎的品牌"。

通过积极地使用公共沟通策略，欧莱雅集团成功地让其各种产品每天 24 小时尽可能地出现在人们的视野、阅读中，无形中让消费者不断地认识或加深了对欧莱雅集团各个品牌的印象和好感。

充分使用各种市场营销手段，欧莱雅集团在中国大陆化妆品市场越来越潇洒自如，独占鳌头，雄视各方。

五、欧莱雅集团竞争策略的分析

从以上欧莱雅集团的竞争策略，我们看到作为一家国际超级化妆品公司，欧莱雅集团非常熟悉市场的脾性，从品牌设计、品牌的引进和管理、市场定位和细分、市场份额的抢占和防御、直接营销手段和间接公共沟通策略、体验营销和渠道管理到人才管理、产品的研发等，无不展现出了欧莱雅集团对各种市场营销手段的得心应手，甚至是妙笔生花，让人眼花缭乱。

通过研究欧莱雅集团在中国的成长经历和经营方式，让我们如临其境，受益匪浅，也更加认识到了市场营销刺激惊险的一面，同时更加认识到了做市场的艰难。

但是，我们也看到，由于实施多品牌策略，加上对东方文化的理解以及人种等的不同，欧莱雅集团在市场营销方面依旧存在不少的缺陷。

首先，欧莱雅集团应该梳理产品，控制各品牌的界限和外延。如同属于大众品牌的欧莱雅和美宝莲，价格非常相近，品种又有交叉，这样就容易导致自有品牌之间的残杀，而这从整体来说，并没有提高收益，反而由于大量的广告支出造成不必要的损失。所以，为了更好地规范品牌，有必要对各品牌所属的产品进行一个彻底的梳理，重新调整各品牌的外延和广度。如美宝莲品牌，应该彻底放弃仅剩的几种护肤产品，完全做彩妆系列；而巴黎欧莱雅品牌则侧重于护肤和染发系列产品，逐步退出彩妆产品。这样分工，则集团同属的大众定位级别上的两个品牌就可以很好地进行配合而又不至于发生相互的内耗了，同时集团的研发力量也可以得到有效的整合，发挥出最佳力量。

其次，适当实行统一的广告支持。目前，欧莱雅集团旗下各个品牌实行自主管理、自主经营的方式，各品牌的广告也是自成一体，互不干涉。虽然这对保持不同品牌自有的特点和文化内涵十分重要，但是同时也导致许多重复性的浪费，更糟糕的是，使得集团品牌各自为阵，没有形成一股合力。如到目前为止，相当多的消费者甚至不知道美宝莲是属于欧莱雅集团旗下的一个品牌。这实在是极大的资源浪费，令人可叹。因此，欧莱雅集团应该对大陆的各个品牌实施适当的统一广告，让人们对欧莱雅集团的实力有更加形象而实在的认识，增加消费者的信赖和自豪感。

第三，进一步完善产品的市场细分，挖掘潜在的细分市场。化妆品市场的一个特点就是变化，每年都有不同的流行，随时都有新的美容概念。所以，细分策略无处、无时不在。但是，必须注意的是，细分策略也不是一味地细分。如欧莱雅集团的大众品牌中，特别开辟了一个细分品牌——卡尼尔，专门作为天然化妆品牌。虽然卡尼尔拥有极大的知名度，并在欧洲的天然化妆品市场成为当之无愧的顶尖产品，但是在中国大陆市场，有没有必要专门使用这个品牌生产各个系列的化妆品，而不是将"天然"概念融入欧莱雅和美宝莲之中呢？

欧莱雅集团的市场营销策略虽然还存在不少的缺陷，但是，或许这也正是它们的机会，一旦它们把这些小的问题都弥补过来了，那其他公司岂不唯有"望洋兴叹"的份了？

（资料来源：中国营销传播网）

六、思考与练习

1. 问答题

(1) 如何分析竞争对手？

(2) 行业的五个竞争力分别是什么？

(3) 主要的竞争战略有哪些？

(4) 处在不同竞争地位的企业应该选择什么样的竞争策略？

2. 案例讨论

新浪科技讯　9 月 13 日消息，《2006 年 CIC 中国搜索引擎市场调查报告》正式对外公布，根据报告中披露的调查数据显示，百度的市场份额获得了大幅攀升，占有北京、上海和广州三地超过 60%的市场份额，Google 的市场份额与去年同期相比则有超过 10 个百分点的跌幅。

《2006 年 CIC 中国搜索引擎市场调查报告》由新成立的北京正望咨询有限公司独立完成，著名的互联网分析师、正望咨询公司的创始人兼首席分析师吕伯望主持本次调查问卷的总体设计并撰写调查分析报告。吕伯望也是去年 CNNIC 同类调查的项目主持人和报告作者。今年的搜索引擎市场调查与去年的逻辑设计思路保持一致，继续采用计算机辅助随机抽样电话访问的调查方法，但对调查问卷作了大幅调整、改进与完善，并且每个城市的样本量提高到 1250 份，从而使得调查结果更精确、调查结论更令人信服。

本次调查发现，百度已经成为中国用户首选使用的搜索引擎，在北京、上海和广州三地分别占有 64.5%、58.0%和 60.7%的市场份额，与去年 CNNIC 的同类调查相比，百度的市场份额在三地各提升了 13~14 个百分点。百度在一直以来占尽压倒优势的学生用户中的市场份额继续攀升，在北京已经达到 80%。在北京的非学生用户市场中，百度的市场份额也从去年的 43.4%上升到了 55.3%。

在北京具备大学本科及以上学历的非学生用户市场中，百度的市场份额从去年比 Google 落后 18 个百分点一跃提升到反超近 13 个百分点，说明百度已经大举侵入 Google 的核心用户群。百度用户中搜索网页的比例也从去年的 49.1%上升到 72.6%，基本接近 Google 用户中 76.9%的比例，改变了去年百度用户中搜索 MP3 的用户比例大于搜索网页的用户比例这种不相称的局面。同时，百度 MP3 搜索的优势继续扩大，已经在北京 MP3 搜索用户中占有 85.1%的市场份额。

Google 在北京搜索引擎用户中的市场份额为 20.6%，在过去的一年中下滑幅度超过 12 个百分点，但下滑幅度中有 10 个百分点是在 2005 年 8 月至 2006 年 2 月的这半年中发生的，2002 年 2 月以后的这半年中下滑幅度只有 2.2 个百分点。

Google 的用户规模尽管被百度大量蚕食，但 Google 用户仍然具备比百度更早的上网经历、更多的搜索引擎使用经验、对搜索引擎的依赖度更强、对首选搜索引擎的满意度更高、更多地搜索与工作或职业相关的内容等重要行为特征。Google 的非学生用户中，平均年龄、平均月收入等均大幅高于百度用户。和雅虎等其他搜索引擎一样，Google 在学生用户中的市场份额均远远低于其在非学生用户中的市场份额，这需要引起 Google 和其他搜索引擎公司的高度重视。

在北京搜索引擎市场中，雅虎搜索是除百度外唯一一个市场占有率获得提升的搜索引擎，但其 3721 所占的市场份额继续下跌，3721 对雅虎搜索用户数的贡献已经不足三分之一。

在 2005 年 CNNIC 同类调查中有良好上升发展势头的搜狐/搜狗，今年在北京、上海和广州三地都呈下滑的态势，在广州，搜狐甚至已经落后于新浪。

即将出版的《2006 年 CIC 中国搜索引擎市场调查报告》就各搜索引擎公司用户数的变动情况、新用户的获得与流失情况、搜索引擎用户的主要上网特征、主要的搜索内容、用户的搜索引擎组合使用情况、用户的使用经验与习惯，以及中国网民最常访问的门户网站的用户特征等，作了系统的分析描述，对中国互联网从业者和投资者有重要的指导意义。

本次由北京正望咨询有限公司实行的搜索引擎市场调查，对北京、上海和广州三地的搜索引擎用户的关键词广告认知度、广告辨认与点击行为作了详尽的调查询问，有关数据将稍后发表。

本次调查还对北京、上海、深圳三地互联网用户最常访问的网站进行了统计。统计结果表明，30%的北京网民首选访问的网站是新浪，百度超过搜狐居第二位，网易成为与前三位距离较远的第四位，雅虎与 Google 则并列第五位。但在网民最常访问的网站以及任意一天中访问过的网站的汇总统计中，常访问雅虎中国的网民比例显著超过 Google。

（资料来源：新浪科技，http://www.sina.com.cn，2006-09-13）

讨论：

(1) 百度在中国市场实现其搜索流量领先的策略是什么？

(2) 面对国际领先者 Google，百度是如何有效竞争的？

3. 课后训练

调查与分析 UPS 物流公司的主要竞争对手情况，并作出分析报告。

模块五　SWOT 分析

一、教学目标

最终目标：能对某企业或经营单位进行全面的 SWOT 分析。

促成目标：

(1) 能较全面地调查了解某企业相对竞争对手的优势点和劣势点；

(2) 能分析该企业所面临的外部环境的机会点和威胁点。

二、模块任务要求

能分清企业或经营单位的真正优势点和劣势点，能通过对环境的分析找出对企业来说真正的机会点和威胁点。优劣势、机会点和威胁点的归纳要简洁，最少各有三点，并能分清各自的重要程度。

三、示范案例

某电子商务公司的 SWOT 分析

某上市公司是国内家电、电子、通信、网络服务等领域的大型制造企业，多年来虽名列国内电子行业百强前茅，但在主体家电业务方面始终处于行业市场第五、六名的位置。公司希望尽快成长为全国最强、世界一流的企业，并邀请麦肯锡咨询公司对企业进行深入调研、咨询和建议。根据麦肯锡公司的咨询建议，即通过电子商务的方式，优化年度 60 亿的可控采购来实现成本控制并提高企业盈利能力和市场竞争能力的目标,该公司于 2000 年 7 月成立了电子商务分公司(简称 eb).eb 经过三年多的运作,尽管帮助总公司在成本控制上取得了一些成绩,但是对于总公司提高盈利能力和市场竞争能力的作用还没有得到充分体现,而且电子商务模式在更大范围的进一步深入实施遇到了很大的阻力和障碍。在这种情况下,对 eb 进行 SWOT 分析,清晰把握 eb 的优势、劣势,看清周围环境所呈现的机会和威胁,对于如何实现成立 eb 的原定目标、探求如何更好地利用电子商务手段为总公司服务,是非常必要和重要的。

　　eb 通过社会招聘熟悉 IT 技术或运作模式的人员担任总经理和组建各部门。eb 对内服务于总公司负责采购的资财部,为总公司资财部建立平台买方会员身份、建立网上元件和产品目录、设定并执行电子采购,以及采购数据的采集和报表订制、通过平台向供应商发放订单制等;eb 对外服务于供应商企业,为供应商企业建立平台卖方会员、进行操作培训、开设专用电子邮箱等。eb 除了根据实际的网上采购为总公司带来的原材料、器件的采购成本下降幅度计提一定比例的费用作为收入外,还征收供应商企业的平台服务年费,另外通过向企业提供网上广告、利用平台向供应商企业提供实现其自身电子采购、利用技术经验为其他企业进行搭建电子商务平台的咨询和实施等方式进行多方面业务探索。

　　eb 引进了国际著名的某公司的电子交易平台系统,也是该公司第一个中文版的电子交易平台系统。汉化工作由系统供应公司承担。尽管在汉语用词上没有完全符合国内的习惯,但是这个系统至今在全国企业级的电子交易系统中仍具有明显的技术优势,但是成熟的平台产品在客户化方面受到系统源代码保密的限制,而且以后的升级还得依靠该公司。

　　eb 发现,在卖方会员构成方面,现有供应商和潜在供应商分散分布在全国各地,而且大部分标准元器件的现有供应商都处于产品技术成熟、管理水平低下的状态,网上交易的必要装备和设施不全;另外,由于总公司在家电行业市场中的第二方阵地位和较苛刻的采购结算制度(六个月商业承兑汇票支付),又很难吸引能适应电子商务运作的高水准供应商。

　　同时,由于总公司资财部已习惯于由采购员进行货比三家的面对面采购,整个信息通道和管理模式如果完全按电子商务的要求进行,将彻底改变资财部的现有运作流程和工作方式。而且,eb 是以熟悉电子商务技术和应用的人员为主要构成的,对总公司主体的家电电子行业并不了解,总公司资财部为了稳重起见,坚持电子采购和传统采购双轨制,以避免电子采购不成熟带来的诸多不可预见的问题。

　　实践证明双轨制确实在初期起到了一个很好的保险作用:能通过传统手段有效提醒那些没有电子交易经验和习惯的卖方企业及时查收订单,但是却也大大增加了额外运作成本,电子采购的作用没有得到充分体现,一些供应商也因此有了依赖心理,对网上交易的信息通知不予关注,态度也不积极。

　　另外,总公司资财部通过电子采购平台仅仅使用了平台招标一种采购功能,用于对部分元器件年度采购进行框架协议对象和订单分配比例的确定,至于具体的采购操作还是沿用传统模式进行,电子采购平台提供的目录采购、在线洽谈等多种采购功能都没有被启用。仅就这样,eb 根据资财部要求,对所有数百种可采购元器件中的二十几种元器件进行了在线招标,比原先采购的进货成本有 9%～65%不同程度的下降。但是在其他对内、对外的服务项目推广上几乎毫无进展。

　　此时，总公司在国内的主要竞争对手企业也相继开始建立自己的电子采购平台，大部分通过自主开发软件，量身订制了一系列符合企业实际情况的系统，意图通过平台来控制自己的采购环节、降低成本，当然由于技术的不成熟，在使用中经常出现各种问题。另外，第三方电子商务服务平台也开始在电子元器件行业出现，更多的元器件供应企业能有机会通过第三方平台与采购企业实现电子交易。

　　随着电子商务技术的不断进步和应用的不断普及，越来越多的优秀元器件供应商已经拥有了相当成熟的网络沟通设施和电子交易条件。而与此同时，家电电子行业也从低端产品的简单价格战步入了新技术和新功能的高端产品的多层面价格竞争阶段。

　　从基本情况不难看到，eb 正处在艰难的境地。对此，我们需要很好地了解外部环境对eb 所能提供的发展空间(机会)和构成的约束条件(威胁)，并及时掌握 eb 现有的使企业赢得竞争的要素(优势)和妨碍企业赢得竞争的因素(劣势)，通过分析，以 eb 内部在能力上的优劣势差来利用环境机会、削弱威胁，才能清晰把握今后应该选择的发展方向和所采取的具体措施，因此，我们选用 SWOT 模型来进行分析。

　　根据实际情况，从 eb 的内部要素我们不难汇总出相关内部要素对比同行竞争对手电子采购平台的优势和劣势。

　　相对竞争对手的优势(S)：

　　(1) 平台技术水平领先、功能完整；

　　(2) 收费低；

　　(3) 财务控制能力相对较强。

　　相对竞争对手的劣势(W)：

　　(1) 现有人员不熟悉总公司的家电电子主业务；

　　(2) 平台利用率低；

　　(3) 平台客户化开发少。

　　另一方面，eb 的外部要素是：对内服务对象(总公司资财部)、对外部服务对象(现有和潜在的供应商企业)，以及平台系统提供者和社会上电子商务的大气候，根据现实情况我们汇总了外部要素对 eb 造成的机会空间和威胁。

　　外部环境的机会(O)：

　　(1) 可选供应商企业数量多；

　　(2) 供应商信息化程度不断提高；

　　(3) 竞争对手相对薄弱。

　　外部环境的威胁(T)：

　　(1) 总公司资财部对电子采购的认同不足；

　　(2) 现有结算条件苛刻、采购量小；

　　(3) 系统升级、改变成本大。

　　根据初步汇总的各要素，我们可以看到，由于现有的 eb 人员不熟悉总公司家电电子主业务，使得在就传统采购移植到电子商务模式问题而与供应商、总公司资财部进行协作沟通时存在知识、理念上的隔阂，既没有帮助企业抓住外部供应商机会，也很难及时、有效地改变总公司资财部对电子采购认同不足这个威胁约束存在的状况；而且正是这同一个约束因素，造成了平台利用效率方面的劣势。因此，追根寻源，现有人员不熟悉总公司家电电子主业务是限制 eb 生存和发展的最重要因素。

尽管结算条件苛刻、采购规模不大是总公司和外部供应商之间的问题，但在客观上决定了供应商企业通过 eb 很难获得良好的价值回报，这将大大削弱平台服务收费低的优势价值；由于同样的原因，尽管可选供应商众多、供应商信息化程度正在提高，但是大部分优秀供应商很难愿意与总公司合作。因此，现有结算条件苛刻、采购量小是另一阻碍 eb 发展的要素。整个电子采购平台的技术架构是引进著名国际公司的成熟系统，这样的系统不对客户开放源代码，任何设计系统内核的修改、调整都必须通过系统供应商来完成，以后随着社会电子商务大环境的改善，系统的整体升级也离不开原供应商。如果 eb 要自己扩展新的客户化的功能，只有通过驳接外挂系统来实现，而这又牵涉到一个接口平滑的问题。所以成熟的系统一方面能使企业在使用中避免不必要的技术风险和常规的功能不足，另一方面在客户化二次开发和技术升级方面会给企业带来额外的成本。

从上面的分析我们不难看到，现有人员不熟悉总公司家电电子主营业务是一个严重的劣势，使 eb 无法通过所拥有的技术优势和平台收费优势来利用外部供应商机会促进自己发展，促成并强化了主要的外部约束限制的威胁。因此，对 eb，首先必须削弱或消除现有人员不熟悉总公司家电电子主业务这个劣势，才能缓解环境威胁，使企业拥有发挥技术优势来利用供应商机会的能力，才能与总公司资财部达成共识并进行有效协作。所以削弱并消除现有人员不熟悉总公司家电电子主业务这个劣势，是实现 eb 价值目标和总公司自身战略目标的关键。针对结算条件苛刻、采购规模不大这个约束因素所造成的对 eb 发展的阻碍，我们应该看到产生这个外部因素的原因并不是在 eb 的层面，而是发生在总公司和总公司资财部的层面。采购支付结算方式的规定是总公司根据自身实际的财务运作情况和资金控制政策确定，由资财部具体执行的；而采购量的大小是根据企业的销售订单情况核算确定的实际采购需求所决定的。这些因素构成的是总公司层面的内部要素，对于 eb 来说是一个不可更改的客观现实环境，因此，eb 不存在针对这一外部约束条件制定对应策略的可能，只能就这一因素所造成的后果和影响提请总公司注意。

对于由系统供应商构成的威胁约束，虽然在目前造成了平台客户化开发少的情况，但是由于成熟系统的功能完整性非常好，所以平台功能对于总公司资财部的使用需要还是能很好满足的。至于在未来发展中可能造成的额外成本和平台调整过程中出现的协调问题，需要对比平台对常规使用的贡献价值来评判，也就是说，平台系统正常运转和使用所带来的对 eb、总公司资财部和供应商的价值，如果大大超过平台升级或调整所带来的额外成本和协调工作，那么，这个威胁约束就可以被视作一个极其弱化的因素，没有必要针对这个因素制定相对应的策略并付诸行动。

案例启示：某公司的电子商务分公司通过对自身的优劣势进行分析，得出了相对竞争对手的 3 个优势和 3 个劣势；通过对分公司外部环境的分析，得出了 3 个机会点和 3 个威胁点。该电子商务公司通过 SWOT 分析，可以全面清晰地认识自我及所处的环境因素，并可为未来的发展提供一些相应的建议，比如：通过学习、培训，提高 eb 人员对家电电子业务的认识，以此加强 eb 与供应商企业沟通、协调的能力；通过提高 eb 人员对家电电子业务的认识，加强 eb 与总公司资财部沟通、协调的能力，提高总公司资财部对电子采购的认识，使互相间的协作得到加强。

（资料来源：http://www.bodalunwen.cn/html/）

四、活动设计

选择本地区具有一定知名度的消费品企业，通过各种途径收集它的内外部环境信息，整理信息并作出 SWOT 分析报告。

五、理论知识

SWOT 分析代表分析企业优势(Strength)、劣势(Weakness)、机会(Opportunity)和威胁(Threats)。因此，SWOT 分析实际上是将对企业内外部条件各方面内容进行综合和概括，进而分析组织的优劣势、面临的机会和威胁的一种方法。其中，优劣势分析主要是着眼于企业自身的实力及其与竞争对手的比较，而机会和威胁分析将注意力放在外部环境的变化及对企业的可能影响上。但是，外部环境的同一变化给具有不同资源和能力的企业带来的机会与威胁却可能完全不同，因此，这两者之间又有紧密的联系。

1. 优势与劣势分析(SW)

当两个企业处在同一市场或者说它们都有能力向同一顾客群体提供产品和服务时，如果其中一个企业有更高的赢利率或赢利潜力，那么，我们就认为这个企业比另外一个企业更具有竞争优势。换句话说，所谓竞争优势是指一个企业超越其竞争对手的能力，这种能力有助于实现企业的主要目标——赢利。但值得注意的是：竞争优势并不一定完全体现在较高的赢利率上，因为有时企业更希望增加市场份额，或者多奖励管理人员或雇员。

竞争优势可以指消费者眼中一个企业或它的产品有别于其竞争对手的任何优越的东西，它可以是产品线的宽度、产品的大小、质量、可靠性、适用性、风格和形象以及服务的及时、态度的热情等。虽然竞争优势实际上指的是一个企业比其竞争对手有较强的综合优势，但是明确企业究竟在哪一个方面具有优势更有意义，因为只有这样，才可以扬长避短或者以实击虚。

由于企业是一个整体和竞争优势来源的广泛性，所以，在做优劣势分析时必须从整个价值链的每个环节上将企业与竞争对手做详细的对比。如产品是否新颖，制造工艺是否复杂，销售渠道是否畅通，以及价格是否具有竞争性等。如果一个企业在某一方面或几个方面的优势正是该行业企业应具备的关键成功要素，那么，该企业的综合竞争优势也许就强一些。需要指出的是，衡量一个企业及其产品是否具有竞争优势，只能站在现有潜在用户的角度上，而不是站在企业的角度上。

企业在维持竞争优势过程中，必须深刻认识自身的资源和能力，采取适当的措施。因为一个企业一旦在某一方面具有了竞争优势，势必会吸引到竞争对手的注意。一般地说，企业经过一段时期的努力，可建立起某种竞争优势；然后就处于维持这种竞争优势的态势，竞争对手开始逐渐做出反应；而后，如果竞争对手直接进攻企业的优势所在，或采取其他更为有力的策略，就会使这种优势受到削弱。

而影响企业竞争优势的持续时间主要是三个关键因素：① 建立这种优势要多长时间？② 能够获得的优势有多大？③ 竞争对手作出有力反应需要多长时间？如果企业分析清楚了这三个因素，就会明确自己在建立和维持竞争优势中的地位了。

2. 机会与威胁分析(OT)

随着经济、社会、科技等诸多方面的迅速发展，特别是世界经济全球化、一体化过程的加快，全球信息网络的建立和消费需求的多样化，企业所处的环境更为开放和动荡。这种变化几乎对所有企业都产生了深刻的影响。正因为如此，环境分析成为一种日益重要的企业职能。

环境发展趋势分为两大类：一类表示环境威胁，另一类表示环境机会。环境威胁指的是环境中一种不利的发展趋势所形成的挑战，如果不采取果断的战略行为，这种不利趋势将导致公司的竞争地位受到削弱。环境机会就是对公司行为富有吸引力的领域，在这一领域中，该公司将拥有竞争优势。

对环境的分析也可以有不同的角度。比如，一种简明扼要的方法就是 PEST 分析，即从政治(法律)的(P)、经济的(E)、社会文化的(S)和技术的(T)角度分析环境变化对本企业的影响。

① 政治的/法律的：垄断法律；环境保护法；税法；对外贸易规定；劳动法；政府稳定性。

② 经济的：经济周期；GNP 趋势；利率；货币供给；通货膨胀；失业率；可支配收入；能源供给；成本。

③ 社会文化的：人口统比收入分配；社会稳定；生活方式的变化；教育水平；消费。

③ 技术的：政府对研究的投入；政府和行业对技术的重视；新技术的发明和进展；技术传播的速度；折旧和报废速度。

哈佛大学教授迈克尔·波特的名著《竞争战略》中，提出了一种结构化的环境分析方法，有时也被称为"五力分析"。他选取的五种环境要素是：

① 产业新进入的威胁：进入本行业有哪些壁垒？它们阻碍新进入者的作用有多大？本企业怎样确定自己的地位(自己进入或者阻止对手进入)？

② 供货商的议价能力：供货商的品牌或价格特色、供货商的战略中本企业的地位、供货商之间的关系以及从供货商之间转移的成本等，都影响企业与供货商的关系及其竞争优势。

③ 买方的议价能力：本企业的部件或原材料产品占买方成本的比例，各买方之间是否有联合的危险、本企业与买方是否具有战略合作关系等。

④ 替代品的威胁：替代品限定了公司产品的最高价。替代品对公司不仅有威胁，可能也带来机会。企业必须分析：替代品给公司的产品或服务带来的是"灭顶之灾"还是提供了更高的利润或价值；购买者转而购买替代品的转移成本；公司可以采取什么措施来降低成本或增加附加值来降低消费者购买替代品的风险。

⑤ 现有企业的竞争：行业内竞争者的均衡程度、增长速度、固定成本比例、本行业产品或服务的差异化程度、退出壁垒等，决定了一个行业内的竞争激烈程度。显然，最危险的环境是进入壁垒、存在替代品、由供货商或买方控制、行业内竞争激烈的产业环境。

怎样寻找市场机会

××家用化工厂以生产化妆品为主业，在买方市场形成、厂商都喊"生意难做"时，该厂对国内市场作了冷静的分析。经过调查，他们认为我国市场供求形势虽已发生了很大的变化，商品较"短缺经济"时代大大地丰富了，但就经营品种而言，一家大型百货商店的商品也不过三五万种,同发达国家消费品达 20 万种相比,存在明显的差距,消费者还有很多未满足的需求。何况在改革开放近 20 年后,人民收入大幅度增加,仅居民储蓄存款就达 5 万多亿元,潜在的购买力相当大。这家家化厂学习了同行业上海家用化学品厂(以下简称上海家化厂)成功的经验。上海家化厂在 20 世纪 80 年代曾根据消费者对化妆品需求多样化、高档化的趋势,不断缩短产品更新周期,每年平均产品更新率达到 25%,不断推出新产品,抢先占领市场,"尾随"者难以与之竞争。以国内首创"美加净摩丝"为例,推向市场即引起轰动。尽管有数十家企业起而仿效,形成全国性的"摩丝大战",而上海家化厂已形成规模经济优势,销售经久不衰,1990 年销售 1000 万管以上,产值超过 5000 万元。××家化厂在技术装备、资金和管理方面,具备与上海家化厂相当的实力,因而力图借鉴上海家化厂的经验,在市场饱和、竞争激烈的条件下,寻找有利的市场机会。

(资料来源: http://www.zh-aptech.com.cn/zh-aptech1101_n1124.php)

六、思考与练习

1. 问答题

(1) S、W、O、T 分别代表什么意思?

(2) 企业的优劣势主要从哪几方面来分析?

(3) 环境的机会和威胁主要从哪些方面来分析?

2. 案例讨论

某炼油厂 SWOT 分析案例

某炼油厂是我国最大的炼油厂之一,至今已有 50 多年的历史。目前已成为具有 730 万吨/年原油加工能力,能生产 120 多种石油化工产品的燃料—润滑油—化工原料型的综合性炼油厂。该厂有 6 种产品获国家金质奖,6 种产品获国家银质奖,48 种产品获 114 项优质产品证书,1989 年获国家质量管理奖,1995 年 8 月通过国际 GB/T19002—ISO9002 质量体系认证,成为我国炼油行业首家获此殊荣的企业。

该厂研究开发能力比较强,能以自己的基础油研制生产各种类型的润滑油。当年德国大众的桑塔纳落户上海,它的发动机油需要用昂贵的外汇进口。1985 年厂属研究所接到任务后,立即进行调研,建立实验室。在短短的一年时间内,成功地研究出符合德国大众公司标准的油品,拿到了桑塔纳配套用油的认可证,1988 年开始投放市场。以后,随着大众公司产品标准的提高,该厂研究所又及时研制出符合标准的新产品,满足了桑塔纳、奥迪的生产和全国特约维修点及市场的用油。

但是,该炼油厂作为一个生产型的国有老厂,在传统体制下,产品的生产、销售都由国家统一配置,负责销售的人员只不过是做些记账、统账之类的工作,没有真正做到面向市场。在向市场经济转轨的过程中,作为支柱型产业的大中型企业,主要产品在一定程度上仍受到国家的宏观调控,在产品营销方面难以适应竞争激烈的市场。该厂负责市场销售工作的只有 30 多人,专门负责润滑油销售的就更少了。

上海市的小包装润滑油市场每年约 2.5 万吨,其中进口油占 65% 以上,国产油处于劣势。之所以造成这种局面,原因是多方面的。一方面在产品宣传上,进口油全方位、大规模的广告攻势可谓是细致入微。到处可见有关进口油的灯箱、广告牌、出租车后窗玻璃、代销点柜台和加油站墙壁上的宣传招贴画，还有电台、电视台和报纸广告以及新闻发布会、有奖促销、赠送等各种形式。而国产油在这方面的表现则是苍白无力，难以应对。另外，该厂油品过去大都是大桶散装，大批量从厂里直接出售，供应大企业大机构，而很少以小包装上市，加上销售点又少，一般用户难以买到经济实惠的国产油，而只好使用昂贵的进口油。

（资料来源：http://www.jiangongcn.com/thread-29349-1-1.html）

讨论：

根据该炼油厂的上述情况，利用 SWOT 方法进行分析，并根据分析结果提出相应的对策和建议。

3. 课后训练

运用 SWOT 理论分析自我，并为未来的职业发展规划提出相应的建议。

项目三 规划企业营销战略

模块一 市场细分和选择目标市场

一、教学目标

最终目标：能有效识别不同需求的顾客群体，并能确定企业能有效满足的顾客群体，从而发现和确定企业的市场机会。

促成目标：

(1) 了解市场细分的意义；

(2) 熟悉市场细分的主要工具；

(3) 熟悉市场细分的步骤；

(4) 熟悉有效市场细分的评价原则和方法；

(5) 熟悉目标市场的进入方式。

二、模块任务要求

选择自己所感兴趣的产品或企业，运用网络资源或实地调研相关资料，运用市场细分的工具对市场进行细分，并能对细分市场进行评价，能确定合适的细分市场。

三、示范案例

细分战略的成功典型——香港念莼堂枇杷膏推广纪实

枇杷膏市场是目前国内市场中令人瞩目的一个巨大的新兴市场，以香港京都念慈莼为首的枇杷膏经过长达 10 年的市场培育，以年销售 20 亿元的业绩成为枇杷膏市场的老大，而国内另一品牌、广东潘高寿药业看好这一竞争少、潜力大的市场，也请著名演员唐国强代言，大举广告进入，更有各种杂牌和未知名的品牌在蚕食着各个区域市场。在这样的大背景下，与香港京都念慈莼同名、拥有百年历史沉浸的"香港念莼堂西洋参川贝枇杷膏"秉承"百年企业，生根中国"的理念进军国内市场。

随着经济的迅猛发展，全球大气受到了前所未有的污染，人们的呼吸系统受到各种有害病菌物质的腐蚀，导致多种咽喉、肺部疾病的产生。而枇杷膏以其口味和膏体等特点，已完全取代了过去人们以糖浆来治疗和保健的方式。"香港念莼堂西洋参川贝枇杷膏"看到国内日渐增长的枇杷膏市场，于 2006 年投巨资 2 亿港币，在中国的南昌设立最先进的亚洲制膏总厂，以期在日渐增长的枇杷膏市场分得一席之地。

据相关调查显示：国内咳喘类保健品销售额就达 300 亿元，每四个人里就有一个人患有咳喘病，随着老龄化的到来这一比例会越来越大。惊人的数字告诉我们市场空间很大，同时竞争又非常之激烈，枇杷膏市场早已形成京都念慈菴、广东潘高寿、香港齐天寿的三雄争霸形势。对于"潘高寿"这个品牌，一方面它象征着企业生命力持久；另一方面，对于企盼良药济世的消费者来说，"高寿"二字本身就是一个足以打动人心的精神目标和宣传理念。从营销角度来看，潘高寿在品牌发展上也有不同于其他老字号的"过人之处"。比如，它的企业商号、产品品牌和商标"三合一"，省却了一个让人眼花缭乱的品牌统一过程。这也就是广州潘高寿品牌之根。与念慈菴和潘高寿的知名度相比，齐天寿的地位相对弱势，但也不容低估。

在调研中发现，市场中润肺止咳的枇杷膏达几十种之多，但其中领跑者并不多。目前市场中有名的仅仅只有"香港念慈菴"、"潘高寿"、"香港齐天寿"等产品。其中有着百年历史的"念慈菴枇杷膏"以自己"念慈孝亲"的"孝"文化理念，与根植于每个中国消费者的内心文化相融合，因此，它的品牌对消费者精神和心理的满足具有长期性和稳定性；以自己无形的品牌价值和精良纯正的品质使它对润肺、止咳、祛痰有着特殊的疗效而占据主要市场，有众多的消费群体，销售网络遍布全国各地，知名度很高。可以毫不夸张地说是念慈菴引导了众多患者从喝糖浆的习惯改服纯中药枇杷膏的习惯。而"潘高寿"以前主要做国外市场，在国内知道的人很少。与此同时面对的又是自己的老乡——同来自香港的"念慈菴"这个强大的对手，因此对于"念菴堂"，要想在这个成熟的市场中迅速占有一席之地，不光要靠极高的产品品质和先进工艺，问题的核心是如何突破消费者已经固有的品牌认识，采用差异化战术迅速占据消费者的心中位置，更要说服和打动代理商们，否则将会有随时被踢出局的危险。

通过对枇杷膏市场的调研发现，再成熟的市场、再完美的产品，都有自己的软肋。枇杷膏同类产品的功能大都相似，都离不开止咳化痰、润肺止咳。许多消费者在反映使用某些枇杷膏后效果并不理想，或者根本没有作用，这部分人群是非常广泛的，老人小孩都有反映。效果为什么不理想呢？这个问题引起了大家的兴趣，质量问题吗？当然不可能，成份搭配不当吗？项目组又排除了这个疑问。

首先，枇杷膏同类产品几乎都针对咳嗽、痰多、气喘、声哑、咽痛、嗓干、上火等，念菴堂的功能也无法走出这个圈；其次，从产品成分看，所有枇杷膏的成分几乎都是川贝、桔梗、枇杷叶、蜂蜜，从这里寻找区分也难以成功定位。

任何产品都有自己的发展史，香港念菴堂西洋参川贝枇杷膏是一个历经百年沧桑巨变的老品牌。1909 年徽商汪春贵为其母治哮喘、咳嗽病，遂六次上京奉万金求购太医张鹤年治疗咽肺的宫廷秘方——燕金丹，张鹤年终被其孝心所动，将配方赠予，此事成就了民国初年的一段佳话。后其母过世，他为母亲建了一座庙宇冢，取名念菴堂，后建厂生产(燕金丹)并更名为念菴堂枇杷膏。30 年代末因避战乱将厂迁到马来西亚。历史在变迁，念菴堂的后人并不墨守陈规，而是积极探索，改进良方，与时俱进，使古老秘方能够符合现代人的体质和生活环境。由此，2000 年，念菴堂的第 6 代传人——汪晋亨，邀请国际上的中医泰斗对原有秘方进行了研究改进，从浩如烟海的中国传统医学专著中提炼千年中医学精粹，结合现代人的生理特点重新研制成念菴堂枇杷膏。

如此看来，念菴堂枇杷膏是以传承千年中医学精粹，集中医学、中药学原理于一体，采用古老秘方炮制技术，以枇杷膏为载体、名贵药物为组方的呼吸道保健养护专用保健品，也就是说它是结合现代人的生理特点改进了的，那么我们要深究其改进的原因。中国古代几千年的农业社会，污染少，环境良好，使得传统中药在治疗呼吸系统疾病方面非常有疗效；而目前飞速发展的工业社会，环境污染加重，造成空气有害物增多，加上现代人与古代人的居住环境、饮食习惯以及生活方式等的不同，因此现代人的肺的滤化功能已经不同于过去人的肺的滤化功能，所以不能再用老方法治疗。项目组查阅大量资料了解到，呼吸道的两大问题源头其实是咽和肺。咽喉是人体的呼吸通道，又是饮食水谷进入人体的必经之路，与人的健康息息相关；肺是人体的呼吸器，所有从外界吸入的空气及空气中不洁净的物质最终都要经过呼吸道到达肺部沉积下来，久而久之肺部脏物过多，就容易导致咳嗽、痰多、哮喘，严重感染还会导致肺心病、肺气肿等严重疾病。另外，现代医学也深刻印证了古人"痰为喘咳之源，毒为万病之源"的精辟论断，形象地说明了咽喉的毒素造成了痰多，细菌导致了各种慢性咽炎的发生与病变，而肺中沉积的垃圾更是导致呼吸道疾病发生的源头，从而导致全身脏器功能失调，这是造成各种疾病的主要病理基础。咽毒不清、肺毒不洗，这是呼吸道疾病久治不愈的主要原因，因此，现代人对咽肺的养护防治不仅要清咽毒、洗肺毒，彻底消除咳、喘、痰，还必须从调节脏器入手，使肺、肾、脾三脏器功能平衡，彻底保护咽和肺。

大多数枇杷膏的效果不理想正是因为病因方向的误区，而念菴堂枇杷膏是结合现代人的生理特点改进了的，完全可以做到"清咽毒、洗肺毒"，综合枇杷膏自身的优势，项目组找到了产品的独特卖点：将产品功能定位为"清洗同步、治养结合、肺咽兼修"，同时也与同类产品明显地区分开来。

案例启示：通过对枇杷膏市场和消费者进行深入的调研分析，从市场细分的角度发现了机会，念菴堂枇杷膏结合自身的特点，主要采用人口统计变量的方式对现有市场重新进行了细分，并选择了烟民、老人、女性、青少年作为自己的主要目标市场，为每个目标市场推出不同的产品配方，从而达到针对性用药，对不同的肺环境进行区别配方，科学分型，使不同的人能够更快地达到快速康复的效果，杜绝了一般的枇杷膏对不同人群、不同肺环境进行千篇一律的单一保健治疗的弊病。

(资料来源：袁小琼，中国营销传播网，2010-07-07)

四、活动设计

选择某一新创办的消费品企业(或某新产品)，根据细分理论，对现有的产品市场进行细分，并结合本企业的实际情况，选择合适的细分市场作为本企业的目标市场。

五、理论知识

通过营销机会分析，企业明确了市场机会之所在。在明确了市场机会之后，接下来企业的任务就是制定市场营销战略，以便凭借自己有限的资源更加有效地利用这些营销机会。

制定营销战略主要包括四个部分的内容：市场细分、选择目标市场、差别化和产品定位。这四个方面看似独立，其实是四位一体，存在内在的联系。其逻辑关系是：企业首先把整体市场划分为若干个顾客群体(市场细分),然后根据一定的标准选择适合自己经营的顾客群体(选择目标市场),接着设计一套有意义的差别,把企业的产品与竞争对手的产品区分开来(差别化),最后设法使自己的产品在目标顾客的心目中占据独特的位置(产品定位)。本模块首先探讨市场细分和目标市场的选择。

(一) 市场细分

1. 什么是市场细分——市场细分的概念

所谓市场细分,就是把一个整体市场划分为有意义的、可以识别的、具有较强相似性的若干个较小的顾客群体的过程。

市场细分在营销战略中占据着极其重要的地位,是企业营销战略中一个最重要的环节。如果企业不能正确地细分其市场,它就无法制定有效的市场营销战略。这是因为,首先,它是营销战略的第一个步骤,是企业了解市场及其竞争结构的基础,因此,也是企业制定营销战略的基础。其次,从营销实践来看,市场细分威力无比,是打开市场,尤其是打开成熟市场的一把非常锐利的工具。

2. 为什么要进行市场细分——市场细分的必要性和可能性

在过去,企业在进行营销活动时是不进行市场细分的,一种产品面向所有的顾客,企图用同样的产品满足所有顾客的需要。今天,越来越多的企业开始意识到市场细分的重要性,这是因为:

首先,整个市场很大,而企业的资源总归是有限的,一个企业很难服务于整个市场,因此,只能选择其中的一部分作为自己服务的对象,有所不为才能有所为。

其次,顾客的需求不一样,他们不会穿同样的衣服,喝同样的饮料。现今,这种趋势越来越明显,即便是顾客的年龄、教育程度、收入都一样,其生活习惯和性格也是千差万别的。

再者,从可能性来看,市场在通常情况下是可以细分的。

因此,只有进行市场细分,在选择的目标市场上开展有针对性的营销活动,才能使有限的资源发挥最大的作用,使企业的营销活动具有最高的效益。

3. 市场细分的层次

从理论上讲,一个整体市场可以分为五个层次,或者说,市场细分可以"细"到五种程度。

1) 大众市场

所谓大众市场即整个市场,不对市场进行细分。一些企业采用大众市场营销的理由是,在这种情况下市场潜力无穷大,成本最低,从而利润高。

大众市场营销的问题是,由于消费者个性特征和购买行为的不同,因此有不同的需求,市场日益分散化。这个群体喜欢喝这样的饮料,那个群体喜欢喝那样的饮料。这种个性化消费特征的出现和发展影响了大众市场营销策略的可行性。

2) 细分片市场

一个市场细分片是由市场上的一个大的顾客群组成的,他们具有类似的需求、购买力、所在地、购买态度或购买习惯。比如,汽车公司可以把市场细分为四个细分片市场:追求基本的运输功能的顾客、追求高性能的顾客、追求豪华的顾客和追求安全的顾客。

较之大众市场营销，细分片市场营销有几个优点：提供的产品或服务更有针对性，对目标受众的定价更恰当；分销渠道和传播渠道的选择更加容易；而且在细分片市场上，企业面对的竞争者会少一点。

3) 补缺市场

比之细分片市场，补缺市场是一个范围更为狭窄的顾客群体，一般是一个需求还没有得到有效满足的小市场。营销者一般是通过对细分片市场的再细分，或通过定义一个寻求不同利益组合的群体来确定补缺市场。

细分片市场比较大，一般会吸引几个竞争者；补缺市场比较小，一般只吸引一到两个竞争者。

4) 当地市场

当地市场营销是根据当地顾客群体的需求来设计营销计划的。提倡这种策略的人认为在全国范围做广告是一种浪费；反对这种策略的人则认为随着市场的细分，规模经济性会减少，生产和营销成本则上升，而且由于在不同的地方采用不同的营销策略，会给顾客留下不同的印象，从而减弱企业的品牌形象。当然，这是一种权衡。

5) 个人

个人是市场细分的另一个极端，即每个细分市场上只有一个人，比如定制西装或皮鞋等，这种情况叫做个性化定制。随着新技术的发展，尤其是计算机、数据库、机器人生产等技术的发展，企业进行大规模的个性化定制成为可能。如果说以前的定制是一件一件生产的话，大规模定制则是批量生产根据个人需要定制的产品。一般有一种共同的平台，然后在此基础上生产个性化的产品。例如，冰箱内部的主要部件是一样的，只是形状方面不一样。戴尔公司把市场细分到个人，并通过网络开展电子商务，为顾客提供大规模的个性化定制服务，并因此建立起自己独特的竞争优势。

4. 用什么工具进行市场细分——市场细分的变量

在进行市场细分之前，企业首先要决定采用什么工具(即细分变量)来划分市场，这是非常重要的一个环节。细分变量用得过多，会增加访问和调查的时间和难度，在统计分析时也会降低市场细分的效度和信度。细分变量用得过少，虽然可以避免上述问题，但会遗漏主要变量，这个问题也很严重。

消费者市场细分变量的选择和使用一般有两种方法。一种是用消费者个性特征变量对市场进行细分，如消费者所在的地理位置、年龄、职业等个人特征，知觉、动机、价值观等心理特征，相关群体、家庭等社会特征，社会文化、亚文化等文化特征。然后再考察用这些个性特征细分后的各个细分市场上的消费者购买决策行为是否有所不同。例如教师、工人、经理等在购买某种产品时是否会选择不同的商场、不同的数量以及不同的品牌。另一种方法则首先用消费者的购买决策行为对市场进行细分，如消费者所追求的利益、使用场合或品牌等，然后检验这些行为特征是否与消费者的个性特征有联系。例如，生产汽车的企业可以检验消费者在购买汽车时对质量和价格的看法是否随个人特征、社会特征、文化特征和心理特征的不同而不同。

不过，有时候在进行市场细分时，由于行业的具体特点，不一定严格按照上面的程序，而采用比较简化的方法。而且，有时候市场细分和目标市场的选择是同时进行的。比如一个鞋厂要确定特定消费群体，可以这样进行：

　　首先，把所有的消费者分为男、女两大部分，企业选择男性消费者；再把男性消费者分为城市、农村，企业选择农村的男性消费者；男性农村消费者再分为老年、中年、青少年、儿童，企业选择中年男性消费者；再把这部分消费者分为高收入、中收入、低收入，企业选择低收入者；在低收入的农村中年男性消费者中又可再分为注重价格的、注重坚实耐用的、注重美观的消费者，等等。把市场细分到这个地步，企业可能已经确定了自己的目标消费群体——注重结实耐用的低收入的农村中年男性消费者。如果还没有找到目标消费者，企业可以依此类推，继续进行市场细分，直到找到目标消费者群体为止。

　　根据权威的营销理论，企业有四种细分变量可供选择，见表 3.1。

表 3.1　消费者市场的主要细分变量

变　量	举　例
1. 地理变量	
地区	华东、华南、西南、西北、东北、华中
城市或标准都市统计区大小	5000 人以下、5000～20 000 人、20 000～50 000 人、50 000～100 000 人、100 000～250 000 人、250 000～500 000 人、500 000～1 000 000 人、1 000 000～4 000 000 人、4 000 000 人以上
人口密度	都市、市郊、乡村
气候	北方气候、南方气候
2. 人口统计变量	
年龄	6 岁以下、6～11 岁、12～19 岁、20～34 岁、35～49 岁、50～64 岁、65 岁以上
性别	男、女
家庭人口	1～2 人、3～4 人、5 人以上
家庭生命周期	单身青年、小两口、孩子不到 6 岁、孩子 6～12 岁，等等
收入(月)	300 元以下、300～1000 元、1000～2000 元、2000～5000 元、5000～10 000 元、10 000～50 000 元、50 000 元以上
职业	专业技术人员、经理、职员、业主、办事员、售货员、工匠、领班、技工、退休人员、学生、家庭主妇、失业者
教育	小学以下、中学肄业、中学毕业、大学肄业、大学毕业
宗教	佛教、基督教、天主教、犹太
种族	白人、黑人、东方人
国籍	中国、美国、英国等
3. 心理变量	
社会阶层	最下层、中下、工人阶级、中产阶级、中上层、上层、最上层
生活方式	俭朴、赶时髦、嬉皮士式
个性	冲动、爱交际、喜欢发号施令的、有野心
4. 行为变量	
使用场合	普通、特殊
追求利益	质量、服务、经济
使用者状况	还没有使用者、以前使用过、潜在、第一次、正常使用者
使用率	小量、中等、大量
忠诚程度	不忠诚、中等程度、强烈、绝对
准备阶段	不知道、知道、熟悉、感兴趣、渴望、打算买
对产品的态度	热情、主动、无所谓、被动、恶意

案例一

资生堂细分"岁月"

日本的化妆品，首推资生堂。近年来，它连续名列日本各化妆品公司榜首。资生堂之所以长盛不衰，与其独具特色的营销策略密不可分。

1. 独创品牌分生策略

与一般化妆品公司不同，资生堂对其公司品牌的管理采取品牌分生策略。该公司以主要品牌为准，对每一品牌设立一个独立的子公司。这样，每个子公司可以针对这一品牌目标顾客的不同情况，制定独立的产品价格、促销策略；同时，公司内部品牌与品牌之间、子公司与子公司之间也要进行激烈竞争。例如，20世纪90年代初，该公司推出了以年龄在二十岁左右、购买能力较低、对知名品牌敬而远之，对默默无闻的品牌能自主选择的女性为目标顾客，推出ETTUSAIS系列化妆品。该品牌的营销管理就比较特别。他们在东京银座一楼专卖ETTUSAIS系列品的商店中，陈列的品种达30多种，顾客可以当场试用，且价格也较低。考虑到目标顾客的思想行为特点，他们在ETTUSAIS系列化妆品包装上一律不写资生堂的名字，让人不易觉察这是大名鼎鼎的资生堂产品。通常，一般店铺中，顾客一上门，售货员就会做一大串说明，而资生堂ETTUSAIS店则规定，除非顾客主动询问，售货员绝不能对其进行干扰，而应为这些年轻女性创造一种能完全独立自主挑选的购物气氛。

2. 体贴不同岁月的脸

20世纪80年代以前，资生堂实行的是一种不对顾客进行细分的大众营销策略，即希望自己的每种化妆品对所有的顾客都适用。80年代中期，资生堂因此遭到重大挫折，市场占有率下降。1987年，公司经过认真反省以后，决定由原来的无差异的大众营销转向个别营销，即对不同顾客采取不同营销策略，资生堂提出的口号便是"体贴不同岁月的脸"。他们对不同年龄阶段的顾客提供不同品牌的化妆品。为十几岁少女提供的是RECIENTE系列，二十岁左右的是ETTUSAIS，四五十岁的中年妇女则有长生不老ELIXIR，五十岁以上的妇女则可以用防止肌肤老化的资生堂返老还童RIVITAL系列。

资生堂不像一般的化妆品公司那样，对零售商有较大的依赖，它有自己独立的销售渠道，旗下专卖店(柜)达25000多家。为配合产品销售，资生堂又推行了"品牌店铺"策略，即结合各品牌的具体情况，在每一专卖店(柜)中只集中销售一种或几种品牌。例如在学校、游乐场、电影院附近年轻人较多的地方，设立RECIENTE系列专卖店，在老年人出入较多的地方则设立RIVITAL专卖店。为使其对市场的细分达到最彻底的程度，资生堂制定的战略是，未来旗下的每一家店铺只出售一种品牌的资生堂产品。

3. CL店构想

资生堂还对化妆品市场进行了调查和研究，发现一般消费者不仅需要化妆品公司提供高质量的产品，更需要他们提供高水平的美容咨询服务，于是提出了CL(Couseling，即咨询)店构想。资生堂强调其旗下各专卖店(柜)的销售人员必须有较强的咨询能力，能把化妆品店变成美容咨询室，为入店顾客提供各种咨询服务。为此，资生堂积极对其员工进行培训，目标是使每个销售人员都成为"美容专家"。每年资生堂都要举行六期美容CL的研讨会，以传授商店美容咨询的秘诀。

4. 战略营销管理

资生堂是日本最早进行战略营销管理的企业之一，内部有专门的战略营销研究机构——资生堂营销战略室。这个研究室的主要任务便是对资生堂的外部营销环境、行业竞争态势做出判断，制定中长期的企业营销策略，并负责实施这些战略。此外，资生堂还在日本全国各地聘请了 35 位高级营销顾问，每年在资生堂总部集中几次，研讨国内外化妆品的市场动向，检讨资生堂在战略管理中的问题。技高一筹的战略营销管理使资生堂在激烈的市场竞争中始终能领先一步。

(资料来源: 广东商学院精品课程网，http://61.145.119.78:8081/show.aspx)

案例二

针对女性消费者的烟草营销策略

女性吸烟的心理因素形形色色，归纳起来，主要有以下三个方面：第一，寻求男女平等，争取社会地位；第二，展示个人风采，树立前卫形象；第三，缓解工作压力，释放紧张情绪。欧美的烟草企业一直围绕这三个方面向女性消费者开展营销活动，成效卓著。

1. 点燃"自由火炬"

20 世纪之前，欧美的妇女一般不吸烟，吸烟的女性总是与堕落、放纵、淫荡联系在一起。早在 17 世纪，荷兰的画家就在他们的作品中描绘过吸烟的妓女。19 世纪的维多利亚女王时代，香烟是色情摄影作品中的常用道具。到了 20 世纪初，女烟民开始增加，女性吸烟渐渐被社会认可，主要原因有这么两点：第一，卷烟制造技术的发展，使机制卷烟替代了手工卷烟，香烟变得越来越卫生、便宜、易用，对女性消费者有很强的吸引力；第二，随着一战的爆发，女权主义运动开始萌芽，妇女不再甘心做男人的附属品和家庭的牺牲品。不少妇女尝试从事一直是男人在做的工作，而且开始穿长裤、剪短发、抽香烟。

面对新兴的女性香烟市场，美国烟草公司的总裁希尔(Hill)先生激动地说："这好比在我们自家的院子里挖到了一个金矿。"为了开采这个金矿，各大烟草公司费尽心机，开展了大量的营销活动。他们紧紧抓住妇女社会经济地位的变化趋向，极力宣扬女性吸烟不是见不得人的事，而是妇女解放的象征，他们将香烟喻为"自由火炬"，为女权主义运动推波助澜。1929 年，美国烟草公司聘请几名年轻女郎在纽约街头的复活节游行队伍里公开吸"好彩"(Lucky Strike)牌香烟，以此号召妇女对抗不平等的社会地位。菲利普·莫里斯公司的"维珍妮"(Virginia Slims)牌女士香烟的宣传口号从 1968 年的"宝贝，你辛苦了"，到 20 世纪 90 年代中期的"这是女人的事"，再到后来的"找到你的声音"，都巧妙地将吸烟与妇女的自由和解放联系在一起。

"自由火炬"的概念一直为烟草企业使用，特别是在那些经历巨大社会变革的国家。1975 年佛朗哥独裁统治结束后的西班牙，Kim 牌香烟针对女性消费者的口号是"真自我"，而 West 牌香烟的广告则对从事男性职业的妇女赞美有加。在"自由火炬"的指引之下，西班牙妇女的吸烟率从 1978 年的 17%上升到 1997 年的 27%。在东欧的前社会主义国家，烟草企业更是将香烟当成西方自由的象征向女性消费者进行传播。West 牌香烟的口号是"尝试西方的滋味"。Kim 牌香烟在匈牙利的传播主旨是"女士优先"。在一则广告中，West 牌香烟还号召妇女捍卫她们的"吸烟权"。对自由的向往使前东德 12 至 25 岁妇女的吸烟率从 1993 年的 27%上升到 1997 年的 47%。"维珍妮"牌女士香烟在日本宣扬"做回自己"，而在香港的口号是"走自己的路"。

2. 别吃糖了，抽"好彩"吧

20 世纪 20 年代的美国，妇女追求短发、短裙和苗条的身材。美国烟草公司抓住这个时尚潮流，紧紧地将他们的产品与苗条的身材联系在一起。他们将旗下的"好彩"牌香烟定位成可以帮助妇女减肥，并在广告中号召女士们"别吃糖了，抽'好彩'吧！"这一招真灵，"好彩"香烟的销量在广告发布的第一年就翻了三番。在这方面，菲利普·莫里斯公司做得更绝。他们将旗下的"维珍妮"牌女士香烟设计成细细的、长长的、白白的，为了是让女性消费者产生联想，希望自己的身体也能像"维珍妮"香烟一样苗条。

3. 巡回讲座

欧美烟草企业还常常将女性吸烟定位成"时尚的"、"新潮的"、"有个性的"、"交际需要的"、"有女人味的"。为了让女性消费者能够在交际活动中自信地抽烟，菲利普·莫里斯公司甚至举办巡回讲座，专门教授妇女吸烟的指法与姿势。

4. 准确定位

针对女性消费者，欧美烟草企业除了将传播主词放在"独立"、"时尚"、"减肥"、"成熟"之上以外，还对女性香烟市场进行细分，然后准确聚焦自己的消费群体。1990 年，雷诺公司推出 Dakota 牌女士香烟，将其消费群体定位于 18 至 24 岁的"有男子气"的女子，这类女子没接受过大学教育，社会地位较低，爱看肥皂剧，她们大多从事体力劳动，工作压力大，吸烟率也最高。

5. 国内的女性香烟市场

在加入 WTO 的今天，国内烟草行业的竞争日趋白热化。各烟草企业为抢占市场、争夺客户，在营销传播方面不惜投入巨额资金，巩固或扩大其市场份额。然而，在女性香烟市场方面的竞争却显得相对平静。目前，由于女性吸烟率远远低于男性，国内烟草企业生产的专供女烟民消费的女士香烟品牌还很少。然而，这块"市场真空"十分有必要尽快填补，原因有三方面。第一，世界主要烟草生产与消费国的女性吸烟率为：美国 20%，法国 28%，英国 22%，德国 15%，巴西 18%，日本 13%，而中国仅为 5.6%。正因为我国女性吸烟率低，因此存在较大的增长空间。第二，随着经济的不断发展，女性地位的不断提高，我国女性吸烟的人数正在不断上升。第三，竞争的日益激烈，使工作压力增大、生活节奏加快，职业女性常常选择吸烟作为缓解压力、释放紧张情绪的方式。世界卫生组织总干事格罗·布伦特兰说，欧美烟草企业正把亚洲妇女定为香烟市场的新目标。在国际烟草巨头的利爪伸向中国之前，国内烟草厂商应该行动起来，吸取欧美烟草企业的营销策略，积极开拓女性香烟市场，培育中国的女士香烟名牌。

（资料来源：中国经典营销案例库）

5. 如何进行市场细分——市场细分的程序

市场细分的程序主要包括以下三个步骤：

（1）调查阶段：调研者通过开展推测性的面谈和小组访谈，初步了解消费者的购买动机、态度和购买行为。然后，准备调查问卷，收集以下各方面的信息：顾客需要哪些价值属性及其重要程度排列、品牌知名度和品牌美誉度排列、产品使用方式、对产品品种的态度、人口统计变量、地理变量等。

（2）分析阶段：调研者采用因子分析法剔除一些高度相关的变量，然后采用集群分析法来确定一定数目的明显不同的细分市场。

(3) 描绘阶段：根据不同的顾客态度、购买行为、地理、心理和媒体传播方式对每个细分市场进行描绘。可以根据每个细分市场的特征给予一个名字。

市场细分必须定期进行，因为细分市场经常会发生变化。比如，计算机市场原来根据速度和功率细分为两个市场——高端市场和低端市场，忽略了高速发展的中间部分。营销者后来才意识到迅速发展的 SOHO(小型办公室和家庭办公室)市场。戴尔公司用低价和用户友好吸引这个细分市场并取得成功，后来，PC 生产者发现 SOHO 市场由更小的细分市场组成，SO(小型办公室)和 HO(家庭办公室)的需求有很大的不同。

6. 市场细分的注意事项——有效细分的原则

不是所有的市场细分都是有效的，比如，可以根据头发的颜色来细分盐的购买者，但是头发颜色与购买盐无关，因此，这种市场细分的方式是无效的。而且，确实存在一些不可以或无法细分的市场。

有效的市场细分必须满足以下几个条件：

(1) 可区分性：每个细分市场理论上应该是区分于其他细分市场的，而且每个细分市场对不同的营销组合策略应有不同的反应。

(2) 可衡量性：细分市场的大小、购买力和特征应是可以衡量的。

(3) 足量性：细分市场的大小和利润性应该具有足够的吸引力。

(4) 可进入性：细分市场是可以进入并为之服务的。

(5) 可行动性：细分市场是可以通过制定有效的营销策略为之服务的。如果细分市场不管你制定什么样的营销策略都无效，那么这种细分肯定是不可行的。

波导细分手机市场

手机市场可以根据消费者的个性特征进行细分，如年龄、性别、地域、教育文化水平、可支配收入、职业、消费观念、个人偏好等。

波导根据我国手机用户的职业特点和消费习惯进行市场细分，并向各细分市场提供相应的产品：

BIRD 商务手机——手机中的战斗机(坚强而响亮的口号)

BIRD 大学生手机——学习娱乐在一起

BIRD 大众(通用)手机——总有一款适合你

BIRD 白领佳人(丽人)手机——尽显女性魅力

BIRD 钻石(礼品)手机——专为您设计

BIRD 个性手机——就是你的酷机

BIRD e 族——哇塞，真的好酷耶！

BIRD 时尚手机——流行挡不住

BIRD 都市情人——一片温馨的天空

(资料来源：王洪远.手机市场细分与产品定位.中国营销传播网，2002-08-15)

(二) 目标市场选择

企业进行市场细分之后，接下来的任务就是选择目标市场，即要决定进入哪个或哪些细分市场。这个过程就叫做选择目标市场，它包括评价细分市场和选择目标市场两个步骤。

1. 评价细分市场

企业在评价各细分市场的时候，主要看三个因素：细分市场的整体吸引力、企业的战略目标以及资源和能力。

首先，企业要考虑细分市场是否具备某些特征使其具有足够的吸引力，比如市场大小、成长速度、利润率、规模经济性和风险。第二，企业需要考虑凭借自己的资源和能力，在这个细分市场经营是否具有竞争优势。第三，企业还要考虑就企业的战略目标而言，在这个细分市场经营是否有意义。有些细分市场虽然有吸引力，但由于与企业的长期目标不一致或者企业缺乏应有的资源和能力，企业要把这些细分市场剔除掉。

2. 选择目标市场

对各细分市场进行评价之后，企业的任务是选择目标市场，这时，企业可以采用以下五种目标市场选择模式中的一种或几种。

1) 集中于单个细分市场

这种战略是指企业只选择一个细分市场作为自己的目标市场。例如，大众汽车公司集中在小型车市场经营，保时捷公司集中在跑车市场经营。通过市场集中营销，企业更熟悉细分市场的特点，因此更容易建立起牢固的市场地位。而且，通过生产、分销和促销的专门化，企业可以获得各种经济性。此外，企业如果在该细分市场取得领导地位，还可以获得高额利润。

然而，集中在单个市场营销有点像把所有的鸡蛋都放在一个篮子里的做法，企业要承担很高的风险，因为如果这个市场的需求一旦发生变化，或者强大的竞争对手一旦介入，企业的经营情况便会急转直下。由于这个原因，很多企业倾向于选择在多个细分市场经营。

2) 有选择性的专门化

有选择性的专门化是企业选择在多个细分市场开展营销活动。比如，广播电台用京剧或越剧吸引老年听众，用怀旧歌曲吸引中年听众，用流行音乐吸引年轻人，用儿童音乐吸引小朋友。企业之所以这样做，是因为几个细分市场都有吸引力，也符合企业的资源和战略目标。

这种覆盖多个细分市场的策略，其优点是降低了风险，缺点是分散了企业的资源和能力。因此，企业要在这两者之间进行权衡。

3) 产品专门化

所谓产品专门化，就是企业同时向多个细分市场提供同一种产品。比如，施乐公司主要生产复印机，它同时向学校、政府部门、企事业单位和个人提供复印机。

产品专门化战略的优点是，通过这种战略，企业能在特定的产品领域建立起很高的知名度。然而，需要指出的是，这种战略也有风险：随着科学技术的进步和发展，企业的产品可能被一种全新的产品所替代。

4) 市场专门化

这种战略是指企业满足一个细分市场的各种需要。比如，一个企业向大学实验室提供各种实验设备。企业可以在服务这个细分市场的过程中建立起很高的知名度，并成为满足这个顾客群体其他产品需求的一个渠道。这种战略的风险是，如果这个细分市场减少其预算，企业的经营业绩会直接受到影响，因此风险很大。

5) 完全覆盖市场

这种战略是企业在多个领域经营，并且服务于这些领域的各类顾客群体。只有巨型公司才能采用这种覆盖全部市场的战略，比如 IBM、通用电气公司和可口可乐公司。这些巨型公司在进行这种战略时可以采用两种方式开展营销活动：无差别化营销和差别化营销。

江崎巧挤善夺

日本泡泡糖市场的年销售额约为 740 亿日元，其中大部分为"劳特"所垄断。可以说是江山唯"劳特"独坐，其他企业再想挤进泡泡糖市场谈何容易？但江崎糖业公司对此却毫不畏惧，它成立了市场开发班子，专门研究霸主"劳特"产品的不足之处，寻找市场的缝隙。

经过周密的调查分析，江崎终于发现"劳特"的四点不足：第一，以成年人为对象的泡泡糖市场正在扩大，而"劳特"却仍旧把重点放在儿童泡泡糖市场上；第二，"劳特"的产品主要是果味型泡泡糖，而现在消费者的需求正在多样化；第三，"劳特"多年来一直生产单调的条板状泡泡糖，缺乏新型式样；第四，"劳特"产品的价格是 110 日元，顾客购买时需另掏 10 日元的硬币，往往感到不方便。

分析了"劳特"的不足之处，再结合自己的条件，江崎糖业公司决定以成人泡泡糖市场为目标市场，并制定了相应的市场营销策略。不久便推出功能性泡泡糖四大产品：司机用泡泡糖，使用了高浓度薄荷和天然牛黄，以强烈的刺激消除司机的困倦；交际用泡泡糖，可清洁口腔，祛除口臭；体育用泡泡糖，内含多种维生素，有益于缓解疲劳；轻松型泡泡糖，通过添加叶绿素，可以改善人的不良情绪。同时精心设计了产品的包装和造型，价格定为 50 日元和 100 日元两种，避免了找零钱的麻烦。功能性泡泡糖问世后，像飓风一样席卷了全日本。江崎公司不仅挤进了由"劳特"独霸的泡泡糖市场，而且占领了一定的市场份额，从零猛升到 25%，当年销售额达 175 亿日元。

案例点评：江崎的成功主要是营销观念和营销战略的成功。在市场导向的营销观念的指导下，江崎通过市场细分，挖掘目前未被满足或尚未被完全满足的市场需求，即自己的目标市场。因为在这类市场中竞争对手的势力较弱，因而就构成了企业良好的营销机会。难能可贵的是，江崎在细分市场和选择目标市场之后，制定了相应的营销策略，并快速有效地进行了实施。

（资料来源：胡宏峻. 营销战例评说. 销售与市场，1994(12)，2000(6)）

六、思考与练习

1. 问答题

(1) 市场细分有哪些作用？

(2) 市场细分的主要工具有哪些？

(3) 市场细分的程序是怎样的？

(4) 具备什么样条件的市场才可以作为企业的目标市场？

2. 案例讨论

亿利甘草良咽的营销战略

亿利甘草良咽成功进入成熟市场的案例已经成为营销界的一个热门话题。亿利快速进入并打开市场，所依仗的利器到底是什么呢？

权威调查机构的调查数据显示：咽喉类产品市场是一个具有稳定结构的饱和市场，它分为咽喉药和咽喉糖两类产品，其中咽喉药市场稳定成熟，四五个主要竞争者分割地盘之后，近六七年来从未有新品牌能够成功打破既定格局，成为有威慑力的挑战者。

然而，亿利并不就此放弃，在对众位前辈的招法潜心揣摩后，亿利豁然发现了其中的软肋：产品同质化严重。

虽说以金嗓子喉宝、草珊瑚含片为代表的产品更强调"入口见效"，而以"华素片"为代表的产品更强调药理作用，但从产品诉求来看，大家表达得非常相似，都是从"保护嗓子、治疗咽喉炎"的角度出发，针对所有咽喉不适的人群。广告有的用歌星、有的用影星、有的用教师，大家互相比着谁的嗓子最累。

其次，大多数产品包装粗糙、缺乏个性；大家的价位都低，但"买贵的"已经成为许多人的嗜好。现在大家买东西不仅是在买产品本身，而且是买这个产品从品质、包装、品牌给他们心理上所带来的满足感，使用什么样的产品似乎与他们的阶层和品位相联系着。这种心理好像有点"不买最好，就买最贵"似的无聊，但这就是实实在在的消费心理，谁也不能漠视它。因此，消费者会有比较强的尝试新产品的愿望。

在整个咽喉不适并使用咽喉类产品的人群中，57%属于感冒、上呼吸道感染引起的，12%是特殊职业人员，他们是由于用嗓子过度引起的，18%是由于烟酒过度造成嗓子不适而购买这类产品的。

(资料来源：韩彦．成熟市场难敌苦心钻营——亿利甘草良咽进入"成熟市场"经营案例．中国经营报，2003-05-12)

讨论：

根据案例提供的资料，请为亿利选择目标市场，并说明理由，然后在此基础上初步确定产品的定位。

3. 课后训练

收集细分市场和选择目标市场成功的与失败的案例各一个。

模块二 产品定位训练

一、教学目标

最终目标：能为某个产品或品牌确定定位战略(重新定位)和定位的传播策略。

促成目标：

(1) 熟悉产品或品牌定位的方法；

(2) 能确定某产品或品牌定位；

(3) 熟悉产品或品牌定位的传播策略。

二、模块任务要求

确立的产品或品牌定位(重新定位)要有意义，能与竞争对手明显地区隔，并能有效地打动消费者的心，定位须用规范的语言表达出来，定位的传播设计须考虑到成本和传播效果。

三、示范案例

"万宝路"的市场定位

20 世纪 20 年代的美国，被称为"迷惘的时代"。经过第一次世界大战的冲击，许多青年都自认为受到了战争的创伤，并且认为只有拼命享乐才能将这种创伤冲淡。他们或在爵士乐的包围中尖声大叫，或沉浸在香烟的烟雾缭绕当中。无论男女，他(她)们嘴上都会异常悠闲雅致地衔着一支香烟。妇女们愈加注意起自己的红嘴，她们精心地化妆，与一个男人又一个男人"伤心欲绝"地谈恋爱；她们挑剔衣饰颜色，感慨红颜易老，时光匆匆。妇女是爱美的天使，社会的宠儿，她们抱怨白色的香烟嘴常沾染了她们的唇膏。于是"万宝路"出世了。"万宝路"这个名字也是针对当时的社会风气而定的。"MARLBORO"其实是 "Man Always Remember Lovely Because Of Romantic Only"的缩写，意为"男人们总是忘不了女人的爱"。其广告口号是"像五月的天气一样温和"，用意在于争当女性烟民的"红颜知己"。

为了表示对女烟民的关怀，菲里普·莫里斯公司把"MARLBORO"香烟的烟嘴染成红色，以期广大爱靓女士被这种无微不至的关怀所感动，从而打开销路。然而几个星期过去，几个月过去，几年过去了，莫里斯心中期待的销售热潮始终没有出现。热烈的期待不得不面对现实中尴尬的冷场。

"万宝路"从 1924 年问世，一直至 20 世纪 50 年代，始终默默无闻。它的温柔气质的广告形象似乎也未给广大淑女们留下多少利益的考虑，因为它缺乏以长远的经营、销售目标为引导的带有主动性的广告意识。莫里斯的广告口号"像五月的天气一样温和"显得过于文雅，而且是对妇女身上原有的脂粉气的附和，致使广大男性烟民对其望而却步。这样的一种广告定位虽然突出了自己的品牌个性，也提出了对某一类消费者(这里是妇女)的特殊偏爱，但却为其未来的发展设置了障碍，导致它的消费者范围难以扩大。女性对烟的嗜好远不及对服装的热情，而且一旦她们变成贤妻良母，她们并不鼓励自己的女儿抽烟！香烟是一种特殊商品，它必须形成坚固的消费群，重复消费的次数越多，消费群给制造商带来的销售收入就越大。而女性往往由于其爱美之心，担心过度抽烟会使牙变黄，面色受到影响，在抽烟时较男性烟民要节制得多。"万宝路"的命运在上述原因的作用下，也趋黯淡。

在 20 世纪 30 年代，"万宝路"同其他消费品一起，度过了由于经济危机带来的"大萧条岁月"。这时它的名字鲜为人知。第二次世界大战爆发以后，烟民数量上升，而且随着香烟过滤嘴的出现，香烟生产厂家便承诺消费者，过滤嘴可以阻挡有害的尼古丁进入身体，烟民们可以放心大胆地抽自己喜欢的香烟。菲利普·莫里斯公司也忙着给"万宝路"配上过滤嘴，希望以此获得转机。然而令人失望的是，烟民对"万宝路"的反应始终很冷淡。

抱着心存不甘的心情，菲利普·莫里斯公司开始考虑重塑形象。公司派专人请利奥—伯内特广告公司为"万宝路"作广告策划，以期提升"万宝路"的名气和销量。"让我们忘掉那个脂粉香艳的女子香烟，重新创造一个富有男子汉气概的举世闻名的'万宝路'香烟！"——利奥—伯内特广告公司的创始人对一筹莫展的求援者说。一个崭新大胆的改造"万宝路"香烟形象的计划产生了。产品品质不变，包装采用当时首创的平开式盒盖技术，并将名称的标准字

(MARLBORO)尖角化，使之更富有男性的刚强，同时以红色作为外盒的主要色彩。

广告的重大变化是，"万宝路"的广告不再以妇女为主要对象，而是用硬铮铮的男子汉为对象。在广告中强调"万宝路"的男子气概，以吸引所有追求这种气概的顾客。菲利普·莫里斯公司开始用马车夫、潜水员、农夫等做具有男子汉气概的广告男主角。但这个理想中的男子汉最后还是集中到美国牛仔这个形象上：一个目光深沉、皮肤粗糙、浑身散发着粗犷、豪气的英雄男子汉，在广告中袖管高高卷起，露出多毛的手臂，手指总是夹着一支冉冉冒烟的"万宝路"香烟。这种洗尽女人脂粉味的广告于1954年问世，它给"万宝路"带来了巨大的财富。仅1954～1955年间，"万宝路"的销售量便提高了3倍，一跃成为全美第十大香烟品牌。1968年其市场占有率上升到全美同行第二位。

现在，"万宝路"每年在世界上销售3000亿支香烟，这要用5000架波音707飞机才能装完。世界上每抽掉4支烟，其中就有一支是"万宝路"。是什么原因使名不见经传的"万宝路"变得如此令人青睐了呢？美国金融权威杂志《富比世》专栏作家布洛尼克1987年与助手们调查了1546个"万宝路"爱好者，调查表明：许多被调查者明白无误地说他喜欢这个牌子是因为它的味道好，烟味浓烈，使他们感到身心非常愉快。可是布洛尼克却怀疑真正使人着迷的不是"万宝路"与其他香烟之间微乎其微的味道上的差异，而是"万宝路"广告给香烟所带来的感觉上的优越感。布洛尼克做了个试验，他向每个自称热爱"万宝路"味道品质的"万宝路"瘾君子以半价提供"万宝路"香烟，这些香烟虽然外表看不出牌号，但厂方可以证明这些香烟确为真货，并保证质量同商店出售的"万宝路"香烟一样，结果只有21%的人愿意购买。布洛尼克解释这种现象说："烟民们真正需要的是'万宝路'包装带给他们的满足感，简装的'万宝路'虽然口味质量同正规包装的'万宝路'一样，但不能给烟民带来这种满足感"。调查中，布洛尼克还注意到这些"万宝路"爱好者每天要将所抽的"万宝路"烟拿出口袋20～25次。"万宝路"的包装广告所赋予"万宝路"的形象已经像服装、首饰等各种装饰物一样成为人际交往的一个相关标志。而"万宝路"的真正口味在很大程度上是依附于这种产品所创造的美国牛仔形象之上的一种附加因素。这正是人们购买"万宝路"的真正动机。

案例启示：从"万宝路"的重新定位的成功可以看出，独特并能打动消费者心的定位是产品成功的关键，确立了准确的定位点后，需通过有效的传播策略和传播定位，塑造产品形象。成功的定位，使"万宝路"成长为当今世界第一品牌。

（资料来源：王维，龚福麒. 市场营销学. 北京：经济出版社，2002）

四、活动设计

选择本地区某知名企业的某一产品(品牌)，评估其现有的定位效果，并对现有定位进行调整或重新设计，然后在此基础上为该定位设计定位传播体系。

五、理论知识

(一) 产品定位

1. 什么是定位——定位的概念

企业选择了目标市场之后，必须要考虑在这个目标市场上应占据什么地位。所谓产品的地位，是产品在消费者的心目中相对于竞争产品而言所占的位置。比如，"汰渍"洗衣粉在消费者心目中的位置是一种高效的、有多种用途的家用洗涤用品；在汽车方面，大宇是经济型车，奔驰和卡迪拉克是豪华型车，宝马和保时捷性能好，而瑞典沃尔沃是安全型车。

企业产品在消费者心目中占据一个什么位置，这好像是消费者自己的事，然而，企业也不能甩手不管，必须规划一种能使自己的产品在目标市场上有最大优势的定位，然后设计营销组合去支持这个定位。

那么，什么是定位呢？所谓定位就是设计企业的产品和形象，使之在目标顾客的心目中占据一个独特的位置的活动。从这个定义可以看出，差别化为定位奠定了基础，因为如果没有差别化，即在实物产品、服务、渠道、形象和人员等方面和竞争对手都一样，那么就无法在目标顾客的心目中占据一个独特的位置。

定位的目的就是要将差别化体现出来。差别化就是一种竞争优势，这种差别化最终要通过目标受众的理解表现出来。定位的本质是针对受众的心理位置，实现差别化的传播。定位的提出者里斯和屈特曾对定位的本质有如下阐述：定位是对现有事物的一种创造性工作，它是以事物为出发点，如一种商品、一项服务、一家企业、一所机构、甚至一个人……但定位的对象不是这个事物，而是针对潜在顾客的思想，就是说要为产品或其他对象在潜在顾客的大脑中确定一个合适的位置，这个位置一旦确立起来，就会使人们在有某种需求或需要解决某个问题时，首先考虑某一定位于此的事物。定位并不改变定位对象本身，而是在人们心中占领一个有利的地位。

2. 为什么要进行定位——定位的必要性和重要性

在竞争日趋激烈的市场上，众多新品牌不断涌现，产品间的差别越来越小，产品同质化现象越来越严重，使得市场争夺日益困难。消费者在商品的"汪洋大海"之中选择愈来愈不容易。面对这些千篇一律的产品，消费者没工夫去一一识别，而往往只会选择那些在他们的心目中占据一定位置的品牌。于是，企业面临的问题就是如何才能使自己的产品在消费者的心目中占据一定的位置，这就是定位所要解决的问题。

营销的一个基本观念是：一种产品不可能满足所有消费者的需求，一个企业只有以部分特定顾客为其服务对象，才能充分发挥其优势，提供更有效的服务。因此，明智的企业会根据消费者需求的不同进行市场细分，并从中选出有一定规模和发展前景并符合企业的目标和能力的细分市场作为企业的目标市场。但仅仅确定了目标消费者是远远不够的，因为这时企业还是处于"一厢情愿"的阶段，使目标消费者也同样以你的产品作为他们的购买目标才更为关键。为此企业需要将产品定位在目标消费者所偏爱的位置上，并通过一系列营销活动向目标消费者传达这一定位信息，让消费者注意到这一品牌并感到它就是他们所需要的，只有这样才能真正占据消费者的心，使你所选定的目标市场真正成为你的市场。因此，市场细分和目标市场抉择是寻找"靶子"，而定位就是将"箭"射向靶子。例如，"喜力"以喜爱清新感受的消费者作为其目标市场，该品牌以"使人心旷神怡的啤酒"为定位以令目标消费者觉得"喜力"正是满足他们所需要的啤酒，从而赢得了目标消费者的青睐。

通过向消费者传达定位信息，使产品的差别化特征清晰地凸现于消费者面前，可以引起消费者注意你的品牌和产品。若定位与消费者的需要相吻合，那么你的品牌就可以留驻消费者心中。例如，在品牌众多的洗发水市场上，海飞丝洗发水定位为去头屑的洗发水，这在当时是独树一帜，因而海飞丝一推出就立即引起了消费者的注意，并认定它不是普通的洗发水，而是具有去头屑功能的洗发水，当消费者需要解决头屑烦恼时，便自然第一个想到它。

3. 用什么工具进行定位——定位的变量

根据定位变量的不同，可以把产品定位分为以下七种类型，或者说定位的工具有以下七种：

1) 根据利益定位

根据利益定位即把产品定位在某一特定利益上，这里的利益既包括顾客购买企业产品时所追求的核心利益，也包括购买产品时所获得的附加利益。例如，诗丽雅化妆品公司推出了一种"去除死皮"的产品，声称使用后可去除皮肤表面坏死的表皮，增加皮肤对任意品牌化妆品的吸收，该公司依靠为顾客提供这种利益获得了巨大的成功。舒肤佳宣传其杀菌能力，它提供的利益是"促进全家健康"。这几种产品都是根据利益定位的。

2) 根据属性定位

企业可以用属性为自己或者自己的产品定位。属性包括制造技术、设备、生产流程、产品功能、产品的原料、产地、企业的历史、规模等。比如，可口可乐可以把自己定位为世界上最大的饮料生产商；牛津大学可以把自己定位为世界上最古老的大学；王守义十三香用独特的调料配方来定位；瑞士军刀、泸州老窖、西湖龙井等用产地来定位；安利公司生产的洗发水、洗洁精、清洗剂等产品均突出其"浓缩"这个特性。

3) 根据产品的用途定位

这种定位方式非常普遍，尤其是在对工业品进行定位的时候。比如，在定制西装的时候，"阳光面料是你最理想的选择"，江苏阳光集团就是根据产品的用途对自己的产品进行定位。再如，"除油烟当然用'方太'"、"补钙当然用'盖天力'"、"送礼就送'脑白金'"都是根据产品的用途进行定位的。

4) 根据产品的档次定位

企业可以根据产品的档次进行定位。比如，照相机市场可以划分为高、中、低档，美能达把自己定位为高档产品，奥林巴斯是中档产品，而海鸥照相机则是低档产品。

5) 根据价格—质量定位

企业可以根据价格和质量两个维度进行定位。一种情况是质量和价格相符，通俗地讲就是"一分钱一分货"，比如泰格服装；另一种是"优质高价"，比如海尔很少卷入价格战，其价格一直维持在同类产品中的较高水平，但其销售却一直稳步增长，这就体现了其产品"优质价高"的定位；还有一种是"价廉物美"，如格兰仕微波炉。

6) 根据使用者的类型定位

这种定位法把自己的产品定位成最适合某种顾客群体的产品。比如，报喜鸟把自己的产品定位于文化人首选的西装；皮尔卡丹则把自己的产品定位于都市白领首选的西装；而登喜路则定位于花花公子；老板牌干脆定位于老板使用的产品。

7) 根据竞争地位定位

这种定位方式主要包括以下三种：

(1) 迎头定位。比如，美国的阿维斯(Avis)公司把自己定位为出租车行业的第二，强调"我是老二，但是我们会迎头赶上"。

(2) 避强定位。有利的位置已经让别人占据了，如主要竞争对手已经定位于优质高价，你可以避开它，把自己定位为价廉物美。

(3) 俱乐部式的定位。把自己定位为在哪方面是最优秀者之一，比如，克莱斯勒公司把自己定位为世界三大汽车公司之一。按照这种定位法，宁波市可以根据其港口在世界港口中的地位，把自己定位为"世界上最大的港口城市之一"。

4. 如何进行定位——定位的程序

一般来说，定位包括以下三个步骤：

1) 用几个变量定位——确定定位变量的数量

企业可以突出其某一方面的差别化特征，即采用单一变量定位，尽管企业具有的差别化特征可能不止一个。很多人提倡这种做法。例如，宝洁公司的"舒肤佳"香皂始终宣传其杀菌功能"促进全家健康"，尽管"舒肤佳"可能还有其他很多功能；奔驰宣传其强劲的动力，尽管奔驰的安全性也不比其他车差；"昂立一号"宣传排毒功能。这种做法的关键是要保持连贯一致的定位，不要轻易改变，并且应选择能使自己成为"第一名"的差别化属性。这是因为在当今信息爆炸的社会，在人们头脑中首次接触到的信息一般比较稳固，不容易受排挤，这与人脑的记忆机能是密切联系的。第一个飞跃黄河的人是柯受良，对此人们印象深刻，至于第二个、第三个又是谁，恐怕没多少人记得。

那么，有哪些第一名的属性值得宣传呢？上面已经讲了定位的七组变量，主要有"最好的质量"、"最低的价格"、"最高的价值"、"最好的服务"、"最快"、"最安全"、"最舒适"、"最个性化"、"最先进的技术"、"最悠久的历史"，等等。如果能在某一属性上获胜，并加以宣传，那么企业的产品就会给顾客留下深刻的印象。

也有企业采用双重变量进行定位，尤其是当企业产品的某种差别化属性已经被其他企业用于定位的时候，这种定位尤显必要。沃尔沃汽车定位为"最安全"和"最耐用"；伊莱克斯冰箱在中国市场也采用双重变量定位：可靠——10 年免修，超静音——冰箱运行时的声音仅相当于撕一张纸发出的声音；由于"佳洁士"已经定位于"防止蛀牙"(也就是牙齿更坚固)，那么高露洁牙膏就强调使牙齿"更坚固，更洁白"。

还有成功的多重变量定位的例子。例如，Aquefresh 牙膏看到"佳洁士"已经定位于"防止蛀牙"(即牙齿更坚固)，高露洁牙膏强调使牙齿"更坚固，更洁白"，它就采用多重变量定位，强调"防止蛀牙，口味清新，洁白牙齿"三重功效；"昂立多邦"胶囊定位于"抗疲劳、降血脂、保肝脏"。但是，值得注意的是，如果企业宣传的差别化特征过多，反而会降低可信度，也影响产品定位的明确性。

2) 采用哪(几)个变量定位——确定具体的定位变量

企业确定了定位变量的数量之后，接下来要明确具体采用哪(几)个变量。为此，企业要综合考虑目标市场、目标市场上的主要竞争者和企业自身的情况。

首先，要看目标市场对每个属性的重视程度。企业用以定位的属性应该是目标市场所追求的，或者最起码是重要的和有意义的，如果企业用以定位的属性对顾客不重要，那么这种定位就不可能会打动目标顾客，定位也就失去了意义。第二，要考虑企业自身的情况，看企业是否在这方面具有优势，或有能力在这方面建立优势。比如，沃尔沃汽车定位为"最安全"和"最耐用",前提条件是该车确实安全和耐用。此外,还要考虑竞争对手的情况,看企业拟来定位的属性是否已经被竞争对手占用,以及竞争对手在这个属性上现有和潜在的能力。比如,如果有其他品牌的汽车很容易就能做到比沃尔沃更安全和更耐用,沃尔沃就不宜定位于安全和耐用。

3) 传播定位

当企业制定出定位战略以后,还要有效地传播这个定位战略。假使一个企业选择了"质量最好"的定位战略,那么它就应该选择各种有效的信号和暗示,使顾客意识到企业产品的质量确实是最好的。比如,一个割草机制造商声称自己的产品"强劲有力",为了向顾客传达这个信号,他选择声音很响的马达,因为顾客习惯认为声音大的割草机马力大;一个拖拉机制造商把拖拉机的底盘也刷上油漆,不是因为底盘需要油漆,而是要向顾客传达一个信息:我们很讲究质量;一个轿车制造商把门造得特别好,又牢固,又容易开,因为在汽车展示的时候,顾客都会开一下门,如果门很容易开,看起来又结实,这就向顾客暗示:质量好。

质量还可以通过其他营销要素来传递,比如价格、包装、分销渠道、广告和促销。

其他传播定位战略的方式也依次类推。比如,一个建筑物想向公众传递其"历史悠久"的信息,那么油漆就应该用紫红色的,门也要用木头的,不能用不锈钢,因为清朝和明朝的时候还没有不锈钢。

前面已经强调过,定位完成之后,要保持稳定性、连续性和持续性,不能轻易改变自己的定位。但是,是否在任何情况下都不能改变原有的定位呢?答案是否定的。定位是否恰当,需要在激烈的市场竞争中经受检验。而且,市场环境是不断变化的,消费者的需求和偏好也不是一成不变的,何况企业和竞争者的经营情况也不断地发生变化,因此原有的定位有可能不适应新的市场形势,在这样的情况下,企业就需要考虑是否重新进行定位。不过,企业重新定位也要冒很大的风险,因此必须慎重。

案例一

红罐王老吉品牌定位战略

一、品牌释名

凉茶是广东、广西地区的一种由中草药熬制,具有清热去湿等功效的"药茶"。在众多老字号凉茶中,又以王老吉最为著名。王老吉凉茶发明于清道光年间,至今已有175年,被公认为凉茶始祖,有"药茶王"之称。到了近代,王老吉凉茶更随着华人的足迹遍及世界各地。

20世纪50年代初由于政治原因,王老吉凉茶铺分成两支:一支完成公有化改造,发展为今天的王老吉药业股份有限公司,生产王老吉凉茶颗粒(国药准字);另一支由王氏家族的后人带到中国香港。在中国大陆,王老吉的品牌归王老吉药业股份有限公司所有;在中国大陆以外的国家和地区,王老吉品牌为王氏后人所注册。加多宝是位于东莞的一家港资公司,经王老吉药业特许,由香港王氏后人提供配方,该公司在中国大陆地区独家生产、经营王老吉牌罐装凉茶(食字号)。

二、背景

2002年以前,从表面看,红色罐装王老吉(以下简称"红罐王老吉")是一个经营得很不错的品牌,在广东、浙南地区销量稳定,盈利状况良好,有比较固定的消费群,销售业绩连续几年都维持在 1 亿多元。发展到这个规模后，加多宝的管理层发现，要把企业做大，要走向全国，就必须克服一连串的问题，甚至原本的一些优势也成为困扰企业继续成长的障碍。而所有困扰中，最核心的问题是企业不得不面临一个现实难题——红罐王老吉当"凉茶"卖，还是当"饮料"卖？

三、重新定位

红罐王老吉虽然销售了 7 年，其品牌却从未经过系统、严谨的定位，企业都无法回答红罐王老吉究竟是什么，消费者就更不用说了，完全不清楚为什么要买它——这是红罐王老吉缺乏品牌定位所致。这个根本问题不解决，拍什么样"有创意"的广告片都无济于事。正如广告大师大卫·奥格威所说：一个广告运动的效果更多的是取决于你产品的定位，而不是你怎样写广告(创意)。按常规做法，品牌的建立都是以消费者需求为基础展开，因而大家的结论与做法亦大同小异，所以仅仅符合消费者的需求并不能让红罐王老吉形成差异。而品牌定位的制定，是在满足消费者需求的基础上，通过了解消费者认知，提出与竞争者不同的主张。

在研究中发现，广东的消费者饮用红罐王老吉主要在烧烤、登山等场合。其原因不外乎"吃烧烤容易上火，喝一罐先预防一下"、"可能会上火，但这时候没有必要吃牛黄解毒片"。

消费者的这些认知和购买消费行为均表明，消费者对红罐王老吉并无"治疗"要求，而是作为一个功能饮料购买，购买红罐王老吉的真实动机是用于"预防上火"，如希望在品尝烧烤时减少上火情况发生等，真正上火以后可能会采用药物，如牛黄解毒片、传统凉茶类治疗。

再进一步研究消费者对竞争对手的看法，则发现红罐王老吉的直接竞争对手，如菊花茶、清凉茶等由于缺乏品牌推广，仅仅是低价渗透市场，并未占据"预防上火的饮料"的定位。而可乐、茶饮料、果汁饮料、水等明显不具备"预防上火"的功能，仅仅是间接的竞争。

同时，任何一个品牌定位的成立，都必须是该品牌最有能力占据的，即有据可依。如可口可乐说"正宗的可乐"，是因为它就是可乐的发明者。研究人员对于企业、产品自身在消费者心智中的认知进行了研究，结果表明，红罐王老吉的"凉茶始祖"身份、神秘中草药配方、175 年的历史等，显然是有能力占据"预防上火的饮料"这一定位的。

至此，品牌定位的研究基本完成。首先明确红罐王老吉是在"饮料"行业中竞争，竞争对手应是其他饮料；其品牌定位——"预防上火的饮料"，独特的价值在于——喝红罐王老吉能预防上火，让消费者无忧地尽情享受生活：吃煎炸、香辣美食，烧烤，通宵达旦看足球……，这样定位红罐王老吉，是从现实格局通盘考虑的。

四、品牌定位的推广

明确了品牌要在消费者心智中占据什么定位，接下来的重要工作，就是要推广品牌，让它真正地进入人心，让大家都知道品牌的定位，从而持久、有力地影响消费者的购买决策。

紧接着，成美为红罐王老吉确定了推广主题"怕上火，喝王老吉"，在传播上尽量凸现红罐王老吉作为饮料的性质。在第一阶段的广告宣传中，红罐王老吉都以轻松、欢快、健康的形象出现，避免出现对症下药式的负面诉求，从而把红罐王老吉和"传统凉茶"区分开来。

为更好地唤起消费者的需求，电视广告选用了消费者认为日常生活中最易上火的五个场景：吃火锅、通宵看球、吃油炸食品薯条、烧烤和夏日阳光浴，画面中人们在开心享受上述活动的同时，纷纷畅饮红罐王老吉。结合时尚、动感十足的广告歌反复吟唱"不用害怕什么，尽情享受生活，怕上火，喝王老吉"，促使消费者在吃火锅、烧烤时，自然联想到红罐王老吉，从而促成购买。红罐王老吉的电视媒体选择主要锁定覆盖全国的中央电视台，并结合原有销售区域(广东、浙南)的强势地方媒体，在2003年短短几个月，一举投入4000多万元广告费，销量立竿见影，得到迅速提升。同年11月，企业乘胜追击，再斥巨资购买了中央电视台2004年的黄金广告时段。正是这种疾风暴雨式的投放方式保证了红罐王老吉在短期内迅速进入人们的头脑，给人们一个深刻的印象，并迅速红遍全国大江南北。

在地面推广上，除了强调传统渠道的POP广告外，还配合餐饮新渠道的开拓，为餐饮渠道设计布置了大量终端物料，如设计制作了电子显示屏、灯笼等餐饮场所乐于接受的实用物品，免费赠送。在传播内容选择上，充分考虑终端广告应直接刺激消费者的购买欲望，将产品包装作为主要视觉元素，集中宣传一个信息："怕上火，喝王老吉饮料。"餐饮场所的现场提示，最有效地配合了电视广告。正是这种针对性的推广，使消费者对红罐王老吉"是什么"、"有什么用"有了更强、更直观的认知。目前餐饮渠道业已成为红罐王老吉的重要销售传播渠道之一。在频频的消费者促销活动中，同样是围绕着"怕上火，喝王老吉"这一主题进行。如在一次促销活动中，加多宝公司举行了"炎夏消暑王老吉，绿水青山任我行"刮刮卡活动。消费者刮中"炎夏消暑王老吉"字样，可获得当地避暑胜地门票两张，并可在当地度假村免费住宿两天。这样的促销，既达到了即时促销的目的，又有力地支持和巩固了红罐王老吉"预防上火的饮料"的品牌定位。同时，在针对中间商的促销活动中，加多宝除了继续巩固传统渠道的"加多宝销售精英俱乐部"外，还充分考虑了如何加强餐饮渠道的开拓与控制，推行"火锅店铺市"与"合作酒店"的计划，选择主要的火锅店、酒楼作为"王老吉诚意合作店"，投入资金与他们共同进行节假日的促销活动。由于给商家提供了实惠的利益，因此红罐王老吉迅速进入餐饮渠道，成为主要推荐饮品。

五、推广效果

红罐王老吉成功的品牌定位和传播，给这个有175年历史的、带有浓厚岭南特色的产品带来了巨大的效益：2003年红罐王老吉的销售额比2002年同期增长了近4倍，由2002年的1亿多元猛增至6亿元，并以迅雷不及掩耳之势冲出广东；2004年，尽管企业不断扩大产能，但仍供不应求，订单如雪片般纷至踏来，全年销量突破10亿元，以后几年持续高速增长，2008年销量突破100亿元大关。

(资料来源：成美营销顾问，http://www.chengmei-trout.com/achieve)

案例二

江中牌健胃消食片品牌定位战略

2008年，江中牌健胃消食片销售突破10.7亿元，持续3年位居国内OTC药品单品销量第一。

2001年，对于国内制药企业而言，是极不平静的一年。国内药企纷纷重组，随着越来越多的中小企业被兼并，一些大型企业也在逐渐成型，如哈药集团、广药集团等。

在这个大趋势下，江中药业要避免被更大的鱼吞噬，就必须自己成长为一条大鱼。成长的压力，迫使江中药业从2001年或更早些时候，就一直在寻找新的增长点。2002年，由于一些客观原因，江中药业寄予厚望的新产品被延期上市。同时，健胃消食片的"国家中药品种保护"即将被终止(即国家不再限制其他制药企业生产健胃消食片)，使江中健胃消食片的市场受到威胁。为了巩固江中的市场，加之江中药业的总裁依然看好其市场潜力，力主将江中健胃消食片作为新增长点，承载起江中药业上台阶的艰巨任务。

江中健胃消食片将品牌定位在"日常助消化用药"，避开了与吗丁啉的直接竞争，向无人防御且市场容量巨大的消化酶、地方品牌夺取市场(据权威机构的全国统计数据来看，酵母片、乳酶生、多酶片的销售数量与销售金额均排名靠前，三者合计数超过了吗丁啉)，同时也在地域上填补了"吗丁啉"的空白市场，从而满足了江中药业的现实需要。

同时，根据企业提供的资料，江中健胃消食片的现有消费群集中在儿童与中老年，他们购买江中健胃消食片主要是用来解决日常生活中多发的"胃胀"、"食欲不振"症状。显然，定位在"日常助消化用药"完全吻合这些现有顾客的认识和需求，并能有效巩固江中健胃消食片原有的市场份额。

由于"日常助消化用药"的定位占据的是一个"空白市场"，而且市场上并未出现以年龄划分的"专业品牌"，所以成美建议放弃过去对助消化市场进行年龄细分的做法，全力开拓整个日常助消化药的品类市场，用一个产品覆盖所有的目标人群。

鉴于"日常助消化用药"定位的第一步是针对酵母片、乳酶生等产品要市场份额，而这些没有品牌，仅靠低价渗透的产品，除了在省会城市有一定的市场外，二、三线城市才是他们的主要销售来源。加之武汉健民也在二、三线城市对江中药业形成了冲击，因此，江中药业实施的"渠道扫荡战"的结果，不仅仅对江中健胃消食片的销售产生影响，还将直接影响这一战略的实施，应务必确保成功。

确立了"日常助消化用药"的品牌定位，就明确了营销推广的方向，也确立了广告的标准，所有的传播活动就都有了评估的标准，所有的营销努力都将遵循这一标准，从而确保每一次的推广在促进销售的同时，都对品牌价值(定位)进行积累。

由于本身避开了和吗丁啉等的竞争，面对的是需求未被满足的空白市场，广告只需反复告知消费者，江中健胃消食片是什么，它能起什么作用，就能不断吸引消费者尝试和购买，从而开拓这个品类市场。成美为江中健胃消食片制定了广告语"胃胀腹胀，不消化，用江中牌健胃消食片"。传播上尽量凸现江中健胃消食片作为"日常用药、小药"，广告风格则相对轻松、生活化，而不采用药品广告中常用的恐怖或权威认证式的诉求。

由于儿童是一个特殊的群体，其主要症状是"食欲不振"，而不是成人的"胀"。另外，儿童及家长的媒体收视习惯、儿童适用药品在广告的表现上均有较大不同。这样一条广告片很难同时影响两个迥异的人群，企业决定对儿童再单独拍摄一条广告片，在儿童及家长收视较高的时段投放，推广主题为"孩子不吃饭，快用江中牌健胃消食片"。

在广告片创作中，选用郭冬临拍摄的广告片数量较少，消费者不易混淆。同时，郭冬临一人演绎了江中健胃消食片的"成人"、"儿童"两条广告片，避免消费者误认为是两个产品，从而加强了两条广告片之间的关联。在针对成人消费者的电视广告中，穿浅绿衬衣的郭冬临关怀地对着镜头询问，"您肚子胀啦？"接着镜头拉远，他坐在椅子上，作出胃胀腹胀的表情，"胃胀？！腹胀？！"随后引出解决之道，"胃胀、腹胀、不消化，用江中牌健胃消食片"。广告片的画面干净简单，与国际4A公司所倡导的塑造"品牌形象"的做法大相径庭，去除了过多的装饰，定位广告直击消费者心智，从而快速引起消费者共鸣。这使得众多的消费者在消化不良，出现胃胀腹胀的症状时，立即会想到用江中健胃消食片来解决问题。

针对儿童的电视广告也同样简单明确，直接提出家长的烦恼：孩子不喜欢吃饭。"哄也不吃，喂也不吃"是最真实的写照，引起家长的关注。最后告知解决之道："孩子不吃饭，快用江中牌健胃消食片。"

这样的广告片直击消费者需求，能够快速地拉动销售——这就是直接见效的品牌广告。直接见效的品牌广告，可以协助品牌更快走入市场，同时激起企业、经销商与消费者的热情，有利于良性地将品牌推广进行下去，一步步地加强消费者的认知，逐渐为品牌建立起独特而长期的定位——真正建立起品牌。

在推广力度上，江中药业深知，仅有一个好产品与好定位是不够的，一定要把这个产品所代表的概念或价值构筑在消费者的心智中，才会完成"惊险的一跳"，实现商业价值。而且竞争对手也在寻找利润增长来源，自然不会坐视江中慢慢去开拓独享市场。所以江中健胃消食片需要采用狂风暴雨式推广，迅速进入消费者的心智。

正因为企业上下都具备了这一意识，江中健胃消食片很快得到了集团在财力上的最大力度支持，在 2002 年就投入了过亿广告费用，为迅速抢占"日常助消化用药"定位打下了坚实基础，市场也给企业丰厚的回报，当年销售额就直线上升到了 3 亿多元，比 2001 年翻了近三番！终于突破了江中健胃消食片年年销量不过 2 亿元的销售瓶颈。

这种广告投入的方式至今在中国营销界还存在很大的争议，关于这个问题，我们认为，缺乏定位，用巨资仅仅打出知名度的做法，的确是一种"秦池式"的浪费，而用资源去抢占消费者的心智，是建立品牌定位并成为强势品牌的必要保证，如特劳特先生所说："建立领导者的定位，不仅要靠运气和时机，在别人伺机待动的时候，还需要一份豁出去的勇气。"显然，无论已经成功了的江中药业还是已做到中国医药业老大的哈药集团，都具备这种勇气。

值得一提的是，江中药业销售部门经过一年的"渠道扫荡战"，成绩斐然，基本上扫除了二、三线市场的渠道盲点。这为江中健胃消食片销量的腾飞提供了最基本的保证。

2003 年，山东宏济堂的神方小儿消食片尝试走出山东，在中央台投入广告，其广告明显针对江中健胃消食片市场而来，广告主张"孩子不吃饭，儿童要用小儿消食片"——其细分江中健胃消食片市场的企图十分明显。江中药业的监测系统随即发现了这一情况，并立即从央视索福瑞取得了其相关的广告投放数据，由于神方小儿消食片在山东省具备较强实力，是江中药业一直密切关注的品牌之一，因此在成美的协助下，江中药业迅速制订并实施了反击方案，一方面在其山东大本营、安徽等其已上市的个别省份进行大规模、长时间的江中健胃消食片的"买赠"活动，打压其销量；另一方面在这几个省市加大江中健胃消食片广告(儿童片)的推广力度，电视广告投放量增加 3 倍……未待江中药业全面出击，神方小儿消食片很快便偃旗息鼓了。

但正是小儿消食片的此次出击，促使江中药业进一步加大力度应对挑战，积极部署防御，加快了新品研发生产。在 2003 年下半年，迅速推出儿童装江中健胃消食片，销售情况非常良好。2003 年底，又完成了另一个儿童专业品牌的上市前的准备工作。江中药业表示在必要的时候，将采取自我进攻方式，持续细分助消化药市场，不断满足消费者的需求，最终保护并扩大自己的市场份额。

今日的江中药业，正逐步成为中国日常助消化用药市场的主宰。江中健胃消食片的成功，以定位理论为指导，对助消化药市场进行了全面客观评估，从而彻底厘清了"助消化药"、"胃药"——特别是吗丁啉在消费者心智中的认知，最终确立了与强大竞争对手吗丁啉完全差异化的品牌定位——日常助消化用药，并通过诉求准确的定位广告迅速、大力度传播出去。

（资料来源：成美营销顾问，http://www.chengmei-trout.com/achieve)

(二) 差别化

1. 什么是差别化——差别化的概念

定位的任务是向目标市场传播公司或品牌的核心观念。定位简化了我们对实体的看法。差异化超越定位，并使得实体更富有个性特征。

所谓差别化，就是设计一套有意义的差别，以便把本企业的产品同竞争产品区分开来的行动。

在当前竞争激烈的市场条件下，每一类产品都有无数个品牌在等着消费者的垂青，如果企业的产品没有任何特色，也不能以更低的价格销售同样的产品，那么其产品在市场上就是可有可无的。企业必须给消费者一个尝试和喜欢其产品的理由，为此，企业必须不断地对自己的产品进行差别化，以区别于竞争对手的产品。

差别化的必要性可以从竞争的角度来理解。竞争优势主要有两种：一种是成本优势，即企业用比竞争对手更低的成本提供同样的顾客价值；一种是产品优势，即用同样的成本创造更多的顾客价值。而差别化是构建产品优势的基础，因此也是构建竞争优势的重要方式之一。

2. 用什么进行差别化——差别化的工具

企业可以从五个方面对自己的产品进行差别化：产品、服务、人员、渠道和形象。

1) 产品差别化

产品差别化主要包括以下几种途径：

(1) 形式。很多产品可以用形式进行差别化。形式包括大小、形状和实体结构。即便像阿司匹林这样的产品也可以用形状进行差别化，比如颗粒的大小、糖衣的颜色等。日本人就曾采用形式差别化把西瓜打入了美国市场。

(2) 特色。很多产品都能够提供不同的特色，所谓特色就是产品基本功能以外的特征。

在选择产品特色的时候，并不是越多越好，因为每增加一样特色都会相应地增加成本，而且不同顾客对同一个产品特色会有不同的价值判断。

那么，企业应该如何选择合适的特色呢？

首先，企业可以询问新近的购买者：你觉得这个产品怎么样？还能加上什么特色让你更满意？你打算为各种特色付多少钱？你对其他顾客建议的特色怎么看？

其次，确定哪些特色值得增加。企业应该计算出每种潜在特色对顾客的价值，以及增加这个特色的成本。比如，一个汽车制造厂正在考虑三种改进措施：后窗除雾器成本 100元而顾客认为值 200 元，自动变速成本 800 元而顾客认为值 2400 元，自动除渣 2000 元而顾客认为值 2000 元，由于第二种方案中每单位成本创造最大的顾客价值，因此企业首先可以考虑增加自动变速这个特色。当然，企业在作出最终决策之前，还要考虑需要这个特色的顾客的人数和竞争者模仿这个特色的容易程度。

最后，确定产品的特色组合。

(3) 性能质量。性能质量是产品主要特征在产品使用过程中所表现出来的水准，分四个层次：低、平均、高、超级。

这里，最重要的问题是提供较高质量的产品能否产生较高的利润。世界战略研究所的研究表明，在产品质量与投资回报之间存在明显的正相关。生产高质量产品的企业之所以能挣得更多，是因为其产品的高质量使其可以定更高的价格。此外，这些企业还从更多的重复购买、顾客忠诚、口碑中收益，而事实上提供高质量产品的成本有时候并不比提供低质量产品的成本高出很多。例如，皮尔卡丹西装的售价为 3000 元一套，但每套成本比售价 800 元的西装才高出几十元。

在手机行业，波导利用性能质量建立起明显的竞争优势。波导手机的技术合作方——法国萨基姆是全球最具实力的航空军事通信公司之一，它为法国幻影战斗机提供射频通信技术，因此波导手机在通信性能、通话效果上就具有先天的优势。

不过，需要指出的是，产品的性能质量并非越高越好，因为到一定的程度后，提高性能的回报率会越来越低；而且随着产品质量的提高，产品成本也会上升，到一定的程度会超出顾客的承受能力。因此，企业应该根据目标市场的需要和竞争产品的性能质量水平来决定本企业产品的性能质量水平。

(4) 一致性质量。顾客都希望企业的产品有较高的一致性质量。所谓一致性质量，是指所有产品的质量都很均匀，而且达到预期的水准。比如，如果联想公司生产的电脑每台质量都一样，而且都能达到顾客预期的标准，我们就说联想产品的一致性质量高。

(5) 耐用性。耐用性用来衡量一种产品在自然和高负荷情况下的使用寿命。

耐用性对某些产品而言是一个重要的价值属性，比如消费者一般愿意为耐用的车辆(如德国汽车)支付较高的价钱。当然，这也有限制条件。首先，价格不能太高；其次，产品在技术上不应该很快过时，比如个人电脑。

(6) 可靠性。所谓可靠性，是指产品在一定时期内正常使用或运转而不出故障的可能性。顾客一般愿意为更加可靠的产品支付更高的价格。比如，一些顾客愿意花 1.8 万美元买一部铱星手机，就是看中铱星手机的可靠性，它在任何恶劣的情况下都可以使用。

(7) 可修理性。顾客喜欢容易维修的产品。理想的可维修性是当产品发生故障时，使用者自己就能修理，而且不用花太多时间和成本。比如，一辆用标准的、容易替换的零部件制造的车就具有很高的可维修性。

(8) 风格。风格描述的是产品的外观样式和购买者对产品的感觉。

购买者往往愿意为有风格的产品支付更高的价钱。比如，摩托车爱好者就愿意为哈雷摩托的风格付高价(当然还有其他方面的原因)。风格的另一个优点是它创造的差别化难以模仿，由此创造的差别化优势也就比较持久。

包装是一种重要的创造风格的工具，尤其在食品、化妆品等行业。因为消费者第一眼看到的往往是产品的包装，而这些包装有可能马上吸引住顾客，也有可能赶走顾客。

不过，从另一个角度来讲，强烈的风格并不总是意味着高性能。比如，一辆车可能设计得很有风格，但是修理的时候可能要花很多时间，因此企业要在这两者之间作出权衡。

(9) 设计：综合性的要素。设计是指把影响产品外观和功能的各项特征组合在一起。

设计是一种非常有效的差别化手段。在日趋激烈的市场竞争条件下，如果只靠价格和技术是不够的，还要靠设计，因为它常常能为企业提供竞争优势。美国哈佛大学的教授罗伯特·海斯指出，十五年前竞争靠价格，现在靠质量，未来的竞争要靠设计。在生产和营销耐用设备、服装和袋装产品时，设计尤其重要。

在设计产品的时候，设计者必须确定在形式、特色、性能质量、一致性质量、耐用性、可靠性、可维修性和风格等方面各投入多少。

从企业的角度来说，设计合理的产品是容易生产和分销的产品；从顾客的角度来说，设计优秀的产品是看起来舒服、容易开动、安装、使用、修理和处置的产品。设计者必须将这些因素综合起来考虑。

2) 服务差别化

当实物产品不易进行差别化的时候，在竞争中获得成功的关键是增加有价值的服务，并提高这些服务的质量。

服务差别化主要包括订货、交货、安装、顾客培训、顾客咨询和维修等方面的差别化。

(1) 订货方便性。订货方便性是指顾客向企业下订单的容易程度。美国巴斯特医疗器械公司为了方便各医院的订货，在各医院安装了电脑终端，通过这些终端，各医院能直接向它下订单。现在，一些银行纷纷向其顾客提供软件，帮助他们更加方便地获得信息，同时，还可以在网上进行交易。订货差别化的一个典型例子就是戴尔公司，顾客可以直接在其主页上根据自己的要求订购电脑，这极大地提高了戴尔的竞争能力，使戴尔在竞争激烈的电脑市场上建立起了自己的竞争优势。

(2) 交货及时性。交货包括速度、准确和送货过程中的小心谨慎。美国一家支票印刷厂在过去 18 年的时间内总能在收到订单的第二天把货送出，从来没有耽误过，企业因此建立了很好的声誉。世界最大的牛仔服装公司——李维公司采用快速反应计算机系统把供应商、制造厂、分销中心和零售店连接起来，并由此建立起了自己的差别化优势。

(3) 安装。安装是指使产品在指定的地方正常运转(也就是正常发挥作用)所做的工作。重型设备和复杂产品的购买者都需要好的安装服务。如果目标顾客在技术方面是个外行，那么容易安装的特点就是一个卖点。因此，企业可以在这个方面建立起自己的差别化优势。

(4) 顾客培训。顾客培训是指对顾客或顾客的雇员进行培训，教他们如何正确而有效地使用本企业的产品。比如，通用电气公司不但销售和安装 X 光设备，还广泛地开展培训工作，教医院里的医生如何正确地使用这些设备。顾客培训的最大好处是让顾客更好地了解企业产品的性能和特点，从而提高顾客满意度。消费者经常有这样的经历：一种产品买来以后，到要扔掉的时候才知道还有很多功能没用上，而这些功能原本会让消费者感到更满意，对企业更忠诚。因此，顾客培训会大大提高顾客的满意度。例如，麦当劳要求它的加盟者到它的汉堡包大学接受两个星期的培训，学习怎样正确地管理他们的加盟店。

(5) 顾客咨询。顾客咨询是指销售商向顾客提供数据、信息、信息系统和建议等服务。在一些行业，顾客咨询能大大地提高顾客满意度，从而使企业建立起差别化优势。例如，外资银行和国内的股份制商业银行靠这一招向国有银行发起强烈的攻势，拉走了一大批基本客户。它们向顾客(特别是一些需要财务管理方面咨询的顾客)提供咨询服务，而国有银行做不到这一点，因此很多好客户流失了，2002 年年初的"南京爱立信事件"就是一个典型的例子。

(6) 维护和修理。维护和修理是指帮助顾客使其购买的产品处于正常的运转状态。很多产品，比如家电产品、机械产品和电子产品，在使用过程中有时会发生故障，因此，如果企业提供好的维修服务，会大大地提高顾客的满意度。因此，企业也可以在这个方面建立起差别化优势。同样是一台热水器，有的出了问题后维修非常困难，甚至得不到维修，而海尔则实行 24 小时服务，随时招唤随时上门解决，彬彬有礼和专业技术过硬的海尔服务人员给顾客留下了很好的印象，这也是海尔竞争优势的重要来源。

(7) 其他服务杂项。除了上面的服务因素之外，企业还可以利用其他方式使其服务具有差别化优势。比如，它可以提供更加有吸引力的产品保证或维护合同。同样是一台彩电，有的保修期为 2 年，有的为 5 年，现在有些厂家已经打出了终身维护的旗子，为此顾客选择哪一款是不言而喻的。当然，在推出这些服务项目的时候，要权衡成本和利益。

一般来说，由于服务是无形的，因此，服务差别化较之实物产品的差别化更加难以识别，相应地也就更加难以模仿，由此，通过服务差别化建立的优势也就更加持久。

3) 人员差别化

如果企业的人员训练有素，那么企业就可能获得竞争优势。新加坡航空公司声名远播，主要就是因为它有训练有素的机组人员。成功的企业，它们的员工往往都有自己的特点。比如，麦当劳的服务人员特别有礼貌，IBM 的人非常专业，迪斯尼乐园的人都很乐观，等等。

训练有素的人员有六大特点：

(1) 能力：他们具备所需要的技术和知识。

(2) 礼貌：他们友好，尊重别人，细心周到。

(3) 可信：他们值得信赖。

(4) 可靠：他们能够提供准确和一致的服务，能够为顾客解决问题。

(5) 反应力：他们对顾客的要求和问题反应很快。

(6) 沟通能力：他们努力去理解顾客的真正意思，而且能清楚地表达自己的意思。

在当前的市场条件下，企业的竞争者很快会推出高质量的产品和服务，因此，很多企业开始在人员方面下工夫。由于人员差别化比产品差别化和服务差别化更难模仿，因此，由此建立的优势也更持久。

新加坡航空公司

定位：这家由政府持有 56% 股权的航空公司，是新加坡最深入人心的飞行广告牌。

Logo：这些空姐是东方女性的化身，是杜莎夫人蜡像馆中的第一个商业形象代表。

广告语：“我的新加坡空中小姐，世界有了你变得更精彩。每一座城市都认识你的芳容，他们都希望你不要那么来去匆匆……如果没有你，我真的不愿飞向天际。”

投入：每位空姐的培训费用为 300 万元人民币。

产出：通过这些从头到脚都有标准化设计的美丽女子，新加坡航空公司在全球的形象单纯而美好。

4) 渠道差别化

企业可以通过设计有效的分销渠道来赢得竞争优势，包括渠道的覆盖面和销售渠道的绩效。世界著名的卡特彼勒公司在建筑设备行业中的成功主要得益于其成功的渠道开发，它的经销商分布更广，而且比竞争对手的经销商更加训练有素。戴尔公司和雅芳公司通过开发和管理直销渠道，使自己区别于竞争者，形成自己独特的竞争能力。沃尔玛也是通过渠道构建竞争优势。从国内来看，娃哈哈的非常可乐就是利用自己辐射农村市场的渠道优势与可口可乐、百事可乐竞争；TCL 也一直以拥有高效、覆盖面广的营销网络而自豪。

5) 形象差别化

购买者对不同企业或品牌的形象有不同的反应。万宝路香烟占据了全球香烟市场约30%的市场份额，营销专家对万宝路公司进行了分析，发现其成功主要得益于其与众不同的形象——西部牛仔，就是这个品牌形象引起了很多吸烟者的共鸣。很多酒类和化妆品制造商也纷纷为自己的品牌开发产品形象。

一个独特而有效的形象能起到三个方面的作用。首先，它建立起了产品的特征。第二，它以一种特殊的方式来传递这个特征，使之不与竞争产品的特征相混淆。第三，它除了传递一个精神形象之外，还传递情感的力量，比如可口可乐使人热情奔放。企业为了使自己的形象发挥作用，必须利用每一个能利用的传播工具，包括标志、听觉和视觉媒体、气氛、事件，它们都是形象差别化的工具。

(1) 标志。形象可以用标志进行强化。企业可以选择一个标志，可以用名人，可以用颜色，也可以用一种声音或音乐。

(2) 媒体。企业选择好的标志要通过广告和媒体来传达一种心情、一个主张或者一个故事，当然，这个要表达的内容不但要明显，而且应该是与众不同的。这个标志应该出现在电视、报纸、杂志、年度报表、各种宣传小册子、产品目录、企业信纸信封和名片上。

(3) 气氛。企业所占据的实体空间是产生和传达形象的一种强有力的方式。比如，银行通过自己的建筑物、内部装潢设计、布局、颜色、家具和各种陈设来营造出一种气氛，向顾客传达一个安全银行的形象。银行，特别是大银行，总在门口放几辆奔驰或者卡迪拉克而不是宝马，因为奔驰和卡迪拉克象征经典、稳健，象征事业已经成功，而宝马车象征一种拼搏的冲劲，象征一种敢于冒险的精神，可是银行不能给储户留下喜欢冒险的印象，否则，还有谁敢把钱放在银行？

(4) 事件。企业可以通过赞助和支持某类事件来建立自己的形象。如 AT&T 和 IBM 公司赞助交响乐节目和艺术展，洛克菲勒公司向医院捐钱。IBM 通过与交响乐的联系，就在公众心目中建立起了一种高雅的形象。

3. 如何进行差别化——差别化的程序

在了解了差别化的工具之后，企业接下来的任务是如何进行差别化。这个过程包括以下三个步骤：

(1) 确定顾客价值模型。企业列出影响顾客对产品价值感受的所有产品因素和服务因素。

(2) 建立顾客价值等级层次。企业把这些因素分为四个层次(以餐厅用餐为例)：

① 基本：食物还可以吃得下去，菜也上得及时(如果这一点做不到，顾客会很失望)。

② 期望：使用好的餐具和桌布，服务周到，饭菜可口(这些因素使顾客觉得各方面还可接受，但还不算有多特别)。

③ 渴望：餐厅气氛好，而且安静；食物特别可口，使人胃口大开。

④ 出人意料地好：小提琴伴奏；免费上高级水果拼盘；最后还免费上了一个大蛋糕。

(3) 确定顾客价值组合。企业在考虑成本的前提下，确定要在产品中包含什么顾客价值才能比竞争对手有产品优势，才能使顾客高兴，并赢得顾客对企业的忠诚。

4. 差别化要注意什么事项——差别化的原则

绝大多数的产品都能够进行一定程度的差别化，但是，并不是所有的差别化都是有效的，有效的差别化必须满足以下几个标准：

(1) 重要性：这种差别化特征向一个相当大的顾客群体提供有价值的利益。

(2) 独特性：这种差别化是企业以一种独特的方式提供的。

(3) 优越性：这种提供利益的方式比其他方式优越。

(4) 不易模仿性：这种差别化特征不易被竞争对手所模仿。

(5) 可接受性：这种差别化是顾客承受得起的。

(6) 利润性：这种差别化能够为企业带来利润。

很多企业的差别化由于经不起以上标准的检验而失败。比如，新加坡的威斯汀·斯坦莫福特旅馆宣称自己是世界上最高的旅馆，然而，旅馆的高度对大多数客人来讲并不重要。

产品差别化特别强调以消费者为导向，对国内很多企业而言，最有能力进行差异化的途径是对本土市场的深刻了解和对消费者细腻、人性化的关怀，而不仅仅局限在技术方面。

这方面，我们不得不佩服日本人，其深度的消费者研究和完美的产品制造，值得国内企业好好学习。日本企业为了让一个电饭煲更适合消费者的要求，能煮 8 种饭，并让十多万人品尝后才选定大家最喜欢的味道，然后倒推设计出煮饭程序，这样的电饭煲能不畅销吗？日本车一直是"省油、低档车"的代名词。20 世纪 80 年代后期丰田准备争夺美国的高档豪华车市场，为此，丰田公司派出专家小组前往美国，与美国人同吃同住，并运用问卷、座谈会等方式深入调查顾客对轿车每一细节的要求。经过五年多的呕心沥血，推出了凌志车。凌志首创了可升降方向盘，无论高矮都可以选择最舒服的方向盘高度进行驾驶；手机铃声一响就自动调低音响的音量，连伸手调低音量的举手之劳都免了；凌志沙发的每根弹簧的弹性、高度都十分贴合美国人的身材。如今凌志在美国站稳了脚跟，一项调查显示全美前 500 强大企业的财务总监首选车便是凌志，连比尔·盖茨的座驾也是凌志。凌志之所以能打破日本车"低档"的形象，与宝马、奔驰、凯迪拉克决一雌雄，主要不是靠核心技术上的优势，而是靠"凌志比美国人更了解美国人，凌志比美国车更让美国人舒服"。

可见，把产品设计得无限体贴消费者所创造的差别化优势是惊人的。国内企业在了解本土消费者上具有得天独厚的优势，关键是主观能动性上要像日本企业那样对消费者无微不至地关怀，除企业内部机构和人员要不停地研究消费者外，还要借助调查公司的专业技术。另外，很多产品差别化并不需要增加额外成本，如一次调查表明，绝大多数的纸尿裤都太宽了，不仅无助于多吸尿，而且宝宝两腿张开很不舒服，有长成"罗圈腿"的危险，做得窄些，不仅宝宝更舒服、妈妈更开心，而且用料少了，成本也降低了。

案例一

"家电顾问"带来的差异化

究竟什么是"家电顾问"，我们来看一则销售实例，便知一二。1 月 20 日五星卖场来了一对准备结婚的年轻顾客。他们准备选购空调，手中还拿着日立空调的宣传单页。江东路卖场的家电顾问热情地接待了他们，并了解到顾客之前已经在附近的其他家电连锁店看过了相关产品，到五星主要是为了进行价格比较。而当时面临的问题是江东路卖场并未经营日立空调。而顾客在其他卖场了解的价格是日立 1.5 匹挂机 2880 元、2 匹柜机 4550 元。五星家电顾问在询问了顾客的住房情况后，给出了以下建议：卧室内购买三菱电机挂机，在 3000 元的价格基础上再利用现金券让利，实际成交价 2980 元，顾客欣然接受。这个建议十分切合消费者的心意。他们之前是因为考虑价格因素才放弃购买三菱电机的。现在通过家电顾问的介绍发现价格相差并不多，所以很乐意接受。家电顾问还了解到，顾客家客厅的面积为 28 m^2，用 2 匹柜机功率肯定达不到使用效果。于是推荐其使用海信变频机，价格相对高出近 1000 元。这时顾客稍显犹豫。家电顾问开始解释：虽然顾客原定购买的 2 匹机价格便宜些，但顾客居住面积决定了必须选择功率更大的机子，否则达不到理想的使用效果，相反倒是一种浪费，不如多花 1000 元保证使用效果。而且是变频机，更加省电，这样反倒很经济。经过考虑顾客接受了家电顾问的建议并表示十分满意。在回访时，顾客表示家中的液晶电视也要到五星购买，并指名要当天接待的家电顾问做参谋。不难看出，让顾客买到真正需要的家电是五星家电顾问价值的体现。从本案例可以看出在顾客购买家电时，五星是处于弱势的，顾客之前已经在附近的其他家电连锁店看过了相关产品，到五星主要是为了进行价格比较，而且五星在缺少顾客需要的品牌的情况下，通过家电顾问以"最适合"方案，回避了自己的弱势(缺少顾客所需品牌)，将弱势转变为自己的优势。2006 年 3 月，五星电器在业内率先推出了家电顾问服务，2007 年底全国范围内的所有门店都将进行配备。通过一段时间的试行发现，实行家电顾问服务的卖场无论从顾客满意度、终端控制能力、平效方面都有了大幅提升。笔者认为，家电顾问将改变现行家电连锁卖场的商业运行模式，零售商自身的销售主导力将不断增强，零售终端的力量将显现无遗。家电顾问的基本模式是在五星所有卖场设立类似"私人管家"角色的顾问人员，通过对核心消费人群的个性化免费咨询服务，来降低消费人群的选购成本，同时对高额消费人群进行会员制管理。早在去年 11 月，五星选择全国 10 家优质门店进行试行，五星南京江东路卖场就是其中之一。江东路卖场是五星电器在南京的第 11 家门店，2005 年 9 月开业，位于南京河西龙江地区，属典型社区店。江东路卖场是五星系统内第一个推行家电顾问的门店，也是第一个因此受益的门店。在家电顾问项目实行的这段时间，发生变化最大的就是顾客，顾客满意度明显提高。以江东路卖场为例，从开业至今收到了许多表扬信，尤其是实行了家电顾问后，收到表扬信的频次更高了。有一对顾客，他们是下岗工人，今年元月 6 日到卖场买空调。江东路卖场的家电顾问叶林了解到顾客由于年纪大而怕冷，家中大房间安装了空调但却舍不得用来取暖，所以想在另外一个 7m^2 的房间里装台空调以节省点钱。于是家电顾问就为他们推荐了一款美的电热油汀，比起重新购买一台空调省了近一半的钱，而且同样可以满足取暖的需要。老两口非常高兴，第二天就给卖场送来了表扬信，还在邻里邻间替五星做了不少宣传。第二个变化是卖场人员在门店角色的转变。众所周知，促销员对卖场销售有着巨大的影响，卖场与卖场之间竞争的焦点也成为优秀促销员的争夺。通过实行家电顾问，五星家电顾问成为门店的主力销售人员，发挥了更大的作用。同时，也带动了包括自有人员以及促销员的积极性。卖场学习气氛更加浓厚，员工参与互培训练，优秀促销员进行经验的交流和传授，同时进行现场一对一的演练。在加强培训的同时充分运用绩效考核机制，鼓励先进，卖场员工的积极性大大增加。第三个变化是门店组织运转的效能明显提升。过去门店推动革新举措总会遇到许多阻隔，而现在这种运转效能明显提高，家电顾问可以做很好的执行。第四个变化是门店绩效的变化。门店各项综合指标有了很快的提升，从11月实行家电顾问以来，卖场销售完成率都在提升，门店费用率却在下降，销售量上升。在周对比中，与优质核心门店的销售差距也在不断缩短。五星在服务上投入了更多的人力，利用服务的改进弥补弱势，将弱势转为强势，通过这种主动满足顾客需求的方式获得更多的市场空间。同时也将服务变成与其他连锁差异化的手段。但服务手段的科技含量并不高，很容易被竞争对手复制，所以五星如果想在服务差异化的道路上走得更久的话，就需要在这方面投入更多的精力和资源。

　　(资料来源：赤彤. "家电顾问"带来的差异化——五星电器以服务摆脱同质化竞争案例分析. 现代家电，2006(13))

案例二

浪潮商用计算产品竞争策略

　　在刚刚过去的2005年，包括服务器、存储产品以及商用PC在内的浪潮商用计算产品全线飘红，战绩彪炳。在整体行业"波澜不惊"的大背景下，浪潮商用计算产品获得了高于行业平均速度的增长水平。初步统计表明，浪潮商用计算产品的年复合增长率达到45%。

　　回顾2005年的商用计算市场，平稳中酝酿变化。在服务器市场，电子政务、教育行业仍然保持着较高的市场增长，高于行业平均增长水平；在存储产品市场，政府、高教、制造等行业的存储需求开始凸现出来；在教育、政府和中小企业这三大行业市场，商用电脑的消费需求已经与PC市场发展初期产生了较大的变化。2005年，在发展迅猛的行业和新兴行业，如物流、电信增值服务等，中小企业大量涌现且规模扩张极快，庞大的新增市场需求正在凸显。

　　在市场环境和用户需求发生变迁的大背景下，浪潮集团高级副总裁、浪潮商用计算产品主帅王恩东审时度势，针对服务器、存储、商用电脑产品不同的竞争环境，以及不同的产业发展阶段，实施不同的竞争策略，演绎出了一幕幕龙争虎斗的好戏。

　　在国内商用计算市场的大布局下，服务器、存储、商用电脑市场竞争形态各异。浪潮北京公司副总裁彭震在与媒体的沟通当中认为，服务器市场呈现出高度专业化的竞争态势，竞争的参与者主要为国际厂商，浪潮将主要精力放在一系列的创新实践上。存储市场则处于用户需求快速放大阶段，国内专业化的产品与解决方案供应商品牌正在成长初期，所以浪潮更多强调专业化。而PC是一个充分竞争的同质化市场，所以浪潮商用电脑依然坚持差异化的竞争之道。

　　总结起来，创新、专业化和差异化组成了浪潮商用计算的整体策略。而它们正和浪潮"整合聚焦，弹性部署"的长期战略一脉相承。

　　一、服务器演绎"中国创造"

　　从2005年2月浪潮64位服务器获国家科技进步二等奖，到年末浪潮"面向事务处理的高性价比、高性能服务器体系结构设计和优化技术"项目获得信息产业部2005年(第五届)信息产业重大技术发明评选结果发布会"信息产业重大技术发明"奖，2005年的浪潮服务器一直在实践"国际品质，中国创造"的创新实践。

在浪潮看来，创新不仅包括产品技术创新，也包括应用创新、理念创新，同时还包括文化创新、制度创新。

2005 年 5 月，随着浪潮智能服务器的发布，浪潮在服务器领域创造性地提出了 IFA 智能弹性架构，奠定了国产智能服务器的技术标准。随后，浪潮服务器在业界第一个提出了 SmartQ 可管理品质，这是服务器厂商第一次从技术上对服务器品质进行精细阐述，并实现了品质的可管理性，将服务器产品的用户体验提升到了一个新的高度。

2005 年是浪潮商用计算产品推陈出新的一年。5 月，浪潮发布了 11 款智能服务器产品，涵括了从单路到 4 路，从塔式到机架式的完整产品序列。11 月，随着 Intel 双核服务器芯片的发布，浪潮又发布了采用 Intel 双核的系列新产品。接近年底，继天梭 TS20000 以后，浪潮服务器天梭 TS30000 问世，其对国外厂商的小型机产品有很强的可替代性。

目前，浪潮在高端商用服务器领域已经成为国内主导厂商。2005 年，高端商用计算产品市场继续增长，以天梭 TS20000、TS30000 为代表的浪潮高端服务器在 IA 开放式架构下，基于高速互联技术的模块化体系结构，以高速交换为核心，将模块化的计算单元、存储单元、通信单元聚合成一个开放的、易于扩展的、高性能的系统，已经达到小型机的计算性能与可靠性，而成本却远低于小型机。

基于浪潮天梭系统的服务器产品和软件产品，已经取得了丰硕的社会效益和经济效益：自 2002 年至 2005 年三年间，浪潮商用高性能服务器已实现销售收入 12.56 亿元，新增利税 1.18 亿元；有效降低了中国信息化投资及应用成本，在部分领域成功地取代了进口高性能服务器系统；以低于国外同档次系统 1/2～1/3 的价格，为国内高端用户节省了大量设备投资；通过与占国内市场 5% 市场销量、却占销售额 95% 的国外 RISC 小型机的竞争，迫使国外同类产品降价，每年为国家节省外汇 8～18 亿元。

浪潮服务器的创新实践，也体现在渠道、市场和服务的创新层面。

2005 年，针对服务器应用普及化深入地、县级市场的趋势，浪潮在原有渠道架构的基础上，进一步拓展渠道深度与广度，深耕 3～5 级地、县市场，建立了战略区域(江苏、山东、广东、浙江、河南等)金牌渠道体系。

在此基础上，浪潮服务器制定并实施了渠道成长计划，以更多技术支持与培训浪潮英信服务器大学、方案体验中心等增值服务来增强渠道商的方案销售能力和自身获利能力。

针对 SMB 市场，浪潮服务器还创立了 4S 渠道模型。围绕 360° 专家服务体系，浪潮服务器推出了 SMB 市场的专属"携行"服务计划。

创新，已经成为浪潮企业文化和企业制度的重要部分。浪潮在企业内部建立了创新文化与机制，从而推动企业的创新机制进入良性循环。比如浪潮设置了专人进行专利管理，建立了健全的申报、奖励等一些刺激专利技术新生的方法。对小到服务器外观专利设计都会实行奖励的这种"千金买马骨"的做法，增强了全员创新意识，营造了整个企业的创新文化。此外，浪潮建立了专门展示专利人员、专利技术的宣传墙，将员工的创新与企业的发展密切结合起来，刺激员工创新的欲望和激情。

2005 年 1～10 月，浪潮获得软件登记 21 项，认定软件产品 16 项。浪潮"面向事务处理的高性价比、高性能服务器体系结构设计和优化技术"项目包括服务器核心技术发明专利 8 项，取得软件著作权登记 5 项。浪潮的专利成果实施转化率达到了 97%。

2005 年，"浪潮 64 位高性能服务器"项目荣获计算机硬件领域的最高奖项——国家科学技术进步二等奖，浪潮"面向事务处理的高性价比、高性能服务器体系结构设计和优化技术"项目也获得了信息产业部颁发的"信息产业重大技术发明"奖。

二、专业化提升存储商务势能

2005 年，浪潮存储以"活性存储提升商务势能"为主题，正式对外发布了"活性存储"技术战略，极大提升了浪潮存储的专业形象。

活性存储以实现数据的信息价值为导向，帮助用户有效整合不同的存储技术和工业标准，部署"活性存储"产品——具有完整数据存储和管理功能的数据存储平台，进而建设一个完整而相对独立的统一信息交换平台，构建出一个弹性部署的、匹配用户当前需求而又能按需扩展的、既能有效存储管理信息又能充分挖掘信息价值的 IT 系统。

活性存储首次把挖掘数据的信息价值、提升用户商务势能作为存储的终极目标，突破了传统存储无法突破数据层面的局限，开创了存储产业技术整合的新时代。

作为国内厂商在存储领域提出的第一个具有高度前瞻性和产业影响力的技术理念和技术战略，活性存储大大提升了中国企业在中国存储产业发展中的话语权和影响力，同时为浪潮存储未来几年的发展指明了方向，从而成为浪潮专业化道路上具有里程碑意义的事件。

专业渠道的架构是浪潮存储专业化体系构建中重要的组成部分。存储技术的复杂性和与用户业务的深度契合性决定了其方案销售的特点，其销售过程必然是一个高价值传递的过程。而在这样一个过程中，渠道的构建便显得尤为必要。2005 年 6 月，浪潮存储正式对外发布全新的存储渠道——Pt 渠道，整个渠道采用增值销售+增值代理+行业代理的架构。

在高等教育领域，浪潮存储把高效一卡通项目建设有着丰富经验的先达集团、宝石集团都纳入了其渠道体系，而这些企业的加入也让浪潮存储在该领域取得了良好的业绩。

2005 年，在活性存储技术战略的指导下，浪潮存储完成了从 NS 产品系列向 AS 产品系列的全面切换。针对高增长用户的 AS500 采用模块化设计，同时实现对 FC、iSCSI、SATA 等主流存储技术的兼容，用户可以根据自己的业务发展需求实现平滑升级，同时又可以在不同的应用环境下进行部署。

在 AS500 之外，三款定位各异的 AS 新品——AS200、AS300 和 AS330 也在 2005 年被推向市场。这四款产品的推出标志着浪潮存储完成了从 NS 系列产品向 AS 系列产品的全面切换，AS 系列产品开始代替原有产品而完成从低端到中端存储市场的覆盖。

存储高增值的特点决定了存储服务提供的重要性。浪潮存储在 360° 专家服务的基础上提出了崭新的服务理念——Active Service。浪潮存储认为，要真正实现存储的高增值，不能仅仅满足简单的服务响应上，而应该将服务的理念贯穿于价值传递的始终，通过提供积极主动的服务，帮助用户将存储和业务发展紧密结合起来，最终真正实现存储的价值。

三、差异化继续商用电脑细分优势

在产品同质化日趋严重的状况下，浪潮商用电脑主张从通用平台、个性化模块、方案提供、服务增值等方面进行整合，满足客户对于 PC 产品不同档次的筛选、不同用途的要求以及在不同使用环境下对整体解决方案和增值服务的需求，做到真正意义上的以客户需求为出发点，帮助客户突破发展瓶颈，提高信息化建设的速度和效率。

浪潮商用电脑始终坚持市场细分的纵深发展策略。在教育行业，浪潮将教育划分为"普教"与"高校"细分行业。同时，依靠多年来对教育细分行业的服务经验，进一步完善细分行业整体解决方案的集成能力，这种方案整合能力也成为了浪潮商用电脑与国内一线厂商竞争获胜的法宝。

浪潮是国内最早进军网吧行业的硬件厂商之一。凭借自身对网吧行业发展趋势的先知先觉和对网吧用户需求的深刻理解，浪潮商用电脑专门成立了网吧行业策略小组，率先在业界推出了针对网吧行业的专用电脑以及相应的管理方案，迅速奠定了自身在网吧行业第一品牌的形象。

在政府市场，浪潮以节能和安全作为行业的切入点，在满足政府普遍需求的同时提供差异化的应用需求。同时集中精力筹备和申报入围政府采购工程。2005年底，浪潮商用电脑已经入围20多个省市的政府采购和中央部委采购。随着入围政府采购的数量增长，浪潮商用电脑在核心渠道和行业代理的产品销售也有了显著增长。与此同时，浪潮商用电脑在政府采购项目中的良好口碑和服务能力，也为日后对其他行业的采购产生了积极的影响。

针对信息化建设以PC应用普及化深入中西部以及4～6级市场的趋势，2005年浪潮商用电脑在原有渠道架构的基础上，形成了以"扁平+增值"的复合型渠道建设策略，分别建立了核心渠道、行业代理和增值渠道的渠道合作模式，力求从渠道流量、行业采购和大项目合作三方面扩大商用产品的销售机会。在渠道策略调整后，浪潮2005年的有效渠道数量比2004年增加了近40%，这些新增渠道主要是5、6级市场的中小型渠道。除了有效渠道的增长，浪潮商用电脑渠道覆盖的区域也增加了近30%。

针对核心渠道，浪潮以扩展5、6级渠道市场为核心，大力支持浪潮商用电脑精品店的建设，着重增加终端渠道的覆盖能力。2005年在5、6级市场上，浪潮商用电脑渠道渗透的策略在百台左右的中小型采购项目上取得了显著效果。

针对行业渠道，2005年，浪潮商用电脑在扩展流量渠道的同时，也加强了对行业渠道的扩充，选择了一些在教育、政府、网吧等行业有深入了解的渠道伙伴签订行业代理协议，为浪潮商用电脑在行业市场的再增长奠定了良好的基础。

针对增值渠道，除了常规的渠道合作模式外，浪潮商用电脑还与一些在资金、技术、系统集成等方面有雄厚实力的渠道伙伴进行项目合作，整合各自所长，集中优势力争在大型项目运作上取得突破。这些大型项目的合作主要集中在政府和教育行业中，如远程教育、校校通项目等。

通过细分市场的纵深策略和渠道网络的建设，浪潮商用电脑在行业市场和渠道销售方面有了增长的基础。而浪潮集团的整合为浪潮PC业务向全国更广泛的范围进行扩展提供条件的同时，也带来了不同区域市场发展不平衡的挑战。在这种情况下，浪潮商用电脑提出了"差异化的区域渗透策略"，对优势区域和新兴地区在市场发展不平衡方面做了不同的战略部署，以强化优势区域、重点事件开拓新兴地区的策略。

对于优势地区，浪潮提高渠道覆盖率，加大向5、6级市场逐步渗透，最大程度地发挥企业优势，进一步促进区域市场迅速发展。如山东、安徽和河南等优势区域，浪潮商用电脑提高了30%的渠道覆盖率，有效地提升了浪潮商用电脑的竞争力。

针对新兴地区的大项目营销，浪潮通过树立标杆项目，直接影响渠道和行业用户，对市场形成直接的拉动。如宁夏、广州等省市地区，在资源和客户分布存在很大差异的区域，浪潮商用电脑通过一系列的大项目营销运作，对整个地区的业务成绩形成明显的推动。

浪潮商用电脑的差异化，还包括针对新兴行业的创新应用。针对信息领域对安全需求的迫切性，浪潮商用电脑针对不同层次用户的安全需求，推出了基于软件安全、硬件安全和网络安全三个层面灵活构筑的全方位动态安全防御系统——"浪潮商用电脑安全攻略"，从灾难恢复、网络屏蔽、芯片加密、主动预警、泄密防范等方面全面满足用户不同层次的安全需求，为企业用户搭建了新一代安全高效的商务应用平台。

全方位的动态安全防御体系使得浪潮商用电脑在信息安全领域拥有了较大的技术优势，而对信息安全需求较高的政府部门以及金融、税务等行业，浪潮商用电脑的五大安全技术将拥有广阔的用武之地。

针对新兴行业，浪潮提出了"专用 PC+专用外设+应用软件，并结合优质化的服务及技术培训体系"的软硬结合策略，成为进军中小企业、商业流等新兴市场的"金钥匙"。浪潮商用电脑面向中小企业市场推出的财务管理专用 PC，加载了财务管理系统以及进销存系统，满足了中小企业对于财务管理和进销存管理的需求，不仅能有效地降低中小企业的整体 TCO，而且提高了其日常管理的效率和可操作性。

浪潮商用电脑深知产品的品质是拓展行业市场的致胜法宝，也一直把品质视为企业的命脉。为此，浪潮商用电脑制定了严格的"一二三四五"品控体系，即"1 个出发点、2 个超指标、3 层作业标准、4Q 检测体系、5 个环节的全程纠正预防体系"，以"超国家标准"和"超同行业标准"的宗旨对产品进行严格的检验，以保证产品的高可靠性，从根本上提高了产品的整体质量。

2005 年，浪潮商用电脑通过了 MTBF 10 万小时无故障运行的测试，并且连续第二次获得"国家免检产品资格"，为整个行业市场树立了品质大旗。品质的提升不仅让浪潮商用电脑在大项目运作上屡获佳绩，也为浪潮商用电脑进一步拓展行业市场奠定了良好的基础。浪潮商用电脑在中西部省份的项目运作当中，凭借卓越的品质表现，经受了气温、湿度、海拔、地形等不同环境因素的考验，在甘肃百亿、新疆建设兵团等项目当中，创造了高达99.98%的高开箱合格率，为浪潮商用电脑进一步拓展行业市场打下了坚实的基础。

（资料来源：山东大学精品课程网，http://www.shxy.wh.sdu.edu.cn）

六、思考与练习

1. 问题

(1) 产品定位的原则有哪些？

(2) 产品定位的途径有哪些？

(3) 产品定位传播的方法有哪些？

(4) 定位与差别化有何区别？

(5) 产品差别化的途径有哪些？

2. 案例讨论

农夫山泉的市场营销战略

1997 年，养生堂开始以农夫山泉进入纯净水市场。

当时，经过十余年的发展，生产包装饮用水的企业已近千家。从 1995 年开始，娃哈哈、乐百氏等企业先后打进纯净水市场，并逐步确立了领导者的位置。两者最初都是由儿童食品发展到纯净水产品上来的，儿童乳酸奶制品和以青年时尚为指向的纯净水成为其两大主力。然而，由于这两类产品的定位和目标市场差异明显，因而娃哈哈和乐百氏都面临着一个尴尬的局面：无论哪一类产品的市场份额进一步扩大，都必须要解决将来势必无法共享一个品牌的矛盾。而"养生"本身就有关注生命健康的含义，使得这一品牌有较大的延伸空间，养生堂公司在原来的保健品行业所具有的品牌效应，可以部分地延伸到饮用水行业上。同时，"农夫"二字给人以淳朴、敦厚、实在的感觉，"农"相对于"工"，远离了工业污染，"山泉"则给人以回归自然的感觉。农夫山泉可以靠其淳朴自然和养生堂的健康形象打天下，比起以儿童用品起家的娃哈哈、乐百氏更有优势。

农夫山泉在市场导入期便实施了差异化战略，强调其产品在类别、水源、设备、包装、价格和口感等方面与同行其他企业的差别。

农夫山泉以取自千岛湖水面下 70 米无污染活性水为原料，经先进工艺净化而成。在这一水源差异上，以"千岛湖的源头活水"来强调其水源的优良；同时，千岛湖作为华东著名的山水旅游景区和国家一级水资源保护区拥有极高的公众认同度，这使农夫山泉形成了一个独占的良好品牌形象，"好水喝出健康来"。同时，在农夫山泉上市不久所策划的"千岛湖寻源"的大型活动，更是让消费者能够到其生产基地亲自探根寻源。

在包装差异上，农夫山泉先是 1997 年在国内首先推出了 4 升包装，1998 年初又推出了运动瓶盖，它并不是第一个采用了运动瓶盖，1998 年 3 月份，上海老牌饮料正广和就率先推出运动瓶盖。但值得注意的是，农夫山泉显然比正广和棋高一招：正广和在其宣传中只是生硬地理解了运动瓶盖的运动性和方便性，并在广告中选择了一些运动场景；而农夫山泉则把运动瓶盖解释为一种独特的带有动作特点和声音特点的时尚情趣，选择中小学生这一消费群作为一个切入点。在"课堂篇"广告中，"哗扑"一声和那句"上课时不要发出这种声音"，让人心领神会、忍俊不禁，使得农夫山泉在时尚性方面远远超出了其他品牌。而且，农夫山泉的红色包装非常醒目，在超市的货架上一眼就能看出来。

在产品定位上，"这水，有我小时候喝过的味道"，一句话使人油然回忆起童年生活的情景：童年时代的小河和小溪潺潺流淌，清澈甘甜，没有污染；而每个人对童年的生活都特别留恋，童年的回忆在每个人的心目中都占据着一个特殊的位置，因此，农夫山泉就借助定位，即表达干净无污染的天然水这层含义，又把自己的产品与童年的回忆联系在一起，这自然会在目标顾客的心目中占据一个特殊的位置。

农夫山泉瓶装水一进入市场，就打破了娃哈哈和乐百氏二分天下的局面，在瓶装水市场上取得了一席之地。1997 年 4 月养生堂生产出第一瓶纯净水，到 1998 年，养生堂纯净水的市场占有率已上升到全国第三位。据中华全国商业信息中心市场监评处对全国重点商场主导品牌的监测，1998 年农夫山泉的市场综合占有率居于第三，仅次于娃哈哈和乐百氏，一举冲入纯净水市场的三甲行列，至今仍保持其市场地位。

（资料来源：http://wenku.baidu.com/view）

问题：提炼农夫山泉的产品定位，并归纳出该定位的传播策略。对该定位点，你有什么异议，为什么？

3. 课后练习

评估"和其正"凉茶的定位效果，根据评估结果，调整或重新对其产品进行定位设计。

项目四　制定营销策略

模块一　制定产品策略

一、教学目标

最终目标：能为某新产品规划产品整体策略、能设计产品品牌。

促成目标：

(1) 熟悉产品的整体概念；

(2) 熟悉产品的品牌策略；

(3) 熟悉产品的包装策略。

二、模块任务要求

新产品的创意要具有可行性，产品策略的决策需要充分考虑目标消费者的需求。

三、示范案例

尊贵联想的终极目标：劳斯莱斯

劳斯莱斯是"尊贵"的代名词，每当人们提及奢侈、尊贵的终极目标时，几乎都会将口径统一为某行业的"劳斯莱斯"。劳斯莱斯轿车每年的产量只有几千辆，每一辆都堪称绝对的元首级。1907年生产的"银灵"牌轿车，目前价值高达1400万英镑，是世界上最名贵的汽车。不久前，劳斯莱斯幻影LWB(元首级)进入中国，在丰富的选装配置后，一辆车的价格高达1888万元人民币。2007年，劳斯莱斯在全球共销售了1100辆，其中有近十分之一的订单来自中国，中国已成为了继美国、英国之后劳斯莱斯的第三大消费市场。

一百多年来，世界豪华汽车品牌多如过江之鲫，然而，为什么一辆技术含量并不超前、造型几十年不变的劳斯莱斯轿车会在世人的心目中矗立起一座汽车的"丰碑"呢？其中的奥妙就是"尊贵"二字。

人们一想到劳斯莱斯，往往会产生这样的品牌联想：

1. 劳斯莱斯是皇家御用座骑。20世纪50年代以前，皇家御用座骑一直是戴姆勒(Daimler)，1952年依丽莎白女王登基后，劳斯莱斯取而代之。1955年皇室专用徽章被授权使用于劳斯莱斯轿车上。

2. 1904 年底，第一批劳斯莱斯轿车面世，并在法国巴黎举行的世界汽车展览会上一举扬名。第一批车当时的售价为每辆 395 英镑，现在值 25 万英镑。劳斯莱斯所有售出的车当中，60%以上仍在正常使用。

3. 劳斯莱斯车所有的汽车发动机都完全是手工精心打造的，它的正面格栅不仅完全用手工制作，而且不借助任何测量工具，完全凭技师敏锐的眼力。

4. 在新款劳斯莱斯中，任何时候你打开烟灰缸，都不会看到烟蒂，汽车会完全自动清除。

　　……

可以说，劳斯莱斯轿车在人们心目中已成为汽车王国雍容高贵的唯一标志。劳斯莱斯尊贵的品质既来自于企业"车的价格会被人忘记，而车的质量却长久存在"的理念，也来自于一百多年来为尊贵身份车主限量打造的传统。

劳斯莱斯的创始人是劳斯和莱斯两人。1904 年春天，曼彻斯特的工程师莱斯自己设计制造了第一辆双缸汽车。英国贵族劳斯在试开了莱斯的新车后，感到这种汽车魅力无穷，日后一定前途无量，于是两人一拍即合，共同成立劳斯莱斯汽车公司，由莱斯负责设计和生产，劳斯负责销售。1904 年底，劳斯莱斯公司的第一批车(共 10 辆)终于面世了，参加了在法国巴黎举行的世界汽车展览会，并在展会上一举扬名。

1906 年劳斯莱斯汽车公司正式建立，1907 年推出了第一辆劳斯莱斯品牌汽车——银魅，这是最早使用劳斯莱斯商标的汽车。商标采用两个"R"重叠在一起，象征着你中有我，我中有你的和谐关系。

为了保持品牌的含金量，劳斯莱斯公司从成立那天起，一直坚持手工生产，在生产过程中，追求高档质量已经达到了不计成本的地步。劳斯莱斯轿车严格挑选高档皮革和上等胡桃木来制作内饰，选剩下的皮革都被时装制造业用于制造高档提包；每一辆劳斯莱斯车的木饰纹理都自成一格；每辆劳斯莱斯的桃木纹理都会有记录归档，日后若有损伤而车主要求修补时，即可按照原状恢复；而且还存有完全相同的备用材料。

另外，为了同劳斯莱斯轿车的尊贵身份相吻合，劳斯莱斯的高档服务也出乎人们的想像，据说，曾有一辆劳斯莱斯轿车在法国出了故障，公司居然派出直升机前去修理。

1911 年，劳斯莱斯公司聘请了著名雕塑家赛克斯为汽车设计了一个立体车标。这个标志的创意取自巴黎卢浮宫艺术品走廊中的一尊有两千年历史的胜利女神雕像，女神高贵典雅的身姿登上劳斯莱斯车首，使劳斯莱斯汽车更加熠熠生辉。

在劳斯莱斯的发展史中，成为皇室御驾，可以说是直接促使了劳斯莱斯轿车高贵血脉的形成。

第二次世界大战时，菲利普亲王曾经试驾过一款劳斯莱斯 8 缸轿车，并对其评价很高。菲利普亲王的青睐使得伊丽莎白公主——后来的英国女王也开始喜欢劳斯莱斯，此后，爱德华八世、女王伊丽莎白二世、玛格丽特公主、肯特公爵等众多当时的英国皇室成员都将劳斯莱斯作为自己的御驾。

1952 年，女王伊丽莎白二世登基。在无数的大英帝国的子民面前，劳斯莱斯作为女王的专用车缓缓驶过，车上的女王徽章夺人眼球。从此，劳斯莱斯成为了英国皇室的御用专车。1955 年，劳斯莱斯被授权使用皇室专用徽章。1952 年以后的半个世纪，英国皇室的重大活动中必然会出现劳斯莱斯汽车高贵的身影，在人们的心目中，劳斯莱斯汽车与英国皇室密不可分。

　　劳斯莱斯成为英国皇室御驾，也引来了各国元首和各地贵族的竞相效仿，不少影星、歌星及富豪也想拥有劳斯莱斯轿车来炫耀自己的尊贵。然而，劳斯莱斯公司对轿车购买者的身份及背景要求极严，购买者必须通过厂方对其身份、地位、文化教养及经济状况的综合调查。劳斯莱斯公司曾经有过这样的规定：只有贵族身份的人才能成为其车主，不会将车卖给钱财来历不明或有黑社会背景的人。后来条件虽有所放松，但劳斯莱斯汽车公司为此而生产了三种系列的轿车，分别针对不同身份的销售对象：黑蓝色的银灵系列卖给国家元首、政府高级官员、有爵位的人；中性颜色的银羽系列卖给绅士名流；白、灰浅色的银影系列卖给一般企业家、大富豪。

　　很多人只听说过劳斯莱斯汽车，却不知道劳斯莱斯同时是优秀的发动机制造者。波音客机用的发动机就是劳斯莱斯生产的。二战后，由于在1971年开发新型航空发动机亏损，英国政府干预后将劳斯莱斯公司一分为二，分为汽车与航空发动机两家公司。分开后的航空发动机公司恢复了生机，再一次跻身于世界三大航空发动机厂家之列，而劳斯莱斯汽车公司却经历着起起伏伏。

　　20世纪80年代，日本的丰田、日产等公司相继到英国投资建厂，给英国汽车工业带来了新的冲击。1989年，英国的美洲虎汽车公司被美国福特汽车公司收购；1994年，陆虎汽车公司被德国宝马公司买下。在这种情况下，劳斯莱斯汽车公司也不得不寻求变革，1997年，劳斯莱斯历史上第一条生产线在克鲁郡工厂投入了使用，这意味着劳斯莱斯公司终于向现代技术靠拢。

　　1998年3月，劳斯莱斯的母公司英国维克斯集团宣布，决定以7亿美元的价格，将劳斯莱斯汽车公司和本特利汽车公司出售给德国大众公司。消息传来，德国人欣喜不已，各大媒体均在显要位置报道了这一消息。英国人则黯然伤感，一家报纸甚至刊登了题为"擦干你们的眼泪"的文章。对英国人来说，劳斯莱斯汽车绝不是普通的汽车，它象征着昔日大英帝国的辉煌。

　　在购买劳斯莱斯的过程中，德国宝马公司的出价无法与大众相抗衡，让大众把劳斯莱斯从自己的嘴边夺走。后来，宝马公司生出一计，与英国劳斯莱斯航空发动机公司达成协议，以4000万英镑的代价将劳斯莱斯汽车的品牌和经营权买了过来，并且迫使大众将劳斯莱斯交给自己。宝马此番的战略意图是以劳斯莱斯为高档豪华顶级产品与大众的同档次宾利进行高端产品的竞争。

　　案例启示：劳斯莱斯从诞生那天起，就把自己定位为专为少数人服务的豪华品牌，一直到今天，劳斯莱斯的发动机还是完全用手工制造的，高昂的人工费用也是劳斯莱斯价格惊人的原因之一。劳斯莱斯每年的产量只有1000～2000辆，哪怕1990年劳斯莱斯汽车销售最好的年份创下了历史最高纪录，也不过只有3000多辆，连世界大汽车公司产量的零头都不够。这种只追求品质、不求数量的做法，在全球汽车工业中极为罕见。自1904年到今天，将近百年的时间里，劳斯莱斯公司总共只生产了11.5万辆劳斯莱斯汽车，而其中6.5万辆至今仍在使用中。对产品品质尽善尽美的不懈追求，使得劳斯莱斯最终成为全世界公认的贵族品牌。今天，当人们一看到那雍容华贵的车身和高贵典雅的胜利女神标志，便会马上认出，这是一辆尊贵无比的劳斯莱斯轿车！

（资料来源：杨兴国，中国营销传播网，http://www.emkt.com.cn/brand，2010-07-07）

四、活动设计

某地区具有丰富的银杏果资源，银杏果是一种营养价值非常高的产品，但当地目前还主要以原材料销售为主，当地政府为了进一步提升果农的收入，拟对银杏果进行深加工，请收集资料，设计新产品的创意，并规划该产品的产品策略，主要包括：产品品牌和包装设计，产品质量档次规划，产品组合决策等。

五、理论知识

项目三介绍了营销战略，然而，营销战略还只是一个方向性的框架，企业还要把营销战略具体化，即制定出营销组合策略，包括产品策略、定价策略、渠道策略和促销策略，也称作 4Ps(因为它们的英文开头字母都是 P)。

这里需要指出的是，营销战略是制定营销组合策略的基础和依据，营销组合策略是为营销战略服务的，其目的是通过实施营销组合策略来实现营销战略目标。反过来，营销战略是通过营销组合策略来实现的，营销战略如果不具体化为营销策略并有效地加以实施，营销战略是不会为企业带来实实在在的利润的。总之，营销战略和营销组合策略之间必须协调一致。

前面讲过，现代营销观念要求企业的营销活动要以顾客为导向，把满足顾客的需要作为营销活动的基本点和出发点。而顾客需要的满足只有通过提供适当的产品或服务才能实现，因此，产品策略是营销组合策略中的基本策略，离开了产品策略，没有适合顾客需要并具有竞争力的产品，营销组合策略中的其他策略就无从谈起。

(一) 产品策略

产品策略的内容主要包括产品属性决策、品牌决策、包装和标签决策、产品线决策和产品组合决策。

在设计产品策略之前，首先要了解产品层次的概念。

1. 产品的层次

人们通常将产品理解为具有某种物质形状、能够提供某种用途的物品。这是狭义的产品概念。现代市场营销理念认为，产品作为一个整体，包含核心产品、实际产品和附加产品三个层次。因此，企业在制定自己的产品策略之前，在思考问题的方式上，要从三个层次考虑产品和服务。

1) 核心产品

产品最基本的层次是核心产品。核心产品要回答的问题是：顾客实际上要购买的是什么？从表面上看顾客购买的是产品，实际上顾客购买的是利益，以满足他的某种需要或解决他的某个问题。比如，顾客购买口红时，她实际上买的不是颜色，而是漂亮；顾客购买洗衣机的时候，他实际上不是要买一个铁的东西，而是买一种能解决洗衣服问题的办法；购买钻头的顾客其实买的是"钻孔"。因此，在设计产品的时候，首先必须明确产品要向顾客提供什么核心利益。

2) 实际产品

在确定核心利益的基础上，企业下一步要围绕着核心利益确定实际产品，把核心利益体现出来。实际产品常常具备五种特征：质量水平、特色、设计、品牌名称和包装。比如，索尼摄像机是一个实际产品，它把名称、零部件、风格、特色、包装和其他属性巧妙地结合在一起，以便向顾客提供核心利益——一个方便的、高质量的捕捉重要时刻的方式。

3) 附加产品

最后，设计者还要围绕着核心产品和实际产品确定附加产品，以便向顾客提供附加的服务和利益。比如，索尼公司不能只提供一个摄像机，它必须向顾客提供完整的解决拍摄问题的方法。因此，当顾客购买索尼摄像机的时候，索尼公司必须向顾客提供质量保证、使用说明、维修等服务。

2. 产品属性决策

开发一种新产品或服务时，企业必须确定这个产品或服务要向顾客提供的利益。而这些利益是通过质量、特色和设计等产品属性传递给顾客的，因此，产品决策首先是产品属性决策，它包括产品质量、产品特色和产品设计三个方面。

1) 产品质量

产品质量是指产品发挥其功能的能力，包括产品的寿命、可靠性、精确(准确)性、启动和修理的方便性等。

质量应该从两个维度来理解：性能质量和一致性质量。因此，在进行产品属性决策的时候，不但要考虑性能质量，还要考虑一致性质量。性能质量是产品的绝对质量；一致性质量衡量的是产品质量与顾客预期的质量水平的符合程度。

2) 产品特色

产品特色是为了提高顾客满意度而附加在最基本的产品之上的所有产品特征。特色是使企业产品区别于竞争产品的重要工具。第一个在市场上推出某种新的、有价值的特色往往是一种非常有效的竞争手段。比如，第一个推出高清晰度电视机的企业更容易在这个行业建立竞争优势。至于企业应该推出多少产品特色，这已经在前面介绍过。

3) 产品设计

另一种增加顾客价值的方式是独特的产品设计。前面已经讲过，所谓设计就是将产品的外观和功能组合在一起的活动。

3. 品牌决策

1) 品牌的概念和建立品牌的意义

品牌是生产者或销售者用来表明自己身份的名字、名称、标志、符号、设计或者它们的组合，其目的是识别某个生产者或销售者的产品或服务，并使之同竞争产品或服务区别开来。品牌中可以用语言表达的部分称为品牌名称，可被识别但不能用语言表达的部分称为品牌标志。

消费者往往把品牌看成是产品的一个重要部分，它能增加产品对顾客的价值。比如，一瓶克莱斯汀·迪奥香水标价好几百元，如果撕去品牌，可能十块钱都没人要。品牌如此重要，以至于很少有产品不用品牌。现在螃蟹都有品牌，在背上打上激光商标的阳澄湖大闸蟹每只卖 20 元(约合 200 元/公斤)，而同样大小的无品牌的螃蟹每公斤也就 60 元，这当然有螃蟹自身品质的原因，但品牌的作用也非常明显。

现代市场的竞争在很大程度上表现为品牌之间的竞争，好的品牌资产能为企业带来明显的竞争优势。这些竞争优势主要体现在：

(1) 有利于企业以更高的价格销售自己的产品，并增强抵御价格竞争的能力。

(2) 提高了企业在采购、分销等环节的讨价还价能力。

(3) 易于进行品牌扩展。

(4) 高的品牌知名度和美誉度可以为企业节省大量的营销费用。

青岛啤酒品牌管理战略

青岛啤酒公司的高层领导者十分重视品牌管理，定期邀请品牌专家对品牌发展现状及长远规划进行会诊，修整品牌发展长远计划。在品牌机制和专业人员配备方面，公司选派了一批有经验的销售骨干到各地开拓市场，他们了解消费者，能够将市场信息及时有效地反馈给决策者，从而能为下一批产品的定位、价格及包装提供极有价值的一线信息。

将酒文化溶入到品牌的宣传和推广中，是青岛啤酒在品牌管理上的一大特色。经过多年的实践积累，公司形成了自己的企业文化：热爱青岛啤酒，献身青岛啤酒是公司的企业精神；严谨认真，务实高效是公司的企业作风；高雅品位，卓越超群是公司给产品形象进行的定位。近几年来，公司一直在不断尝试将企业文化注入到产品的宣传推广中，让消费者在购买产品时，也能真正感受到企业文化的存在。这种尝试不仅表现在对产品质量的精益求精，对产品形象的精心设计以及对售后服务的高度重视上，同时也表现在与消费者的沟通与交流上。公司经常会邀请一些消费者到工厂参观，让他们了解青岛啤酒一流的酿造设备和精湛的加工制作工艺，再以一年一度的青岛国际啤酒节为例，每届啤酒节都会吸引无数国内外友人会聚岛城，毫不夸张地说，多数朋友是冲着青岛啤酒来的，因为畅饮青岛啤酒，领略世界级品牌所带来的超爽感觉实是人生一大享受。此外，啤酒节期间，公司还经常举行饮酒比赛、歌咏比赛等文娱活动，让游人在开怀畅饮的同时感受一下啤酒文化的韵味。正是因为与众不同的特色品牌管理模式，才使"青岛啤酒"这一百年民族品牌得以不断发展壮大。

(资料来源：重庆工商大学，http://sc.ctbu.edu.cn/jpkc/case)

2) 品牌名称选择

一个好的品牌名称会大大地有利于产品的成功，然而，取个好名字很难。企业要仔细地审视产品和产品的利益、目标市场和既定的营销战略。

一般来说，理想的品牌名称应该具备以下几个特点：

(1) 能使人联想起产品的利益和质量。比如美国的 Off(滚开)和 Easy-Off(赶紧滚开)品牌的驱虫剂，其品牌名称就直接向顾客传达了产品的利益。看到蚊子或蟑螂的时候，谁不希望它们赶紧滚开呢？

(2) 容易拼写、识别和记忆。比如 FUN(一个牛仔服装品牌)。

(3) 独特。大连韩伟集团的"咯咯哒"商标就非常独特，因为鸡下蛋的时候，首先会"咯咯"叫，然后，"哒"的一声，鸡蛋就下来了。这个商标是几个博士花了一个晚上想出来的。

(4) 品牌的名称应该能容易翻译成外文。有的品牌名称的汉语意思很好，但是，当翻译成外文的时候，如果翻译得不好，就容易出现灾难性的后果。比如，我国北方一个厂家的商标是"公鸡"，由于翻译得不好，把这个词翻译成"cock"，结果产品推向美国市场时，一件产品也没有卖出去。因为这个单词除了"公鸡"的意思之外，还有一个很不好的意思，读者可以自己去查一下词典。

(5) 能够注册并得到法律保护。有些品牌名称可能有违伦理道德，既有损企业形象，也难以注册。

美的集团的新产品品牌策略

美的集团是广东美的集团有限公司的简称。1980 年时，它还只是广东省顺德县一个小镇的小作坊。"美的"创业之初，其条件并不是很好。在全国几千家电风扇厂中，论设备和技术，美的是小弟弟；论生产风扇的历史，美的是较短的。但是，美的人并不因此而裹足不前，相反他们敢于开拓，敢为人先。该公司在全国电风扇大战中，率先采用塑料外壳代替金属外壳，大大降低了成本，使其在激烈的竞争中杀出一条生路。此时，美的人在市场风浪的搏击中逐渐意识到市场需求不断发生变化，电扇产品不应是公司的唯一产品。随着人们生活水平的提高，空调必将是其替代品，应该及早开发和生产自己的空调产品。空调是高科技产品，是高层次享受的象征，自己原来的形象显然过于落后，应当树立一个全新的形象。于是，1984 年公司开始全面实施它的品牌战略。首先从企业的名称"美的"入手。"美的"美在其真善美，美在巧妙。它作为企业、产品、商标"三位一体"的统一名称，用于表述产品质量优和企业形象美恰如其分，定能博得市场大众的认可。

美的决策人还充分考虑到这个名称足以涵盖各种产品、各行各业、国内国际市场。它是一种"美的事业"，它的形象给社会公众和消费者以亲切感、优美感、愉悦感，并使人产生无尽的联想。其次，美的集团在沟通策略上，提高了广告和促销活动的档次，突出品位高、质量高，目标是造就名牌和名流企业形象。它除了在全国主要报刊和中央电视台做广告外，还推出由巩俐出演的电视广告片，其核心是突出美的是以"创造完美"作为企业精神和经营理念的。美的人把创造美渗透到每一空间，贯穿全员行动，见诸一切媒体，同其他企业文化水乳交融。该集团的建筑文化、广告文化、销售文化、车间班组文化均为其特色。美的 CIS 中的标准色为蓝、白二色，犹如蓝天白云。美的工业城的现代建筑群、写字间、标牌、名片、办公用具、事务用品、运输工具、包装设计、食堂餐具、洗手间等，皆是一体的蓝白相间的色调，同其生产的"美的风扇"、"美的空调"等产品色泽相谐，给人赏心悦目、清凉优雅的感觉。这样精心的设计对于消费者来说，不能不产生一种挡不住的诱惑，从而对该企业及其产品油然产生一种好感。

(资料来源：广东商学院，http://61.145.119.78:8081/show.aspx)

3) 用谁的品牌

在用谁的品牌这个问题上，生产商可以有四种选择：

(1) 生产商使用自己的品牌。

(2) 生产商把产品卖给中间商以后，中间商使用自己的私人品牌(也叫商店品牌或分销商品牌)，或者企业替销售商或其他生产厂家定牌生产(OEM)。

(3) 生产商也可以使用特许品牌，也即支付一定的费用，获得某种商标的使用权。比如，很多玩具生产商通过支付一定的费用，获得迪斯尼这个品牌的使用权。

（4）生产商还可以和其他公司一起，同时在一个产品上使用两家公司的品牌，这种情况经常发生在两个著名品牌兼并后，舍不得放弃其中的任何一个品牌，于是，干脆同时用两个品牌。

关于企业创品牌的问题，现在讨论比较多的是企业要不要创品牌以及如何创品牌这两个问题。

从品牌的意义来看，任何企业都有创品牌的必要。企业创品牌不是要不要的问题，而是如何进行的问题，企业应该在考虑生存的前提下考虑品牌问题，"既要吃饭，又要建设"。

4）品牌战略

在品牌战略方面，企业有四种选择：产品线延伸、品牌延伸、多品牌和新品牌，如图4.1 所示。

图 4.1　品牌战略选择四分图

比如，娃哈哈集团原先生产果奶，从一种果奶发展到好几种果奶，都使用娃哈哈这个品牌，这种品牌战略叫产品线延伸；进入饮用水行业后，娃哈哈公司还采用娃哈哈这个品牌，由于果奶和饮用水属于不同的行业，因此这一品牌战略叫品牌延伸，即原来用在某类产品上的品牌现在用在另一类产品上；但是进入可乐行业之后，娃哈哈公司采用"非常"这个品牌，由于行业和品牌对公司来讲都是新的，因此这种品牌战略叫新品牌战略。至于多品牌战略，宝洁公司经常采用，比如，宝洁公司的同一种洗衣粉在不同的国家采用不同的品牌，这是典型的多品牌战略。

4. 包装和标签决策

包装决策主要包括三个步骤。首先，企业必须明确包装的概念，也即想用这个包装发挥什么作用，是保护产品？向顾客传达产品的质量信息？还是其他目的？第二步要明确包装的具体要素：大小、形状、材料、颜色和品牌标识。这里需要指出的是，这些要素要相互协调，并且支持产品的定位和其他营销组合策略。比如，包装必须同产品的广告、定价和分销策略相一致。第三步，包装初步设计好以后，还要经过一些测试，包括工程测试、视觉测试、经销商测试和消费者测试。

标签可能只是一张简易签条，也可能是复杂的图案。标签也能发挥许多作用：从最基本的角度看，标签用来识别产品；标签还可以起说明作用，如这个产品是谁生产的，在什么地方生产的，什么时候生产的，内含什么东西，如何使用；精美的标签还起促销作用。

5. 支持性服务决策

顾客服务是产品策略的一个重要方面。企业的产品一般包括服务，它可能在产品中占次要部分，也可能占重要部分。

越来越多的企业把支持性服务当作一种能赢得竞争优势的重要工具，因此，企业应该有效地设计自己的产品和支持性服务，去满足目标市场顾客的需要。

设计支持性服务包括三个步骤：

第一步，定期调查顾客，以评价目前各种服务对顾客的价值，并了解什么服务会使顾客感到更满意；

第二步，评价这些服务对顾客的价值，以及顾客愿意为这些价值支付多少钱；

第三步，决定要推出什么服务。

6. 产品线决策

前面讲的产品属性决策、品牌决策、包装和标签决策是对单个产品而言的，是单个产品的决策，然而企业提供给市场的很少是单个产品，而是一条或几条产品线。因此，企业在单个产品决策的基础上，要进行产品线决策。

在进行产品线决策的时候，首先要了解两个概念：产品线和产品品目。所谓产品线，是指密切联系的一组产品，它们有相似的功能、销售给同样的顾客群体、通过同一渠道销售、价格差距也不大。总之，产品有共同的核心利益。所谓产品品目，是指产品线上一个明确的产品单位。比如，电视机这条产品线上，32英寸彩电就是一个产品品目。

产品线决策主要是关于产品线的长度，也即一条产品线所包括的产品品目的数量的调整。如果加上一个产品品目能增加利润，说明原来的产品线太短；如果砍掉某个品目能增加利润，说明这条产品线太长。产品线决策主要分两类：增加产品线的长度和缩短产品线的长度。

1) 增加产品线的长度

增加产品线的长度有两种方法：产品线延伸和产品线填充。

(1) 产品线延伸。产品线延伸的方法有三种：

① 向下延伸：企业原来处在高端市场，现在向下延伸。其目的主要有：填补市场空白，不然的话，这个市场空白会吸引新的竞争对手；或者对竞争对手在高端市场发起的进攻作出回应；或者发现低端市场成长很快，对企业有吸引力。比如奔驰公司也生产20000、30000和40000美元的车。

② 向上延伸：企业原来处在低端市场，现在向高端市场延伸。原因或目的是：高端市场发展快或者利润高，对企业很有吸引力；企业把自己定位为产品线完整的企业；向上延伸，提高产品的档次。

③ 双向延伸：由中端市场同时向高端和低端市场延伸。

(2) 产品线填充。产品线填充是指在现有的产品线上增加新的产品品目。其目的主要有：增加利润；让顾客有更大的选择空间；满足中间商的需要；有效利用过剩的生产能力；想成为产品线完整的企业；填补市场空白以阻止竞争者。

2) 缩短产品线的长度

有时候缩短产品线反而会使整条产品线的总利润上升，这是因为削减了占利润比重很小的产品品目，可以节约成本、集中优势发展占利润比重大的产品。一般是削减两种产品：利润很低或不赢利的产品；处于竞争劣势的产品。

7. 产品组合决策

一个企业往往不止生产一类产品。比如，娃哈哈集团除了生产果奶之外，还生产瓶装水、可乐、童装等，因此有好几条产品线。因此，企业在产品线决策的基础上要进行产品组合决策。

具体的产品组合决策工具有波士顿矩阵和通用公司矩阵，这在战略管理里会介绍，这里不再重复。

8. 新产品开发

1) 新产品开发的战略意义

任何一个产品都有退出市场的时候，而且随着技术的发展和消费者需求的不断变化，产品生命周期日益缩短。企业要在市场竞争中站住脚，必须不断地研究和开发新产品。

新产品开发是现代企业最重要的活动之一。最近的一项统计表明，新产品收入平均占企业收入的 33%，也就是说，三分之一的企业收入来自 5 年前它们没有销售过的产品。在一些富有活力的行业中，这个数字是 100%！这些数字表明：不创新即消亡。

无数个企业将它们的迅速崛起和今天的成功归因于新产品开发。JVC 公司几十年前还是一个默默无闻的公司，几十年之后在家庭录像机领域中开创了 VHS 制式(家用录像机系统)的革命。葛兰素(Glaxo)公司由一家中型的制药作坊，凭借一种治疗溃疡病药物的开发成功，攀升到世界制药业老二的位置。IBM 的 DOS 操作系统的开发，使一个 1982 年还默默无闻的小公司成长为一个世界著名企业，成为软件业的巨人。

一项调查将 22% 的优秀企业与其余的 78% 的一般企业进行了对比，发现：

(1) 优秀企业 49.2% 的销售业绩来自新产品，而一般企业 25.2% 的销售收入来自新产品；

(2) 优秀企业 49.2% 的利润来自新产品，而一般企业 22% 的利润来自新产品。

2) 新产品开发的方式

新产品开发的方式主要有以下三种：

(1) 独立开发：指企业独立进行产品的全部开发工作。这对企业的科研能力和技术力量提出了较高的要求，而且投资大、风险高。但若开发成功，则会给企业提供较大的发展机会。

(2) 科技协作开发：指企业与高等院校、科研机构协作进行新产品开发。这种方式花钱少，见效快，既能较好地利用外部科研技术，又能促进企业自己技术的进步，并保证产品的先进性，是企业新产品开发的一个重要途径。目前，这种方式被大多数中小企业所采用，许多大型企业也很重视这种方式。

(3) 技术引进：指企业通过引进国内外的成熟技术进行新产品的开发。一般采取购买专利权、获得许可证或特许权、合资经营或直接收购其他企业等途径。这种方式有利于企业争取时间，缩短与竞争对手在技术上的差距，也有利于使企业的产品能迅速达到世界先进水平，从而进入国际市场。

3) 新产品开发策略

企业进行新产品开发时，只有采取正确的策略才能使新产品开发获得成功。可供选择的新产品开发策略主要有以下几种：

(1) 挖掘消费者需求的开发策略。满足消费者需求是新产品开发的基本出发点。消费者需求可分为现实需求和潜在需求。企业开发新产品时，应把精力放在捕捉、挖掘市场的潜在需求上，并尽可能地扩大市场。

(2) 挖掘产品功能的开发策略。这种策略是指通过对老产品改进使其增加新的功能、新的用途，从而获得新生并重新占领市场。例如，折叠伞增加了一个折叠功能，从而便于携带。

(3) 边缘产品的开发策略。边缘产品是跨行业的多功能产品，如既可书写又可计时的电子笔，集洁齿与治牙痛为一体的药物牙膏等。由于边缘产品是各行业相互渗透的结果，能满足消费者的多种需求，因此，由此开发的新产品有着广阔的市场。

(4) 利用别人优势的开发策略。这种策略是指通过购买专利权、许可证或特许权等方式获得其他企业现成的技术，为开发本企业的新产品服务。采用该种策略可以节省大量的研究时间，从而使产品能够尽快上市，获得先机。

4) 新产品开发的步骤

新产品开发包括以下八个步骤：

(1) 创意的产生。新产品开发从产生创意开始。一般来说，企业需要多个创意才能开发出一个好产品。比如，在吉利公司，每 50 个仔细构思的新产品创意，到开发阶段只剩下 3 个，真正开发成新产品到达市场的只有 1 个；在杜邦公司，3000 个创意才能产生一种成功的产品；在医药行业则需要 6000 到 8000 个。

新产品创意主要来源于企业内部资源、顾客、竞争者、分销商、供应商等。

(2) 创意的筛选。创意筛选是指删掉不好的创意，留下好的创意。因为，新产品开发过程越到后面，成本会越高，因此，企业不得不淘汰掉大部分创意，只剩下那些有可能转变为好产品的创意。

(3) 产品概念的开发和测试。有吸引力的产品创意进入下一个阶段——产品概念的开发。产品概念与产品创意不同：产品创意仅仅是企业想向市场提供某种产品的一种设想；而产品概念是用有意义的消费术语来表达的一个详细的构想。

产品概念开发出来之后，还需要对产品概念进行测试。

(4) 市场营销战略开发。产品概念测试结果如果令人满意，下一步就是营销战略开发。

营销战略陈述通常包括三部分内容：第一部分描述目标市场、定位和头两年预计的销量、市场份额和利润目标；第二部分概述产品的定价、分销和第一年的营销预算；第三部分描述长期的销售、利润目标和营销组合策略。

(5) 商业分析。企业一旦确定了产品概念和营销战略之后，就可以进行商业分析，以评价产品概念的吸引力。商业分析要评价这种新产品概念预计的销量、成本和利润，以确定这种产品概念是否符合企业的目标。

(6) 产品开发。如果产品概念通过商业分析，就进入产品开发阶段。在这个阶段，研发部门或工程部门把产品概念变成实物产品。

(7) 市场测试。产品如果通过功能和消费者测试，下一步就是市场测试，即产品和营销计划放在一个更为现实的市场环境中接受测试，测试内容包括定位、广告、分销、定价、品牌、包装和预算水平等。市场测试为营销者在花大量的费用把产品全面推向市场之前提供营销经验。

(8) 新产品上市。市场测试为管理者最终决定是否要推出这种产品提供了信息。企业在推出新产品的时候，首先要决定产品上市的时间、地点和价格等。

专为中国市场开发：梅赛德斯-奔驰 E 230 轿车

E 230 搭载全新 2.5 升 V6 发动机，集诸多享有盛誉的梅赛德斯-奔驰安全和舒适配置于一身，统一零售价格为 54.8 万元。梅赛德斯-奔驰 E 230 的推出，填补了 E 级车中级排量的空白，实现了中级排量向大排量的平稳过渡，使得 E 级产品线更加丰富，日趋和谐。目前，梅赛德斯-奔驰 E 级轿车已经成为能提供最多发动机选择的国产豪华车型。

梅赛德斯-奔驰 E 230 的发动机是梅赛德斯·奔驰专门为中国市场设计和推出的。在研发过程中，中国特殊的道路环境、驾驶员的驾驶习惯及消费者对豪华轿车的更高要求都得到了工程师的充分考虑。

北京奔驰-戴克的梅赛德斯-奔驰销售市场部总经理仲德明(Thomas Zorn)表示："我们一直密切关注中国市场的发展和中国消费者的需求。E 230 就是我们近来在华一系列满足多元化需求的举措之一。造适合中国人驾驶与乘坐的车，让更多的中国人梦想成真，这是北京奔驰-戴克作为一家顶级豪华轿车企业的实力所在和责任所在。"

据相关人士解释，豪华轿车市场更加细分，消费者需求日趋多元，北京奔驰-戴克适时推出一个更加丰富、更加和谐的产品线，正是关注市场变化、倾听消费者需求的结果。

作为梅赛德斯-奔驰旗下全球最受欢迎的主力产品，E 级轿车于 2005 年 12 月在北京奔驰-戴克实现国产。在 E 230 上市之前生产的车型分别是 1.8 升排量的 E 200 K、3.0 升排量的 E 280 和 3.5 升排量的 E 350。

(资料来源：http://www.cnnauto.com，2007-7-9)

9. 产品生命周期及其营销策略

1) 产品生命周期的概念

产品生命周期又称产品寿命周期，是指一种产品从试制成功后推向市场到被市场淘汰为止所经历的全部时间过程。产品生命周期的各阶段特征如图 4.2 所示。

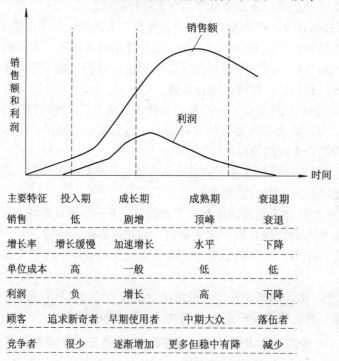

主要特征	投入期	成长期	成熟期	衰退期
销售	低	剧增	顶峰	衰退
增长率	增长缓慢	加速增长	水平	下降
单位成本	高	一般	低	低
利润	负	增长	高	下降
顾客	追求新奇者	早期使用者	中期大众	落伍者
竞争者	很少	逐渐增加	更多但稳中有降	减少

图 4.2 产品生命周期各阶段特征

2) 产品生命周期各阶段的营销策略

产品生命周期各阶段呈现出来的特点不同，企业在各阶段的营销目标也不同，因此，企业应根据这些特点制定相应的营销策略。在制定产品生命周期各阶段的营销策略时，总的宗旨是：尽可能缩短产品投入期，使新产品迅速被市场所接受；尽可能延长成长期，使产品尽可能保持畅销；尽可能推迟衰退期，以免产品过早被市场淘汰。

产品生命周期的各阶段营销策略归纳如表 4.1 所示。

表 4.1 产品生命周期各阶段营销策略

营销目标 和策略	投入期	成长期	成熟期	衰退期
营销目标	开拓市场,创造知名度,提高试用率	市场份额最大化	保护市场份额,争取利润最大化	削减支出,榨取品牌价值
产品策略	提供基本产品	• 提高产品质量 • 增加新产品的功能、特色、式样,进行产品线扩展	改进产品,使品牌和样式多样化,包括: • 质量改进 • 特色改进 • 式样改进	逐步淘汰疲软的产品品目或产品线
价格策略	采用以顾客感知价值为导向的定价	市场渗透价格	抗衡或击败竞争者的价格	降价
分销策略	选择性分销	• 进入新的细分市场 • 密集分销,扩大覆盖面	建立更密集的分销,从广度和深度上拓展市场	选择性分销,逐步淘汰无利润的分销网点
广告策略	告知广告,在早期使用者和经销商中建立产品知名度	• 产品利益诉求广告,激发兴趣 • 在大众市场建立知名度 • 树立品牌形象	• 品牌形象诉求广告,强调品牌利益 • 强调与其他品牌的差异性	减少到维持绝对忠诚者需求的水平
促销策略	大力促销,吸引试用	减少促销	• 加大 • 鼓励品牌转换	减少到最低水平

产品生命周期理论对营销活动具有十分重要的启发意义，为企业制定产品的营销策略提供了具体的指导。但是，在具体制定营销策略时，企业应结合企业自身和市场的实际情况灵活运用，不得盲目照抄照搬。

J 牌小麦啤产品生命周期延长策略

国内某知名啤酒集团针对啤酒消费者对啤酒口味需求日益趋于柔和、淡爽的特点，积极利用公司的人才、市场、技术、品牌优势，进行小麦啤酒研究。2000 年利用其专利科技成果开发出具有国内领先水平的 J 牌小麦啤。这种产品的泡沫更加洁白细腻、口味更加淡爽柔和，更加迎合啤酒消费者的口味需求，一经上市就在低迷的啤酒市场上掀起了一场规模宏大的 J 牌小麦啤消费的概念消费热潮。

一、J 牌小麦啤的基本状况

J 牌啤酒公司当初认为，J 牌小麦啤作为一个概念产品和高新产品，要想很快获得大份额的市场，迅速取得市场优势，就必须对产品进行一个准确的定位。J 牌集团把小麦啤定位于零售价 2 元/瓶的中档产品，包装为销往城市市场的 500 ml 专利异型瓶装和销往农村、乡镇市场的 630 ml 普通瓶装两种。合理的价位、精美的包装、全新的口味、高密度的宣传使 J 牌小麦啤酒 2000 年 5 月上市后，迅速风靡本省及周边市场，并且远销到江苏、吉林、河北等外省市场，当年销量超过 10 万吨，成为 J 牌集团一个新的经济增长点。由于上市初期准确的市场定位，使 J 牌小麦啤迅速从诞生期过渡到高速成长期。

高涨的市场需求和可观的利润回报使竞争者也随之发现了这座金矿，本省的一些中小啤酒企业不顾自身的生产能力，纷纷上马生产小麦啤酒。一时间市场上出现了五六个品牌的小麦啤酒，而且基本上都是外包装抄袭 J 牌小麦啤，酒体仍然是普通啤酒，口感较差，但凭借 1 元左右的超低价格，在农村及乡镇市场迅速铺开，这很快造成小麦啤酒市场的竞争秩序严重混乱，J 牌小麦啤的形象遭到严重损害，市场份额也严重下滑，形势非常严峻。J 牌小麦啤的市场因此而发生了变化，一部分市场从高速成长期迅速进入了成熟期，销量止步不前，而一部分市场由于杂牌小麦啤酒低劣质量的严重影响，消费者对小麦啤不再信任，J 牌小麦啤的销量也急剧下滑，产品提前进入了衰退期。

二、J 牌小麦啤的战略抉择

面对严峻的市场形势，是依据波士顿理论选择维持策略，尽量延长产品的成熟期和衰退期而最后被市场自然淘汰，还是选择放弃小麦啤酒市场策略，开发新产品投放其他的目标市场？决策者经过冷静的思考和深入的市场调查后认为：小麦啤酒是一个技术壁垒非常强的高新产品，竞争对手在短期内很难掌握此项技术，也就无法缩短与 J 牌小麦啤之间的质量差异；小麦啤酒的口味迎合了当今啤酒消费者的流行口味，整个市场有较强的成长性，市场前景是非常广阔的。所以选择维持与放弃策略都是一种退缩和逃避，失去的将是自己投入巨大的心血打下的市场，这实在可惜，而且通过研发新产品来开发其他的目标市场，研发和市场投入成本很高，市场风险性很大，如果积极采取有效措施，调整营销策略，提升 J 牌小麦啤的品牌形象和活力，可以使其获得新生，重新退回到成长期或直接过渡到新一轮的生命周期，自己将重新成为小麦啤酒的市场引领者。

事实上，通过该公司准确的市场判断和快速有效的资源整合，使得 J 牌小麦啤化险为夷，重新夺回了失去的市场，J 牌小麦啤重新焕发出强大的生命活力，重新进入高速成长期，开始了新一轮的生命周期循环。

（资料来源：闫志民，食品商务网，2007-11-23）

六、思考与练习

1. 问答题

(1) 产品的整体概念是什么？

(2) 如何对产品进行分类？

(3) 产品组合决策的相关内容有哪些?

(4) 品牌的决策内容有哪些?

2. 案例讨论

罗林洛克啤酒的独特包装策略

随着竞争的加剧和消费的下降,美国啤酒的竞争变得越来越残酷。像安毫斯·布希公司和米勒公司这样的啤酒业巨人正在占据越来越大的市场份额,从而把一些小的地区性啤酒商排挤出了市场。

出产于宾夕法尼亚州西部小镇的罗林洛克啤酒在 20 世纪 80 年代后期勇敢地进行了反击。营销专家约翰·夏佩尔通过他神奇的经营活动使罗林洛克啤酒摆脱了困境,走向了飞速发展之路。而在夏佩尔的营销策略中,包装策略发挥了关键作用。

包装在重新树立罗林洛克啤酒的形象中,扮演了重要角色。夏佩尔为了克服广告预算的不足,决定让包装发挥更大的作用。他解释道:"我们不得不把包装变成牌子的广告。"

该公司为罗林洛克啤酒设计了一种绿色长颈瓶,并漆上显眼的艺术装饰,使包装在众多的啤酒中特别引人注目。夏佩尔说:"有些人以为瓶子是手绘的,它跟别的瓶子都不一样,独特而有趣。人们愿意把它摆在桌子上。"事实上,许多消费者坚持认为装在这种瓶子里的啤酒更好喝。公司也重新设计了啤酒的包装箱。"我们想突出它的绿色长颈瓶,以及罗林洛克啤酒是用山区泉水酿制的这个事实。"夏佩尔解释道:"包装上印有放在山泉里的这些瓶子。照片的质量很高,色彩鲜艳、图像清晰,消费者很容易从 30 英尺外认出罗林洛克啤酒。"

夏佩尔喜欢用魅力这个词来形容罗林洛克啤酒的新形象。"魅力,这意味着什么呢?我们认为,瓶子和包装造就了这种讨人喜欢的感觉。看上去它不像大众化的产品,而是一种高贵的品质感。而且这种形象在很大程度上也适合啤酒本身。罗林洛克啤酒出口于宾州西部的小镇。它只有一个酿造厂,一个水源。这和安豪斯·布希啤酒或库尔斯啤酒完全不同,我们知道,并非所有的库尔斯啤酒都是在科罗拉多州的峡谷中酿造的。"

包装对增加罗林洛克啤酒的销量有多大作用呢?夏佩尔说:"极为重要。那个绿瓶子是确立我们竞争优势的关键。"

(资料来源: http://jpkc.zjbti.net.cn/scyxx/ksal06.htm)

讨论:

(1) 罗林洛克啤酒的包装能发挥什么作用?

(2) 你对罗林洛克啤酒的包装有什么建议,为什么?

3. 课后训练

收集品牌延伸成功与失败的消费品案例各一个,分析各自的原因,并形成分析报告。

模块二　定价策略

一、教学目标

最终目标: 能为产品确定或调整价格体系。

促成目标：

(1) 熟悉产品定价程序；

(2) 熟悉产品定价的主要方法；

(3) 熟悉产品调价的主要方法。

二、模块任务要求

对产品成本的估算要合理，能了解主要竞争对手的价格构成，能结合竞争对手和自身的营销战略调整价格。

三、示范案例

北 京 现 代

1990 年亚运会之前，韩国车通过各种渠道进入了中国汽车市场。但是由于质量不太可靠，缺乏零配件，没有维修服务体系，使得韩国车在中国市场上的口碑不好。在中国汽车市场，现代汽车采用了低成本进入策略，一方面不断出口汽车，另一方面输出车型与技术，先后与华泰汽车、江淮汽车进行试探性合作，生产华泰吉田、江淮瑞风、特拉卡等车型。

韩国现代根据自身双品牌策略的模式，先后在中国成立东风悦达起亚、北京现代两家合资公司。两家企业南北布局，分别位于汽车市场快速发展的长三角与环渤海经济带，依托上海、北京两个经济中心，成为韩国现代抢占中国汽车市场的主力军。

物美价廉，好车不贵，是韩国车的一个典型特点；现代集团在全球范围内素以价格杀手著称。北京现代作为衣钵传人，不管是定价之低、降价之狠，还是在降价时机的选择与把握上，都让业界为之侧目。

业内普遍把广州本田新雅阁 2003 年年初产品换代并垂直降价 4 万元，看做是中档车价格地震的开始，但引起这场地震的，却是成立不久的北京现代。由于当时广本的企业实力和市场影响力要比北京现代强很多，因此光环戴在了广本的头上。

2002 年年底，北京现代索纳塔上市。2.0 升排量基本车型价格为 17.9 万元，而当时 98 款雅阁 2.0 升排量基本型的市场价格却是 26.98 万元。两款车从车型本身差距不大，在中国的市场价格却有 9 万元的差异。

尽管本田的品牌认知度要比新来乍到的现代强很多，但巨大的价格差距却让这种优势荡然无存。为了保持竞争优势，本田只能借助新品推出时垂直降价。2002 款新雅阁 2.0 基本型以 22.98 万元的价格，把与索纳塔 2.0 升基本型的价格差距缩小到了 5 万元。2004 年索纳塔继续发力，最低价格降到了 14.98 万元；而雅阁 2.0 也在 2005 年再次跟进降价 2 万元，即为 20.98 万元。

2003 年年底伊兰特新车上市，价格比主要竞争对手别克凯越低了 2 万元。上海通用自诩品牌优势，起初并不在意，但随着时间的发展，更多的消费者选择了更加经济实惠的伊兰特。在 2004 年年底、2005 年年初，伊兰特凭借优良的性能价格比，居然击败雅阁、捷达、夏利等车型，连续 6 个月荣登单一车型销售冠军的宝座。尽管此后凯越也多次降低身价，但面对伊兰特咄咄逼人的价格攻势，只能发出"既生瑜，何生亮"的感慨。

中国汽车的价格正不断与国际接轨，但面对市场环境的持续变化及消费者持币待购的复杂情况，降价策略及时机的选择尤为重要，降得好，如北京现代 2004 年 9 月降价，一举进入销量前三名；而降得不好，如南北大众 2003 年 6 月降价后销量却出现滑坡。

实力强的企业已经形成了自有的章法。上海通用大多以推出所谓换代车型来达到降价的目的；广州本田在厂家定价上极为审慎，只是通过经销商前期加价、后期降价促销的方式来实施价格过渡。北京现代却往往出其不意。

2004 年 3 月，北京现代索纳塔降价 2 万元，首先奏响了中档车降价的序曲。紧接着上海通用在 5 月份全线降价，把战火烧到了各个细分市场。南北大众忍耐不住，在 6 月份首次统一降价，使价格战达到了高潮。

众多厂家接连大幅度降价，但市场却并不领情：由于宏观财政紧缩、消费信贷受限等多种因素的影响，从 2002 年开始的井喷在 2004 年第二季度宣告结束，众多消费者更是受到厂家接连降价的心理影响，开始持币待购。

伊兰特凭借优异的性能价格比，疯狂抢占同级别车型的市场份额；在 2004 年下半年起由于持续旺销，其销量早已超过凯越而直逼捷达。但这并没有满足北京现代的胃口，在大家狂打价格战却因为收效不大而偃旗息鼓时，北京现代却在 2004 年 9 月宣布包括伊兰特在内的全线产品降价 10%。

在一款车型持续旺销时却宣布降价，这在汽车业也算是第一次。消费者持币待购的想法被化解，类似股市的买涨不买跌的心理壁垒也被完全击破。

伊兰特的旺销势头被火上浇油，成为中国汽车市场新车上市第一年销量突破 10 万辆的首款车型。北京现代正是通过对伊兰特的成功运作，在 2004 年销量同比增长 176%，达到 144 090 辆，排名蹿升到行业第五。

企业要在市场上保持价格优势，离不开全面成本领先策略，北京现代把自己的成本控制总结为四句话："盘活存量，滚动发展，精益运营，以快制胜。"这不需要保密，因为每个企业的经营状况都不相同，北京现代的经验是别的企业学不会的。

"盘活存量"降低的是投资成本。北京现代成立之初，北汽集团以原北京轻型汽车厂(北轻汽)的厂房、土地和部分设备进行投入，这不仅使北轻汽的存量资产起死回生，更大大减少了现金支出。

"滚动发展"在提高资金使用效率的同时，也降低了运营风险。从市场上赚取的利润被迅速投入到工厂改造和产能扩张中，产能与销量的良好平衡带来了企业的效益最大化。

"精益运营"被北京现代发挥到了极致。在北京现代周围同时兴建的 20 多家配套企业形成了集群，这使得零部件物流成本与仓储成本急剧降低；单一的零部件供应体系保证了配套企业的规模经济，从而降低了零部件采购成本；源自丰田的精益生产模式配合以现代化的计算机信息网络，大大提高了生产效率；卓越的现场管理有效降低了各种浪费；精简的人力资源规划，使北京现代达到了全国最高的轿车企业全员劳动生产率。

"以快制胜"是北京现代的一个典型特点。谈判签约快，工厂建设快，经营决策快，市场反应快，北京现代创造了中国汽车工业史上的多项记录。相同的运营成本，在一个快速发展的企业里可以更好地运用，并产生更大的效益。

通过全面有效的成本控制，北京现代得以在保持适当利润率的同时，挥舞价格屠刀攻城略地，让业界同行惊羡不已。

案例启示：北京现代通过"盘活存量，滚动发展，精益运营，以快制胜"的成本控制方式，达到全面成本领先策略，以此作为制定低价和降价的基础，通过高的性价比，抢占中国汽车市场。成功的价格策略是北京现代汽车获胜的至关重要的原因。

（资料来源：2006 中国经典营销案例库）

四、活动设计

选择某一产品，通过调研，估算其成本构成，分析现有价格体系是否合理，并提出现有价格体系的调整策略。

五、理论知识

产品定价是企业中最重要的决策之一。这是因为：首先，企业通过其他活动创造价值，然后通过定价收获价值，因此，如果定价环节出现失误，则前功尽弃；其次，价格的高低对需求具有重大影响，没有其他哪个变量比价格更加直接地影响需求；此外，在市场竞争中，企业的价格策略同其他策略相比具有不可替代的作用，价格的灵活性、价格对消费者的心理作用等，都直接关系到企业能否有效地实现目标。鉴于这些原因，有管理学家指出，企业的各种竞争策略都将在定价策略上得到体现。

在制定价格策略的时候，我们必须对下列问题加以研究：影响定价的主要因素有哪些？企业在该时期的定价目标是什么？为了实现这个目标，企业应如何选择适当的定价方法为产品制定基本价格？根据市场的变化，企业应采取何种定价策略或定价技巧对基本价格进行修正？在市场竞争中，如何发起和回应价格变动？等等。

(一) 制定价格

在制定价格时，企业需要分析影响定价的因素，选择适当的定价方法，并按照一定的程序进行。

定价程序如图 4.3 所示。

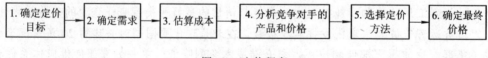

图 4.3　定价程序

1. 确定定价目标

不同的定价目标决定了企业采用不同的定价策略、定价方法和技巧，因此，定价的第一步就是根据企业的发展目标和战略、内外部影响因素确定应达到的定价目标。目标越清晰，制定价格就越容易。

在通常情况下，企业的定价目标不止一个，而是一个多元化、多层次的目标体系。企业的定价目标可分为以下三类：

1) 达到一定的利润指标

利润指标既可以是一个绝对量指标，也可以是一个百分比指标，可以细分为下列三种：

(1) 短期利润最大化：在估算需求和成本的基础上确定一种价格，使之能产生最大的当前利润、现金流量或投资回报率。这种定价目标是一种短期目标，并非着眼于企业未来的发展。设定这种目标的假设前提是：企业对产品需求量和成本函数了如指掌(但在实践中却难以精确预测)；只强调当前的财务经营状况，而不顾其长期效益；不考虑其他营销组合因素、竞争对手的反应和对价格的法律限制。由于这些限制，短期利润最大化的定价目标只在某些特定场合下被采用。

(2) 长期利润最大化：这是大多数企业所追求的目标。企业为了长远利益，常会在前期牺牲一些短期利润，甚至承受亏损来拓展市场、争取顾客。这种定价目标必须顾及不同时期所得收益的时间效应，即把不同时期预计能获得的利润折合成现值进行比较，从而选择最优价格。

(3) 满意利润。当追求最大利润存在较大风险或较大难度时，只能把获得满意利润作为定价目标。

2) 达到一定的销售指标

(1) 销售额最大化：即希望在所定价格下当期销售额达到最大值。

(2) 满意销售额：即希望在所定价格下能达到预定的销售额。一般来说，当企业希望能在同行业中占一定地位或达到一定的销售增长率时，常会选择这种定价目标。

3) 保持或增强竞争地位

(1) 市场份额最大化：即定价目标是争取最高的市场占有率。调查表明：企业的利润率高低与市场份额的大小密切相关，市场份额大，利润率往往也越高。但是这并不绝对。

(2) 维持生存：如果苦于生产能力过剩、竞争激烈或试图改变消费者的需求，则生存比利润更加重要，只要价格能与可变成本和某些固定成本相抵即可。

(3) 阻止新竞争者的加入：即企业把产品价格定得低一些，压缩利润空间，使新的竞争者无利可图甚至长期亏损。

(4) 击败竞争对手：即定价的直接目标是击败或赶走市场上现有的竞争者，为此，往往需要企业通过大幅度降低售价，甚至以低于成本的价格出售产品等手段，致使对手经营状况恶化甚至破产。一般来说，规模大、实力强的企业才能选择这种定价目标。

(5) 保持价格稳定：为避免价格战导致两败俱伤，有时企业以稳定市场价格为目标。这种定价目标对市场领导者来说主要是为了对付竞争，对众多小企业而言则是被动地避免竞争。

2. 确定需求

在进行定价的时候，必须考虑产品价格与市场需求之间的关系，它包括以下几个方面：

(1) 需求量和需求的价格弹性。需求量是指市场对该产品的需求总量。在通常情况下，需求和价格呈反向关系，即价格越高，需求量越低；反之亦然。需求的价格弹性是指产品价格变动对市场需求量的影响。不同产品的市场需求对价格变动的反应不同，即弹性大小不同。

(2) 目标市场的价格敏感度。影响价格敏感度的主要因素见表4.2。

表 4.2　影响价格敏感度的主要因素

影响因素	简 要 说 明
独特的价值	产品越独特,顾客对价格越不敏感
对替代品的了解程度	顾客对替代品了解得越少,对价格的敏感度越低
对比的难易程度	当顾客难以对替代品的质量进行比较时,他们对价格的敏感度较低
总开支的比重	开支占顾客收入的比重越小,他们对价格越不敏感
最终利益的作用	购买本产品的开支在最终产品的总成本中所占的比例越小,顾客对价格越不敏感
成本分摊	如果部分成本由他人分摊,则顾客的价格敏感度降低
沉积投资	当产品与以前购买的资产配套使用时,顾客对价格的敏感度降低
价格的质量效应	当顾客认为产品具有更高的质量、声誉和独特性时,他们对价格越不敏感

3. 估算成本

产品价格应能弥补生产、销售等方面的支出。成本(更准确地讲是直接变动成本)决定价格的下限,因为,如果产品的价格低于这个水平,企业就要亏本。产品成本随产量的大小而变化,在进行成本分析时需要对不同情况下的"量、本、利"进行具体的分析。

4. 分析竞争对手的产品和价格

由于市场竞争的存在,企业在定价的时候不能为所欲为,因为,如果同样的产品定更高的价格,企业的产品就难以为顾客所接受。因此,企业应充分了解竞争对手的产品,并将自己的产品与对手的产品在特色、质量、成本和价格等方面进行比较、分析。分析竞争对手的产品和价格的时候,还要注意分析竞争对手可能的定价,因为竞争对手也会对你的价格作出反应。

5. 选择定价方法

研究了需求、成本和竞争之后,企业就可以为自己的产品定价了。图 4.4 归纳了供企业考虑的三个重要参照点。

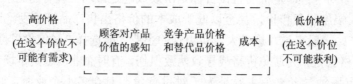

图 4.4　供企业考虑的三个重要参照点

产品成本(直接变动成本)构成了价格的下限,因为,如果产品的价格低于这个水平,企业就要亏本;顾客对产品价值的感知构成了上限,因为,如果产品的价格高于这个水平,就不会有需求;而竞争对手的产品价格也给企业定价提供了重要的参考依据。在确定具体价格的时候,有以下几种定价法可供企业选择:

(1) 成本加成定价法:在产品的单位成本上加上一定比例的毛利,定出价格。该方法简单易行,多用于零售业。

(2) 目标收益定价法:即企业希望确定的价格能带来所追求的利润。

(3) 感知价值定价法：根据购买者对产品价值的感知来制定价格。该方法的关键是要准确地确定顾客对产品所提供价值的感知，而进行市场调研则有助于企业准确把握感知价值。

(4) 价值定价法：以相当低的价格出售高质量的产品，以赢得顾客的忠诚。采用这种定价法的企业有沃尔玛、宜家等。

(5) 随行就市定价法：指企业主要以竞争对手的价格为定价基础，不太注重自己产品的成本或市场需求。当成本难以估算或需求不确定时，可考虑使用该种定价法。随行就市定价法被众多中小企业广泛采用。

(6) 投标定价法：当企业为某项工程投标时，希望自己的报价低于竞争对手而中标。因此，投标价格的基点往往不是直接根据产品或劳务的成本和需求，而是取决于预期的竞争者的投标价格。

第(1)、(2)种是成本导向的定价法，即在进行定价的时候，主要是以成本为出发点；第(3)、(4)种是价值导向的定价法，即在定价的时候，主要是以产品对顾客的价值作为出发点；第(5)、(6)种是竞争导向的定价法，即企业在定价的时候，主要是以应付竞争作为定价的出发点。其中，价值导向的定价法受到越来越多的营销专家的推崇。

6. 确定最终价格

综合考虑各种因素，为产品确定基本价格。

案例一

上海大众"帕萨特"的定价策略

一、案例介绍

2002 年秋季，汽车"价格"成了国内媒体报道的热点，而这个词也同时成了厂家避讳的焦点。甚至有厂家直言，媒体站的角度能否再高一点儿，别一开口就逼着厂家降价。初一想，这类厂家肯定是还想偷偷摸摸多赚点儿，怕我们提醒了高价购入的消费者；可仔细想想，说这话的厂家也是有道理的。与其在价格上"打征服战"，不如静下心来研究有些厂家为什么坚决不降价，为什么有胆量不降价。

因为在汽车产品越来越同质化的今天，能生产汽车已不再是一个厂家的核心竞争力，而会不会卖车则会充分体现出一个厂家的核心竞争力。

上海大众是德国大众在我国与上海汽车工业集团总公司成立的合资企业，在品牌营销方向上基本继承发扬了德国大众的策略。而德国大众是世界知名的跨国公司，其制定出的定价策略是保证公司目标实现的重要条件。通常，这类公司的产品价格会受到三个因素——生产成本、竞争性产品的价格和消费者的购买能力的制约，其中产品的生产成本决定了产品的最低定价，而可比产品的竞争性定价和消费者的购买能力则制约着产品的最高定价。

以上海大众刚上市销售的帕萨特最高档车帕萨特 2.8V6 为例。2003 年 1 月 21 日，上海大众正式向媒体展示了刚刚推出的帕萨特 2.8V6。其打出的品牌定义为"一个真正有内涵的人并非矫揉造作"；营销目标是"成为中高档轿车的领导品牌"、"成为高档轿车的选择之一"。无疑上海大众希望传播这样一个目标：帕萨特是中高档轿车的首选品牌；在品牌形象方面是典范；要凌驾于竞争对手别克、雅阁和风神蓝鸟之上；缩小与高档品牌(如奥迪、宝马、奔驰)之间的差距。

上海大众为了达到以上目标,在分析了自己的优劣势后进行了定价决策,并围绕着营销目标和所制定的价格进行了一系列行之有效的广告宣传。

(一) 定价

为了制定出有竞争优势的市场价格,上海大众首先从以下几个方面分析了自己的优劣势。

(1) 就生产成本而言,由于上海大众已在 2000 年就开始生产该车系了,而且产销量每年递增,所以生产成本自然会随着规模的增加而降低。

(2) 竞争品牌的技术差异。

① 在与市场同档次产品(如奥迪 A6、本田雅阁、通用别克等)相比,虽然帕萨特的长度排名最后一位,但是帕萨特轿车身材最高,达 1.47 米;整车轴距为 2.803 米,远远高于雅阁和别克。

帕萨特的乘坐空间和乘坐舒适性在同类轿车中处于最好水平,尤其对后排乘员来说,腿部和头部空间尤显宽敞。

② 帕萨特和奥迪 A6 所用的 2.8V6 发动机技术水平均处于领先地位。

③ 空气阻力影响汽车的最高车速和燃油油耗。帕萨特的风阻系数仅为 0.28,在同类轿车中处于最好水平。

④ 和帕萨特及奥迪 A6 的周密防盗系统相比,雅阁没有发动机电子防盗系统和防盗报警系统,别克轿车没有防盗报警系统。

⑤ 帕萨特轿车的长度在四种车型中名列之末,但由于其卓越的设计,帕萨特的行李箱容积却超过了广州本田雅阁和上海通用别克的水准。

(3) 售后服务是汽车厂商们重点宣传的部分,而维修站的数量则是个硬指标。上海大众建厂最早,售后服务维修站的数量自然也会居于首位。在市场营销方案中,上海大众依然用图表的方式充分展示了自己在这方面的优势。

在对经销商的培训及消费者的宣传中,上海大众用了这样的语言:上海大众便捷的售后服务、价平质优的纯正配件,使帕萨特的维护费用在国产中高级轿车中最低,用户耽搁时间最短,能真正实现“高兴而来,满意而归”。很明显,上海大众抓住了消费者的需求心理:高质量、低价位、短时间。

在对全员的培训中,上海大众非常明确地描绘出了帕萨特的品牌定位:感性表述——帕萨特宣告了你人生的成就;理性描述——帕萨特是轿车工业的典范;最后一句“帕萨特 2.8V6 是上述品牌定位的最好例证”,推出了新产品的卖点与竞争力。

整个营销方案的最后,打出了帕萨特 2.8V6 的定价:35.9 万元人民币。

(二) 广告宣传

为了给消费者一个清晰、独特的品牌性格,上海大众策划了以下一系列广告宣传活动。

2000 年 6 月,上海大众引进了在国际车坛屡获殊荣、与世界同步的帕萨特。这一年,帕萨特的广告宣传“惊世之美,天地共造化”一度脍炙人口,也将帕萨特的优雅外观、完美工艺形象烙进了人们心中。

然而,随着市场的发展,奥迪、别克、雅阁等国际品牌竞争对手的成长,使得中高档轿车的品牌宣传越来越需要一个清晰的市场定位与独特的品牌性格。在分析研究了竞争对手的情况下,上海大众对帕萨特进行了重新描述——“一部有内涵的车”,博大精深,从容不迫，优秀却不张扬。

2001 年 7 月，帕萨特的主题电视广告"里程篇"投播，以对人生成功道路的回顾和思索，把品牌与"成功"连结在了一起，同时为该品牌积淀了丰富的人文内涵。

2001 年 12 月，上海大众推出了帕萨特 2.8V6，配备了 2.8V6 发动机和诸多全新装备，是大众中高档产品在我国市场的最高配置。该车将帕萨特的尊贵与卓尔不凡乃至整个上海大众的形象推向了一个新的层面。在电视广告宣传中，上海大众利用了"里程篇"所奠定的"成功"基础，将"成功"提升到了更高境界。在这部广告片中，我们可以看到山、水、湖泊、森林、平原、沙漠变换中蕴藏着的无限生命力，无疑创意者在表现帕萨特 2.8V6 的动力。在平面媒体中，上海大众加强了对帕萨特 2.8V6 "内在力量"的宣传，与电视宣传形成内外呼应、整体配合的效果。

上海大众对帕萨特的所有广告宣传背景都贯穿了一条线索——"修身、齐家、治业、行天下"，这个深入人心的"儒家"思想，概括了中国人的人生态度和抱负，使得"成功"的境界登峰造极。经过了修、齐、治、行四个递进阶段后，帕萨特智慧、尊贵、大气、进取的品牌个性也就毫不张扬地得到了印证。

除电视广告、平面广告等大众媒体外，消费者的宣传手册也很重要。上海大众的做法是详细介绍了帕萨特 2.8V6 的新技术和新功能。如 2.8 升 V 型 6 缸 5 气门发动机、侧面安全气囊、电动可调带记忆、电动加热前座椅、带雨量传感器的车内后视镜、桃木方向盘、前大灯清洗装置等。

（资料来源：2006 中国经典营销案例库）

案例二

如家酒店：二星的价格，五星的床

2002 年 6 月，携程旅行网与首都旅游集团合资成立了如家酒店连锁公司。经过调查，他们发现 150 元至 300 元是酒店业的消费主流。在北京、上海等大城市中尤以价格在 200 元左右的酒店最受欢迎。

于是，如家决定把国外的经济型酒店带到中国，用"二星的价钱"打造"五星的床"。很快，如家创造了一个巨大的商业奇迹。在目前全国的酒店平均入住率还不足 50% 的时候，如家快捷酒店的入住率一直稳居 90% 以上，有的门店甚至达到 100%。

据如家客户数据库统计，入住如家的 80% 的客户属于商务人群，其中 IT、通信领域的白领占到了 25%。这一群体中有 80% 的人年龄在 20 岁至 40 岁之间，他们的消费都很理性，而且多半是商务旅行，因此不追求奢华和享受，但要安全、卫生和舒适。应该说，在商务住宿市场这是一个容易被忽视的群体：他们虽然不是消费潮流的引领者，但他们却是消费结构的中流砥柱。如何满足这个庞大群体的消费诉求，便成了造就市场先锋的一条底线。如家的秘诀是"有所不为"和"有所作为"。

高档酒店多是在黄金地段斥下巨资买地建楼，如家则租用厂房或普通房屋，将其改造成酒店，避免过大的固定资产投入，如家在北京的第一家酒店就是由"建国客栈"改建的；金碧辉煌而花费不菲的酒店大堂，面积利用率极低的 KTV、桑拿等康乐中心，如家通通不要，把能利用的空间都变成客房；餐厅也只是占地 50～100 平方米的附属小餐厅，只提供简单的早餐服务，如果周围有较方便的吃饭场所，如家干脆连餐厅也省了；至于洗衣、停车等服务，如家也不提供，而会毫不客气地利用周围社区的资源。

　　如家客房的设施也非常简单。房间的床上用品是一般的棉制品；地上一般铺设地板而不用地毯；窗帘也一改一般酒店所采用的落地式，按照窗户的大小来决定，决不浪费；所有的店里都采用单体空调，因为中央空调无论房间有没有人都要运转，能源消耗高，而且单体空调也使得各个房间的空气相对洁净；如果到了冬天，则只用暖气而不用空调。卫生间里更是细微之处见节约：不安装浴缸，改为实用、卫生的淋浴房，不仅节省水资源，也节约了空间；洗手间内也只提供一块小香皂供客人洗手；梳子每间房一把；沐浴用品是可添加的沐浴液，既节省了包装又不浪费原料；所有的牙具均无纸壳外包装，对于要住好几天的顾客并不天天更换牙刷。这样精打细算下来，每间房节省的成本也有1～2元。

　　由于舍弃了多余的服务设施和管理人员，如家的人力资源成本也降到最低。如家比一般酒店少两个管理层次，没有部门经理，也没有领班，大小事基本由店长负责，客房员工比例达到了1∶0.3～1∶0.35，就是说每100间客房只有30～35名员工，而普通高档酒店每100间客房则要100～150名员工，比如家多出三倍都不止，如家的利润也就从此而来。

　　另一方面，如家又"有所作为"。为了营造家的温馨感觉，如家打破星级酒店和旅社床单、枕套都用白色的传统，改用碎花的；墙壁也不再是白色或是暗色，而被漆成淡淡的粉色、黄色或者蓝色，让顾客备感温馨；淋浴隔间用的是推拉门而不是简陋的塑料布；毛巾则有两种不同颜色，便于顾客区别。在所有的客房里，顾客都能免费享受到宽带上网服务，这可是很多年轻人和商务人士最看重的。如家还推出一个名为"书适如家"的活动，在60多个门店的客房里摆放图书，供顾客免费翻阅，也可以随时购买。这项服务让很多人对如家好感倍增，一位网友在自己的博客里写道："在这一点上，如家超过了任何一家四星级酒店。"

　　如家的成功还在于它的连锁经营模式。虽然很多人都看到经济型酒店的巨大市场前景，各种经济型酒店一时间也遍地开花，但大多数还是处于散兵游勇的状态，能形成规模的也只有如家一家。

　　如家的现任CEO孙坚是一个名副其实的酒店业的门外汉，但有着丰富的连锁零售业运营及管理经验，在加盟如家之前，他是全球排名第三的英国建材连锁超市集团百安居的中国区副总裁。如家董事看上他的，正是他的连锁经验，希望能利用连锁将如家快速复制到全国。

　　连锁企业最后是用规模化显示整个竞争力的，因此"发展不是看谁先进入，关键是比速度"。连锁不仅能通过统一采购大规模降低成本，更重要的是，让顾客无论到哪座城市都能住到一样干净舒适的如家，成为如家的忠实粉丝。

　　在孙坚的带领下，如家在全国跑马圈地，迅速扩张，目前已经覆盖37个国内主要商务城市，拥有126家连锁酒店。

　　2006年如家将全面进军中国所有的省会城市和GDP超过千亿元的中心城市。有人说，对于一个成立四年的企业来说，如家的扩张速度太可怕了。孙坚却不以为然，"和国外酒店集团两三千家连锁店的规模相比，我们真的还很小"。

　　　　　　　　　(资料来源：樊兰.如家酒店：二星的价格，五星的床.当代经理人，2006(8))

(二) 修订价格

　　在一般情况下，企业并不是要制定单个价格，而是要建立一种价格结构，这种价格结构能反映出地区需求、成本、购买时机、订单大小、交货频率、服务合同等因素的变化。因此，企业要在基本价格的基础上对价格进行修订。常见的价格修订战略包括地理定价、价格折扣和折让、促销定价、差别定价和产品组合定价。

1. 地理定价

顾客所处的地区不同，涉及的产品装运费也就不同，为此，企业要决定对于不同地区的顾客是否制定地区差价。主要的地理定价方式有：

(1) 产地 FOB 定价：客户按出厂价购买产品并自行负担运费。

(2) 统一交货定价：对全国不同地区实行统一价格。

(3) 分区定价：将市场分成若干个价格区，对不同价格区的顾客制定不同的价格，但对同一价格区实行统一价。

(4) 基点定价：即选定某些城市作为基点，让客户支付从基点到其所在地的运费。

2. 价格折扣和折让

为了鼓励客户及早结清账单或鼓励淡季购买等，许多企业都会修改它们的报价单，给予客户一些折扣和折让，以争取客户。折扣和折让主要有以下几种形式：

(1) 数量折扣：指企业向大量购买的客户提供的一种折扣，其目的是鼓励客户大量购买。在实际运用中，又分为累计折扣和非累计折扣两种。该策略能否达到预期目的，关键在于基点量与各数量水平的折扣率的设定。

(2) 职能折扣：又称交易折扣或业务折扣，是企业根据中间商执行的渠道职能(如分销、促销、储运、服务、信息等)的多少而给予的一种额外折扣。例如，企业给予批发商的折扣通常高于零售商，就是由于批发商在融资、承担风险、物流等方面执行了比零售商更多的职能。职能折扣主要包括促销折扣、销售预测折扣、信息反馈折扣和出样折扣。

(3) 现金折扣：是为鼓励客户如期或早日付清货款而提供的一种价格折扣。

(4) 季节折扣：是企业给那些购买过季商品的顾客所提供的一种价格折扣，其目的是鼓励客户在淡季购买，以尽可能实现均衡的生产和销售。如对于淡旺季明显的产品推出淡季进货奖励、承兑补息等政策。

(5) 折让：是根据价目表给顾客以价格折扣的另一种类型。最常见的折让是以旧换新折让，它是指顾客购买一个新产品的时候，对他原来的老产品进行折价处理，这样顾客就不用付全额价格。

3. 促销定价

促销定价指在一定的市场条件下，企业把产品价格暂时调低，甚至低于成本费用，以促进销售。促销定价一般有以下几种形式：

(1) 牺牲品定价：将某些著名品牌的商品作为牺牲品，将其价格定低，以招徕顾客，并期望他们购买正常标价的其他商品。一般来说，牺牲品的价格必须真正接近成本，甚至低于成本。超级市场和百货商店常常采取这种定价策略。

(2) 特殊事件定价：在某些季节，企业或商店利用特殊事件定价以吸引顾客。例如，利用店庆、节日等事件制定促销价格。

(3) 现金回扣：向顾客提供现金回扣，以鼓励他们在某一特定时期内购买产品。回扣有助于企业在不调整价目表的情况下清理库存。

(4) 低息融资：不采取降价，而是向顾客提供低息贷款。例如，汽车制造商以提供低息贷款来吸引顾客。

(5) 保证和服务合同：增加保证或服务条款，以促进销售。

4. 差别定价

企业为了适应顾客、产品、地理等方面的差异，常常采用差别定价。差别定价主要有以下几种形式：

(1) 顾客差别定价：根据顾客的需求、消费模式、消费能力等方面的差异，将同一产品或服务以不同的价格销售给不同的顾客。

(2) 产品式样差别定价：根据产品式样差别对同一产品制定不同的价格。一般来说，新式样产品的价格会高一些。

(3) 形象差别定价：根据形象差别对同一产品制定不同的价格。例如一些酒类产品，其精装与简装的价格明显不同。

(4) 渠道差别定价：同样的产品在不同的渠道制定不同的价格。例如，可口可乐对分别在高级餐厅、快餐厅和自动售货机出售的可乐制定不同的价格。

(5) 地点差别定价：对处于不同地点或场所的产品或服务制定不同的价格。例如，影剧院对不同的座位收取不同的座位费。

(6) 时间差别定价：产品或服务的价格因季节、时期或钟点的不同而不同。例如，电话计费夜间比白天便宜，服装价格淡季比旺季便宜，等等。

企业采取差别定价策略须具备以下条件：

(1) 市场必须是可以细分的，而且各个细分市场表现出的需求程度不同。

(2) 细分市场间不会因价格差异而发生转手或转销行为，且各销售区域的市场秩序不会受到破坏。

(3) 市场细分与控制的费用不应超过价格差别所带来的额外收益。

(4) 在以较高价销售的细分市场中，竞争者不会低价竞销。

(5) 推行这种定价不会招致顾客的反感、不满和抵触。

5. 产品组合定价

当某个产品是产品组合的一部分时，对这个产品的定价必须从整个产品组合的角度进行考虑，以便使确定的价格给整个产品组合带来最大的利润。这种定价方法有一定的难度，因为各种产品在需求和成本之间存在内在的相互关系，并受到不同程度竞争的影响。产品组合定价主要有以下几种情况：

(1) 产品线定价：企业在制定价格决策时，往往是针对整条产品线定价，而不是只对某个产品品目定价，因此需要确定产品线上各产品品目间的价格差距。价格差距的确定必须考虑各品目间的成本差距、消费者对产品不同特点的评价以及竞争产品的价格等。另外，许多企业在进行产品线定价时，会确定几个价格点，如定高、中、低三种价格，让顾客据此联系到高、中、低三种质量水平的产品。

(2) 附属品定价：附属品是指必须与主产品一起使用的产品，如胶卷是照相机的附属品。对这类产品，通常采取的定价策略是将主产品的价格定得较低，而将附属品的价格定得较高。

(3) 选择特色定价法：许多企业在提供主要产品的同时，还会提供一些可选择的非必需附带品，比如电脑的不同配置。在进行定价时，必须确定价格中应包括哪些产品，哪些需要另行计算。

(4) 分部定价：适用于服务性企业，这些企业常常收取一笔固定费用，再加上数目不定的使用费，如电话、出租车收费。一般固定费用应较低，以便吸引顾客使用该服务项目，再通过收取使用费获得利润。

(5) 副产品定价法：生产加工食用肉类产品、石油产品和其他化学产品的过程中经常会产生一些副产品，因此，企业常常需要对这些副产品进行定价。副产品的价格应能弥补副产品的处理费用。如果副产品对某些顾客群有价值，则应按其价值定价。

(6) 产品捆绑定价法：指将一组有密切关系的产品捆绑在一起，以低于分开购买时的价格销售。捆绑定价法的一个典型例子就是足球比赛的赛季套票，对那些超级球迷来讲，反正每场比赛都要看，因此购买套票比零散买合算。

(三) 发动和回应价格变动

企业所处的经营环境是一个动态的系统，经常会受各种因素的影响而发生变化，因此，在产品价格确定以后，企业还要适时降低或提高价格，以便使产品价格适应环境的变化。为此，企业必须对价格变动的时机和方式做出决策，并预测竞争对手的反应；此外，针对竞争对手的价格变动，企业也必须作出适当的反应。

1. 发动降价

导致企业降价的情况主要有以下几种：

(1) 生产能力过剩：企业需要扩大销售，然而，通过改进产品、加强推销等措施难以实现，只能采用降价方式。

(2) 维持市场份额：企业正面临着强有力的市场竞争，企业的市场份额在下降，想通过降价来维持市场份额。

(3) 扩大市场份额：企业的成本费用比竞争对手低，想通过降价取得市场支配地位或扩大市场份额。

(4) 经济环境的影响：经济出现衰退，市场不景气，企业不得不求诸于降价。

至于具体的降价方式，则主要有以下几种：

(1) 明确降低产品价格：明确向客户表示产品的价格将在某一确定的日期统一下调。

(2) 增加折扣：增加常用的现金、数量折扣。

(3) 退还部分货款：客户凭借购买凭证，即可获得部分货款返还。

(4) 价格不变：增加有效成分的含量。

(5) 价格不变：增加产品的特定功能。

(6) 价格不变：增加服务项目。

(7) 价格不变：增加产品的尺寸、规格。

(8) 开展促销活动：如优惠券促销等。

2. 发动提价

成功的提价会大大增加企业的利润，所以，尽管提价会引起渠道成员和销售人员的不满，但是，当企业有适当时机时仍可提价。

引起企业提价的情况主要有两种：① 通货膨胀造成成本费用上升，尤其当成本费用上涨率高于生产率的增长时，需要通过提价来减轻成本的压力；② 产品供不应求，企业不能满足其所有顾客的需求时，它可以提价，也可以对顾客限额供应，或者两者并用。

常用的几种提价方式如下：

(1) 明确提高产品价格：明确向客户表示产品的价格将在某一确定的日期统一上调。

(2) 使用价格自动调整条款：要求客户按当前价格付款，并支付通货膨胀带来的部分或全部费用。在长期工业项目的合同中都应有价格自动调整条款。

(3) 分别处理产品和服务的价格：保持产品价格不变，而对原先提供的免费服务项目(如免费送货、安装、培训等)另行定价。

(4) 减少折扣：减少或不再提供正常的现金折扣或数量折扣。

此外，在成本或需求上升时，也可以不提价，而采取其他方式。这些方式包括：① 价格不变，减少有效成分的含量；② 使用便宜的原料或配件；③ 减少或改变产品的特点、功能；④ 减少服务项目；⑤ 减小产品的尺寸、规格；⑥ 使用低廉的包装材料或采用更大的包装来降低包装成本。

企业在发动提价的时候，应注意以下事项：① 尽量避免一次性大幅度提价，可通过小幅度上升达到目标；② 在提价的同时，应向客户解释提价的原因，减少抵触和不满情绪的发生。

3. 预测竞争对手对价格变动的反应

任何价格变化都会引起顾客和竞争者的关注，对此，企业不得不注意。

顾客往往对价格的变动很敏感。在降价的时候，顾客可能会怀疑：这种产品将会被更新型号的产品所代替；这种产品质量有问题；这种产品销售情况不好；这个企业在财务方面有麻烦，它可能难以继续经营下去；价格还会进一步下降，等等。在提价的时候，企业的销售虽然会受到一定的影响，但有时也有某些积极的意义，顾客可能会认为：这些产品很热销；这种产品给顾客提供了非同寻常的价值，等等。

除了顾客之外，企业在主动变价时，还必须考虑竞争对手的反应。当企业只有一个大的竞争对手时，这个竞争者的反应可能有两种：一种是竞争者以固有的方式对价格变动做出反应，这种反应较易预测；另一种是竞争者把每次价格变动都当作一次挑战，并根据自身利益做出反应。此时，企业必须通过对竞争者目前的财务状况、销售和生产能力情况、顾客的忠诚度和企业目标等方面的调查研究，准确判断竞争者的自身利益是什么，并预测其可能的反应。

当存在几个竞争者时，由于它们在规模、市场份额、经营目标及政策等方面存在差异，我们必须估计每个竞争者可能的反应。

4. 对竞争对手价格变化的反应

对竞争对手发起的价格变动，企业在做出反应之前必须考虑以下几个问题：

① 竞争者为什么会变动价格？它是想悄悄地夺取市场，利用过剩的生产能力，还是要引发整个行业范围的价格变动？

② 竞争者的价格变动是临时的措施还是长期的计划？

③ 如果对此不作反应，企业的市场份额和利润将发生何种变化？

④ 其他企业是否会做出反应？

⑤ 如果本企业做出回应的话，竞争者和其他企业又会有什么反应？

市场领导者常常会面临小企业的价格进攻，特别当产品高度同质化的时候，利用低价抢占市场份额非常有效。在这种情况下，市场领导者有以下几种策略可供选择：

(1) 维持原价。采用这种策略的前提是：如果降价，企业利润损失过多；保持价格不变，市场份额不会下降太多，以后也能恢复。

(2) 运用非价格手段进行反攻。即维持原价，通过改进产品、服务、沟通等手段反攻。

(3) 降价。采用这种策略的前提是：降价可以使销量增加，从而使单位成本费用明显下降；市场对价格的敏感度高，如果不降价企业就会损失较大的市场份额，而且不易恢复。

(4) 提高价格的同时改进质量。可以在提价的同时引入一些新品牌，去围攻竞争对手的产品。

(5) 推出低价进攻性产品。即增加低价产品，或另创立一种低价品牌。

格兰仕小家电大幅降价

7 月 28 日，格兰仕面向全球同步推出自主创新的芽王煲系列新品，同时在电磁炉、电饭煲市场掀起高档低价的价格风暴，价格同比降幅最高达 55%。

据悉，格兰仕推出的芽王煲由中、日、韩技术人员联合开发，2007 年开发成功后，2008 年在日本、韩国和中国香港等地试销成功。芽王煲也是国内首个具有糙米发芽炊饭功能的电饭煲，用户可以轻松享受到美味营养的保健糙米饭，目前上市的 7 款产品的售价为 1999～2599 元。

与新品上市保持同步，格兰仕在全国掀起电磁炉和电饭煲"价格风暴"，格兰仕电饭煲的价格最大降幅达到 55%，电磁炉最大降幅也高达 50%，热销的高档平板电磁炉和方形电饭煲分别亮出了 199 元/台、239 元/台的震撼低价。

有关人士指出，格兰仕此次掀起"价格风暴"的电磁炉、电饭煲是市场主流热销产品，通过价格风暴把高档产品价格直接降到了同行中低档产品的价格水平。如格兰仕高档智能控制黑晶平板电磁炉 CH2122E 大降价后仅售 399 元/台，黑晶磨砂暗纹平板设计的 CH2082 大降价后仅售 199 元/台，特置矩阵蜂窝内胆的大容量饭煲 A601T-40Y5P 仅售 169 元/台。

(资料来源：四川在线-华西都市报，2009-07-31)

六、思考与练习

1. 问答题

(1) 产品定价的主要程序有哪些？

(2) 产品定价的主要方法有哪些？

(3) 产品价格调整的主要方法有哪些？

2. 案例讨论

牛奶产品项的定价案例

新疆 A 企业在进入乳品行业初期，由于产品单一，无品牌影响力，在主推纯牛奶品项上市之初，采取的是 243 ml/袋，百利包包装形式，产品规格为 20 袋/箱，产品供货价为 19

元/件，终端零售价为 20 元/件，产品销售量每日不足 12 吨，企业处于无利甚至亏损状态。新上任的总经理急于改变这种状况，对产品品种进行了调整，每袋容量改为 200 ml/袋，产品规格改为 24 袋/箱，然而在制定产品供货价时却遇到了难题，由于各方面意见不一致，有的主张仍采取原先的价格(即每箱 19 元)，有些主张定在 24 元，有些主张定在 20～21 元，有的则主张定在 22 元。为此，新上任的总经理陷于矛盾之中。

一、定价过程的分析阶段

1. 对产品进行定性分析

乳制行业中纯牛奶产品一直是市场上走货量较大的产品，同时该产品肩负着企业品牌和形象传播的任务，是一个走量和形象的产品。

2. 目标消费人群分析

纯牛奶产品作为乳品行业中的一个普通品种，其消费人群涵盖上至老人下至小孩的所有人群，属于家庭消费占主导的普通消费品。

3. 消费状况的分析

牛奶产品的消费面对广大家庭，A 企业产品的销售渠道主要是街边超市和社区周围的杂食店，是食品行业的传统销售渠道。

4. 产品策略的分析

该纯奶品项是企业的长线产品，承担着企业的战略任务，产品价格一但定下来，将是长期和稳定的。

5. 产品特性的分析

该产品采用百利包包装，包装形式与市面产品大同小异，其功能、概念无特殊和独到之处，产品是普通产品。

六、产品的价格需求弹性分析

纯牛奶产品是一个价格需求弹性大的产品，产品价格对产品销售量起到很大作用，特别是该地区的消费者尚无品牌消费概念，消费者对牛奶知识认识较少，对品牌尚未建立的 A 企业而言，价格与需求的弹性表现更为明显。

二、定价过程的市场调研阶段

1. 行业发展情况调查

乳制品行业作为一个朝阳行业，液态奶产品处于一个高速发展阶段，市场容量较大，行业兴盛，同时从网上查看了全国各地区牛奶产品的价位，作为百利包产品的销售单袋价格均在 1 元，而整箱由于包装规格不同，产品价格有所不同，但折合每袋价格仍在 0.9～1 元之间。

2. 市场环境的调查

(1) 对整个市场竞争产品进行分析，发现产品规格、包装趋于一致，同一规格产品的售价基本一致，供货价也一致，但因促销而买赠下来差别较大，低的折算下来只有 18 元/件，而高的为 22 元/件，是市场上的主流。

(2) 通过对消费者的调查得出：A 企业产品的品味非常好，比该市场的第一品牌的口味都要好，很受消费者欢迎，但终端铺货量较少，价格对消费者影响尚不大。

(3) 通过对销售渠道调查得出：A 企业原先规格产品的供货价为 19 元，零售与整箱购买对渠道而言利润一致，虽然整箱利润与竞品一致，但零售与竞品相比价差 1 元，终端有微异，从而也影响着终端零售店主的零售推荐力。

3. 企业自身环境的调查

(1) 企业对奶业发展充满信心，企业的目标是让全疆人民喝上一杯放心奶，因而在后期会对乳业在推广、品牌、宣传上进行大的投入，因而产品定价需要让出此部分空间利润。

(2) 企业母公司规模较大，财务状况良好，并拥有几个千头牛场，奶源质量高，奶源的优势产品质量很明显，但对产品的价格定位是白金品质、白银价格，是追求市场份额的企业。

(3) 企业的乳业处于市场发展初期，尚无品牌优势，而且纯奶产品的市场地位属于跟随者地位。

(4) 从企业所处的市场环境来看，牛奶产品正处于销售势头的上升期，销售量会大幅提升。

讨论：

请为该产品制定合适的价格。

3. 课后训练

针对某消费品品牌，在本地区主要卖场收集其主要竞争对手的价格，并根据竞争对手的价格做出本产品的价格调整策略。

模块三 分销渠道策略

一、教学目标

最终目标：能为某产品确立或调整渠道模式，并能有效管控渠道。

促成目标：

(1) 知道渠道的主要类型；

(2) 知道影响分销渠道选择的主要因素；

(3) 知道渠道冲突的主要类型及解决方法；

(4) 能有效激励渠道成员。

二、模块任务要求

渠道的设计能全面考察行业、竞争者及企业自身的情况，要能从成本、可控和适应性等方面来评估渠道模式的有效性。渠道管控的措施设计也需考虑企业的成本支出和控制的有效性。

三、示范案例

中国化妆品的渠道现状与应对战略

随着国内小护士、大宝、丝宝等众多化妆品厂家被国外机构收购，大批国际化妆品品牌渠道下沉，宝洁下乡，中国化妆品企业面临前所未有的挑战，建议国内化妆品企业除了在整体企业战略、消费者研究、技术研发等方面下功夫外，还要在渠道上面多去考量，选择适合自己的渠道并勇于渠道创新，扎实经营品牌，为中国化妆品行业未来的十年以及更远的竞争格局而努力。

规划渠道战略要考量两个问题：如何将产品深入到消费者心智中？如何将产品展示到消费者面前？到消费者心中和面前两条渠道的建设缺一不可。美国著名营销学家菲利浦·科特勒认为："一条分销通路是指某种货物或劳务从生产者向消费者移动时取得这种货物或劳务的所有权或帮助转移其所有权的所有企业和个人。"我们在思考化妆品行业渠道时，首要也是必须思考化妆品产品和化妆品消费者，个人认为，消费者的需求决定了产品，我们看到有些技术发展非常好的化妆品厂家创新了某个产品，但这种创新也是基于挖掘和满足消费者需求的基础上的，如最早的螨婷除螨、索芙特海藻减肥皂、霸王防脱、海飞丝去屑、丁家宜人参一洗白、Ceeture纯净泉水成分、日本樱花的美白养颜等。所以产品概念功效的利益点一定要挖掘或者满足某些人的消费需求。消费者的需求特征和购买习惯对渠道影响深远，渠道一定跟消费者有关系，就是跟人有关系，看到社区、机场、校园等某共性群体集中区，就是渠道创新的地方。从这个意义上看，渠道创新和变革会对化妆品行业带来巨大的改变，也催生出很多市场机会。

中国化妆品企业渠道方面面临很多问题，但是问题就是机会，众多渠道问题见表一。

表一

目前中国化妆品企业面临的主要渠道挑战	渠道定位与消费者脱离，渠道选择和渠道建设与企业战略脱节或者干脆背离	• 销售策略不当，对销售潜力的利用率低 • 现有渠道的销量波动幅度大 • 串货现象严重 • 客户的忠诚度低 • 供应链成本居高不下 • 渠道之间的价格冲突严重，管理和监控成本很高 • 销售组织庞大，层次多，不当费用多，成本高 • 销售渠道内部重叠 • 渠道内产品规划不力，品牌形象差
	对最终消费者/客户购买行为(渠道选择)的变化缺乏研究和应变	
	只追求渠道(渠道形式和渠道商)的数量而忽视渠道的质量(利用效果)	
	缺乏其他(特别是20%核心客户)有针对性的客户关系管理系统	
	没有将消费者、区域市场潜力、渠道成本、产品定位、产品特征等关键因素纳入渠道战略设计的考虑范围	
	绝大部分都没有形成供应链管理的概念	
	贪多嚼不烂，一个渠道还没有做透彻就盲目进入其他渠道，缺乏粘力和专注	
	缺乏渠道创新举措，跟风竞争，公司战略和日常管理中不体现创新措施	

按化妆品的分销方式可以将化妆品行业的分销渠道划分为零售、批发、经销和代理三种大类别，下面来看看各种渠道的现状和应对战略。

一、零售分为有店铺和无店铺两大类(见表二)。

表二

零售	有店铺	百货商店
		卖场
		市区购物中心
		城郊购物中心
		社区购物中心
		专卖店
		专业店
		超市
		药妆店
		美容院、专业线渠道
		折扣店
		校园店
		便利店
		食品杂货店
	无店铺	网上购物
		电视购物
		邮购
		电话购物
		自动售货亭

二、批发商分为普通消费品批发商、大类化妆品批发商和专业化妆品批发商三种(见表三)。

表三

批发商	普通消费品批发商	经营范围广，涉及到食品、纸品等小百货
	大类化妆品批发商	经营日化、大日化产品以及卫生巾、纸品等
	专业化妆品批发商	细分到渠道类别、产品细化里面或者消费者细化

从社会经济的发展和社会分工思考，批发商未来几十年是不会消亡的，只是会淘汰掉大量的企业，所以专业化、核心竞争力是未来批发商的立命之本。

三、经销分为独家和非独家经销商；代理分为独家和多家代理商，又分为总代理和分代理以及佣金代理和买断代理(见表四)。

表四

经销和代理	经销商	代理商
	独家经销商	独家与多家代理商
	非独家经销商	总代理与分代理商
		佣金代理商与买断代理商

了解了渠道现状和一些竞争战略后，请学生选择某一化妆品企业，了解该企业的整个渠道概况、自己面临的渠道问题以及自己应该采取什么样的对策。

案例启示：渠道设计的一般步骤。

(一) 当前企业定位分析

步骤1　公司品牌和产品定位分析

步骤2　消费者定位分析

步骤3　公司品牌消费者需求特征分析

步骤4　公司品牌消费者购物习惯分析

(二) 当前环境分析

步骤5　审视公司渠道现状

步骤6　公司品牌未来的成长和延伸定位发展及目前渠道匹配性

步骤7　搜集渠道信息

步骤8　分析竞争者渠道

(三) 制定短期的渠道对策

步骤9　评估渠道的近期机会

步骤10　制定近期进攻计划

(四) 渠道系统优化设计

步骤11　最终用户需求定性分析

步骤12　最终用户需求定量分析

步骤13　行业模拟分析

步骤14　设计"理想"的渠道系统

(五) 限制条件与差距分析

步骤15　设计管理限制

步骤16　差距分析

(六) 渠道战略方案决策

步骤17　制定战略性选择方案

步骤18　最佳渠道系统的决策

　　归根结底，差异化是化妆品企业竞争的核心。面对化妆品新的渠道变革，我们应该打造渠道专业化的概念。在企业品牌定位的指引下，专柜、专卖店、药房、校园、网络等都是可以发展的专业化方向，集中企业资源在一个符合自己企业定位的渠道，建立企业的核心竞争力，这是国外优秀品牌已经形成而中国化妆品企业正在发展的未来渠道战略之路。

(资料来源：吴慎言，中国营销传播网，2010-07-06)

四、活动设计

　　(1) 收集空调类企业的分销渠道相关资料，分析目前家电企业的渠道模式及优缺点。

　　(2) 任选一家企业，调查该企业产品具体通过哪些中间商分销到各地消费者手中及其对中间商的管理手段。

五、理论知识

　　渠道决策是营销职能中最重要的决策之一。一个企业的成功不但取决于自己本身的绩效，还取决于自己所在渠道与竞争对手相比较的绩效。产品是血，渠道是血管。比如，福特汽车公司可能生产出世界上最好的汽车，然而，如果它的经销商不如其他汽车公司的经销商，福特还是竞争不过其竞争对手。因此，福特要仔细地选择渠道伙伴，并且与他们有效地合作。

很多成功企业都利用有效的分销系统赢得竞争优势。娃哈哈就是一个典型的例子。娃哈哈之所以具有如此强的竞争能力，除了品牌和产品之外，还有一个重要原因就是其有效的分销渠道系统。娃哈哈的渠道覆盖到了东北的长白山天池、西北的阿尔泰山麓、东南的海南岛丛林、西南的青藏高原。

在营销组合的四种策略中，其他三种都相对容易改变。改变价格策略最方便，企业随时可以调整自己的价格；改变促销策略也很方便；至于产品策略，如果市场需求发生了变化，企业也很容易进行调整。然而，渠道很难改变，不管是渠道的建立还是渠道的调整，都需要花很长的时间。因此，在进行渠道决策时，管理者需要具备长远的眼光，不但要考虑今天的市场环境，还要预测未来营销环境的变化。同时，也正因为渠道的这个特点，渠道优势能给企业带来持久的竞争优势。

(一) 分销渠道概论

分销渠道是指产品或服务在从生产者向终端使用者转移过程中，所经过的、由各中间环节连接而成的路径。这些中间环节包括生产者自设的销售机构、批发商、零售商、代理商等。

1. 分销渠道的功能

分销渠道的功能是把商品从生产者那里转移到顾客手中，在这个过程中，渠道成员执行了一系列重要功能(职能)：

(1) 信息功能：收集和传递营销信息和情报。

(2) 促销功能：开发和传播关于某种产品的有说服力的信息。

(3) 接触功能：发现潜在的顾客，并与他们进行沟通。

(4) 匹配功能：把企业的产品与顾客的需求匹配起来。

(5) 谈判功能：就产品的价格和其他条件达成一致，以转移所有权。

(6) 实物分送功能：产品运输和储存。

(7) 财务功能：使买方通过银行或其他金融机构向卖方付款。

(8) 风险承担：在执行渠道任务的过程中承担有关风险。

这里，问题不是要不要进行这些职能活动，而是要由谁来进行这些活动。如果所有的活动都由生产者承担，那么生产者的成本就会上升，产品的价格自然就比较高；如果把其中的一些活动转到中间商那里，生产者的成本和价格就比较低，但中间商的成本就比较高。在分配渠道上各项工作的时候，如果某个渠道成员能够最有效地完成某项职能，就应该把这项职能分配给这个渠道成员。

2. 分销渠道的层级结构

分销渠道可以用层级结构来描述。在生产者与顾客之间，参与商品交易业务、促进买卖行为发生和实现、具有法人资格的经济组织或个人称为中间商。在把产品和产品的所有权向最终顾客转移的过程中，完成类似任务的中间商构成了一个层次。由于生产者和最终消费者都完成某些工作，因此，他们都构成一个层次。我们用中间商的层数来描述渠道的长度。图 4.5 和图 4.6 分别是几个不同长度的消费品分销渠道和经营者产品分销渠道。

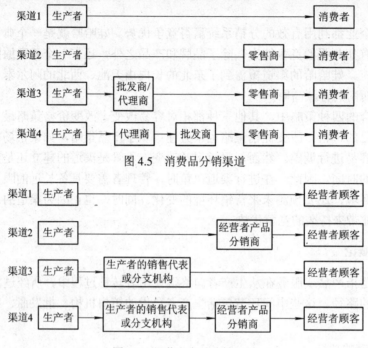

图 4.5　消费品分销渠道

图 4.6　经营者产品分销渠道

(二) 渠道设计决策

渠道设计决策主要包括分析顾客的服务需要、确定渠道的目标和限制条件、确定主要备选渠道和评价各备选渠道。

1. 分析顾客的服务需要

分销渠道也叫做顾客价值传递系统，因为渠道上的每个成员都在为顾客传递价值。因此在设计渠道的时候，首先要明确目标市场上的顾客期望从分销渠道获得什么服务和价值。具体地讲，就是要了解购买批量大小、愿意等待的时间、购货地点的便利性、产品品种、配套服务等。

一般来说，交货速度越快，提供的产品的种类和附加服务越多，购买地点越便利，渠道的服务水平就越高。然而，提供更快的交货速度、更多的品种和服务有时是不实际的或不可能的。企业和渠道成员可能不具备足够的资源和能力。另外，提供更高层次的服务会导致更高的渠道成本，而更高的渠道成本会使产品的价格过高。因此，企业要在顾客所需要的服务、顾客愿意支付的价格和企业提供这些服务的可行性和成本这三者之间做出权衡。

2. 确定渠道的目标和限制条件

企业要根据目标市场所期望的服务水平来确定渠道的目标。企业通常可以确定几个需要不同服务水平的细分市场，然后确定自己服务于哪些细分市场以及用何种渠道服务于这些细分市场。

企业的渠道设计要考虑企业的性质、产品的特点、中间商、竞争者和环境因素等限制条件。企业的规模和财务情况决定了它自己能够承担什么职能和让中间商承担什么职能。如果企业销售的产品容易变质，那么就需要更为直接的渠道以避免产品的变质。环境因素(包括经济状况和法律规定)也可能影响渠道的目标和设计。比如，当经济衰退的时候，生产者需要用更经济的方式来分销其产品，这时，往往会采用较短的渠道，并省略某些顾客不太重视的服务。

3. 确定主要备选渠道

当企业明确了渠道目标之后，下一步就是要从中间商的类型、中间商的数量和每个渠道成员的权利和责任等方面确定主要的备选渠道。

1) 中间商的类型

企业应该确定用什么类型的渠道成员来完成渠道上的各项任务。比如，联想公司服务于宁波这个地区市场的时候，它可以利用公司自己的销售人员进行销售，可以通过代理商，也可以通过家电零售商。

中间商的类型很多，不同的中间商具有不同的特点，见表4.3。

表 4.3　中间商的类型

中间商的类型	特　点
经纪人	一个中间机构，其工作是把买卖双方汇聚在一起，它没有存货，但需要参与融资和承担风险
服务商	一个中间机构，它参与分销过程，但不拥有商品所有权，也不参加谈判、采购或销售
制造商代表	一个公司，它代表几家制造商并销售商品；它受数个公司雇用，代替或增补其内部销售力量
经销商	一个中间机构，它购买商品，取得所有权并再出售
零售商	一个商业企业，它直接向最终消费者出售商品或服务
(销售)代理商	一个中间机构，它为生产商寻找顾客对象，维护生产商的利益，但对商品没有所有权
批发商(分销商)	一个商业企业，它为了再出售或商业用途而出售产品或服务

万 客 隆

目前，中国的零售企业正在面临着前所未有的生存压力。家乐福、华堂、万客隆这些国外大型零售商纷纷到中国市场抢滩，说明中国零售市场不仅没有饱和，反而有着更大的拓展空间。从外商投资零售企业的数量上来分析，目前国务院正式批准的合资零售企业只有20家，加上各地自行批准的277家，总数不到300家，还不到内资企业的千分之一。从销售额来看，最近两年外商投资零售企业的消费品零售额只占全社会消费品零售总额的2%左右，即使在自行批准合资零售企业最多的上海市和深圳市，外商投资零售企业的市场占有率也不到10%。合资零售业在数量和市场份额上的比重都很小，但它给国内企业带来的心理压力要远远大于实际产生的市场压力。

　　其实，这些心理压力并非来自于外资大型零售企业的财大气粗，而是来自于我们国内企业经营策略的匮乏。从时间上看，多数外资(合资)大型企业已进入成熟期，市场经验丰富，有着一整套经营管理方略，而国内企业刚刚进入成长期，各方面很不成熟，还需不断提高。从本期中贸联—万客隆经营案例就可看出万客隆经营策略的诸多独到之处，如选址策略、价格定位、商品定位等，无一不显露万客隆对于未来的前瞻性和对于现实的适应性。通过这些分析，让我们更加清楚，研究这些国际零售企业的具体经营策略是非常必要的，同时也要想到，要想在零售行业生存，制定相应的经营策略是生存之本。

　　万客隆是本世纪 60 年代从荷兰发展起来的跨国商贸公司，目前在全世界 26 个国家和地区都有分店。万客隆隶属荷兰 SHV，SHV 是个有百年历史的家族式公司。它在很大程度上是一家物业公司，但同时也从事石油开采和经营万客隆连锁公司。万客隆连锁公司与世界排名第二的德国著名零售连锁公司麦德龙(Metro)是家族式的兄弟公司，万客隆目前在欧洲部分的业务由麦德龙管理。现在，万客隆已将经营的重点放到了亚洲和南美洲。中国是它在亚洲的重点开发对象，它计划逐步在中国国内开 150 家以上的连锁店。

　　中贸联—万客隆是经国务院批准，由对外贸易经济合作部所属的中国土畜产品进出口总公司、中国粮油进出口总公司、中国纺织进出口总公司三家共同与荷兰 SHV-Makro 成立的合资公司，注册资本 1.8 亿美元，它是中国与荷兰政府间的合作项目。

　　进入中国以来，万客隆不断地发展壮大，在各城市的分店也越开越多。1996 年 9 月 26 日，"正大万客隆商场"在广州三元里开张，开业之初便创下了每天销售额 400 万元的记录，开业半年多的时间里累计销售额达 5 亿多元；1997 年 12 月 7 日，"汕头万客隆商场"开业；1997 年 11 月 8 日，"中贸联—万客隆"北京洋桥店隆重开业。开业不久，便于 1998 年春节前创下了单日销售额 450 万元的佳绩，1998 年 3 月 15 日(消费者权益保护日)也达到了销售额 300 万元以上的突破性纪录，在商业销售的淡季，每月的销售额均能保持在 4000 万元以上，在普遍预测 1998 年为北京大商场的倒闭年份里，取得如此业绩，实属不易。近两年来，万客隆开设了北京东部地区的九仙桥店，其他店开设的准备工作也在进行之中。

　　万客隆这几年来取得了不少成绩，面对越来越多的竞争对手，万客隆也在不断改进(如增加个人消费卡等)，以应对不断变化的市场。本案例从组织结构、选址策略、价格定位、商品定位、管理系统等方面对万客隆进行了一些分析。

　　一、组织结构

　　万客隆店的组织结构在全球遵照同一模式，即在每个建店城市分成总部与商场两大部分。建店城市的第一家店的楼上是总部所在地，为以后各连锁店的工作做指导和决策，实行统一由总部采购货物、结算和销售促进推广等运作方式。这样的组织结构使各分店可以有较多的权利，能够专心地销售商品，使商品达到最大销售量，获取最大销售额。因为分店方面只需考虑如何及时上货、补货，为顾客提供最快捷的服务，减少损耗，保证销售环节的畅通，而对于商品的结算、进货、促销等均不必操心，这些工作全部由总店负责。

　　二、选址策略

　　国外传统的仓储式商场选址通常在租金低廉的城乡结合部，这是以发达国家交通便利、私家车普及为前提条件的。那么万客隆选址策略是否要照搬外国的普遍做法呢？万客隆并没有这么做。因为中国的国情不同于西方发达国家，简单照搬外国经验肯定不行。万客隆认为，在中国开仓储式商场的选址既不能太偏，又不能在繁华的闹市区。闹市区固然客流大，但地价也同样昂贵，成本过大，不符合万客隆这样的仓储商场的经营模式。

万客隆在北京的第一家店选在了洋桥地区。尽管南城是北京历史上消费水平较低地区，并远离市中心繁华地带，但随着北京市老城区改造的深入，众多的拆迁户会逐渐迁到远离闹市的郊区。而洋桥地区现已发展得颇具规模，交通便利，克服了由于地方远而必须有汽车购物的弊端。

从万客隆在全球的选址策略来看，有一条选址原则是尽量选在城市边缘的高速公路附近。万客隆的第二家店(酒仙桥店)和未来的第三家店(大钟寺店)，由于有机场高速路和京昌高速路，交通更加便利，这也迎合了北京汽车家庭化的趋势。如果第三家店开业成功，在北京的万客隆就构成了一个等边三角形的形状，这是城市销售连锁的稳定状态。

万客隆的另一选址策略，即注意商场的辐射作用及商圈战略。以广州正大万客隆为例，该店建在广州三元里地区绝非偶然，除了地价因素外，广东省作为我国改革开放的龙头，经济发展在全国排名是首屈一指的，当地购买力非常强，广州市的人均年消费在万元以上(1997年统计数据)，加之广州是全国陆路交通的中心，公路四通八达，将万客隆设在广州三元里地区不仅对广州市民具有吸引力，对广州市周边地区的消费者也具吸引力。这就产生了"万客隆商圈"。由于广州以北地区经济相对落后，目标顾客相对较少，所以这一"万客隆商圈"是呈扇形的，绝大多数的目标顾客在广州市及其以南地区。该商圈又分成3个层次，其核心商圈是广州地区，次级商圈包括广州周边地区的花都、南海、佛山、黄埔等地，边缘商圈涉及顺德、番禺、东莞等地。这一商圈的形成大大超过了辐射方圆5公里的范围，为万客隆的知名度鹊起打下了基础。北京万客隆第一家洋桥店也是辐射作用和商圈战略的体现，洋桥店的顾客除了北京市顾客之外，郊区的门头沟区、房山区，河北省的廊坊、涿州都有客人光顾。

商圈战略的重要性在于：它有助于连锁店网点的建设；有助于连锁组织形式的选择；有助于连锁店增强吸引力。它是发展连锁店的一项基础性的工作，对于企业如何将目标市场由点扩展到网络，创造发挥规模优势，增强竞争力等都具有重要的意义，对于连锁店形势的发展也起到关键性的作用。

万客隆的设店投资，不像其他商家是追求廉价地租，而是采取购买土地使用权的方式。这样做，虽然一次性投资较大，看起来是增大了成本，不易尽快收回投资，但实际上，有两方面因素对于投资商更为有利：其一，一次性投资完毕后，必然省去了今后每年的土地租金，对投资各方的实力是很好的检验，并且省去了今后的再投资。从企业长远发展考虑，尤其在我国，这样做可以避免投资商的短期行为。其二，万客隆投资的重点基本为发展中国家的大中城市，选址的地段都是很有发展前途的。各地地价上扬几乎是无可争议的事实。若是用租地方式，租金的多少几乎是每年谈判的惯例。这必然会耗费相当的人力、物力、财力，并且不稳定。而买地投资，谈判只需一次，省人省力不说，今后地价升值，就会增加固定资产，即降低经营成本。即使万客隆将来不在此地开店，仅依靠土地出让的手段，它也不会亏本。

总之，万客隆的选址策略可以归结为：在经济较发达地区的中心城市的出口位。这种选址策略的有利之处在于可以降低经营成本，辐射面广，拥有大量的目标顾客。当然，此种选址策略也有弊端，即对顾客的代步工具有一定要求，这必然成为对商场目标顾客范围的限制；在广告宣传方面，由于商场不处在商业聚集地区，不具有"商业的扎堆效应"，也会给其他商业业主带来众多机会。

三、价格定位

万客隆所经营的商品着力塑造一种"薄利多销，买者受惠"的形象，突出了仓储式商场的特点。根据抽样调查显示，万客隆的商品价格比大型百货商场低 20%左右，比一般超市低 10%左右，某些商品甚至低于同行的进货价。万客隆的价格这么便宜，它是否存在不正当倾销行为呢？这种情况是不存在的！因为万客隆的进货渠道及进价与同行不同。尽管个别产品低于同行的进货价，但没有低于它本身的进货价，所以不能说是不正当倾销。遵照国外超级市场比传统市场便宜 5%～10%，而仓储式售货价格比超级市场可以更低的情况，现在万客隆的价格比其他商场便宜 20%右就并不奇怪，这在价格竞争中是正常的。万客隆确定"薄利多销，买方受惠"的市场定位策略，主要是为了确立其竞争优势，突出仓储式商场的特点。万客隆的主要竞争对手是百货公司和购物中心。如果万客隆不能做到"薄利多销"而让买者真正得到实惠就很难立足和发展了。

万客隆"三低"策略(即低成本、低费用、低价格)是赢得消费者的重要因素。能够实现低价格，其主要原因是低费用、低成本。在万客隆，从上至下都可以感受到，各级经理们都在强调低成本！从投资项目开始到销售的每一环节，控制费用、缩减开支是各级主管必须做到的，是一切工作的着眼点。例如，公司总裁的草稿纸用的是电脑打印纸！公司没有一部公费手机或寻呼机。这让很多采购人员、经理级干部感到极不适应，其实这就是降低成本。

五、会员制

万客隆是实行会员制的仓储式商场。在未开业前，需进行艰苦的招募会员工作。由于人们对会员制不了解，工作难度较大，但从现在办会员卡热可以看出消费者对万客隆的会员制的认可。万客隆曾公开称，我们不是欢迎所有顾客的商场，它重点发展以私营商号、社会团体成员为批发网络的会员，基本不接纳个体会员(目前已有所变化)。其会员制的优点在于：其一，相当数量会员的存在，特别是购买力很强的私营业主、商号、机关团体会员，使万客隆拥有长期固定的顾客群，可以将促销成本降低到最低限度；同时，由于只有持会员卡的人方可购物，就强化了其"薄利多销"的形象，会对非会员产生强烈的激励作用，竞相加入会员的行列，使其顾客队伍更加壮大；其二，会员制有很强的心理诱导作用。会员制在我国尚属新鲜事物，现在北京仅有两家商场采取会员制，容易迎合一般市民的好奇和趋新的心理，在北京办卡不收费，只要拥有一张万客隆会员卡，在世界各地的万客隆均可购物，况且万客隆又标榜为有车一族购物提供会员免费停车位(洋桥店有 800 个停车位)，令京城有车族们有一种"贵族感"，凡开车前往者必大量购物。而在广州包括大量摩托车一族，都趋之若鹜，使购物心理得到很好的满足。其三，会员卡成为信息传递、信息收集的重要工具。万客隆的顾客每次购物后到收银机上刷卡的同时，都将购买次数、一次购买额及累计量、购买品种等信息留下，商场无须再投入调查就可及时获得宝贵的信息，供决策者们分析参考，及时作出正确的决策。其四，会员制有利于商家和顾客的双向交流。万客隆每两周向会员们寄送一份"万客隆快讯"(Makromail)介绍促销活动的信息；同时顾客反馈回来的信息又便于万客隆的决策者了解市场需要，听取顾客的意见和建议，并及时修正其经营方略，更好地为顾客服务，使"返客率"不断增加。

但是会员制也存在一些负面影响。如很多个人消费者不能进入商场消费，商场就失去了这部分消费群体；另外，谢绝 1.2 米以下儿童入店，也影响了消费者的购买情趣，中国人喜爱逛商场，一家三口人一起逛非常普遍，谢绝 1.2 米以下的儿童入店也会流失一部分消费者。万客隆对此的解释是为安全考虑，因为店场内有叉车作业。现在万客隆北京洋桥店已开始接受个人办理会员卡。

六、万客隆快讯

万客隆快讯是万客隆最重要的促销手段，因为快讯商品的销售额占到整个商品销售额的 40%，即 20% 商品的销售额占到全部商品销售额的 40%。快讯每两个星期出一期，不间断进行，印刷精美，有实物照片、价格、品名，有主题促销、文字描述促销、重点商品促销等。从万客隆的成功经验看，这一方法确实奏效。

万客隆快讯的特点：其一，季节性很强。商业受季节、节日的影响非常大，快讯就顺应这一点，提前准备、安排并及时将信息传给消费者，使消费者及时得到应季商品。其二，信息量大，每档快讯有 120～130 种商品，信息量很大，很多顾客是经常看着快讯到商场来采购商品的。其三，价格更低。万客隆从不使用打折的促销方法。因为商场认为这样做只能换来暂时的销售额上升，而打折过后，商场的买卖就不好往下做了。并且，消费者的购买心理会是"等打折时再买吧"，使商场的销售额降低。而万客隆快讯是不间断的，每期的产品不同，价格非常低，加价率只有 1%～2%，即用"疯狂价"来使顾客大量购买，刺激消费欲望，带动其他商品的销售，树立"薄利多销，买者受惠"的形象。其四，多种快讯，降低费用。传统万客隆快讯是两星期一期。另外还有四天快讯、一天惊喜价。既有小册子方式，也有单面印刷方式，但都是部分产品的促销，以点带面，使销售额全面上扬。而通过快讯将最新的商品信息发布出来，不再花钱登广告，可以大大降低成本。但缺点同时存在，快讯由于是不间断的，以邮寄方式派送，而反馈回来的信息也要及时处理，这必然会耗费一定的人力、物力和财力。

七、服务定位

万客隆商场是完全没有卖场服务的，其服务定位于自助购物。在万客隆的卖场中，看到最多的是理货员与收银员。

万客隆的选址位于城市出口处，这就加大了其服务范围。在北京、广州等城市，虽然都是商贾云集，但是这些商家有的追求装饰豪华，导致价格昂贵，不便批量购买；有的档次太低，经营品种少。而万客隆的出现，既弥补了城市商家的缺陷，又适应了现代人的生活节奏和购买习惯。万客隆不追求外观装修的豪华，却为顾客自助购物创造了不少条件。顾客可以免费使用手推车，可以便捷安全地通过自动扶梯上下楼，可以通过现代化的收银设备快速地付款。消费者还可以看到导购图，通过特价产品的 POP 广告和一些商品现场展示，认识并寻求自己较为满意的商品；商场还为前来购物的人们提供免费停车场所，便于开车采购的顾客批量购买；设立商品测试区与退货区，保护消费者的权益；开设广播寻人项目，方便客人。

但这种自助式购物的服务定位也有缺点，比如顾客要自己将所需货物搬上搬下，自己找价签来对照实物，自己判断是否要购买商品，必然会导致某些需要导购和服务的商品销售不畅。

八、管理系统

万客隆商业系统(MBS)。包括了订货、收货、销售、收银、结算等各方面，提高了劳动效率，减少了人员数量，使"低成本"成为现实。

讲究本地化。它表现在以下几个方面：其一，人员本地化。公司除了极个别的高级位置由外国人担任，其他重要位置都由本地人担任，这样，一方面可以节省费用，另一方面培养了许多管理人才，为今后万客隆开店连锁化而准备力量。其二，商品本地化。80%以上的商品是在当地采购，其他商品也立足国内采购，使价廉成为可能，并节省了大笔费用。其三，讲求双轨管理。所谓双轨，就是采购与销售分开。购、销是商业中重要的两个环节，而分别进行，可以统一进货，连锁销售，降低成本，还可以做到采购与销售的相互监督。促进销售，另外加强了对电脑系统工作的依赖性，杜绝吃回扣、收红包的现象。因为采购人员的压力很大，采购的商品由店里负责销售，采购人员不敢吃回扣，否则他的承诺很可能在店里实现不了，他自己就要承担一切后果(万客隆杜绝收红包、吃回扣，一旦发现，立即除名)。同时，采购的物品必须是市场上最低价的，商家若给了低价位，就不可能再给个人红包，而采购人员拿不到低价商品，在公司的日子是极其不好过的！

对商店而言，没有采购权，就不会与厂家有过多的接触，尤其是在进货、结算方面，这就可以杜绝吃回扣这一商业中普遍存在的不正当行为。没有了回扣，万客隆就可以堂堂正正地得到低价商品！

九、万客隆的局限性

万客隆这一货仓式商场有许多大型百货商场不可比的优点，但作为一种特殊的经营形态，它也存在自身的局限性。其一，服务方面的局限。万客隆是自助式购物，它在服务上的欠缺表现得很明显，比如不提供购物袋；购物时由于工作人员少，对消费者的指导较少或根本没有，使顾客有进入迷官的感觉；而由于服务设施不健全，难免存在服务欠周到的问题。其二，销售数量起点过高。万客隆的市场定位主要是"有钱的"商家与机关团体会员，但是普通市民的购买份额几乎占到80%。此外，"万客隆单位"有趋低的趋势(低于200元)。这说明与万客隆最初的市场定位产生了偏差。对于这类大包装商品，普通家庭是不宜批量购买的。其三，经营品种方面的局限。万客隆经营大路货，就会给人一种不"精"的感觉。而万客隆由于服务方面的客观原因，商品的经营种类受到局限。其实际情况决定了商场主要只能经营些低值、服务要求不高的日用品和食品，即销售同类产品中的畅销品，这就使顾客在选择品种时受到了很大限制。

(资料来源：山东大学精品课程网站，http://www.shxy.wh.sdu.edu.cn)

2) 中间商的数量

企业还要决定每层渠道成员的数量。这时，企业有四种方式可以选择：

(1) 密集分销：使用尽可能多的商店销售商品。

(2) 选择性分销：生产者在一定的市场只选择少数几个中间商。

(3) 独家分销：生产者在一定的地区(市场)只选择一家批发商或零售商销售本企业的产品。

(4) 直销：生产商直接面向最终用户来销售产品。

3) 渠道成员的权利和责任

生产商必须明确渠道成员的权利和责任，具体包括：

(1) 价格政策：要求生产商制订价目表和折扣细目单，使中间商确信这些价格政策不但详细具体而且公平。

(2) 销售条件：指付款条件和生产商的担保。大多数生产商对付款较早的分销商给予折扣。生产商可以向分销商提供有关商品质量或价格等方面的保证，以吸引分销商大量采购企业的产品。

(3) 地区权利：分销商需要知道生产商打算在哪些地区给予其他分销商以特许权。

对于双方的权利和责任，尤其是在采用特许经营和独家代理等渠道形式时，必须十分谨慎地确定，以便在万一发生渠道冲突时能够为冲突的解决提供依据。

4. 评估主要备选渠道

企业初步设计的备选渠道方案可能不止一个，为此，企业要对这些备选方案进行评估，从中选择一条或几条能满足企业长期发展需要的渠道。渠道的评估必须从经济性、控制性和适应性等方面进行。

(1) 经济性：企业通过比较各渠道预计的销售量和成本，来比较各渠道的利润。

(2) 控制性：使用外部资源的一个重要问题就是控制，中间商的目标同企业的目标往往不一致，因此，在其他方面都一样的情况下，企业应该选择自己能有效控制的渠道。

(3) 适应性：在迅速变化和高度不确定性的市场上，生产商要寻求能适应这种变化的渠道结构。

(三) 渠道管理决策

渠道管理决策主要包括以下五个方面的内容。

1. 选择渠道成员

在选择中间商的时候，企业应该评价每个渠道成员的从业时间、所经营的其他产品线、成长性和利润记录、合作精神和声誉等。如果中间商是销售代理商，企业要评价其代理的其他产品线的数量和特点以及该销售代理商的销售队伍的大小和质量；如果中间商是零售商，企业要评价其顾客、地理位置和未来成长的潜力等；依此类推。

2. 培训渠道成员

从某种意义上讲，中间商可被看成是企业的最终用户，因此，企业需要制定有效的培训计划，并加以实施。

今天，越来越多的企业意识到渠道培训的重要性，并采取了相应的措施。联想公司在这方面的尝试可供其他企业参考和借鉴。

联想的渠道培训

1997 年，联想提出了"龙腾计划"和"六大策略"，其中最引人瞩目的一个策略叫"大联想渠道策略"，即把联想和合作伙伴构建成一个风雨同舟、荣辱与共、共同发展的"共同体"，把联想的渠道合作伙伴纳入到联想的销售体系、服务体系、培训体系、分配体系和信息化体系中来，进行一体化建设。

为了建设"大联想"，联想专门成立了"大联想顾问委员会"，将渠道纳入到联想的决策体系中来。其中，于 1998 年正式成立的"大联想学院"是一个专门为代理商提供各类培训服务的机构。

　　"大联想学院"的宗旨是落实"大联想"的渠道策略，面向合作伙伴，通过培养大联想销售体系需要的专业人才，提高合作伙伴的管理水平、增值能力、销售推广能力和商务、宣传、服务的规范，提升"大联想"体系的竞争力，使合作伙伴与联想共同成长。职责就是规划并建立渠道培训体系，策划并组织实施渠道培训。

　　如何保持竞争力？

　　2000 年，大联想学院面临着新的问题。一方面，代理商对培训的需求日益增加；另一方面，培训资源短缺，在开发教材、讲师队伍、培训经费、大区培训会务所需的人力、时间保障等培训资源上不能充分满足代理商的需求。在资源有限的情况下，只有通过突出培训重点和解决急需问题，才能达到满足需求的目的。急需解决的问题有哪些？联想决定从未来和现状两个方面进行考虑。

　　首先是看未来。伴随着互联网时代的到来，IT 行业历经着巨大变革。用户需要个性化的 IT 服务，需要通过 IT 应用来提高业务效率、降低成本、改善发展环境。IT 服务将成为 IT 业新的业务和模式。这也是联想要面向个人/家庭、企业、大行业/企业三类客户提供接入产品、技术和服务，成为服务的联想、高科技的联想、国际化的联想的原因所在。

　　用户的需要和 IT 行业的变化，使在产业链中的经销商和厂家同样面临着重新定位和战略调整的问题。而经销商的未来发展方向又体现出增值化、专业化、电子化的趋势。在以 PC 为核心的时代，"大联想"成为了联想的核心竞争力，但在互联网时代，"大联想"能否拥有 IT 时代所需要的新的竞争力、继续成为联想的支柱力量？这是联想一直思考的问题。

　　其次是看现状。企业的发展需要合作伙伴长期稳定地发展，需要合作伙伴管理能力的提升。合作伙伴在经营规模、人员规模上的快速增长，使合作伙伴的总经理尽管在销售业务上得心应手，但在管理上却是"摸着石头过河"。如何管理好一家企业、激励员工，是合作伙伴的总经理面临的挑战。

　　于是，2000 年 6 月联想提出了渠道转型的目标，联想的商用渠道将由 PC 销售商转向联想解决方案的服务商。同时，随着联想品牌拉力加大、产品细分和更新速度的加快，对渠道销售和服务能力提出了更高的要求。

　　基于以上对大联想在未来的竞争力培养的思考以及对现状的分析，大联想学院明确了培训目标：提高代理商的管理水平，协助渠道进行功能转型，保障商务、客户服务、市场宣传规范化，完成新上市产品的培训。显然，大联想学院要服务于"大联想"的建设，培养"大联想"的竞争力。

　　为了能够完成培训目标，"大联想学院"设立了"决策——策划——实施"的三层组织体系。在培训工作的管理上，将培训本身看做新产品的上市来管理，把培训分成"立项、开发、推广和评估"四个阶段来管理，使渠道培训开始走向规范化、专业化。

　　"立项"阶段是指在大联想学院的课程体系下，依据培训目标，调查、分析代理的迫切需要，确定开设哪门课程。一般是通过《××课程策划书》的形式进行立项，意味着已明确了"课程名称"、"课程编号"、课时、课程目标、项目负责人、推进计划和所需资源，也只有获得批准的培训项目才能进入开发教材阶段。

　　"开发"阶段是指教材开发小组在《课程策划书》的指导下，根据"课程目标"的要求，按"推进计划"在代理访谈、资料分析、研讨的基础上，先编写出课程大纲，确定课程的提纲、重点内容、教学时间和教学方式，再进行教材开发、初审、修改、审核定稿和印刷。

"推广"阶段是指大联想学院制定出培训实施方案和费用预算，明确各培训站点的负责人及讲师，邀请代理参加培训，准备培训会务，签到开班，讲师完成授课。在"推广"阶段，在培训过程中有一个难点，即培训讲师的问题。就培训而言，开发完教材，并不意味着"产品下线"。只有当讲师讲完课程后，才算"产品下线"了；当参训者走出课堂，将所学的技能应用到实际工作中时，才真正是完成了"产品推广"。培训讲师的责任就是在课堂上利用各种手段，让参训者进入最佳的学习状态，积极参与和思考，准确理解、掌握课程内容的思想观念和技能，并激发出参训者实践的勇气和计划。

"评估"阶段是指对学员进行课程知识的考核，对讲师的授课能力、培训效果和培训会务进行调查，总结课程项目的经验与不足，表彰优秀，进行培训宣传，展示培训过程。

(资料来源：霍晓宁. 联想的渠道培训. 中国经理人(第9版). 2003)

3. 监督和激励渠道成员

为了保持渠道的顺畅和高效运行，企业必须不断地进行监督和激励，以调动中间商的积极性并使他们愿意与企业合作。比如，除非有一定的激励，中间商一般不会为所出售的各种品牌或品目的产品分别做销售记录，于是，有关产品开发、定价、包装或促销计划的大量信息都会被埋没在中间商的非标准化记录中。有时，他们还有意识地对供应商隐瞒某些信息。更有甚者，他们会在企业竞争对手的利诱下叛离企业。

具体的渠道激励措施有：专营权的赋予；提供优惠的销售条件；多种形式的销售返利；广告/促销支持；卖场建设支持；经营管理支持；销售活动支持。

华为的渠道激励政策

随着市场竞争的日益激烈，如何吸引并激励更多的合作伙伴更好地销售自己的产品，成为很多供应商渠道管理的一个重要课题。返点、培训、广告支持等已经成为一种常规手段，然而，在一些供应商看来，这些针对代理商公司整体的激励措施还不够，还需要进一步完善激励措施，并落实到优秀的销售员。

由供应商出资对优秀的代理商销售人员进行奖励的方法，在国外厂商中已经被广泛采用。华为企业网事业部也于今年推出了"阳光里程俱乐部"计划，通过会员制的方式吸引代理商的销售人员，除了对业绩突出者给予奖励之外，还通过俱乐部的活动鼓励会员之间的多向交流。

作为一家以电信设备起家的厂商，华为在电信领域是通过自己的销售队伍来直销的。华为强大的直销能力，保证了其产品在运营商中的市场占有率。但是，随着全线以太网交换机和路由器产品的推出，面向企业网用户的华为数据通信产品需要建立分销渠道。

1999年，华为开始建立分销体系，发展渠道合作伙伴。经过三年的摸索和发展，华为建起了完整的渠道体系，包括高级分销商、行业代理商、高级认证代理商、区域分销商等合作伙伴队伍。

作为一家后进入企业网市场的厂商，华为要想赢得更多的市场份额，必须要与渠道合作伙伴建立起紧密的合作关系。因此，华为十分重视渠道管理和激励政策，希望以此来团结更多的渠道合作伙伴。到2001年，华为的渠道管理体系已逐渐完善。

在2002年2月2日召开的"华为网络2001年渠道表彰大会"上，一大批合作伙伴受到了华为的表彰，并获得了金额从 5 万元到 25 万元不等的奖励。在对代理商进行表彰的同时，华为宣布正式出台"阳光里程俱乐部"计划，这一计划则是针对代理商的销售人员个人的。

华为"阳光里程俱乐部"计划是于 2002 年 4 月份正式开始实施的，是华为"2002 阳光商业计划"的重要组成部分，是华为在渠道推广中实施的一种激励机制。所有的华为认证代理商的销售人员都可以加入到俱乐部中，成为俱乐部的会员。这些销售人员的销售业绩都会通过他们向华为上报的订单，进行统计汇总，从而赢得积分。根据积分的多少，会员可以从基本会员晋升为银牌会员，乃至金牌会员。

更为重要的是，华为定期对达到奖励标准的会员进行多种形式的物质奖励。奖品包括瑞士军刀、数码相机、笔记本电脑、台式电脑、数码摄像机等，而要兑现这些奖品并不需要很高的积分。

与其他厂商类似的奖励计划相比，华为的"里程俱乐部"计划的一大特点就是奖励力度很大。经过短短四个多月的累积，已经有不少销售人员从华为处兑换了笔记本电脑、数码相机等奖品。而华为在选择奖品时，十分重视奖品的品牌，希望以此与华为的产品和品牌相称。比如其笔记本电脑和台式机等奖品都是 IBM 的。

9 月 6 日，华为公司在北京国宾酒店举办了首次"阳光里程俱乐部会员颁奖大会"。首批获奖代表接受了华为公司领导的颁奖，并且共同在北京参加了"拓展训练"，以此增进代理商与华为公司以及代理商之间的交流和沟通。华为希望这一系列举措能够表明对合作伙伴的支持和承诺，以此吸引更多的代理商与华为合作。

华为的"阳光里程俱乐部"计划的推出，得到了代理商的支持。华为的奖励计划，也成为一些代理商用来奖励自己的销售人员的激励措施。

成都天网公司是华为西南地区的区域分销商，从 1999 年就开始代理华为的产品，是华为首批合作伙伴之一。目前，天网公司只代理华为公司一家的网络产品，并且以分销业务为主。该公司年轻的客户经理陈曼是首批获得表彰的俱乐部成员之一，她也是最早接触华为业务的一批销售人员，在分销方面业绩比较突出，获得了一台 PC 机的奖励。她认为这种激励措施的作用不仅表现在物质上，更能够拉近自己和华为之间的距离。正是由于这种距离的拉近，使得双方能够更紧密地合作。她本人也把自己当作是华为的一员，并且以此为自豪。因此，她个人也在加强对华为业务的学习，希望掌握更多的华为产品知识和销售技巧。

与成都天网不同，山东紫光凯远公司是今年 4 月才正式加盟到华为的合作伙伴队伍中的。幸运的是，他们正好赶上了华为实施"阳光里程俱乐部"计划。该公司的产品经理吕伟果也成为首批受益者，通过自己的累计积分兑现了一台数码相机。

该公司原来是思科的高级认证代理商，后来还代理过 Intel 的网络产品，目前其网络业务以华为为主，份额在该公司的分销业务中占到了 45% 以上。吕伟果认为，奖励的方式有很多种，物质奖励只是一种表现形式，有机会通过俱乐部活动与其他代理商进行沟通，相互促进、相互学习也是一种奖励。他说，这种激励的作用在于，当遇到项目时销售人员会首先想到向用户推荐华为的产品，这恐怕是"阳光里程"计划最实际的意义。

当然，也有一些代理商对华为的奖励计划做了改良，使之与本公司的激励政策相适应。华为在北京的区域分销商北京瑞尔斐斯公司就把这种激励措施改造成对公司所有销售人员的奖励。该公司销售部经理施文盼说，他们在销售人员自愿的基础上，把通过销售华为产品获得的积分分配给所有的销售人员，以此来兑现奖品，从而实现了奖励的再分配。这或许是华为公司意料之外的意义和作用。

"2002 阳光商业计划"自实施以来，得到了华为合作伙伴的肯定与支持，渠道销售情况取得了很大进展，为今后华为渠道的拓展起到很好的推动作用。

在此基础上，华为企业网事业部近日又推出阳光商业计划之四——勇士计划，对开拓空白行业的合作伙伴进行奖励。

这一系列针对合作伙伴，尤其是针对合作伙伴销售人员个人激励措施的出台，将有力地支持华为渠道政策的落实，帮助华为抢得更多的市场份额。

(资料来源：于洪涛. 华为的渠道激励政策，http://www.pconline.com.cn/)

4. 评价渠道成员

生产商必须根据一定的标准定期对渠道成员的绩效进行评价，这些标准主要包括：销售定额完成情况；同比增长率；本品牌在其所经销品牌中的排位；市场和销售网络开发建设情况；市场及价格管理合同条款的遵守情况；顾客服务能力和服务质量；在培训和促销方面的合作态度；市场信息和自身信息反馈情况。

企业应该奖励表现好的中间商，帮助那些表现不好的中间商，或者替换掉这些表现不好的中间商。

5. 渠道调整

不需调整而在生命周期的整个过程中始终保持竞争优势的营销渠道是不存在的，因此，生产商必须定期检查和改进渠道。当分销渠道不能按计划运作、消费者的购买方式发生变化、市场扩大、新的竞争者出现、创新性的渠道出现以及产品进入生命周期的新阶段时，企业都有必要对渠道进行改进。

具体的改进手段包括增删个别渠道成员，增减某些特定的市场渠道，或者采用一种全新的方式销售产品。

跨国公司渠道地震：一次文化根源的撞击

6月，宝洁山东分销商长泰公司、潍坊百货集团被撤换，随即撤换风波波及到河南、山西、江苏、浙江等地，宝洁 2005 年最大的渠道地震上演了。

先让我们来看看宝洁中国的渠道变革历程。起初，宝洁选择的分销商基本都是百货批发站、供销社等传统商业单位，1997 年以后随着市场份额的扩大，分销商数量开始扩大。之后不久，也就在 1999 年，正式推出了"宝洁分销商 2005 计划"，对分销商队伍进行整改。与此同时，宝洁加强了对零售商终端的管理，按照宝洁的思维，所有的销售管理工作以分销商为中心，一切为终端服务，这就是宝洁的"全程助销营销模式"，一位经销商朋友也说过，"只要你有钱，做宝洁是赚钱的，所有的营销工作宝洁都会给你做"。一语中的。

宝洁公司为了提高分销商的资金周转与信息沟通，对分销商进行了现代信息化武装，从分销商生意管理系统(DBS)，到高效分销商补货系统(EDR)，以及分销商一体化运作系统(IDS)，并且宝洁还给经营信用良好的分销商增加授信额度，为分销商配置依维柯，扩大物流配送范围。显然宝洁对经销商的支持是非常到位的，在这种互惠互利的合作中，宝洁与广大分销商的关系也得到了进一步的提升。

　　然而随着合作的推进，宝洁逐渐表现出其"战略意图"。在宝洁全球战略版图中，中国属于新兴市场，宝洁全球 CEO 雷富礼(A.G. Lafley)显然对这个新兴市场寄予了太多的厚望，他希望中国能够给他带来一个惊喜，这个惊喜落实体现出来，就是宝洁中国在中国的营销速度明显加快，也就出现了今年的大面积更换经销商事件。

　　坊间传说，去年年底，宝洁就对经销商提出了"专营制度"，要求经销商必须独立经营宝洁产品、独立设置账户、独立资金运作、独立办公、独立仓库等硬性规定，说白了，就是你必须只经营宝洁一个品牌，其他品牌都不能做，显然对于广大日化经销商来说，这的确是个进退两难的抉择，放弃吧，可惜，不放弃吧，手上还有那么多品牌，按照经销商品牌来说，代理品牌也是按照高中低来规划的，每个品牌发挥的作用是不同的，如果硬要将宝洁单列出来，的确是让经销商无法接受的。

　　还有一个因素，更是加快了宝洁必须要对经销商进行专营操作，那就是 SK-Ⅱ风波和洗衣粉事件，危机发生，销售自然受到影响，加之费用的使用不规范，越来越让人感到分销商的不忠诚，这无形中就加快了宝洁更换分销商的日程。

　　　　　　　　　　　　　　　　　　　　　（资料来源：刘同强，博锐管理在线，2005-09-08)

(四) 渠道发展动态

　　分销渠道不是一成不变的，近年来，在渠道方面出现了一系列新的动向，主要包括两个方面。一是新型的批发机构和零售机构不断涌现，全新的渠道系统正在形成，包括最近发展起来的垂直营销系统、水平营销系统和多渠道营销系统。二是渠道的形态发生了变化，主要包括渠道重心的下移和渠道扁平化等。

1. 全新渠道系统的形成

1) 垂直营销系统

　　传统的渠道是一个由相互独立的生产商、批发商和零售商组成的松散的集合体。作为独立的企业实体，每个渠道成员都追求自己利润的最大化，而不关心分销渠道的整体绩效，为了追求自己的利益，甚至不惜以牺牲整个渠道的利润为代价。没有哪个成员对其他成员具有足够的控制力，也不存在正式的角色分配和解决渠道冲突的途径，因此常常受冲突的困扰而绩效低下。

　　最近，渠道方面最重大的进展之一就是垂直营销系统的产生，它对传统的营销渠道系统提出了挑战。与传统的营销系统不同，垂直营销系统是由生产商、批发商和零售商组成的联合体。组成垂直营销系统的生产者、批发商和零售商是作为一个整体在运作；某个渠道成员支配其他成员，或者和他们有合同，或具有要求它们必须进行合作的权力，它可能是生产者，也可能是批发商或零售商。

　　垂直营销系统是基于渠道成员控制渠道行动、消除渠道冲突的强烈愿望而出现的，它能够通过其规模和重复服务的减少来提高渠道系统的有效性。

　　在美国的消费市场上，垂直营销系统已成为一种主导的渠道形式，占全部市场的 70%～80%。垂直营销系统有三种类型：

　　(1) 公司式垂直营销系统：是由同一个所有者名下的相关的生产部门和分销部门组合而成的，也就是说，生产者和分销者都属于同一个公司所有。垂直一体化被公司所青睐是因为它能对渠道保持很高的控制力。

(2) 管理式垂直营销系统：生产和分销由规模大、实力强的渠道成员出面组织。比如，拥有名牌的生产商能够获得分销商强有力的合作和支持。

(3) 合同式垂直营销系统：由各自独立的生产和分销层次的公司组成，它们通过合同统一行动，以求获得比各自独立行动更大的经济和销售效果。合同式垂直营销系统近年来获得很大的发展，令人瞩目。

2) 水平营销系统

渠道方面的另一个进展是水平营销系统的产生，它由处在渠道同一层的两个或两个以上的公司联合而成，以共同开发和利用靠单个企业的力量所无法利用的市场机会。他们可能建立长期的合作关系，也可能是短期的合作关系，甚至可以是对手。

3) 多渠道营销系统

过去，很多企业只采用单个渠道在一个大众市场或细分市场上销售产品。今天，大众市场已裂变为多个细分市场，与此相适应，很多企业建立了多条分销渠道。当企业利用两条或更多的营销渠道服务于一个或更多的细分市场时，就出现了多渠道营销系统。在当前的市场条件下，多渠道营销系统发展得很快，如图4.7所示。

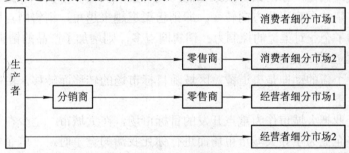

图4.7　多渠道营销系统

生产者通过目录销售或电话销售直接把产品销到消费者细分市场1，通过零售商把产品销给细分市场2；通过分销商和经销商把产品销售到经营者市场1；通过自己的销售人员直接把产品销给经营者市场2。

IBM公司原来只通过销售人员(只有一条渠道)销售电脑，然而随着小型的、低价格的电脑需求的急剧上升，原来的一条渠道就远远不够了，在10年时间内，IBM增加了18条新渠道。

多渠道营销系统给企业带来了几个重要的好处：首先，它增加了市场覆盖面；第二，它降低了渠道成本；第三，它实现了定制化销售。然而，这种营销渠道也有它的缺点：多渠道营销体系很难控制，而且会发生自我竞争，从而导致冲突。比如，当IBM用目录和电话直接低价销售产品的时候，它的很多经销商抱怨"不公平竞争"，并威胁不再销售IBM的产品。

2. 渠道形态的变化

1) 渠道重心下移

过去，生产企业多是处在渠道的顶端，通过市场炒作和大户政策来展开销售工作。随着市场竞争的加剧，这种方式的弊端越来越明显：企业把产品交给经销商，由经销商一级级地分销下去，由于销售网络不健全、通路不畅、终端市场铺市率不高、渗透深度不足等原因，经销商无法将产品分销到厂家所希望的目标市场上，厂家无法保证消费者在零售店里见得到、买得到、乐意买。

实践证明，这种市场运作方式越来越成为销售工作的桎梏。针对这些弊病，成功企业开始实行渠道终端的下移，从过去的以总经销为中心转变为以终端建设为中心来运作市场：厂家一方面通过对代理商、经销商、零售商等各环节的服务与监控，使得自身的产品能够及时、准确地通过各渠道环节到达零售终端，提高产品市场展露度，使消费者买得到。另一方面，在终端市场进行各种各样的促销活动，激发消费者的购买欲望，使消费者乐意买。

2) 渠道扁平化

传统的销售渠道体制呈金字塔式，因其强大的辐射能力，为厂家产品占领市场发挥了巨大的作用。但是，在供过于求、竞争激烈的市场环境下，传统的渠道存在着许多不可克服的缺点：一是厂家难以有效地控制销售渠道；二是多层结构影响了渠道的适应性和灵活性，有碍于效率的提高，而且臃肿的渠道不利于形成产品的价格竞争优势；三是单向式、多层次的流通使得信息得不到准确和及时的反馈，这样不但会错失商机，而且还会造成人力和时间的浪费；四是厂家的销售政策不能得到有效的执行和落实。因此，许多企业正将销售渠道由金字塔式向扁平化方向转变，即销售渠道越来越短，销售网点则越来越多。销售渠道短，增加了企业对渠道的控制力；销售网点多，则增加了产品的销售量。

3) 渠道覆盖区域的转移

渠道方面一个新的动向是渠道覆盖区域随目标市场的转移而转移，由原来的偏重城市市场转向城乡并重。

以往许多企业把大城市作为重点开发的目标市场，在大城市，至少在省会城市设立销售机构。当众多企业为争夺大城市市场而进行你死我活的竞争时，一些企业将市场重心转移到地区、县级市场，着眼于地、县级市场的开发，在地、县级市场上设立销售机构。

这种转移跟农村人口购买力的提高有着直接的关系。随着经济的持续发展和农村经济条件的改善，过去一些农村消费者买不起的产品如今已走进千家万户，于是，广大的农村市场开始释放出惊人的购买力。在这样的条件下，为了适应这种变化，渠道覆盖面由原来只重城市转变为城乡并重。

盛大网络游戏：开创盛大模式

网络经济曾经是泡沫经济的象征，怎样把概念变成实在的赢利曾让无数的 ICP(网络内容供应商)大伤脑筋。2000 年以来，网络概念股飞速下泄，沦为垃圾股，显示出赢利模式不够清晰、投资人对网络概念丧失信心的状况。网络游戏也不例外，中国的网络游戏市场从1998 年开始起步以来，一直鲜有赢利的先例。

情况在 2001 年有了改变。1999 年 11 月成立、2001 年 3 月才进军网络游戏市场的上海盛大网络有限公司改变了这种局面，2001 年 7 月盛大代理了一款韩国游戏《传奇》，2002年凭借《传奇》的出色表现，上海盛大的年营业收入达到 4 亿元，占据网络游戏市场份额高达 40%以上。

盛大通过一款韩国游戏《传奇》实现了奇迹，但让盛大获得成功的绝不仅仅是游戏本身。在实现奇迹的过程中，盛大独创的营销模式功不可没——这种模式已被称为盛大模式。

盛大通过代理开发商的软件，快速获得了质量相对优良的产品；通过向游戏玩家收费，找到了以往网络游戏依靠网络广告、电信分成等赢利模式之外的新赢利模式，这种直接面向终端消费者的模式，无疑更为稳定可靠；通过渠道扁平化，盛大提高了销售终端的覆盖率和控制力度；盛大还向传统行业学习，通过向游戏玩家提供优质的售后服务，从而让玩家建立起忠诚度。

2003 年这种模式依然有效，同在上海的第九城市，通过复制盛大模式，2003 年只用了 5 个月就实现了 2.7 亿元营业收入，而盛大网络代理的《泡泡堂》、自主开发的《传奇世界》都获得了极大的成功。2003 年 9 月，盛大同时在线用户突破 100 万，盛大奇迹还将继续下去。

（资料来源：http://125.220.161.100）

(五) 管理渠道冲突

分销渠道不管设计得多好，总会有某些冲突产生，最根本的原因是，各个独立的企业实体在利益方面不可能完全一致。

1. 渠道冲突的类型

渠道冲突主要有以下三类：

(1) 水平冲突：是指发生在渠道上同一层次的渠道成员之间的冲突。比如，一个电脑公司的宁波经销商抱怨同城的其他经销商售价太低。

(2) 垂直冲突：是指发生在渠道上不同层次之间的冲突。比如，当麦当劳在某个城市再发展加盟店的时候，经常会和该地区原有的加盟店发生矛盾。

(3) 多渠道冲突：是指不同渠道在向同一市场销售产品时发生的冲突。比如，一个时装厂在一个城市既有自己的专卖店，同时还把产品分销给大型百货商店，在这样的情况下，如果同样的商品在专卖店和百货商店定不同的价格，这两条渠道就会发生冲突。

2. 渠道冲突产生的原因

渠道冲突产生的根本原因是利益的不一致。具体来讲，包括以下几种原因：

(1) 目标不一致。比如，生产商想通过低价政策迅速提高市场份额，而经销商却希望通过高价格获得更高的短期利润。

(2) 渠道的交叉和重叠。区域划分不明确、同一区域上存在多家分销商以及网络的自然辐射等都会造成渠道的交叉和重叠，从而导致渠道冲突。比如，一个电脑公司通过自己的销售人员向大客户推销个人电脑，但它授权的经销商也在努力向大客户推销。

(3) 销售信用危机。厂家承诺不兑现、政策缺乏连续性、商家拖欠货款等种种问题导致厂商之间的不信任。

(4) 权利分配的分歧。厂商之间在商品价格、存货保有水平等方面存在分歧。

(5) 沟通问题。沟通渠道不顺畅，渠道成员之间缓慢或不准确的信息传递往往会引发渠道成员之间的误解和冲突。

(6) 渠道自身的依赖性。渠道成员之间存在高度的相互依赖性，任何一方的经营状况都会对其他成员造成影响。

(7) 认识的差异。生产商可能看好近期经济前景并要求经销商多进货，而经销商却并不对经济前景看好。

3. 渠道冲突的管理

渠道冲突是不可避免的，而且一定的渠道冲突有时还能产生建设性的作用，它能促进厂商双方更好地配合以适应环境的变化。当然，过多的冲突会带来消极的影响，因此，企业要对渠道冲突进行适当的管理，以避免这些消极影响的发生。

在渠道冲突管理方面，企业可以采用的措施主要包括：

(1) 建立共同的目标和愿景。渠道成员的营销行为之间存在高度的相关性，只有整个渠道系统的利益最优才能保证各渠道成员利益的最优，因此，建立渠道系统共同的目标有助于渠道冲突的解决。

(2) 加强渠道合作。加强渠道合作有助于加强渠道成员之间的理解和信任，消除认识上的差异。

(3) 决策权的明确。明确各渠道成员的角色和职能，明确区域划分和各自的经营决定权并达成一致有助于渠道冲突的减少和渠道效益的提高。

(4) 加强信息沟通。加强成员之间的信息沟通有助于消除渠道内部的误解和冲突，促进渠道合作。

(5) 规范销售行为。规范销售行为是解决渠道冲突的关键，在规范行为的过程中，厂家应该起主导作用，只有做到对违规行为决不姑息，对各经销商，不管大小，一视同仁，才能达到规范销售行为的目的。

格力空调：离开国美，走自己的路

珠海格力集团公司是珠海市目前规模最大、实力最强的企业之一。集团拥有的"格力"、"罗西尼"两大品牌，分别于 1999 年 1 月和 2004 年 2 月被国家工商总局认定为中国驰名商标。2003 年，格力集团共实现营业收入 198.42 亿元，位列中国企业 500 强第 88 名。集团下属的珠海格力电器股份有限公司是中国目前规模最大的空调生产基地，现有固定资产 7.6 亿元，拥有年产空调器 250 万台(套)的能力。经过多年的发展，格力空调已奠定了国内空调市场的领导者地位，格力品牌在消费者中享有较高的声誉。据国家轻工业局、央视调查中心的统计数据显示，从 1996 年起，格力空调连续数年产销量、市场占有率均居行业第一。现在，格力空调产品覆盖全国并远销世界上 100 多个国家和地区。多年以来，格力空调一直采取的是厂家——经销商/代理商——零售商的渠道策略，并在这种渠道模式下取得了较高的市场占有率。然而近年来，一批优秀的渠道商经过多年的发展历程，已经成长为市场上的一支非常重要的力量。其中尤以北京国美、山东三联、南京苏宁为代表的大型专业家电连锁企业的表现最为抢眼。这些超级终端浮出水面，甚至公开和制造企业"叫板"。自 2000 年以来，这些大型专业连锁企业开始在全国各大中城市攻城略地，在整个家电市场中的销量份额大幅度提高，其地位也直线上升。2004 年 2 月，成都国美为启动淡季空调市场，在相关媒体上刊发广告，把格力两款畅销空调的价格大幅度降低，零售价原为 1680 元的 1P 柜机被降为 1000 元，零售价原为 3650 元的 2P 柜机被降为 2650 元。格力认为国美电器在未经自己同意的情况下擅自降低了格力空调的价格，破坏了格力空调在市场中长期稳定、统一的价格体系，导致其他众多经销商的强烈不满，并有损于其一线品牌的良好形象，因此要求国美立即终止低价销售行为。格力在交涉未果后，决定正式停止向国美供货，并要求国美电器给个说法。"格力拒供国美"事件传出，不由得让人联想起 2003 年 7 月份发生在南京家乐福的春兰空调大幅降价事件，两者如出一辙，都是商家擅自将厂家的产品进行"低价倾销"，引起厂家的抗议。2004 年 3 月 10 日，四川格力开始将产品全线撤出成都国美六大卖场。四川格力表示，这是一次全国统一行动，格力在全国有20多家销售分公司，其中有5家公司与国美有合作，产品直接在国美销售，导致这次撤柜的主要原因是格力与国美在2004年度的空调销售政策上未能达成共识。3月11日，国美北京总部向全国分公司下达通知，要求各门店清理格力空调库存。通知称，格力代理商模式、价格等已经不能满足国美的市场经营需求，要求国美各地分公司做好将格力空调撤场的准备。

面对国美的"封杀令"，格力的态度并没有退让。格力空调北京销售公司副总经理金杰表示："国美不是格力的关键渠道，格力在北京有400多个专卖性质的分销点，它们才是核心。谁抛弃谁，消费者说了算。"格力空调珠海总部新闻发言人黄芳华表示，在渠道策略上，格力不会随大流。格力空调连续数年全国销量第一，渠道模式好与坏，市场是最好的检验。格力电器公司总经理董明珠接受《广州日报》记者采访时表示，格力只与国美的少数分店有合作，此事对格力空调的销售几乎没有什么影响，自己的销售方式也不会为此而做出改变。对一个企业来说，对任何经销商都应该是一个态度，不能以大欺小，格力对不同的经销商价格都是一样的。格力在各地设立自己的销售公司主要是为了在各个区域进行市场规范管理，保持自己的品牌形象，而销售公司靠服务取得合理利润，价格一直贴近市场，格力空调去年500万台的销量就证明了这一点，因此格力不会改变这种销售方式。对于今后能否与国美继续合作，格力坚持厂商之间的合作必须建立在平等公正的基础上，违背这种合作原则只能一拍两散。事实上，在国美、苏宁等全国性专业连锁企业势力逐渐强盛的今天，格力电器依然坚持以依靠自身经销网点为主要销售渠道。格力是从2001年下半年才开始进入国美、苏宁等大型家电卖场中的。与一些家电企业完全或很大程度地依赖家电卖场渠道不同的是，格力只是把这些卖场当作自己的普通经销网点，与其他众多经销商一视同仁，因此在对国美的供货价格上也与其他经销商一样，这是格力电器在全国的推广模式，也是保障各级经销商利益的方式。以北京地区为例，格力拥有着1200多家经销商。2003年度格力在北京的总销售额为3亿元，而通过国美等大卖场的销售额不过10%。由于零售业市场格局的变化，格力的确已经意识到原来单纯依靠自己的经销网络已经不适应市场的发展，因此从2001年开始进入大卖场，但格力以自有营销网络作为主体的战略并没有改变。而在国美方面，国美电器销售中心副总经理何阳青认为，格力目前奉行的股份制区域性销售公司的"渠道模式"在经营思路以及实际操作上与国美的渠道理念是相抵触的。国美表示，格力的营销模式是通过中间商的代理，然后国美再从中间商那里购货。这种模式中间增加了一道代理商，它必定是要增加销售成本的，因为代理商也要有他的利润。格力的这种营销模式直接导致了空调销售价格的抬高，同品质的空调，格力要比其他品牌贵150元左右，这与国美一直推行的厂家直接供货、薄利多销的大卖场模式相去甚远。国美与制造商一般是签订全国性的销售合同，而由于现在格力采取的是股份制区域性销售公司的经营模式，与格力合作时就不得不采取区域合作的方式，这与国美的经营模式也是不相符合的。

(资料来源：http://course.shufe.edu.cn/course/marketing/jxal.html)

(六) 终端管理和建设

如果拿足球队来作比喻，终端就是"临门一脚"：守门员开出球以后，经过后卫和中场，到了前锋的脚下，这几个环节都很重要，然而，如果前锋的临门一脚无力，还是赢不了球。

渠道也是一样。生产商和中间商都很重要,然而,产品(尤其是消费品)只有通过终端才能最终到达顾客的手里,才能把产品变成钱,才会产生利润而用于企业的扩大再生产。上面已提到过终端建设,但是,鉴于终端建设的重要性和一般的市场营销教科书大多没有涉及这一点,因此,在这里再稍微详细地介绍一下。

1. 终端建设的重要性

终端建设的重要性主要体现在以下几个方面:

首先,产品只有占据终端市场,在销售点上与顾客见面,才有可能被顾客购买。因此,销售工作的首要要求是:把产品摆到零售店的柜台上,让消费者看得见、买得到。正如宝洁公司的销售培训手册中所说"世界上最好的产品,即使有最好的广告支援,除非消费者能够在销售点买到它们,否则,简直销不出去"。

其次,终端建设可以刺激消费者的随机购买。消费者的购买行为并非完全是理性的,消费者计划好的购买决策会受到销售现场各种因素如店内陈列、广告物等的影响而改变。企业做好终端销售,就可以刺激消费者随机购买。

第三,终端建设可以使自己的产品在竞争品牌中脱颖而出。面对货架上琳琅满目的竞争商品,消费者经常感到无所适从。因此,厂家必须要在终端市场上投入更多的心血运作,通过展示、陈列、POP 广告等方式,把自己的产品与竞争产品区别开来,使自己的商品能在商店里脱颖而出,并以新颖、独特的形象吸引顾客的注意,刺激顾客的需求欲望,与竞争对手面对面地争夺顾客,创造在零售店内的竞争优势。

第四,成功的终端建设有助于保持物流的畅通。终端是整个销售通路的出水口,如果出水口堵塞,销售通路就会得"肠梗阻"——产品滞留在通路中而不能顺畅销售。厂家做好终端建设,使产品通过终端能够很快地销售出去,可以做到货畅其流。

最后,有效的终端建设有助于控制终端市场。控制终端会使企业掌握主动权,提高与经销商讨价还价的能力,从而提高经销商对本企业的依赖性。

终端建设的最终目的,就是要让零售店乐得卖,消费者乐意买。

舒蕾的终端战役

一、洗发水行业现状

简而言之,目前中国洗发水市场潜力巨大,竞争十分激烈。

自从 1989 年宝洁这个跨国公司进入中国以来,就在中国洗发水行业掀起了一个又一个让人叹为观止的波澜。并且,在此后漫漫十年的时间里,以营养、柔顺、去屑为代表的宝洁三剑客潘婷、飘柔、海飞丝几乎垄断了中国洗发水市场的绝对份额——它们不仅占据着中国洗发水市场的前三位,并以总和超过 50%的份额处于绝对垄断之势。想在洗发水领域有所发展的企业无不被这三座大山压得喘不过气来,无不生存在宝洁的阴影里难以重见天日。

然而,洗发水市场巨大的市场空间和高额的行业利润空间,吸引了众多中国自有品牌的积极加入,改变了洗发水市场的格局。据专家估计,中国洗发水的消费量呈不断增加之势,市场规模会不断扩大。据统计,目前中国的洗发水市场销售量早已超过日本、接近美国,但以人均计算还低于这些发达国家。洗发水市场每年有数以百亿计而且仍不断增长的市场空间。

这一广阔的市场空间及洗发水市场相对高的市场利润吸引无数的新生品牌前赴后继地加入这一白热化的行业。这一点从电视广告上可清晰地看出，因为洗发行业的特殊性，传统上大家都把电视广告作为推广品牌最主要的手段。2001年拉芳、蒂花之秀、好迪、飘影、柏丽丝先后在 CCTV 密集投放广告，大举进军全国市场，给本已竞争激烈的洗发水市场火上加油。据中央电视台 2001 年 5 月广告龙榜显示，好迪、亮庄、拉芳、柏丽丝等品牌洗发水已冲破飘柔、潘婷、夏士莲、花王等合资品牌的阵线，位居该台当月洗发水广告花费前四名。

除了从电视广告投入量反映出中国洗发水市场风起云涌外，国产洗发水实质上已对老牌合资洗发水的地位产生威胁。1995 年奥妮向宝洁发起挑战，推出皂角洗发膏，打出"植物一派，重庆奥妮"的口号，以天然植物成分反击洋品牌的化学洗发路线，使之声势大涨。再加上 1997 年成功推出百年润发，并配合经典广告作宣传，使其市场占有率飙升，达到12.5%，单品牌的占有率仅次于飘柔。1996 年，丝宝集团推出的舒蕾在 1999～2000 年取得突破性胜利。据 AC 尼尔森对 2000 年中国广告市场的调查统计，舒蕾与飘柔、夏士莲、海飞丝成为 2000 年洗发水广告花费最高的品牌。2000 年中国商业信息中心对全国 300 个大型商场的调查统计显示，舒蕾 2000 年销售额近 20 亿元人民币，与宝洁的飘柔、海飞丝进入洗发水品牌前三名。丝宝集团超过联合利华、花王，跻身洗发水市场第二位。

舒蕾可以说是众多中小洗发水品牌的代表，它是怎样做出这样的成绩的？

二、舒蕾的终端运作

舒蕾是丽花丝宝的一个品牌。舒蕾从一个名不见经传的小品牌迅速地成长到一个市场占有率第二，品牌价值超过了宝洁的海飞丝、潘婷，仅次于飘柔的知名品牌，丝宝集团特色的终端战略功不可没。

(一) 丝宝集团背景介绍

丽花丝宝集团成立于 1989 年 3 月，在香港注册，创始人是定居于香港的梁亮胜。实际上，丝宝公司的主体在大陆，并以武汉作为基地。创业之初，很多朋友劝梁亮胜把基地选在广东。但是，梁亮胜认为丽花丝宝的定位是一个全国性的品牌，要选就应该选辐射力强的地方。1989 年日用品国营批发还是销售的主渠道，当时全都是国营百货公司，并不像现在有很多大商场和超市，销售不可能直接给商场，必须通过一级批发站、二级批发站进行。在国内辐射力强且范围比较广的就是号称"九省通衢"的武汉。梁亮胜认为，武汉是一个很好的集散地，周围几个省都靠它批发商品。选择武汉，不仅可以节约很多运输成本，也可以让产品流通很快。定"都"于武汉后。梁亮胜就亲自带领郑明强、刘诗伟等人做市场，最初的做法是除了打电视广告，就是把国外商店化妆品陈列的一套移植过来，这一套很管用。刘诗伟用心操作过，这也成为了其后来的"终端思路"的原始根据。武汉也成了丝宝集团终端运作的基地。

丽花丝宝和宝洁几乎是同时进入中国内地的，但不同的是，宝洁携外资强大的资本优势，每年以巨额的广告投入而迅速成为国内洗发水品牌的代言人，而丽花丝宝自出生以来就命运多舛：先是遭遇商标之争，接着被贴上蒙骗之名，上乏无力使丽花丝宝只能成为一个二、三流的品牌，甚至在武汉，广东过来的美国绿丹兰的名声也盖过了它。这种局面显然是梁亮胜不愿面对的。为了从丽花丝宝不温不火的状态中寻找亮点，丝宝选择了洗发水这个大众消费品，"焗油护发"的舒蕾就这样诞生了。

（二）舒蕾的终端运作

在舒蕾的推广中，丝宝集团避开和宝洁正面交锋，采取了不同的模式。《商界》曾对此做了详细的分析，那就是坚决放弃总代理制，花大力气自建网络。1997～1998 年，舒蕾先从终端入手，在人员宣传、产品陈列、柜台促销上大做文章。舒蕾利用丽花丝宝积累的网络资源，采取"先两极，后中间"的渠道拓展原则，重点抓大卖场和零售店的铺货，从而带动中型店的开发。另外，舒蕾还在各大商场设立了 1000 多个专柜，不惜一切代价，让舒蕾的堆码、灯箱、POP 海报占据卖场最显眼的位置。同时还组建销售小分队，随时为居民区的杂货店、小超市、发廊补货。据悉，目前舒蕾的网络已遍及全国 30 多个城市，几乎每个二级、三级市场都有舒蕾的红色身影。而这种代价也不菲，舒蕾一次大型推广会的费用就高达 500 万元，从现在舒蕾坐上洗发水市场第二把交椅的奇迹来看，这种投入也正如丝宝人自己所说的那样是值得的，也是必需的。

1. 贴近竞争对手，实施终端压制

广告是营销中的一个重要因素，电视广告在洗发水行业的作用更是居功至伟。宝洁公司花了一大笔咨询费，从世界营销战略大师杰克·特劳特中得到的建议就是：把资金集中在电视广告投放上。所以大规模的空中轰炸大多是由宝洁发起的。成为领导者后，宝洁更是大规模运用电视广告，在竞争中筑起一道强大的堡垒。这是宝洁公司一直以来领先的秘诀，也成了洗发水厂商模仿的入市模式：一般的洗发水厂商都是先用广告拉动，打响知名度后，再找经销商和代理商，铺垫渠道，达到产品上市的目的。

然而，对于初上市的舒蕾而言，对手是占据了中国洗发水市场半壁江山的宝洁、联合利华等，异常强大。无论从资源、实力还是市场地位上舒蕾都毫无优势可言。如果盲目地打广告、搞营销战，只能和百年润发一样被逼进死角。因此舒蕾只能集中精力发掘对手的脆弱之处，将自己的全部进攻力量集中于该点，才能克敌制胜。所以舒蕾没有像一般品牌推广一样从广告做起，他们选择了终端战役。宝洁、联合利华品牌推广注重实行"高端轰炸"，期望通过广告将人流吸引到终端卖场其产品的柜前。舒蕾看中了那些强大对手带来的丰盛的客流，在各卖场紧靠竞争对手，争取与竞争对手拥有相仿甚至更多的陈列空间，以期最大限度地发挥终端沟通优势，促进购买竞争品牌的消费者转而购买自己的品牌，提升自我品牌价值的同时也遏制了竞争对手。

在舒蕾的精心策划下，曾出现过这样的情况：在某些超市，品种齐全的宝洁公司系列洗护产品集中在一两个货架上且偏于一隅；而品牌集中、品类单一的舒蕾洗发水却阔阔气气地占据了三四个货架，抢尽了风头。舒蕾就是用这种终端战略，抢占了宝洁、联合利华等大品牌的不少市场份额而逐步成长壮大的。

2. 打造声势，吸引终端卖场的眼球

通过紧贴竞争对手的竞争策略，大量的客流涌到舒蕾的柜前。然而，怎样吸引住顾客的注意力，让他们乐得看、愿意买舒蕾的产品，又成了舒蕾终端卖场急需解决的问题。上市之初，舒蕾没有强大的广告支持，也没什么名气，只能通过打造卖场声势来留住顾客。

首先，舒蕾会确定最佳卖场寻找客源。这样做的好处在于客流量最大的地方可以吸引人气，便于活动开展，同时最佳卖场的销售额相对也是最多的，对争夺市场份额也非常重要。接着，舒蕾制造宏大气势吸引顾客。舒蕾曾在武汉某超市卖场促销，店面周围有几十条舒蕾的广告旗帜，广场上还悬挂两条横幅，超市的主楼墙体上贴满了舒蕾的 POP 广告，超市主通道上立有几个舒蕾产品的大堆头。进入主卖场，消费者第一感受就是来到了一片红色海洋中，整个卖场的布置错落有致，极具震撼力，给顾客留下了深刻的印象。最后，舒蕾用简明生动的卖场信息留住顾客。舒蕾的终端卖场的传播原则是：传达越少，消费者接受的越多。的确，现在的广告信息太多，消费者乐于接受的是简单明了的信息。舒蕾在终端卖场总是力求清楚简明，不论是产品包装、店头宣传还是店内陈列都令消费者一望便知，不仅便于消费者的品牌识别，也方便了消费者的购买。这一方面增加了销售量，同时也有效地传播了品牌知名度。

3. 独特的终端促销策略

舒蕾的销售是从卖场终端做起的，打破了洗发水一贯的高端轰炸的游戏规则，不在广告、派发方面比拼，省下这些费用，用于终端卖场促销上。

舒蕾首先在终端卖场实施人海战术，安排了很多促销、导购人员，让舒蕾有更多的机会与消费者接触，吸引顾客的注意力。进而凭借舒蕾优良的品质，让消费者对产品产生了需求，成为忠实的顾客。最后以这种终端力量拉动上级的渠道去销售舒蕾的产品，很快就产生铺天盖地的影响力。并且，舒蕾的促销人员很专业，这些促销人员都要经过专门的培训，对产品知识了如指掌，可以随时为消费者解惑，而且一个区域里还有一名组长负责巡视不同的卖场，检查促销人员的工作。这些促销人员向消费者解说有以下几个步骤：一是请看，二是请听，三是请试，四是请买，实际上到了最后一个步骤，消费者已经在这种强大的攻势下乖乖掏腰包了。

其次，舒蕾的终端促销很有竞争力：(1) 舒蕾的促销产品丰富且不断更新。虽然和舒蕾一样做终端的厂家也不少，但很多不如舒蕾见效，原因就在于这些厂家还固守在老一套的买一送一模式。而舒蕾除了买一送一，还配了很多新奇的赠品，像便携式吹风机、打火机、雨伞、迷你小风扇……花样翻新的促销品自然吸引了消费者的目光，又买又送让双方皆大欢喜。(2) 舒蕾注重促销的点面结合。在大卖场，舒蕾经常利用节假日进行大规模的现场促销表演，有时装秀，有歌唱赛，中间再穿插与产品有关的有奖问答，热闹非凡，进一步地提高了产品的销售量。而一些空间比较小的卖场，舒蕾则紧紧守住店门口，进行小规模的促销。这样做，不放过每一个卖场，消费者就被包围在一片红色海洋中。

最后，舒蕾采用终端对抗促销，以巩固终端。终端对抗促销是集中体现在快速消费品行业的一种针对行业竞品的促销策略，其特点是：反应迅速，对手一露头就立即先发制人，进行对抗促销。舒蕾被誉为是竞争对抗性促销策略的专家。舒蕾的终端促销原则是：对手不促销，自己常促销；对手小促销，自己大促销；在终端卖场促销舒蕾的活动不断，时间上与竞争对手一致，促销方式多种多样，如赠品促销、人员促销、节日促销、联合促销等，不断带给消费者惊喜，加强舒蕾"永远给顾客以真正价值"的形象。舒蕾的这种终端促销策略，使得舒蕾品牌"遇弱则强，遇强愈强"，产生了极大的市场促销竞争威慑力。

三、丝宝集团终端运作的套路

终端市场历来是商家们拼抢得最激烈的地方。为了抢滩终端，各企业军团无不是想破脑袋，费尽思量。那么决胜终端的关键点何在呢？丝宝运作舒蕾终端的套路或许对大家能有所启示。

1. 以渠道扁平化来运作市场，提高"市场单产量"

丝宝集团在各地设立分公司、联络处，对主要的零售点实现直接供货与管理，从而建立起强有力的由厂商控制的垂直营销系统。同时由厂家直接作市场推广，实行适当的人海战术，以赠品促销、人员促销、活动促销、联合促销的营销手段来与消费者沟通。丝宝的营销触角已延伸到三线城市，甚至是大型乡镇，依靠企业自身的营销队伍对市场进行精耕细作，提高"市场单产量"，实行盈利拓展。中国的人力成本低以及市场特性决定了企业利用终端人员的"口"这一媒体的可行性，这是效果最显著、见效最快、最容易核算成本、操作最简单的媒体之一。

2. 促销营销

丝宝成立了舒蕾的促销突击队，对各小型区域市场轮流促销，以促销、人员推广来和消费者直接互动沟通。中国中小城市的消费者对以促销人员为媒介的互动式沟通很容易接受，对洗发水这样的快速消费品而言，没有比直接的促销推广更能立即促成购买行为的了。有些业内人士认为，丝宝是目前中国运用促销最频繁、规模最大、档次最高、气势最大、覆盖范围最广的企业之一。

3. 营销费用支出中终端占绝对大头

丝宝的营销费用支出中终端占绝对大头。丝宝的营销实践是对快速消费品而言终端占80%，广告占20%，并根据产品特性、市场成熟程度、企业营销模式等而有所变化。

4. 赠品促销

丝宝通过不断创新的赠品来打动消费者，中国的消费者(尤其是中小型城市的)在接受产品的正常零售价时，如果有一点赠品，基本上就可以瓦解其对竞品的忠诚度，也就是"降价二分钱，瓦解一切忠诚度"。

5. 终端主动拦截消费者

终端已成为日用消费品最重要的营销战略性资源，你抢占了终端，竞争产品就少了相应的空间。企业抢占终端资源的多少，基本上就决定了其销量的多少。

(资料来源：万后芬，等. 市场营销教学案例. 北京：高等教育出版社，2003)

2. 如何进行终端建设

终端建设可以从以下几个方面入手：

1) 产品包装

包装是吸引消费者注意、刺激随机购买的有力法宝。在包装方面，企业需要注意的是，不要片面追求新奇，还要考虑包装的目的、产品的特点、购买对象、顾客购买产品的目的、竞争产品的包装等因素，在综合这些因素的基础上作出包装决策。

2) 陈列

一个产品如果陈列得不好，就可能使一个本来很有前途的产品萎缩在某个角落蒙灰，给销售带来极大影响。因此，陈列正日益受到广大企业的重视，厂商之间为争取到一个好的陈列位置使尽了浑身解数。

在便利店、杂货铺等传统小店与在超市中，因一些不同的具体情况，最容易引起顾客注意的陈列点也有所不同。

在传统小店里，最佳陈列点是：柜台后面与视线等高的位置；中靠左的货架位置；靠收银台的位置；离老板最近的位置；柜台上的展示位置。

在超市里，最佳陈列点是：与目标消费者视线等高的货架；人流量最大的通道，尤其是多人流通道的左边货架位置，因为人有先左视后右视的习惯；货架两端或靠墙货架的转角处；有出纳通道的入口处与出口处；靠近大品牌、名品牌的位置；改横向陈列为纵向陈列，因为人的纵向视野大于横向视野。

3) 理货

随着终端竞争的激烈、市场的瞬息万变以及知名品牌的示范效应，越来越多的企业认识到理货的重要性。但是，相对来说，理货仍然是许多企业终端建设中的薄弱环节。正确的理货应做到：

(1) 随时注意检查生产和保质日期，并注意保持上架产品的整洁有序。

(2) 对需要规范陈列的产品，应留出些空隙，以方便消费者拿取并给人销售情况较好的感觉。

(3) 在布场秩序变换较少的超市等卖场，要争取每半年左右变动一次位置，以避免陈旧呆板，而给人耳目一新的感觉，以增加和刺激消费。但是，这需要考虑老顾客的卖场购买习惯。

(4) 充分利用促销宣传品来吸引消费。

(5) 要为理货人员或负有理货责任的销售人员进行理货知识的培训，让他们认识到理货的重要性，并增加协助，搞好与卖场的关系，进行竞争产品调查和消费动态调查，及时补货和进行补货信息反馈。

(6) 要为理货人员或负有理货责任的销售人员制定量化的终端卖场回访及理货指标，并以相关激励及制约机制进行考核。

4) 终端宣传

目前的终端竞争，最直接的表现就是不断互相覆盖的海报、各式灯箱、店招、特色货架等终端宣传物的竞争。但是，如果细心观察就会发现，终端的许多宣传却大都成了为宣传而宣传的摆设品，并没有和销售真正地互动起来。这其中的主要原因，当然就是终端宣传未与消费者形成真正的互动沟通。为了改变这种状况，企业应将终端"改头换面"成自己的"连锁专营店"，使之大力推荐本企业的产品；用终端宣传物与消费者形成真正的互动沟通；巧妙利用音乐促进终端销售业绩。

5) 人

这里的人主要是指营业推介人员(包括终端直销人员)，他们是最重要的终端资源之一，他们素质的高低直接关系到终端导购竞争力的强弱和销售业绩的高低。因此，除了强调其礼仪、仪表之外，还需要对他们进行包括产品专业知识在内的系统培训，使他们不仅能辨别消费者性格倾向，并有针对性地出击，而且能及时识别和把握成交信号，提高营业成交率和成交量。除了培训之外，还应为营业推介人员制定合理的激励机制。

案例一

承德露露外包上海市场终端物流

"当时，我们是肩扛手抬，用几辆车在全上海跑来跑去地送货！"现在已经是承德露露股份(0848)华东区客户总监的牛占林对从 1997 年在上海做销售的过程历历在目。2003 年 6

月 13 日晚，牛占林向记者讲述他以前销售杏仁露的方式。

从 1997 年露露上市，牛占林在上海"跑"了近 6 年。虽然还是做销售，但从去年开始，牛占林和他的伙伴们奔跑的方式已大不一样——借助第三方专业物流和对终端销售模式的整合，他们在今年可能将彻底改变以往的销售模式。

一、虽分江而不治

"我们南北方市场差别太大！"牛占林当初到上海时怎么也没有想到上海市场的艰巨性。北方市场显然具有地域和时间上的优势，露露杏仁果汁饮料在长江地区以北的销售远远高于长江以南。2002 年，露露主业销售额达到 14 亿元，但人口众多的华东地区的销售额还不到 3000 万元。

露露在南北市场的表现不同，采取的销售模式也不同。在长江以北大部分地区采用代理制销售，在长江以南地区从 1997 年就一直采取面向终端的直销方式，"这是产品的适应性问题造成的结果"，露露华东区的一位销售人员说。

"量小而且分散"，牛占林这样概括上海市场的特点，"只有增加人手来应付"。他说，当时露露上海分公司的销售人员少的时候有 70 多个人，多的时候一度达到一二百人。人数的增多，不仅没有带来销售的同比增长，运营成本却大大攀升了。

"当时卖出的饮料货款与我们的运营成本相当"，牛占林说。换言之，露露自从进入上海市场就一直处于亏损状态。

在牛占林和他的同事们异常辛苦的奔跑中，情况逐渐得到改观，到 2002 年年初的时候，露露的身影在上海各大卖场和超市经常出现了。

无论从哪方面看，上海都是果汁饮料厂商搏杀的战场。根据食品商情的调查信息显示，上海、北京饮用果汁的人数最多，分别占调查总数的 20% 和 15%，这与两城市的人口基数大和居民文化结构高有密切关系。在上海，喝过果汁饮料的家庭中，重度消费(即一周饮用三次或以上)家庭占总数的 11%。与此同时，上海密集的便利店也是众厂商全力争夺的阵地。目前，上海便利店的数量就已超过了 4000 家，有估计说到 2007 年上海便利店的数量将发展到到 6000 家。

"天使和魔鬼都蕴藏在细节当中"，牛占林清楚，作为以生产天然饮料为主业的露露集团而言，能否取胜决定于对终端的把握程度。

二、系统整合物流和终端

万向加盟露露被业内认为是露露南方市场现状改观的开始。深圳万向持有露露公司26% 的股份，为露露集团的第二大股东。据未经证实的消息称，来自浙江的鲁冠球希望露露能够打开南方市场，并以此作为增资的条件。可以体现万向对露露影响力的一个佐证是，有关露露受让四川交大创新的举动，被业内人士分析为万向在承德露露的操作。

"当时最简单的想法是降低运输成本，提高效率"，牛占林说，他于 2002 年首先把配送外包给一家物流公司。第一次的物流尝试，初步使得牛占林从"走街串巷"中脱离出来。但牛占林的身体轻松了没多久，心累加剧，"配送只是解决了一部分问题"。

送货不及时，回单的拖拉，使牛占林忍无可忍，成立不久的东途物流公司进入了他的视野，"我和李聪对于物流、销售的思路非常一致"。

李聪是东途物流公司的总经理，此前任乐百氏上海分公司总经理。十多年的快速消费品销售经验使他一下子把住了牛占林的脉。完善的物流和终端解决方案以及强力的执行，使得双方一拍即合——东途接手露露华东区配送业务，并提供销售网络支持。

"物流配送和终端管理是一个整体的系统，需要巧妙配合"，李聪对物流和终端管理的一些弊端有切肤之痛。根据牛占林和李聪的计划，"终端网络管理系统的运用使得露露能够随时掌握到门店的实际需求，同时保证了门店产品结构的合理搭配，在保障门店不断货的同时提高订单的准时交付率"。

高的交付率关键在于终端网络管理系统，该系统分两大模块——门店管理系统和货物配送系统。目前，牛占林的终端信息还是靠自己的业务员手工操作，层层上报，流程是业务员——理货员——促销员——导购员。

但李聪提供的是一揽子解决方案。露露接收到的订单可以直接到达东途的数据处理中心，数据库经过分析后自动生成东途自己的模块配送单，送货员就根据配送单到东途的仓库里提取露露产品，并根据系统数据库里事先确定好的路线将杏仁露送到终端卖店。

与物流处理系统相比，李聪认为门店管理系统与物流系统的配合可以解决目前终端管理的问题。"管理的中心是门店"，李聪说，他把上海所有的卖场、便利店的相关信息统统输入系统，经过处理后分类为重要门店和一般门店，并在上海全市划分为26个片区，每个片区由网络主管负责，并下属3~4个理货员。理货员把每个店里的东途配送的商品的进店时间、库存、陈列、货架、订单等填入格式固定的表格——很多商品只是填入货品代码就可以了，及时汇总到设立在东途的数据处理中心。据此，数据处理中心根据所有的信息分析出每一种商品当天的订货和销售情况，并根据不同门店的销售状况及时地在系统当中生成调整配送路线的模块。当配送单打出的时候，路线调整方案也同时在旁边注明了。

"这套系统对理货员的考核是效率、产品达勤率、铺货率和陈列面"，李聪说，经过系统处理分析的这些终端情况，将会产生某种商品的终端报告，及时提供给露露，以便露露调整生产，避免积压和产量不足。

"如果我们能准确掌握客户终端销售的表现情况，我们也能更好地调动资源。"牛占林说这样做的直接好处是加快了货物周转速度，降低了存货，更重要的是"我们可以腾出更多时间和精力放在策划活动进行市场开拓上面"。

三、变革终端模式

新的物流和终端模式启用不久，露露得到的好处已经体现出来了。通常，露露货柜到达上海港口后通常要滞留7~10天，而现在只需要3~5天就可进入到正常的配送流程。因为数据的及时和准确，露露调整了与门店的订货频率，订单准时交货率达100%。尤其令露露欣喜的是，露露在终端的销售周期也缩短了5~10天左右。

"至于与其他饮料厂商的配送模式相比，我们更关注信息的及时变化和对变化信息的分析，而其他的厂商则重在量。"李聪和牛占林认为，在现在不少便利店经营堪忧的情况下，有门店管理系统的支持，将更有利于销售和商品的市场拓展。

据称，上海虽然便利店数量众多，但大半便利店一直在亏损。据调查，在上海的10余家便利店公司中，能赢利的没有几家，甚至业内人士预言说，到2005年将会有一大批连锁便利店倒闭。

"我们实施门店管理系统对于便利店来说也是有好处的。"李聪说，因为有专业的理货员到一些门店进行陈列设计，在一定程度上会促进便利店经营的改善。

"华东是露露的第二战场，我们的相关市场战略正在制定当中，不便具体透露"，露露集团总部的一位先生对记者的问题避而不答。但一个显见的事实是，随着果汁饮料市场竞争的加剧，露露必然会加大对华东市场的渗透力度。

已经在上海市场试验的露露橙汁和布置愈加严密的销售通路，将挑战露露产品在南方市场的适应性难题。

(资料来源：重庆工商大学精品课程网，http://sc.ctbu.edu.cn/jpkc/case)

案例二

百威：占领高端市场 做透渠道深度分销

"我们一方面发展 AB 的产品，同时发展当地品牌介入主流市场。我们希望能够参与整个啤酒行业的整合，中国的啤酒市场离整合还差得远呢。"近日，美国安海斯—布希亚洲有限公司(Anheuser‑Busch，下称"AB")大中国区董事总经理程业仁接受《第一财经日报》独家专访时如是说。

AB 是世界最大啤酒酿造商之一，在全美拥有 50%的市场份额。目前，AB 在百威(武汉)国际啤酒有限公司、青岛啤酒股份有限公司及哈尔滨啤酒集团有限公司中的投资总额已达 14 多亿美元。

AB 在中国的发展路径，可以说是外资啤酒在中国市场最成功的发展模式之一。

上世纪 90 年代初，外资依靠品牌强攻中国失败后，第二轮外资啤酒杀入中国更多的是依靠资本。但在路径选择方面，各家企业却不尽相同。世界啤酒业老大英博是靠收购本土地方强势品牌完成的，并且分而治之，并没有急于打造一个全国品牌；SAB 则是选择了和华润合作，依靠 CRB 雪花完成在中国的扩张计划；三得利则采取了选择一个强势地区"安营扎寨"，并做深做透直至称王，其于 1996 年 8 月在上海正式上市后，目前在上海的占有率已经具有绝对优势。

AB 选择的是这样一种路径：占领高端市场，站稳脚跟后，再通过收购的方法向主流酒市场迈进。

1995 年，AB 收购武汉中德啤酒厂，中德啤酒厂是我国改革开放后较早成立的合资啤酒企业，在经历漫长的封闭之后，这家企业的很多"新鲜玩意"让中国啤酒企业大开眼界，诸如啤酒酿造竟然不添加甲醛的技术。在之后的几年内，单单依靠这个几经扩建的工厂，百威啤酒便成为中国高端啤酒市场上的领军品牌。

截至 2004 年底，百威武汉工厂的啤酒产量已达 270 万桶(318 000 吨)，百威还计划在 2005 年年底完成一项增产 70 万桶(40 万吨)的扩建工程。

程业仁认为，品质、品牌建设以及良好的销售渠道是百威成功的三个重要原因，而百威针对高端市场建立销售渠道一直被认为是外资啤酒的典范。

"高档啤酒的定位使得公司能突破低档啤酒销售半径 100～150 公里的限制。"程业仁表示，从武汉工厂到百威啤酒各个销售点的运费成本仅占其利润很小的一块。百威拥有一个庞大的专业营销队伍和遍布全国 40 多个主要市场的 130 多家独立经销商。对于所有经销商，百威都要求他们进行深度分销，即直接将产品销售到各个零售点。

"中国拥有全球销量最大、增长最迅速的啤酒市场，也是 AB 在美国以外最重要的市场"，程业仁对记者说。

AB 制定了两大相辅相成的目标：提升百威品牌在国际高级啤酒领域中的领先地位。同时在啤酒销量出色、利润增长看好的市场中，投资拥有畅销啤酒品牌的领先的地方啤酒酿造企业。AB 还认为，同其他国家相比，其上述增长战略在中国获得了更为成功的施展。

历经 10 多年的经营，AB 不仅确立了百威品牌在中国的卓著地位，更通过投资领先国内啤酒酿造企业，大举拓展在华业务。

对于如今的状况，"我们现在根本没有所谓的满不满意"。目前，全国还有 400 多家啤酒厂，中国最大的啤酒公司也不过占 10%左右的份额，"行业整合一定还会继续"。

"虽然现在我们在中国的情况不错，但对整个公司来说，算不上重头，但中国啤酒市场现在已经出量，下一步就要看产业怎么走。再把利润做起来，这样的话，中国啤酒市场就有爆发力了"，程业仁说。

程业仁还对记者说："根据我们全国范围的初步调查，大家对'哈啤'印象都很好，但是知名度不够。我们准备把'哈啤'从东北的品牌做成全国性的中高端品牌，目前还在筹备阶段，希望明年能够落实，我们会率先选择一个中高端市场比较大的地区，而不是两极分化的市场。"

(资料来源：第一财经日报，2005-10-27)

六、思考与练习

1. 问答题

(1) 影响分销渠道设计的因素有哪些？

(2) 简述渠道冲突的类型及解决办法。

(3) 经销商与代理商有何区别？

(4) 中间商的激励措施主要有哪些？

2. 案例讨论

"农村包围城市"——波导的渠道策略

在渠道策略上，波导不是选择在大中城市与实力强大的"洋品牌"正面抗衡，而是把目光转向中小型城市和小城镇，甚至乡村，避实就虚，充分体现了"农村包围城市"的战略思想。

在渠道设计上，波导放弃了"洋品牌"普遍采用的代理分销制，采取了"自主通路"的策略，自己组建销售公司，搭建以自己"子弟兵"为主体的销售服务网络，避开大城市，专攻被"洋品牌"忽略或无暇顾及的市级城市、内地城市及城镇。

经过一年多时间的努力，波导成立了 28 家省级销售公司、300 多个地市级办事处，把销售服务网络延伸到乡镇，发展起 5000 多人的营销服务队伍，拥有 5 万个零售终端，号称"中国手机第一网"。

波导自己的销售人员直接到店面进行服务和促销，直接与消费者接触，服务店面，贴近用户。波导采取这种方式建立的营销服务网络，比"洋品牌"的层层代理制具有更大的营销和服务优势：它减少了中间费用，使最终零售价相对下降；厂家直接到店面服务，更贴近用户，避免了"洋品牌"通过代理商服务不到位的现象；掌握了销售通路的主动权，销售、服务反应迅速；形成了以信息流、物流为核心的超高速市场反应体系；信息传递畅通，终端信息处理可当天完成，产品可在 5 天时间内完成全国终端分销。

后来的事实证明，这个庞大的销售网的建成，使波导在与"洋品牌"抢占市场份额的过程中取得了主动。波导去年销售手机 282 万台，应该说，波导独特的销售体系立下了汗马功劳。

波导认为，一方面要依靠销售渠道去做"硬推销"，另一方面必须依靠渠道的"增值能力"——售后服务去做"软推销"。为此，波导去年投入近亿元打造"服务品牌"，并为此专门购买了 200 多辆依维柯"流动服务车"，分派至各地的顾客服务中心，仅这一项开支就达 3000 多万元。

经过近三年的渠道耕耘，波导在中国手机市场逐渐形成了以其为代表的国产手机渠道攻势圈，迅速占领了二三级城市，继而向中心城市挺进，波导手机在悄然间形成了对"洋品牌"的包围之势。相信国产手机对"洋"手机的总攻指日可待。

(资料来源：李海龙."探花"的智慧——全面解析"波导现象".中国营销传播网，2003-03-21)

问题：分析波导手机分销渠道的优缺点，并提出相应的建议。

3. 课后练习

调查了解"娃哈哈"的渠道模式和渠道的管理政策，分析其优缺点。

模块四　制定促销策略

一、教学目标

最终目标： 能根据产品定位确定广告宣传主题，制定广告媒体计划；能设计一份有效的营业推广方案；能模拟进行人员推销活动；能为企业设计公关推广方案。

促成目标：

(1) 知道促销的主要方式；

(2) 熟悉广告主题的诉求内容、诉求方式、各类广告媒体的特点及收费情况；

(3) 熟悉广告媒体组合，确定广告传播的媒介；

(4) 熟悉营业推广方案的整体架构；

(5) 熟悉人员推销的基本步骤；

(6) 熟悉公关方案的基本架构。

二、模块任务要求

广告主题的确定要符合产品定位和消费者的心理；营业推广方案的制定要有效并注意成本，方案需符合格式要求；能创造情境来模拟推销或进行实地推销活动；公关方案的设计须有新意并考虑成本。

三、示范案例

新西兰奇异果：广告主题的确定

近年来，新西兰奇异果出品局(New Zealand Kiwifruit Authority，NZKA)面临了一系列有趣且富有挑战性的行销问题。奇异果曾一度是新西兰的主要出口产品，同时由于新西兰是世界上唯一商用奇异果的产地，所以市场需求不断增长。NZKA 利用这一优势，使产品价格稳定上扬，赢得了世界唯一供应"健康、美味、多姿多彩的奇异果"的美誉。然而，最近市场状况发生了变化，NZKA 不得不重新考虑其行销策略，以推出新的策略来对付极具侵略性的竞争者。

一、背景材料

奇异果是新西兰的一种奇异娇小且多毛的莓果，由于外形奇异，味道鲜美，因此广受世界各地人们的喜爱。1952 年之前，它还只是新西兰的特产，仅限于当地消费。直到 1952 年，新西兰联合果农中心为了试探奇异果在英国的市场，决定在输送柠檬出口的同时附送 20 箱奇异果，不料立即在英国市场上引起了回响，在第二季度就有 1500 箱 20 磅装的奇异果订单。同时，在澳洲市场的试销中也反应良好，很快就销出 1000 箱。此举成功，为新西兰奇异果的出口开了先河。自此以后的几十年间，其出口量每年都巨幅增长，及至 1987 年，出口量 4600 万箱，为新西兰赚取了大量外汇。

奇异果(Kiwifruit)之称始自 1959 年，Kiwi 一语指新西兰人，因此一提到奇异果，人们自然联想到新西兰。

二、品牌策略

大部分的新鲜水果及蔬菜都不标品牌，然而有些水果品牌非常成功，如 Sunkist、Dole、DelMonte 以及 Chiquita 等都是常做广告的产品，一般大众对它们也都耳熟能详。新西兰的奇异果则采取其生产地新西兰(Kiwi)为奇异果的品牌名称。

三、广告促销

为了开发奇异果的市场，"促销"所扮演的角色十分重要。多年来 NZKA 曾运用多种促销手段来推广奇异果。例如：他们密切地与各大杂志食品编辑合作，经常提供有关奇异果的食用资料在杂志上发表；也与国外广告公司市场调查单位保持密切联系；利用贸易周刊、POP、赠品活动以及广告，刺激大众对奇异果的兴趣。其中最重要的一项，就是店面的广告活动。例如塔基州路易市所作的调查显示，在商店内播放 POP 录像带一周，可使奇异果的购买率显著增加，其他的促销方式也很有效(见表 4.4)，尤其店内现场示范，介绍两天可使销售量比平时增加 680%。

表 4.4　不同促销方式的销售增长率

促销手段	销售增长/%(比平时增加比率)
小范围陈列	25
大范围陈列	60
紧挨草莓陈列	135
降价	230
降价加广告	280
大范围陈列、降价加广告	470
店内现场示范两天	680

NZKA 最大的促销活动就是不惜投资广告,从 1970 年到 1980 年,广告费用增加了 86 倍,到 1988 年,共增加 2000 多倍(见表 4.5)。NZKA 经由内销业者批发商以及零售商的经费支持,在世界各地以印刷媒体、电波媒体和户外媒体等各种传播渠道,大力宣传其产品。

表 4.5　　新西兰奇异果的促销费用(1970～1988 年)

年　度	新西兰元/NZ$	年　度	新西兰元/NZ$
1970	10 411	1980	865 504
1971	13 885	1981	1 085 862
1972	19531	1982	1 721 686
1973	26 283	1983	1 856 670
1975	82 680	1984	3 274 766
1976	115 966	1985	4 035 447
1977	177 498	1986	11 956 662
1978	320 806	1987	15 770 398
1979	386 453	1988	22 736 359

目前,新西兰奇异果所面临的市场环境发生了变化。其他国家的制造商也开始生产奇异果,并开始开拓其国外市场,新西兰已不是奇异果的唯一供应国。同时,其他国家的产品品质也十分卓越,NZKA 面临着极大的压力。尽管新西兰奇异果的市场开拓颇有成就,但 NZKA 为迎接新的竞争者的挑战,必须调整其促销战略,尤其是作为促销主要手段的广告策略。

案例启示:

NZKA 根据目前的市场环境,基本确定了三个广告主题,并分析了各自的优缺点:

A 主题: 请购买新西兰奇异果,因为它健康、营养且美味!

"Buy NZ kiwifruit because it is healthy, nutritious and tasty."

赞成此主题者认为: 这是 NZKA 历年来一直强调的主题,着重水果的主要成分。经研究结果显示,大部分享用奇异果的消费者,主要目的是用其取代一些较不营养或较不健康的食品。

反对此主题者认为: 鉴于市场竞争日益激烈,NZKA 不应仍然以一般性的介绍做广告,这样既难以与竞争者的产品有所区别,甚至竞争对手也会因 NZKA 广泛性的教育广告而获利。他们主张专为新西兰奇异果设计有针对性的广告。

B 主题: 请购买新西兰奇异果,因为它是原产地的奇异果,它来自那个美丽迷人的国家。

"Buy NZ kiwifruit because it is the original kiwifruit and it comes from a beautiful, charming country."

赞成此主题者认为: 该主题能让消费者联想起奇异果的故乡——一般大众都拥有美好印象的新西兰,那原始的乐园,那健康、热情的新西兰人。这是一个促销新西兰奇异果最简单又特殊的方法。根据调查显示,新西兰一直是许多国外消费者向往观光的地方,而更重要的是一般人们见到奇异果就会自然而然地联想到新西兰,尽管现在奇异果并非新西兰所专有。

反对此主题者认为：奇异果的产地不仅有新西兰，而且有意大利、智利以及美国等。其他国家的奇异果也可运用同样的手法来介绍各地不同的风光并引起联想，因此不能达到新西兰奇异果异军突起的目的。

C 主题：请购买新西兰奇异果，因为它具有独特的个性。

"Buy NZ kiwifruit because it is a distinctive personality."

分析：有些 NZKA 会员认为此广告成功的关键在于利用著名有个性的人物作象征，利用某家喻户晓的运动明星或卡通人物代表产品。例如卖豆子罐头的绿巨人、代表鲔鱼的查理以及面粉及其产品的面团人等，主要是用产品发言人及其代表人物来代表产品的特殊性质。

在讨论会议过程中，C 主题引起了极大的争议，主要有以下两点：

1. 利用名人做广告极具冒险性。运动明星或演艺名人常因某突发性因素极易失去吸引力，这对产品形象损害极大。

2. 利用人物树立产品形象，并非一蹴可及，不但费时，而且花费不低，甚至需要 10 年或更长时间及大笔的广告费用才能小有成就。持此种观点者怀疑在市场竞争如此激烈的情况下，新西兰奇异果没有足够的时间和金钱耗费在树立产品形象上。

（资料来源：徐盈群. 市场营销学. http://jpkc.zjbti.net.cn/scyxx/ksal11.htm）

四、活动设计

(1) 为自己的网店或某网店设计平面广告方案。

(2) 选择某一快速消费品，运用所学的 SP 工具设计具体的 SP 方案，包括设计所需的 POP 草案(含图文)。

SP 方案的主要内容包括：活动目的、活动对象、活动主题、活动方式、活动时间和地点、广告配合方式、前期准备、中期操作、后期延续、费用预算、意外防范、效果预估。

(3) 为指定的产品在校园进行实地推销，并由教师评估推销效果。

(4) 为指定公司设计一份周年庆典活动。

五、理论知识

促销策略是营销组合策略之一，也是营销组合策略中的重要内容。

良好的产品品质、完美的包装、适当的定价和顺畅的渠道并不能保证顾客自然而然会购买企业的产品。因为在商品品种繁多、竞争激烈的市场条件下，产品再好，如果不为顾客所知，也很难形成销售。因此，企业在制定了产品、价格和渠道策略之后，还需要运用各种传播方式和手段，将企业的产品信息准确、及时地传递给目标顾客，并采用恰当的促销手段激发消费者的购买欲望，促进其购买行为，只有这样才能实现最终销售。这些就是促销策略需要解决的问题。

(一) 促销策略概述

1. 促销基本策略——推式促销策略和拉式促销策略

促销基本策略有推式策略和拉式策略两种。图 4.8 对这两种策略进行了比较。

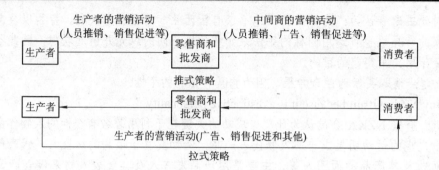

图 4.8　推式策略和拉式策略的比较

这两种策略所侧重的促销工具不同。推式策略是指生产者把产品"推"进分销渠道，再到达最终顾客。具体地讲，生产者让自己的营销活动(主要是人员推销和渠道促销)针对渠道成员，使它们在其商店中销售这种产品，并向最终消费者开展促销活动。拉式策略是指生产者让营销活动(主要是广告和消费者促销)针对最终消费者，使他们购买公司的这种产品，如果这种策略成功，消费者会向渠道成员购买这种产品，于是渠道成员会向生产者订购这种产品。因此，在拉式策略中，是消费者把产品"拉"进渠道。

企业特性、产品特性以及市场特性不同，则选择的基本促销策略也应不同。一些小型的生产工业品的企业往往只采用推式策略；一些直销公司只采用拉式策略。然而，大多数企业会同时采用这两种策略，只不过在组合方式上有所不同。比如，清华同方用广告去"拉"自己的产品，同时用销售人员和展销会等来"推"自己的产品。最近几年，生产消费品的企业逐渐减少了"推"的比重，而加大了"拉"的比重。

企业在制定促销策略时要考虑很多因素，包括产品的类型、市场的类型和产品在生命周期中所处的阶段等。比如，消费品和工业品应采用不同的促销工具：对于消费品拉式策略用得多一点，因此，企业把更多的促销资金投到广告上，其次是销售促进、人员推销和公共关系；而对工业品的营销则倾向于推式策略，因此，企业把更多的促销资金投向人员推销，其次是销售促进、广告和公共关系。总体上来看，人员推销更适用于价格贵和风险大的产品，以及顾客数量少而购买量大的市场。

"霞飞"化妆品的促销策略

上海霞飞化妆品厂(霞飞厂)针对促销对象，设计了两种类型的促销组合：(1) 以最终消费者为对象的促销组合。基本策略是：以塑造产品形象为目标的广告宣传活动，并辅之以一定的零售点营业推广活动。(2) 以中间商为对象的促销组合。基本策略是：以人员促销为主导要素，配合以交易折扣和耗资巨大的年度订货会为主要特征的营业推广活动。

霞飞厂在制定两种促销组合策略的基础上，对促销组合的几个方面都做了十分广泛而深入的工作。在广告方面，广告策划历年由厂长亲自决策。(1) 广告费投入十分庞大，1991年为 2400 万元，占当年产值的 6%。(2) 广告内容的制作，除聘请著名影星参与外，还把强化企业整体形象作为重点，播映一部以"旭日东升"为主题的电视广告片，同时利用中国驰名商标的优势，强调"国货精品"、"中华美容之娇"的品质。(3) 在广告媒体的选择方面，因其目标市场是国内广大中低收入水平的消费者，而电视在他们日常生活中占有重要地位，因而把 70%的费用用于电视广告，20%的费用用于制作各种形式的城市商业广告和霓虹灯、广告牌，其余10%的费用用于其他形式的广告媒体。

在人员推销方面，全厂产品的销售任务由销售科全面负责，该科建制占全厂总人数的1/10。推销人员实行合同制，每年同厂方签订为期一年的合同。

推销人员若不能完成销售指标，第二年即不续签。推销人员的报酬实行包干制，无固定月薪收入，按销售实到货款提取0.5%的费用。推销人员工作实行地区负责制，每一省区配1至3名推销人员。此外，还派出营业员进驻全国各大百货商店的联销专柜，提高推销主动性。

在公共关系方面，每年大约投入120至150万元的公关费用，主要公关活动有：(1)召开新闻发布会。例如1990年在北京人民大会堂召开"霞飞走向世界"新闻发布会，会议地点本身就产生了不小的新闻效应。(2)举办和支持社会公益活动。如赞助"全国出租车优质服务竞赛"、上海"夜间应急电话网络"，特别是针对女性对文艺活动的偏好等特点，赞助华东地区越剧大奖赛。

在营业推广方面，霞飞厂对零售环节采取了一些常规性的推广活动，创新不大，对批发环节则集中了主要精力，主要包括两类手段：(1)经常性手段，如交易折扣、促销津贴等。(2)即时性手段，每年都举办隆重的订货会，既显示企业强大的实力，同时又进行感情投资，融洽工商关系。

(资料来源：中国经典营销案例库)

2. 常用的促销工具——营销传播工具

现代企业要管理一个复杂的营销传播系统。企业要与自己的中间商(包括批发商和零售商)、顾客和各种社会公众团体进行沟通，中间商也要与他们自己的顾客以及社会公众进行沟通，顾客和顾客之间也通过口碑相传进行沟通，除此之外，顾客还与其他社会公众进行沟通。

常见的促销工具(也叫营销传播工具)主要包括五种：

(1)广告：由明确的主办人发起的任何付费的、非人员亲自作出的对创意、商品或服务的述说和促进活动，包括电视广告、报纸广告、广播广告和广告牌广告等形式。

(2)人员推销：企业的销售人员亲自作出的对企业产品的述说，其目的是达成销售和建立顾客关系，包括销售解说、展览会等形式。

(3)销售促进：短期的激励手段，以鼓励顾客购买某种产品或服务，包括在销售地点进行的产品展示、折扣、优惠券和产品演示等。

(4)公共关系：通过建立一个良好的声誉、公众形象以及有效处理可能会影响企业形象和知名度的事件和流言等，与社会公众建立良好的关系，包括演讲、新闻、特殊事件等。

(5)直销：通过邮件、电话、传真、电子邮件和其他非人员途径与仔细选择的目标市场直接沟通，以获得即刻的响应。

这五种促销工具综合起来就是促销组合工具。随着科学技术的进步，今天，人们不但可以通过传统的传播媒介进行沟通，而且还可以通过新的媒介进行沟通。新技术激励着越来越多的企业从原来的大众化传播，转向现在的对目标市场的更有针对性的传播乃至一对一的传播。

这里需要指出的是，促销手段其实远远不止这五种，产品的设计、价格、形状、包装的颜色、销售产品的商店和商品的陈列等都向顾客传递信息，都会刺激顾客的购买欲望。因此，虽然促销组合工具是企业主要的促销手段，但整个营销组合策略必须协调一致，以达到最佳的传播效果。

3. 促销决策的影响因素

企业在制定促销策略时，需要考虑的因素主要有以下五个：

1) 产品类型

产品类型不同，各促销工具的相对重要性也就不同。一般来说，如果产品复杂、单位价值高、购买决策风险高、购买者比较集中，则较多地使用人员推销；如果产品价格较低、技术含量不高、购买者多而分散，则广告用得较多。

2) 促销目标

促销目标的不同影响促销工具的选择。不同的促销手段对实现同一促销目标的成本效益是大不相同的，因此，企业在进行促销决策的时候，不能不考虑促销活动拟达成的目标。

3) 促销基本策略

促销工具的选择和组合方式受企业促销基本策略的影响。比如，选择推式促销策略的企业往往较多地采用人员推销和对渠道成员的销售促进；而选择拉式促销策略的企业则较多地采用广告和对消费者的销售促进。

4) 顾客的购买准备阶段

对处在不同购买准备阶段的顾客，各促销工具对他们的作用不同，因此，各促销工具的成本效益也就不同。因此，为了制定有效的促销策略，企业要根据不同的顾客购买准备阶段，选择适当的促销工具或促销工具组合。

5) 产品在生命周期所处的阶段

促销工具的有效性还与产品在生命周期所处的不同阶段有关。在引入期，广告和公共关系对提高产品的知名度很有效，而销售促进对促进顾客更早地试用产品很有效。当企业希望某些商店销售本企业产品的时候，就需要人员推销。在成长期，广告和公共关系还很重要，而销售促进可以减少，因为这时对销售促进的需要不多。在成熟期，销售促进相对于广告而言又变得重要，因为顾客都已经知道了企业的产品，所以，这时候广告的功能只是提醒消费者不要忘了购买本企业的产品。在衰退期，广告也只起提醒作用，公共关系也减少，而销售人员也只给予产品有限的注意，但销售促进还要保持一定的强度。

4. 整合营销传播

营销方式从大众营销向目标市场营销转变，以及随之带来的更为丰富的传播渠道和促销工具组合，给市场营销者提出了一个很大的挑战：消费者从营销者那里接收到的促销信息更多了，但是消费者并不会像营销者那样去区分信息的不同传播渠道。对消费者来说，不同来源的促销信息，比如电视、杂志和网络，只在他们的心目中形成一个总体印象。不同促销方式，比如广告、人员推销、销售促进和公共关系，所传递的信息是关于一个企业或产品的总体信息的一部分，因此，各种来源的信息如果相互冲突，就会在消费者心目中形成一个混乱的企业形象和品牌定位。

在实际营销工作中，很多企业未能有效地整合各种促销工具，致使通过各种促销工具和传播渠道传递给顾客的信息相互冲突，混乱不堪：广告传递的是一种形象，包装和标签传递的是另一种形象，而企业的网页传递的形象又与以上的几种形象各不相同。

鉴于此，今天，越来越多的成功企业采用了整合营销传播这个理念。这种理念要求企业仔细协调和整合各种促销工具和传播渠道，以便向目标市场传递一个清晰、一致和强有力的关于企业和企业产品的信息。整合营销传播意味着企业的信息、定位、形象和身份通过各种营销传播工具传递给顾客的时候是协调一致的。企业的公关资料、广告、直销和网上销售所使用的资料有同样的"外观"，给顾客以同样的感受。

实践证明，整合营销传播能产生更加一致的传播效果，并能明显地促进销售。

(二) 广告决策

广告是最常用的促销工具之一。现在，全世界每年要花 4040 亿美元用于广告，其中美国公司占 1750 亿美元。宝洁公司是世界上广告支出最多的公司，1999 年花 51 亿美元用于广告。

营销管理者在制定广告策略的时候，要作出五项决策，如图 4.9 所示。

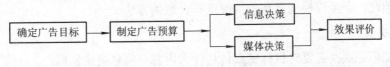

图 4.9 广告策略的制定过程

1. 确定广告目标

确定广告目标是制定广告策略的第一步。所谓广告目标就是在一定时期内需要完成的针对目标受众的特定传播任务。广告的目标必须根据目标市场、市场定位和营销组合策略诸要素来确定。

广告可以根据其主要目标分为四类：

(1) 告知类广告。这类广告大量用在新产品上市的时候，这时，广告的目标是让顾客知道产品的核心价值。比如，当索尼公司刚推出 DVD 的时候，要让顾客知道 DVD 的声音和图像等方面的性能对顾客的价值。

(2) 说服类广告。这类广告的目标是使顾客喜欢、相信和购买本企业的产品。当竞争开始变得激烈的时候，说服类广告就显得更为重要，这时企业的目标是让顾客早点购买本企业的产品。比如，当一部分顾客知道 DVD 的核心价值以后，索尼公司接下来的任务是让顾客相信以当前的价格购买这种产品是合算的。

(3) 提醒类广告。这类广告的目标是让消费者想着本企业的产品。对成熟期的产品来讲，提醒类广告显得较为重要。比如，可口可乐的广告主要就是这类广告，它不断提醒消费者不要忘了买可口可乐，而不是告知顾客喝可乐的好处或说服顾客买可乐是合算的，因为顾客早已知道这些了。

(4) 强化类广告。这类广告的目标是使现有的购买者相信他们购买这种产品的决策是正确的。这是因为，一些顾客买了某种产品之后，可能会产生后悔心理，因此，有必要进行强化。比如，汽车广告经常告诉顾客应该如何享用所购买的新汽车的一些特色。

2. 制定广告预算

确定了目标之后，企业下一步要为每种产品和每个市场制定广告预算。一般来说，确定促销预算的方式有四种：

(1) 承受能力法。顾名思义，这种方法根据企业的承受能力确定促销预算。小型企业经常采用这种方法，理由是它们不可能使自己的促销预算超出企业的承受能力。通常的做法是从总收入中扣除各项经营支出和费用，然后决定把一定比例的资金投向促销。

(2) 销售额百分比法。采用这种方法的企业把企业目前或预计的销售额乘以一定的百分比作为促销预算。有时，也以单位产品的销售价格乘以一个百分比作为促销预算。

(3) 同等竞争水平法。这种方法把促销预算确定在能与竞争对手相匹敌的水平上。为此，企业监视竞争对手的促销支出情况，或者估计行业平均促销支出水平，并以此为依据，把自己的促销预算定在行业平均水平上。

(4) 目标—任务法。企业根据促销要完成的任务确定促销预算。这种方法包括三个步骤：第一步，确定具体的促销目标；第二步，确定达成这些目标所需要完成的任务；第三步，估计完成这些任务所需要的费用。这些费用就是促销预算。

不管采用哪种方法，确定广告预算都不是一件容易的事，而且各种预算方法都有其优点和缺点，因此，企业应根据具体的情况选择合适的方法。

3. 信息决策

信息决策即企业决定要向目标受众传达什么内容。信息决策包括：

(1) 确定顾客利益。广告的目的是使消费者以一定的方式考虑或反应于企业或企业的产品，而人们只有在相信产品对他们有利的时候才会这样做。因此，开发一个有效的广告信息要从确定顾客利益开始，顾客利益是信息的核心内容。理想的情况是广告信息直接承接企业的产品定位战略。

(2) 确定诉求点。在确定顾客利益的基础上，企业要明确向顾客诉求什么，即诉求点。广告诉求点应该具备三个特征：首先，诉求点应该是有意义的——诉求点要指出顾客所期望的和感兴趣的利益；其次，诉求点应该是可信的——消费者相信产品或服务能带来企业所承诺的利益；最后，诉求点还应该是与众不同的——它们应该告诉顾客本企业的产品与竞争产品相比好在哪里。

(3) 创造性的表达方式。在确定诉求点的基础上，企业还要确定以什么方式生动地表达这些诉求点。这种表达方式是传递信息的载体，它可能是一句话、一个画面、一种声音或一个人，比如形象代言人。

不管广告的预算有多大，广告只有能吸引人们的注意力并具有良好的传播效果，才能算是成功的广告。在当前广告费用和广告密度日益上升的情况下，好的广告创意显得尤为重要。今天，大多数的电视观众看电视时手里都拿着遥控器，广告必须与众不同，而且要在 1 到 3 秒时间内抓住观众，否则，观众一按遥控器，广告马上就会消失。

4. 媒体决策

信息决策要表达什么，媒体决策则用什么媒体表达。媒体决策主要包括四个步骤：

(1) 确定接触面、接触频率和接触效果。企业要在明确广告目标的基础上，确定为达到目标所需要的接触面和接触频率。接触面是指在一定时期内，目标市场上有百分之几的顾客接触到这个广告。接触频率是指目标市场上的顾客平均每人接触广告的次数。此外，企业还要确定通过某一媒体传播信息要达到什么样的效果。

(2) 从不同类型的媒体中进行选择。企业要清楚几种主要媒体的接触面、接触频率和接触效果。这些媒体包括报纸、电视、直邮、户外和在线，每种媒体都有其优缺点。

企业在进行媒体选择时要考虑许多因素，包括消费者的媒体习惯、产品的性质、信息的类型和广告成本等。

(3) 选择具体的媒体工具。接下来，企业要在各种类型的媒体中选择最适合的媒体工具。比如，如果选择电视的话，还要明确是中央台、省台还是有线电视台，对其他媒体工具也是如此。为此，企业必须比较每种工具的每千人接触的成本。同时，还要考虑制作不同媒体广告的成本，并权衡成本和其他媒体效果要素，包括目标受众的质量、注意程度和媒体可信度等。

(4) 确定媒体的时间安排。企业要确定在一年中如何安排广告播出的时间，包括季节方面和均衡度。

广告费用有相当一部分都会白白浪费掉，因此，如果企业在这方面能精打细算的话，可以节省很多广告费用。

5. 广告效果评价

企业需要定期对广告的效果进行评价，包括传播效果和销售效果。

广告的传播效果在广告播出之前和播出之后都可以衡量。企业可以调查顾客在看了广告以后，对产品的认知和偏好等方面有什么变化。

然而，衡量广告的销售效果比起衡量广告的传播效果要难得多，因为销售还受其他很多因素的影响，比如价格、特色和购买的便利性等。在这方面，通常有两种办法可以采用：一种是比较过去的销售量和广告支出；另一种是通过实验。比如，企业可以在其他因素相同的情况下比较各市场的销售与广告支出的关系。

(三) 公共关系

促销组合中的另一个重要促销工具是公共关系。所谓公共关系，是指通过建立良好的声誉、企业形象以及处理或避免负面的流言和事件，与社会公众建立良好的关系。因此，与一般人理解的不一样，公关不是雇用漂亮大方、能说会道的公关小姐陪客人跳舞和喝酒。

1. 公共关系要履行的职能

公共关系要履行的职能主要有以下几种：

(1) 新闻媒体关系：创作并在新闻媒体上推出对企业有利的信息，以便使企业在公众中树立起良好的形象和声誉。

(2) 企业和产品知名度：让公众知道企业和企业的产品，提高知名度。

(3) 公共事务：建立、保持或改善与当地社区和各非赢利机构的关系。

(4) 投资者关系：维持与持股者和其他投资机构的关系。

(5) 处理危机：避免和处理一些突发事件，以防止这些事件影响企业的声誉。

公共关系对提升公众对企业或企业产品的认识有很大的作用，而且成本比广告低得多。如果企业创造出有意思的故事发表在新闻媒体上，则其可信度比广告高得多。

2. 主要公关工具

主要公关工具有以下六种：

(1) 新闻。公关人员发掘和创作对企业有利的、关于企业、企业产品或人员等方面的新闻，比如企业家创业的艰辛历程等。

(2) 演讲。演讲能提升企业或产品知名度。企业的主管经常要回答新闻媒体提出的问题，在各种会议上讲话，这些场合的演讲能提升企业的形象。比如，北京万通的董事长冯仑口才出众，确实对提升公司形象有很大的作用。但是，如果这些场合的演讲处理不好，也会损害企业的形象。

(3) 特殊事件。包括新闻发布会、开业、放烟花、热气球、明星表演、多媒体演示、对目标市场制定的教育节目等。

(4) 公开出版物。包括年度报表、宣传册、视听资料、企业的报纸和杂志等。

(5) 企业形象识别媒体。包括信纸、标识、业务表格、名片、制服、建筑物、企业用的车辆等。

(6) 企业的网页。随着网络时代的到来，很多顾客会通过企业的网页来了解企业，因此，企业的网页是提升企业形象的一个重要工具。

在这里，需要特别指出的是近几年流行的事件营销，很多企业通过有效地利用或创造一些特殊事件，使企业迅速成名，企业的产品也迅速打开市场。奥克斯就是一个典型的例子。

然而，事件营销毕竟只是营销策略层面的东西，必须与企业的营销战略和企业目标协调一致，服务于企业目标的实现。如果过分强调和依赖事件营销，容易导致"近视症"，不利于企业的长期发展。此外，事件营销也不要太出格，因为，光有知名度是不够的，千古骂名也是名，企业更需要的是美誉度。因此，企业要尽量避免像"赵薇穿日本国旗"那样的事件营销。

(四) 人员推销

1. 人员推销概述

人员推销与广告有很大的不同：广告是针对目标市场的单向的、无感情色彩的传播；而人员推销是销售人员与目标顾客之间的双向的、具有个性色彩的沟通，不管是面对面也好，还是通过电话也好。在复杂的销售环境下，人员推销往往比广告有效：销售人员能够研究顾客的情况，从而发现顾客的问题所在；他们可以调整企业的产品以满足顾客的特殊需要；还可以商谈付款条件。

不同企业对推销人员的需求情况是不一样的。有的企业可能一个也不需要，比如加工企业。而在大多数企业中，推销人员扮演着重要的角色，比如起重机生产商，对它们的顾客来讲，主要面对的是推销人员，这时推销人员就代表这个企业。

推销人员是联系企业和顾客的纽带，他们往往同时服务于企业和顾客。对顾客来讲，他们代表企业：他们开发新客户、向顾客传递企业的产品和服务的信息、展示和演示企业的产品、与顾客商谈价格和付款条件、回答顾客提出的问题。对企业来讲，他们代表着顾客的需求，反映顾客的心声，他们了解顾客的需要，并在企业中与其他人员一起紧密合作以提供更大的顾客价值。

随着越来越多的企业趋向顾客导向，销售人员也越来越趋向顾客导向。原来的讲法是销售人员只关心销售量，企业只关心利润；然而，现在的观点是销售人员不应只关心销售量，还应关心顾客满意度和企业利润。

2. 销售队伍管理

销售队伍管理包括六方面的工作，如图4.10所示。

图4.10 销售队伍管理程序

1) 设计销售队伍

设计销售队伍主要包括三个方面的内容：

(1) 销售队伍的结构。销售队伍的结构主要有四种：

① 地区式结构。每个销售代表被指派负责一个地区，作为该企业在该地区产品销售的唯一代表。这种结构有许多好处。第一，销售员责任明确；第二，由于责任明确，促使销售代表与当地商界和个人加强联系；第三，由于每个销售代表只在一个很小的地理区域内活动，因此差旅费开支较少。

② 产品式结构。即按照产品线组织销售队伍。当产品技术复杂、产品间关联程度低或产品类别很多时，这种结构特别适用。

③ 顾客式结构。即按照行业或顾客类别来组织销售队伍。这种结构最明显的好处是每个销售人员对顾客的特定需求非常熟悉；缺点是如果顾客遍布全国各地，那么销售人员的差旅费开支就很高。

④ 混合式结构。企业在一个广阔的地理区域内向许多不同类型的顾客推销多种产品时，往往要将以上几种结构形式结合起来使用。销售代表可以按地区—产品、地区—客户、产品—客户进行分工，一个销售代表对一个或几个产品线经理和部门经理负责。例如，摩托罗拉有四支销售队伍：直接销售队伍，它由技术、质量工程师和为大客户服务的人员组成；地区销售队伍，他们访问不同地区的成千上万个顾客；专门针对分销商的销售队伍，他们拜访和指导摩托罗拉的分销商；内部销售队伍，进行网络营销并根据电话和传真接收订单。

(2) 销售队伍的规模。销售队伍是企业最重要的资产之一，然而，销售队伍的增加在提高销售量的同时，也会增加企业的成本，因此，企业必须确定适当的销售队伍规模。一般来说，企业可以用工作量法来确定销售队伍的规模，它包括五个步骤：

① 将客户按年销售量分成不同的类别。

② 确定各种类型的客户每年所需要的拜访次数。

③ 每一类客户数乘上各自所需的拜访次数便是整个地区的访问工作量，即总的年拜访次数。

④ 确定一个销售代表每年可进行的平均拜访次数。

⑤ 将总的年拜访次数除以每个销售代表的平均年拜访次数就可以得出所需销售代表的数量。

(3) 在设计销售队伍时需要考虑的其他问题。

① 外勤人员和内勤人员。企业在设计销售队伍的时候，要同时考虑外勤人员和内勤人

员的数量。所谓外勤人员指的是到外面拜访客户的销售人员。内勤人员则包括技术支持人员、销售辅助人员和电话销售人员。虽然一些内勤人员也直接接收订单，但他们的主要职责是为销售活动提供支持。

② 团队销售。销售队伍的人员可能来自销售、市场、工程、财务、技术支持等部门。比如，宝洁公司指派由销售人员、营销经理、技术服务人员、物流和信息系统专家组成的销售小组与各零售商密切合作。

2) 招聘和挑选销售人员

销售队伍成功的关键是招聘和挑选优秀的销售人员，因为一个普通的销售人员的业绩和一个优秀的销售人员的业绩相比有很大的差距。一般情况下，在一支销售队伍中，30%的销售人员创造 60%的销售业绩，因此，仔细挑选销售人员会增加销售队伍的业绩。除了销售业绩之外，如果挑选工作做得不好，销售人员的流动率会很高，而高流动率意味着高费用。美国的一项研究表明，一个销售人员离开企业以后，再招聘和培训一个新销售人员(加上老销售人员带走的业务损失)的平均费用是 50 000～75 000 美元。

在招聘和挑选销售人员的时候，企业不但要关注销售人员必备的素质，而且要采用适当的方式并遵循一定的程序。

一个优秀的销售人员应具备的素质包括热情、执著、主动、自信、事业心、顾客导向、独立、自我激励、倾听、诚实和团队精神等。那么，企业应该如何决定自己招聘的人员所应具备的素质呢？主要是看工作需要承担和完成的任务。另外，企业也应注意业绩最好的销售人员的特点，以此作为参考。

招聘销售人员的方式有现有人员的推荐、通过招聘代理机构、刊登招聘广告以及校园招聘等。

至于销售人员的挑选，企业可以通过正式的和非正式的测试进行筛选。这些测试主要衡量一个销售人员的销售天分、分析和组织能力、个性特点和其他成功要素。

3) 培训销售人员

许多企业招到新的销售人员后，不经过培训而马上把他们派到销售现场，理由是培训费用太高。然而，今天越来越多的企业发现培训能大大地提高销售人员的业绩。

培训的目标主要有以下几个：

(1) 让新员工了解并认同企业。为此，很多企业的新员工培训项目要介绍企业的历史、使命、目标、企业的组织结构、制度、主要产品和市场、顾客以及竞争对手的情况。

(2) 培训他们如何做销售陈述。为此，要教他们一些基本的推销原理。

(3) 让新员工知道具体的工作任务和责任，包括怎么分配花在现有客户和潜在客户身上的时间、怎么准备汇报材料等。

4) 薪酬设计

薪酬主要由三部分组成：固定工资、变动工资和边际福利。

针对每种推销工作，管理人员都要确定这三部分薪酬应该如何组合。一般来说，组合方式有四种：纯薪水即固定工资、纯佣金、薪水加红利、薪水加佣金。一项研究表明，70%的企业采用薪水加激励的薪酬制度，其中，薪水一般占 60%，激励占 40%。

薪酬除了起激励作用以外，还应该起引导作用，企业应该通过薪酬制度把销售人员的活动引导到与企业目标相一致的方向。

5) 监督和激励销售人员

(1) 监督。对销售代表，企业还要进行监督。为了确保监督的有效性，企业要做好以下三个方面的工作：

① 制定客户拜访标准次数。当然，对不同的客户，应有区别地对待，在重要客户身上应该多花时间。

② 制定预期客户拜访标准。这是因为，如果不这样做，很多销售代表会把大部分时间用在现有客户身上，不利于企业的长期发展。

③ 使销售人员有效地管理时间。销售人员的业绩直接与其时间利用效率有关，因此，要提高销售绩效，企业要对销售人员进行这方面的培训，使其学会如何有效地管理自己的时间。

(2) 激励。销售人员的工作很辛苦，要远离家乡孤独地工作，要面对强劲的竞争企业的推销人员和难伺候的客户，有时还会为由于无权作出决定而损失大笔订单而苦恼等，这些情况有时会使销售人员失去信心。因此，管理人员要经常对销售人员给予激励，以保持和提高销售人员的工作热情和信心，从而保持和提高他们的销售业绩。至于具体的激励方式，企业可以根据自身的情况和销售代表的主导需要，采用有效的激励手段。

6) 评价销售队伍

企业要定期对销售队伍进行评价。

在评价之前，企业管理层首先要获得有关销售人员的信息。获得这类信息的途径主要有销售业绩报告、费用报告、个人观察、客户调查以及其他销售人员。

至于评价的内容，概括起来就是计划和执行工作的能力，具体包括销售业绩、推销费用、对市场行情的把握、提供的市场信息、顾客满意度等指标。

对销售队伍进行了评价之后，企业还要采用适当的方式把评价的结果反馈给销售人员。

3. 人员推销的原理

关于人员推销方面的书很多，比如《世界上最伟大的推销员》等，然而有效的推销不但取决于天赋，更重要的是取决于良好的训练。

1) 人员推销的导向

很多成功企业都实行了顾客导向的人员推销，它们培训推销人员准确把握顾客的需要或问题，并找到解决顾客问题或满足顾客需要的方法；它们为顾客的需要提供了销售机会，顾客会欣赏推销人员提出的好建议，而且会忠诚于那些把顾客的利益放在心上的推销人员。

这种以顾客为导向的解决问题式的推销，比起"硬销"、"塞销"或过分主动的一味奉承顾客的推销更符合现代市场营销理念。今天，顾客需要的是问题的解决，而不仅仅是微笑；需要的是结果而不是骗人的花招；他们希望推销人员聆听他们所关心的问题，了解他们的需要，并以适当的产品来满足他们的需要。

2) 人员推销的步骤

人员推销的程序包括七个步骤，如图 4.11 所示。

(1) 发现预期顾客并鉴定资格。推销第一步是找到顾客，这也是推销工作的关键。一般来说，很多的潜在顾客却只能达成几笔交易，因此，推销人员必须要有耐心。在选择潜在顾客的时候，虽然企业可以提供一些线索，然而，推销人员主要还是要靠自己，他们可以向现有的顾客打听，也可以通过供应商、分销商、银行等其他途径发现线索。

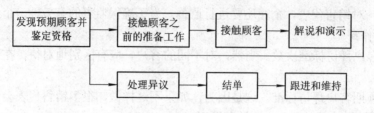

图 4.11　人员推销程序

发现了潜在的顾客之后，推销员还要对这些顾客进行筛选，留下好的，剔除不合格的。筛选的方法包括检查他们的财务状况、业务量、特殊需要、地理位置和发展的潜力等。

(2) 接触顾客之前的准备工作。在访问一个潜在顾客之前，推销人员要尽可能多了解这个顾客的情况：这个顾客需要什么？有什么特点？谁参与购买？等等。

此外，推销人员还要设定拜访顾客应达到的目标。是为收集信息，进一步鉴定顾客是否合格，还是想马上达成交易？

推销人员的另一个任务是决定接触顾客的方式。是亲自拜访，打电话，还是写信？访问的时间也要考虑，因为在某些时候顾客会比较忙。

(3) 接触顾客。这一步包括仪表、开场白和正式谈话。开场白要肯定和积极，接着就可以正式进入话题，通过谈话详细地了解顾客的需要。

(4) 解说和演示。这一步是推销人员向顾客介绍产品，说明本产品是如何满足顾客需要、解决顾客问题或帮助顾客省钱的。在介绍产品的时候，有时可以借助一些辅助工具，包括小册子、图表、幻灯片、录像带、录音带、PowerPoint 等。如果顾客能够亲自观看或操作产品，那么他会对产品的特色和利益有更深的印象。

需要注意的是，推销人员在描述产品特征的时候，主要集中在产品给顾客带来的利益上，为此，推销人员要想办法让顾客多说话，而且顾客说话的时候要仔细聆听，以便了解顾客的需要。

顾客最讨厌那些自以为是、迟到、准备不充分和讲话没有条理的推销人员，而喜欢诚实、细心和始终如一的推销人员。

(5) 处理异议。在解说和演示的过程中，推销人员总会听到异议，有时，异议还不是直接表达出来的。在处理这些异议的时候，推销员要采用积极的态度，并想办法让顾客把他们的异议清楚地说出来。推销人员要把顾客的异议当作向顾客提供更多信息的机会，把异议变成顾客购买的理由。每个推销人员都要学习处理异议的技能。

(6) 结单。在处理了顾客的异议之后，推销员接下来的任务就是结单——完成交易。推销人员要及时捕捉到来自顾客的结单的信号，包括具体的行动、评价性的语言和问题等。

(7) 跟进和维持。结单并不是推销工作的结束，结单后的后续工作也很重要，它有利于提高顾客满意度并获得重复购买。在顾客收到产品之后，推销人员要在适当的时候打电话或登门拜访，以确保产品得到正确的安装、使用和服务等。这类拜访不但可以提早发现问题、表现出对顾客利益的关心，还可以消除顾客可能的疑虑。

丰田公司的销售管理

"有路必有丰田车"这句广告词已是尽人皆知，但对于拥有近 10 万员工的"丰田销售军团"恐怕知之不多。丰田汽车驰骋神州,除产品质量上乘之外,其独特的销售策略也功不可没。在丰田汽车公司,人们信奉"用户第一,销售第二,制造第三",为贯彻这一销售理念公司制定了一系列的配套措施。在丰田汽车销售公司下设"计划调查部",配备了数学、统计、机械工程等方面的专家,准确及时地汇集、筛选各地的调查资料,为决策提供依据。调查内容多达 60 多项,不仅对丰田本身的销售数量、品种、油耗、部件等动态需求做周密调查,对其他公司的车辆类别、颜色、车型、销售情况也十分关注,同时还对社会情况,如城市设施、道路状况、人口、户数、机关团体、工厂、企事业数、收支情况等,都做了广泛的调查。丰田汽车公司将汽车产品全部批发给丰田销售公司,销售公司用银行贷款和一部分期票作结算,而销售公司再用销售现款和用户支票作抵押,取得银行贷款,完成资金短期拆借与还款,使汽车生产和销售顺利进行。为确保客户满意,丰田汽车公司制定了与众不同的规定:一是每售出一辆汽车,都要相应建立"车历卡片",登记汽车故障等各种资料,并迅速反馈到制造公司,促使其改进制造技术,提高质量;二是新车售出后,规定保修期为 2 年或 5 万千米,修理费用全由制造部门负责,同时,在保修期内还为客户提供代用车辆,尽量避免因检修停驶给客户带来的不便和损失;三是每当一种新型汽车上市,在售出后的 3 个月之内,必须挨家挨户进行质量调查,听取用户意见。为了让丰田汽车深入到社会各个阶层以至每个家庭,销售人员挖空心思在人们经常接触的小物件上做文章,比如在香烟、火柴、打火机、小玩具上,印上设计精美的"丰田标志",作为销售人员联系客户的馈赠礼品;买车时为用户拍摄照片留作纪念等,花样繁多,不胜枚举。丰田公司的销售人员主要以大学毕业生为主,也有少量具备特殊推销能力的高中生。录用后,销售人员在进入公司的 3 天前,先被送进丰田汽车公司的培训中心培训,以后每年的 4～6 月份定期参加培训。在培训期内,销售人员要吸收从推销入门到交货全部过程的知识。随后进入实践阶段,此时不规定销量,主要工作是每天必须拜访 20～30 位客户,把访问内容写在"销售日记"上。如此 1 个月之后,开始下达一个月销售 1 辆车的指标。到了第二年,增加到每月销售 2 辆车,从第三年起,每月目标增加为 3 辆,此时,销售人员才算可以独当一面。经过 3 年,仍未能保持每月平均销售 3 辆车的销售人员,则会自动辞职。与此同时,从第二年起,销售人员要编制"客户卡"。这类卡片分为三级:第一级只知道客户姓名、住址和使用车辆,采用红色卡;第二级还要知道客户眷属的出生日期,采用绿色卡;第三级要加上现在所使用汽车的购买日期、前一部车的种类、下次检车时间、预定何时换车、要换哪种车、现在汽车是从哪家经销商处购买等更详细的资料,使用金色卡。正因为丰田汽车公司深谋远虑的销售策略和精明干练的销售队伍,为丰田公司创造了"无债经营"、"零库存"产销和"有路必有丰田车"的神话。

(五) 销售促进

1. 迅速发展的销售促进

销售促销也叫营业推广,是指为了刺激需求而采用的短期性的刺激工具,用来诱发消费者和中间商迅速而大量地购买,以促进销售的迅速增长。今天,在很多生产袋装产品的企业中,销售促进的费用在整个营销费用中占75%以上。

销售促进的迅速发展主要有以下几方面原因:

(1) 在企业内部，销售经理面临越来越大的增加销售的压力，而销售促进是短期内增加销售的有效手段。

(2) 在企业外部，企业面对更加激烈的竞争，由于品牌之间的差别化特征越来越不明显，于是，越来越多的企业采用销售促进来刺激销售。

(3) 由于广告费用的上升、媒体的分化和政府法律方面的限制等原因，广告的有效性已经开始减弱。

(4) 顾客越来越看重优惠条件，而零售商要求生产商提供更大的优惠以保证一定的销售量，不然的话生产商就无法保住货架。

2. 销售促进的主要目标

销售促进的目标主要有以下几个：

(1) 促使消费者早日并大量购买，以便使企业保持和提高市场份额。

(2) 针对渠道成员的销售促进可以说服零售商或批发商力推本企业的产品、提供更大的货架等。今天，商店的货架对生产商来讲是一种稀缺资源，为了争取足够的货架，生产商不得不向零售商或批发商提供折扣、折让和退货保证等。

(3) 促使销售人员对某种现有的产品或新产品给予更大的销售支持。

3. 销售促进的主要工具

销售促进工具根据对象的不同可以分为以下三类：

1) 针对消费者的销售促进工具

针对消费者的销售促进工具主要包括：免费样品，优惠券，现金回扣，打折，赠品，特制广告品，惠顾奖，销售点展示和演示，有奖竞赛，抽奖和游戏，积点。

2) 针对渠道成员的销售促进工具

很多针对消费者的销售促进工具——竞赛、赠品、展示——同样可以用于渠道成员。除了这些工具以外，生产商还可以采用以下促销工具：

(1) 折扣：以鼓励零售商或批发商大量采购本企业的产品，或销售本企业的新产品。

(2) 折让：以回报零售商或批发商在广告、储存等方面给生产商提供的帮助。

(3) 免费产品：生产商给达到一定条件的中间商额外赠送一定量的产品；生产商也可以提供促销资金或印有企业名称的特制广告赠品，如钢笔、铅笔、日历、笔记本、烟灰缸等。

3) 针对销售队伍的销售促进工具

(1) 贸易展销会。展销会的作用包括：发现新的销售线索、接触顾客、充分展示企业和企业的产品(包括新产品)、提高企业和企业产品的知名度、教育顾客、向目前的顾客销售更多的产品等。

(2) 销售竞赛。通过销售竞赛提高销售队伍的积极性，发掘现有销售队伍的潜力。

宝洁公司通过互联网派送样品

当宝洁公司决定再一次投放"别致"(Pert Plus)洗发水时，它已经扩大了价值 2000 万美元的广告促销活动，建立了新网站(www.pertplus.com)。公司建立网站有三个目标：创造新配方洗发水的认知、让顾客使用产品和收集网络使用者信息。网站的首页请访问者"把头顶在屏幕上"，测量头发的清洁程度。列出结果后，网站告诉访问者需要立即得到帮助，解决方案是"试一下新的'别致'洗发水"。访问者填好一张简短的个人信息表格，就可以得到样品。网站还有其他有趣的特点。例如，点击"赶快告诉朋友"超链接会出现一个窗口，给朋友发信让他们参观网站并得到样品。样品促销的效果如何呢？宝洁公司对结果很惊讶，网站运行两个月内，有170 000人访问，83 000人索要样品。更让人惊奇的是，网站虽然只有10个网页，但每人平均访问网站1.9次，每次访问用时7.5分钟。

(六) 营销组合策略之间的协调

前面已经讲过，营销组合策略(也叫4Ps)包括产品策略、定价策略、渠道策略和促销策略。这四个策略不但要与营销战略一致并传达产品定位，而且这四个策略本身之间也要协调一致，服务于企业营销战略的实施并最有效地达成营销目标。

六、思考与练习

1. 问答题

(1) 广告的目的主要有哪些？

(2) 广告策略的主要内容有哪些？

(3) 营业推广方案的内容主要包括哪些？

(4) 营业推广的方法主要有哪些？

(5) 人员推销的步骤是怎样的？

(6) 公共关系的作用主要有哪些？

(7) 公共关系的手段主要有哪些？

2. 案例讨论

奥克斯的事件营销解密

从掀起"一分钱空调套餐"到"米卢作秀"，从"爹娘运动"到"空调价格白皮书"，通过一系列的事件营销，过去六七年间一直默默无闻的奥克斯从2001年开始声名大噪，销售额直线上升，人气也是一天旺过一天地急剧攀升。2002年，其空调销量跃居全行业第六位，2003年则上升到第三位，并被评为全国20家免检产品。可以说，这一切主要归功于奥克斯营销主管娴熟的事件营销功夫。

总结起来，奥克斯的事件营销在运作方面有几个非常明显的特点。

一、巧借热点人物，制造焦点

自从TCL传出吴士宏即将离任的消息后，这位有着"打工女皇"称号的职业经理人的去向便成了媒体关注的热点。而就在此时，奥克斯突然爆出猛料，称吴士宏已与其密切接触，将有可能加盟奥克斯，并成为奥克斯斥资10亿元进军的手机产业的领军人物。这个消息立即引起全国上下的一片关注，于是奥克斯轻而易举地成为万众瞩目的焦点。

事实上，关于吴士宏加盟奥克斯的消息最初出笼时，就有不少媒体指出，这只不过是奥克斯的自我炒作行为，希望借吴士宏的知名度来引起消费者的关注，提升品牌影响力而已。

整个事件到2002年12月中旬才见分晓，奥克斯高层在接受媒体采访时公开表示，吴士宏加盟奥克斯的可能性不大，因为奥克斯已邀请了一家国际知名手机企业的高层管理人员加盟。按此说法，则意味着奥克斯已基本对吴士宏关上了大门。

无论最后的结局如何，奥克斯借吴士宏离职炒作的目的已经达到，最起码为自己即将启动的手机业务造了一回势，其效应远远胜过投资几百万元的广告。

二、把名人资源用到极致

奥克斯销售总监李晓龙透露，奥克斯的广告费用只有同类企业的四分之一，可见其在广告资源利用方面的成本效益。对米卢的充分利用就是一个典型的例子。

眼下，很多企业请名人做广告，奥克斯也一样，然而，奥克斯的高明之处是领着米卢到处跑，让他与中国球迷和顾客们零距离亲密接触。此举使许多原本不是奥克斯顾客的球迷也赶紧忙不迭地前来一睹为快，当然也就可能搭着买一台奥克斯空调了。

奥克斯自聘请米卢作形象代言人以来，借对米卢的炒作来"炸开"市场缺口，并提升品牌的影响力，仅国内销售量，就从2001年的90万套上升到2002年的157万套。

在"奥克斯与米卢零距离"的签约仪式暨新闻发布会上，加演了一场"足球换空调"的好戏：米卢把一只有其亲笔签名的足球送给奥克斯高层人士，礼尚往来，奥克斯则当场赠送给米卢一台最新款式的空调，玩足了噱头。

"巡回路演"这一招，对于吸引商场人气和提高品牌知名度最为有效。而且如果购买了奥克斯空调，还可以获赠有米卢签名的足球，这个诱惑可不小。与此同时，奥克斯通过电视媒体实施"空中轰炸"，频率之高、动作之大，创下了中国家电业单月广告投放量之最。

奥克斯通过巧打米卢牌，最大限度地利用社会、百姓、球迷、新闻媒体对米卢和世界杯的关注，来导入奥克斯关注体育、关注社会的公众形象，将奥克斯积极拼搏的企业文化传达给社会，并引导媒体紧密配合整个赛事的进程，多角度全方位报道、宣传奥克斯品牌，使奥克斯这个原本不被国人所熟悉、知名度较低的品牌，迅速成为空调市场上的强势品牌之一。

三、敢于点燃导火索，制造轰动效应

事件营销有一个核心的技巧，就是做别人没有做过的，说别人没有说过的，标新立异，强行入侵顾客和公众的脑海。奥克斯的敢为人先，使它再一次尝到了炒作的甜头。

2002年，奥克斯公司在宁波当着百余名媒体记者的面，公布了一份《空调成本白皮书》，大曝行业"秘密"。据奥克斯称，一台1.5匹的冷暖型空调的生产成本为1378元，加上销售费用370元、商家利润80元、厂家利润52元，市场零售的标准价应该是1880元。奥克斯公布的"标准价"，与市场上售价最高的同型号空调相比，降低了1/3左右。

若按此理，许多厂家声称的"空调利润不多了"就成了谎言。此言一出，业界一片哗然。那么，这一空调成本又是如何算出来的呢？

奥克斯总经理吴方亮称，空调零配件成本在空调总成本中占80%以上，作为一种技术成熟的组装型产品，空调的价格主要应由其材料的成本决定。然而，记者注意到，在奥克斯披露的材料成本上，除了所用的东芝、日立、LG等著名品牌压缩机是属于外购之外，其他各部件多标注为自制(奥克斯称已有90%的零部件实现自制)。而且，奥克斯公布的这些零部件的成本均比目前的市场价低得多，如外机钣金件、内机塑壳合计金额203元，蒸发器和冷凝器才253元，算出1378元的成本价就不足为奇了。

然而，奥克斯公布空调成本只是"皮"，"肉"是降价。在公布空调成本的同时，奥克斯将 16 款产品全线降价，产品涵盖了从 1 匹挂机到 2 匹柜机在内的所有主力机型，平均降幅达到 20%。其中调价幅度最大的是原价 2018 元的 1 匹单冷挂机和 4698 元的变频柜机，降幅都达到了近 26%。

奥克斯决策层想必非常清楚，如果不迭出奇招，仅凭自身实力与海尔、春兰、格力等巨头相抗衡在短期内是不现实的。那么要出奇招就需要找到一个有力的切入点，于是从自身资源组合中，奥克斯找到了 90% 零部件实现自制这一点。

再往下分析，名牌企业的零部件大多是供应商供应，这些企业的规模效应使得供应商为了获得大额订单甘愿以低价参与投标，甚至一些供应商已经与这些企业形成了战略联盟的关系。这样算来，行业内空调产品的大致成本就趋于接近了，那么面对市场上约定俗成的小差距或无差距的售价，自然大有文章可以做。所以与其和参与价格战的企业们一同降价，还不如一步到位来他个"兜底"；既然这个导火索谁也不敢点，那么我就来吧！于是公布《空调成本白皮书》大曝行业"秘密"的策略就应运而生了。

此举明显博得了消费者的好感，试问哪个消费者不想少花钱而买到好的空调？消费者一看，"好嘛，原来你们这些企业都多赚了我们的钱，看人家奥克斯多实在！好，咱就买它的！"于是，就算在大家都降价时，奥克斯也会多吸引一部分顾客。至于行业如何评价，奥克斯就管不了那么多了，咱们都是要以顾客为导向才行啊！

四、善用降价技巧

对于降价，素有"价格杀手"之称的奥克斯自然有其过人之处。如果仅仅采用一般的降价方法，顾客可就司空见惯了，因为大家都在降，实在难以有什么区别。善于炒作的奥克斯决不会放过任何一个有可能深挖出热点效应的机会，于是"一分钱空调"行动便新鲜出炉了。

以市场最畅销的奥克斯大 3P 冷暖柜机为例，该机以每台 5188 元的特价销售，降价 410 元，同时只需再加一分钱，就能配套买一台 1P 分体挂机，而这台挂机原价为 1550 元。同时奥克斯还承诺："一分钱空调"同样享受该厂高于国家标准的包送货、包安装，整机包修 3 年、压缩机包修 5 年的优质服务。

其实精明人一算就明白，奥克斯"一分钱空调套餐"的两款空调比原价低了 1960 元，降幅达到 27.55%。酷爱炒作的奥克斯并不回避自己的炒作目的，因为在这之前，奥克斯"一分钱空调"行动已在广东掀起巨浪，1 万台空调砸开了广东空调市场的大门。"一分钱空调"成功地炸开了市场的"决口"，使奥克斯的销售量直线飙升。

奥克斯的"一分钱空调"为什么会产生如此大的效力呢？当我们从头到尾检视其降价策略时就不难看出，虽然其降价幅度是 27.55%，这与 2002 年参与价格战的众多企业相比并不算惊世骇俗之举，但是奥克斯把"一分钱"这个代表最低价格的货币计量元素导入了降价的宣传策略中，并且把"加一分钱"与"就能买一台 1P 分体挂机"这两个比价概念结合起来，使顾客接收到一个对比相当强烈的超值感觉。在这种诱惑下顾客的光顾自然会比别的品牌多，这也是奥克斯之所以能够在一两年间销售量飚升的重要原因之一。

五、制造消息，收放自如

2002 年 3 月，媒体爆出信息：奥克斯的河南代理商，河南省最大的家电经销商——通利联合电器有限公司未与生产厂家通气协商，即在当地《大河报》上刊登宁波奥克斯空调降价广告，主流机型降价 30%，每台降价幅度高达 700 元，使奥克斯损失 3 亿元之巨。开玩笑！3 亿多元呀，于是这个消息如同一枚重磅炸弹立马在国内业界炸开了花。

据奥克斯内部消息透露，事件发生后，奥克斯公司立即派员飞抵郑州，对通利的做法提出异议。通利辩解说，此次降价是根据河南市场消费水平确定的，且降价造成的损失均由通利自己承担，因此，希望奥克斯能够理解。奥克斯则认为，通利单方面违反了厂商之间规定的游戏规则，损害了其他绝大部分经销商的利益，也损害了工厂的诚信形象，坚持应予纠正，并按协议接受工厂的处罚。经河南家电协会出面调解，通利与奥克斯达成协议：通利接受奥克斯提出的 19 万元的 50% 赔款要求，双方握手言和。

对于一些媒体报道的，奥克斯公司为保住河南市场被迫与通利公司签订"城下之盟"，总计损失达 3.6 亿元的说法，吴方亮说，现奥克斯年产空调 150 万台(套)，年销售额逾 30 亿元人民币，而整个河南全年只销售 2 亿元，不足公司销售总额的 7%，且现在空调已进入微利时代，为这 2 亿元的市场份额，居然甘愿承受 3.6 亿元之巨的经济损失，这是任何正常人都不可理解的一本账。因此，吴方亮希望一些媒体在报道时能多用一些"平常心"，以正常思维来分析判断，或者找有关方面了解核实，以免以讹传讹造成失实。

好在此事很快平息，通利公司已接受奥克斯的条件，将价格恢复到全国统一的标准。吴方亮说，如果需要对这起事件作一评说，我们认为，这不是所谓的"商业资本向工业提出挑战的开演"，而是如何真正按照市场经济的诚信原则运作市场而引发的一次冲撞。

其实这又是奥克斯成功的炒作行为。诸位细想，如果奥克斯方面没有通过特殊渠道散布出消息，那么媒体报道的奥克斯损失 3 亿多元的量化概念从何而来？有谁会知道通利的降价是违规操作？难道不可以是奥克斯的另一项策划吗？

事件炒作完了，奥克斯当然要把话收回去，这一点从奥克斯最后对媒体的表白就能轻易地看出。至于 3.6 亿元的出处，吴方亮说，这是奥克斯公司向通利提出，若听任单方面降价的扩散将会给奥克斯带来的损失。这句话恰恰证实了 3 亿元传闻就是由奥克斯方面向媒体传播出来的。可见奥克斯对于事件炒作的把握是非常有度的。

不可否定，奥克斯的事件营销无论在创意上还是在把握上都值得许多企业学习和参照。

（资料来源：李海龙. 非事件不行销——谈谈奥克斯的另类行销策略.中国营销传播网，2003-03-19）

问题：结合案例，讨论事件营销的优缺点。

3. 课后练习

(1) 收集某一品牌的广告方案，分析其在不同时期的广告策略。

(2) 收集成功的和失败的营业推广案例各一个，分析原因。

(3) 收集某企业所面临的危机环境，并为之设计危机公关方案。

项目五　营销活动的管理

一、教学目标

最终目标：能为企业制定一份完整的营销计划。

促成目标：

(1) 熟悉营销计划的内容；

(2) 了解营销部门的演进和营销组织的主要类型；

(3) 了解营销活动的审计内容与方法。

二、项目任务要求

营销计划的撰写要规范和完整，制定的营销计划须具有较强的可行性。

三、示范案例

麦当劳的管理制胜

麦当劳(Macdonald's)公司可以说是世界上最成功的餐饮零售企业之一，它的成功不仅表现在商业运作和收益上，还表现在它体现了一种深层次的饮食文化。它不仅改变了成千上万人的饮食习惯，而且使全世界的食品行业发生了变革。现在，麦当劳公司已经在全世界100多个国家(地区)以特许零售方式开设了两万多家连锁店，而且还在以每1小时发展一个店的速度扩张。显然它已成为当今世界集饮食与零售一体的"巨无霸"公司。

一、麦当劳王国的缔造者——雷·克罗克

谈及麦当劳公司的成功，不能不提到它的缔造者——美国人雷·克罗克先生。

麦当劳公司最早是由麦克唐纳兄弟在美国加利福尼亚州圣普纳迪诺尔镇开的一家小餐饮店。小店的地理位置十分偏僻，在此之前并没有特别吸引人的地方。麦当劳餐厅在麦克唐纳兄弟俩的管理下，维持着略有盈余的经营状况。

有一次，麦克唐纳兄弟从广告上看到有一种新型的奶制品搅拌机，觉得这种新型搅拌机可以在餐厅里派上用场，于是先购买了4台。结果大出麦克唐纳先生的意料，他们购进新型搅拌机后，生意立刻红火起来，有时候人们还排长队等候购买。于是他们又购买了4台搅拌机。

麦克唐纳兄弟事业的红火引起了其他经营餐厅的老板的注意，他们专门打电话去找这种新型搅拌机的推销公司——也就是雷·克罗克的公司，要求购买和麦克唐纳兄弟餐厅完全一样的搅拌机。

克罗克是位非常具有市场敏锐眼光的人。1954 年的一天，当他接到一位顾客打来的电话，声称要购买和麦克唐纳兄弟餐厅完全一样的搅拌机时，引起了他的注意。他当即乘飞机先抵达洛杉矶，然后到了麦克唐纳兄弟所在的小镇。当克罗克来到麦当劳餐厅时，眼前众人排队等候购买的热闹气氛令他目瞪口呆：在餐厅窗前，等待购买食物的顾客排成一条长龙！在这座毫不起眼的八角形建筑物里面，衣着整齐干净的服务员正在柜台后忙碌，但又有条不紊，井然有序，只需要 15 分钟就可以将客人所需要购买的全部食品都准备齐全。

克罗克以前从未见过这种高效快速的餐饮方式，他感觉自己的搅拌机市场将会有更加广阔的前景。

克罗克立即找到麦克唐纳兄弟，对他们说："你们的经营太出色了！你们为什么不再开几家这样的餐厅呢？这可是一座金矿！如果你们多开几家这样的餐厅，那么我的搅拌机就可以推销得更多了。你们认为怎么样？"克罗克以为麦克唐纳兄弟会接受自己的建议，但结果却出乎他的意料。麦克唐纳兄弟拒绝开设新的餐厅，而只想保持目前的状况。因为对他们来说，新开一家餐厅，也就多增加了一些麻烦。对他们来说，餐厅目前的经营状况很让他们满意了。无论克罗克怎样劝说开导，麦克唐纳兄弟始终不肯答应他的提议。克罗克没有办法，就使出最后一招，说道："如果你们不愿意增加麻烦的话，那么可以让别人在其他地方为你们开餐厅，同时我向这些餐厅推销我的搅拌机。"但麦克唐纳先生仍然觉得麻烦，因为他们认为没有人替他们管理这些餐厅。

克罗克立即觉得自己眼前又出现了一个潜力无限的机会。他接着自告奋勇地对麦克唐纳兄弟说："如果你们认为我还行的话，就让我来替你们管理这些餐厅，你们以为怎么样？"

就这样，克罗克成了麦当劳公司的功臣。他在麦克唐纳兄弟开设了麦当劳餐厅之后，接手麦当劳公司的经营管理，从此踏上了开创麦当劳王国的辉煌之路。

也正因为如此，克罗克在美国，甚至在全世界，只要有麦当劳的地方，他的名声绝不亚于汽车巨头亨利·福特、钢铁大王戴尔·卡耐基，以及石油大王洛克菲勒等人，他和这些人同样都被称为美国乃至全世界最富有创业精神的企业家。

二、麦当劳的特许制度

麦当劳公司在克罗克的管理之下，迅速发展，开始从事特许经营业务。麦当劳的特许经营有专门的制度，归纳起来有以下几点：

(1) 特许费。被特许者与麦当劳公司一旦签订了特许合同，就必须先付给麦当劳公司首期特许费，这笔费用为 2.25 万美元，其中一半用现金支付，另一半以后再交。此后，被特许者每年要向麦当劳公司交一笔特许权使用费(也称"年金")数额是年销售额的 3%；另外，每年再交纳一笔房产租金，数额是年销售额的 8.5%。

(2) 建立分店。每开一家分店，麦当劳公司都要亲自派人员前往该地区考察，选择店址，并负责组织安排店铺的建筑、设备安装，以及店铺内外的装潢设计，使每家分店都达到统一的标准，形成统一的形象。

(3) 合同契约。麦当劳公司的特许授权并不是无限期的，它与被特许者的合同一般是 20 年。

(4) 总部责任。麦当劳公司总部并不是在收取被特许者的特许经营费用之后就甩手不管，而是主动承担许多责任。这些责任包括：

● 在公司的汉堡包大学培训分店员工。

- 向分店提供管理咨询。
- 向分店提供统一的广告宣传、公共关系、财务咨询。
- 提供人员培训所需要的各种资料、教学工具和相应的设备。
- 向分店提供货源时给予优惠。

(5) 货物分销。麦当劳公司总部并不是直接向加盟分店提供餐具、食品原料，而是由总部和各专业供应商签订合同，再由这些供应商向各分店直接送货、退货。

三、麦当劳的经营理念

麦当劳公司在长期经营过程中，逐渐形成了自己独具特色的经营理念。主要有以下几大要素：

(1) QSCV 理念。这是麦当劳公司的最高经营理念，同时也是企业内部形象的标志。

Q：也就是品质、质量，是英文 quality 的第一个大写字母。

以麦当劳北京分店为例，它的食品原料绝大部份(高达 95%)在中国本土采购。但这也是在经过多年(长达 4～5 年)的筛选基础上才达到的。如 1984 年麦当劳公司的马铃薯供应商为了找到优质合格的马铃薯，就先后从美国本土派出若干名马铃薯专家，前往中国的黑龙江、内蒙古、河北、山西、甘肃等省进行实地考察、试验，最后终于将河北承德确定为麦当劳公司的马铃薯供应基地，在承德围场培育出了符合麦当劳标准的马铃薯。

麦当劳为了严抓质量，有些规定甚至达到了苛刻的程度，如规定：

- 面包不圆、切口不平不能要。
- 奶浆供应商提供的奶浆在送货时，温度如果超过 4℃就必须退货。
- 每块牛肉饼从加工一开始就要经过 40 多道质量检查关，只要有一项不符合规定标准，就不能出售给顾客。
- 凡是餐厅的一切原材料，都有严格的保质期和保存期，如生菜从冷藏库送到配料台，只有两个小时保鲜期限，一超过这个时间就必须处理掉。
- 为了方便管理，所有的原材料、配料都按照生产日期和保质日期，先后摆放使用。

S：即服务，是英文 service 的第一个大写字母。

麦当劳公司作为餐饮零售服务业的龙头老大，对服务视如性命般重要。每个员工进入麦当劳公司之后，第一件事就是接受培训，学习如何更好地为顾客服务，使顾客达到百分之百满意。为此，麦当劳公司要求员工在服务时，应做好以下几条：

- 顾客排队购买食品时，等待时间不超过 2 分钟，要求员工必须快捷准确地工作。
- 服务员必须按柜台服务"六步曲"为顾客服务，当顾客点完所需要的食品后，服务员必须在 1 分钟以内将食品送到顾客手中。
- 顾客用餐时不得受到干扰，即使吃完以后也不能"赶走"顾客。
- 为小顾客专门准备了漂亮的高脚椅、精美的小礼物，免费赠送。

C：即清洁、卫生，是英文 cleanliness 的第一个大写字母。

麦当劳公司对清洁卫生有严格的规定，包括以下几个方面：

- 服务员上岗操作时，必须严格清洗消毒，先用洗手槽中的温水将手淋湿，然后使用专门的麦当劳杀菌洗手液洗双手，尤其注意清洗手指缝和指甲缝。
- 两手必须至少一起揉擦 20 秒钟，彻底清洗后，再用烘干机烘干双手，不能用毛巾擦干。

- 手接触头发、制服等东西后，必须重新洗手消毒。
- 餐厅内外必须干净整齐，桌椅、橱窗和设备要做到一尘不染。
- 所有的餐具、机器在每天下班后必须彻底拆开清洗、消毒。

V: 即价值，是英文 value 的第一个大写字母。

麦当劳公司的食品不仅质量优越，而且所有的食品所包含的营养成分也是在经过严格的科学计算之后，根据一定的比例配制的。由于这些食品不仅营养均衡丰富，而且价格公道合理，因此顾客可以在明亮的餐厅环境中，心情愉快地享用快捷而营养丰富的精美食品。

(2) TLC 理念。这是麦当劳公司对所有员工的要求，同时也是它对自己形象的具体要求。包括：

T: 即细心、仔细，是英文 tender 的第一个大写字母。

麦当劳公司要求员工在服务时，必须全身心投入，细心地为每一个顾客服务，不忽视任何一个细微环节。

L: 即爱心，是英文 loving 的第一个大写字母。

麦当劳公司不仅注重赚取利润，同时还关注社会公益事业，为此经常出资赞助社会慈善事业，以此来尽一份自己的社会责任。

C: 即关心、关怀，是英文 care 的第一个大写字母。

对待特殊顾客，如残疾顾客等，更要周到服务，使他们像正常人那样可以愉快地享受到在麦当劳用餐的乐趣。

(3) "顾客永远第一"的理念。这也是麦当劳公司以优质服务争取顾客满意的一条重要原则。

(4) "浮动，青春，刺激"的理念。麦当劳公司希望以此给人们的生活注入新的激情。

(5) "立即动手，不要寻找借口"的理念。这是麦当劳公司对员工勤劳、快捷、准确、高效的工作要求。

(6) "保持专业态度"的理念。要求员工必须尽职尽责，服务好每一位顾客。

(7) "一切由你"的理念。这也是麦当劳"顾客至上"、"顾客就是上帝"经营思想的体现。

以上几条原则，不仅是麦当劳公司的企业经营理念，同时也是它的行为规范。从餐厅前台的服务员，到办公室的管理人员，无不以此作为行动的准则。也正因为如此，才使麦当劳在消费者心目中形成了良好的印象，吸引了更多的人前往就餐。

此外，在麦当劳的经营中，还有一些十分重要的词汇，比如保持新鲜、优质、足量、公平、快速、准确、迅速、热情、微笑、充满生机、清洁、整齐、卫生、快乐之家、家庭餐厅，等等。这些词汇既包含了公司对自身及员工素质的要求，同时又包含了公司所期望提供给顾客的心理感受。这些正好弥补了麦当劳公司经营手册中的不完善之处，使其深入员工心中，成为全体顾客对麦当劳公司形象的认同。

四、麦当劳的运营体系

通过树立公司的经营理念，使员工接受适当培训，麦当劳公司逐渐建立了完善的营运体系。这些营运体系主要表现为以下几个方面：

- 在整个公司的全体员工中建立了共同的价值观。
- 强化了各个特许分店的独立性。

- 提高了被特许者的工作积极性和工作意愿。
- 在尽量短的时间内培训出合格的员工，降低员工的流动率。
- 对市场的发展变化和多样化进行不间断的考察，以保持市场敏感力。
- 保证所有的食品和服务的质量，做到食品质量一流、服务质量一流。
- 积极培训中层管理人员，充分调动中层管理人员的工作积极性。
- 要求工作人员养成及时对出现问题做出正确判断和决定的优良习惯。
- 不断改进组织结构，做到人尽其才，才尽其用。

五、麦当劳的经营策略

麦当劳公司在长期经营中，探索出了一条十分富有市场竞争力的经营策略，它主要包括商品策略、服务策略、卫生策略、价格策略等四个方面。

(1) 商品策略。麦当劳公司规定凡是在美国本土的被特许者，必须先到麦当劳公司创办的汉堡包大学进行一段时间的培训，直到掌握了汉堡包的各种制作技术和营养原理后，才可以开店营业。通过这种培训，保证了麦当劳公司所有特许分店制作出售的食品都严格执行质量标准和操作程序。

我们可用炸土豆条为例，说明麦当劳公司的商品策略。麦当劳公司用来炸土豆条的土豆，都是麦当劳聘请专家经过特殊培养种植的，在经过精心挑选后，还必须经过一段时间的存储，以便调整内部淀粉和糖份的比例。当这种比例达到标准以后，才可用于制作炸土豆条。这些土豆条炸好后，必须立即卖给顾客；如果 7 分钟还没有售出，这批土豆条必须处理掉。

(2) 服务策略。为了吸引顾客，提高服务质量，麦当劳始终坚持优质服务策略。比如：
- 努力营造欢乐温馨的气氛。
- 在餐厅内尽量避免喧哗游逛。
- 营造出一种与在家中就餐一样宁静的环境，比如桌椅舒适，服务员热情周到。

(3) 卫生策略。麦当劳对卫生的要求十分严格，为此制定了专门的卫生标准，比如：
- 工作人员上岗操作之前必须洗手消毒。
- 工作人员不得留长发。
- 女性员工必须戴发罩，防止头发掉落。
- 顾客一走立即清理餐桌，扔在地上的垃圾如纸片、土豆条等，必须随时捡起来。
- 保持餐厅内环境整齐清洁。
- 对产品实行严格的卫生质量检测标准。
- 对餐具、设备严格消毒。

(4) 价格策略。为了让顾客购买的食品达到物有所值，麦当劳在不断提高食品质量的同时，绝不随意抬高价格。这样顾客花较少的钱就可以享受到温馨欢乐的就餐环境。

六、总部与分店的关系

许多公司在开展特许经营业务时，由于方法不当，造成与各特许分店关系紧张，最终双方闹到不欢而散的地步，给双方都带来了不必要的损失。但是，麦当劳公司总部在处理与各特许分店的关系上，都取得了非常成功的效果。为什么麦当劳公司能够做到这些呢？主要有以下几方面原因：

(1) 加盟费用低。麦当劳公司总部在向特许分店收取首期特许经营费用时，这笔钱相对于其他公司而言很低，而且年金和房产租金也很低。较低的特许经营费用，大大减轻了各加盟分店的负担。

(2) 购买原材料让利。在进行原材料采购时，麦当劳总部始终坚持向各特许分店让利的原则，即将采购中从供应商那里得到的折扣优惠无条件地直接转让给各特许分店，如食品的 30% 折扣。这种无条件让利给特许分店的优惠措施，极大地鼓舞了被特许者的工作激情，促进了总部和分店之间的团结，成为加强总部和分店合作的一种重要方式。

(3) 购买设备让利。将设备和产品按供应商提供的实际价格转让给各种特许分店。许多特许经营组织为了赚取高利润，常常通过高价出售设备和新产品的方式获取利润，但是，麦当劳公司总部却采取让利方式，即以供应商供货的实际价格，将设备和新产品原价转让给各特许分店，一方面减轻了各特许分店的经济负担，另一方面又增强了其经营实力，从而使得总部和各分店之间建立了良好的团结合作关系。

七、麦当劳的特许经营问题

麦当劳的特许经营有一些问题需要重点提出来：

(1) 麦当劳对被特许者有一定的资格要求，并不是随便什么人都可以提出来的。这些资格要求包括以下几个方面：

● 具备企业家的创业精神。

● 富有强烈的成功欲望。

● 具备处理人际关系的突出技能。

● 具备较强的处理财务的能力。

● 愿意接受麦当劳公司总部的培训项目，培训时必须全力以赴，并做好培训一年或者更长一些时间的思想准备。

● 具备一定的经济实力，即被特许者要有良好的财务资格，以维持营运必备资金。

(2) 盈利因素。经营餐饮零售业，有一个亏损问题。对于麦当劳公司及其分店来说，也同样存在是否盈利的问题。

经营麦当劳餐厅是否能够盈利，与许多因素有密切关系。这些因素是：

● 店铺的地址选择是否有利。

● 店铺的销售状况是否良好。

● 经营成本的高低情况。

● 被特许者经营管理能力和决策、控制能力如何。

如果能够妥善解决这些问题，使问题朝着有利的方面转化，那么盈利是不成问题的。麦当劳在世界各地的迅猛发展已经有力地证明了这一点。

案例启示： 麦当劳的成功很大程度上归功于杰出的营销管理，从营销计划的制定、营销组织的建立和运行到营销活动的控制整个流程都非常成功。

(资料来源：http://wenku.baidu.com/view/)

四、活动设计

(1) 为指定的某消费品开拓本地市场而设计一份完整的营销计划。

(2) 为自己新开的网店设计一份完整的营销计划。

五、理论知识

市场营销管理就是对企业已经确定的营销战略和营销策略组织实施的过程，以确保已制定的营销战略和营销策略的实现，并达成预期的目标。

市场营销管理的内容主要包括营销活动的计划、组织、评价和控制。

(一) 营销计划概述

营销战略和营销策略必须通过实施才能达成预期的营销战略目标，促进企业的总体发展目标的实现，而为了实施营销战略和营销策略，企业首先要把它们转化为具体的营销计划。因此，不管营销战略和营销策略制定得多好，如果没有变成具体的营销计划并有效地加以实施，也只能是纸上谈兵。

为了更为有效地达成企业的营销战略目标，营销计划必须具体、规范，以便顺利地得到实施。

营销计划的内容主要包括以下八个部分：

1. 执行概要和目录

营销计划(书)的开头部分应该有一个有关本营销计划的主要目标和内容的简短摘要，以便使高层管理者能迅速抓住计划的要点。在执行概要之后是营销计划内容的目录。

2. 当前营销状况分析

在营销计划的第二部分提出关于宏观环境、市场(包括销售、成本、利润、顾客购买行为)、产品、竞争和分销等方面的背景资料和数据。

1) 宏观环境状况分析

这部分描述宏观环境状况以及主要发展趋势，包括人口、经济、技术、政治法律、社会文化和自然环境等方面。之所以要研究宏观环境，是因为宏观环境的变化既可能给企业的发展带来机会，也可能带来威胁。如果是机会，企业当然要考虑如何利用；如果是威胁，企业就要想办法避免。

2) 目标市场状况分析

目标市场状况分析是关于目标市场数据的分析，包括目标市场的规模和成长性。市场的规模和成长性以过去几年的总销售量以及各细分市场的销售量来表示。

除了目标市场的规模和成长性之外，企业还要详细研究顾客。在研究顾客的时候，营销计划制定者要回答下面几个关键的问题：哪些人构成该市场，也即企业的顾客是谁？他们购买什么东西？他们为什么购买？谁参与购买？他们如何购买？他们何时购买？他们在何地购买？

此外，营销计划制定者还要预测未来的顾客需求、顾客对企业产品的认识和顾客购买行为等方面的变化趋势。

3) 产品状况分析

产品状况分析主要包括产品销售结构分析，即主要产品在过去几年的销售额、价格、边际利润和净利润等指标的分析，以及产品在质量、规格、外观、包装、设计、服务等方面存在的问题。

4) 竞争状况分析

竞争状况分析即确定主要竞争对手，并详细描述和分析它们的目标、资源和能力、规模、市场份额、产品质量、营销战略、营销组合策略等方面的情况。有关竞争对手的资料必须详细和准确，而且要用数据和各种图表把竞争对手和自己的情况进行对比，以明确各自的优势和劣势，为制定有针对性的营销计划奠定基础。

5) 分销状况分析

分销状况分析主要包括渠道结构分析、各类渠道的规模及重要性，也就是说，主要存在哪些渠道，通过各渠道销售多少产品。此外，企业还要明确各竞争对手占据哪些渠道、渠道管理存在的主要问题等。

3. 机会/威胁、优势/劣势分析以及关键问题回答

在这部分，营销管理者要在分析当前营销状况的基础上，识别企业所面临的主要机会和威胁，以及企业自身的优势和劣势，以便利用机会和避开威胁。这个分析方法也叫SWOT分析。

营销经理在优势/劣势、机会/威胁分析的基础上，还要回答在制定营销计划时必须注意的一些问题。比如，如果主要竞争对手也要进入企业的目标市场，企业应该怎么办？企业的竞争战略应该采用集中战略、总成本领先战略还是差别化战略？竞争对手如果发动价格战，企业应该如何应对？等等。

4. 确定目标

在SWOT分析的基础上，营销计划制定者要确定营销计划拟达到的目标，包括财务目标和营销目标。财务目标包括营销计划期内达到的投资回报率、净利润、现金流量等指标。财务目标必须转化为营销目标。营销目标包括销售收入、市场份额、品牌知名度和美誉度、分销网点数量和覆盖范围等指标。

5. 营销战略和营销策略

营销战略和营销策略是企业用以达成营销目标的基本方法。营销战略包括市场细分、选择目标市场、差别化和产品定位，它不但为企业的营销活动指明了方向，同时还指出了最有效的资源利用途径。营销策略是营销战略的具体化，主要内容包括产品策略、定价策略、渠道策略和促销策略。

6. 行动方案

行动方案将营销战略和营销策略转化为具体的行动，它解决的是如何做、谁来做和什么时候做的问题，也就是产品策略、定价策略、渠道策略和促销策略在时间、人员、地点方面的明确和落实。

某公司的营销行动方案

1月：说服家乐福和沃尔玛销售本公司的产品，由推销部主任负责。

2月：在《新民晚报》上做广告——本月购买本公司立体音响的顾客将免费获得一个CD光盘。由消费者促销主任负责安排这项活动，计划开支为5000元。

3 月：招聘 2 名广告设计人员和 7 名销售人员，分别由广告部和推销部主任上报公司人力资源部，并最终由广告部主任确定最终人选。

3 月：重新设计营销人员的奖酬制度，由财务部和产品线经理共同负责。

4 月：公司参加在上海举办的消费电子产品展览会。由经销商促销主任筹备，预计开支为 14 000 元。

8 月：开展销售竞赛活动。销售量增加幅度最高的 3 位经销商将获得免费去青岛度假的奖励。由经销商促销主任负责这项活动，计划开支为 13 000 元。

9 月：在报纸广告中宣布，在 9 月的第 2 个星期参加公司展示会的消费者将有机会参加抽奖，幸运者将免费获得本公司生产的音响。由消费者促销主任负责这项活动，计划开支为 6000 元。

7. 预算

预算是拟定整个营销计划所需要的经费支出和预期的收入，并编制相应的损益表。

8. 营销控制

营销控制是制定营销计划的最后一个环节，用以监督计划实施的进程。营销控制的基本做法是将计划规定的目标和预算按季度、月份细化，以便于主管部门对计划执行情况随时进行监督检查。

有些营销计划还包括一个应急计划，它概述了企业在遇到意外情况时应该采取的措施。比如，如果竞争对手发动价格战，企业应该如何应对。

(二) 营销活动的组织

1. 企业组织的变化

企业经营的环境在不断地发生变化。经济全球化、政府对经济管制的放松、计算机和网络技术的发展、市场的分裂等，都会给企业的经营带来直接的冲击，因此，企业需要经常重新组织自己的经营活动，以适应环境的变化。

企业在经营活动组织方面的变化主要有：

(1) 流程再造：即由过去把各种职能集中在不同的职能部门转向根据关键流程进行重新设计，每个关键流程都由跨职能小组管理。

(2) 外包：过去，企业从内部获得一切资源；现在，如果外部有更便宜和更好的商品和服务，企业便直接从外部购买。

(3) 定点超越：从过去的依靠自我提高转向学习“做得最好的公司”，即把行业中做得最好的企业作为自己赶超的对象。

(4) 并购：收购或兼并同行业中的其他企业，以获得规模经济效应。

(5) 战略联盟：从过去的设法独自盈利转向组成合伙型企业网络，实现共赢。

(6) 合伙式供应商：从过去使用数量较多的供应商转向使用数量较少但关系更加密切的供应商，并与它们建立合作伙伴关系。

(7) 以市场为中心：由过去的根据产品组织营销活动转向根据细分市场组织营销活动。

(8) 全球化和本地化：从本地化经营转向全球化和本地化的有机结合。

(9) 分权：从过去的高层集中管理转向鼓励分支机构采取更加积极主动的行动，并授予他们更多的权力。

2. 营销组织

经过多年的演变，营销部门已经由一个简单的销售部门成长为一个庞大复杂的职能群体。

1) 营销部门的演进

营销部门的发展过程可划分为以下六个阶段：

阶段一：简单销售部门(见图 5.1)。

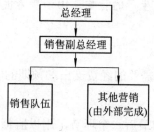

图 5.1　阶段一：简单销售部门

小型企业习惯由一名销售副总领导，他既负责管理销售队伍，自己也从事一些推销活动。如果企业需要进行市场调研或做广告等活动，销售副总就会把这些活动交给外面的公司去做。

阶段二：销售部门兼有营销职能(见图 5.2)。

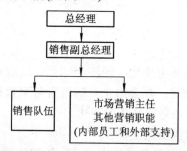

图 5.2　阶段二：销售部门兼有营销职能

随着企业规模的扩大，需要更经常性地进行市场调研、做广告、提供客户服务等销售以外的活动，因此，销售副总就需要雇用一个营销主任来承担这些销售以外的营销工作。

阶段三：独立的营销部门(见图 5.3)。

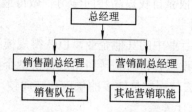

图 5.3　阶段三：独立的营销部门

企业的规模继续扩大，销售之外的其他营销职能的成本效益不断提高，但是，由于由销售副总来管理整个营销部门，他往往会把过多的时间和精力放在销售队伍的建设上，这就使营销主任得不到所需的资金和管理上的支持，影响了整个营销部门的绩效。现有的营销部门组织结构已不再适应环境的变化和发展，企业的高层管理者意识到设立一个相对独立的营销部门的必要性，于是任命一个营销副总与销售副总分别负责营销与销售，向同一个总经理或常务副总经理报告。独立的营销部门的设立使总经理对企业的发展机会和存在的问题有了更全面的看法和认识，从而更多地从顾客的立场来理解营销中存在的问题，更准确地分析和解决问题。

阶段四：现代营销部门(见图5.4)。

虽然销售副总与营销副总应步调一致并相互支持，但实际上，他们之间常常互相竞争，互不信任，每个部门都不甘让自己部门的重要性下降，而且营销部门随着企业规模的扩大其重要性日益突出，要求增加营销费用，这又会影响到销售部门的利益。

如果销售活动和营销活动之间的冲突太大，企业总经理可以将营销活动置于销售副总的管理之下，也可以交由执行副总处理可能出现的矛盾，或者交由营销副总全权处理这类事务，包括对销售队伍的管理。许多企业采纳了最后一种解决办法，这样使得销售活动能够与其他营销活动相互协调配合，更好地满足顾客的需要，所取得的效益明显高于前两种解决办法。在这种情况下，就形成了一种新的营销组织结构，营销组织管理进入了一个新阶段，即现代营销部门。

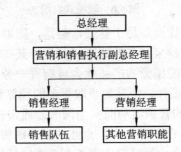

图5.4 阶段四/五：现代营销部门/营销有效的企业

阶段五：营销有效的企业(见图5.4)。

一个企业即便有一个出色的营销部门，但在营销上仍然可能失败，因为营销的成功不仅仅取决于营销部门自身，还取决于整个企业各种职能部门之间的协调。比如，企业的营销部门准确地把握了顾客的需求，并知道什么样的产品能够满足顾客的需要，但是生产部门生产不出这种产品，或产量跟不上，仍然不能使顾客满意。因此，只有企业的所有员工都认识到他们的工作都是为了提高顾客的满意度，都是为顾客创造价值，这样该企业才能成为营销有效的企业。

阶段六：以过程和结果为基础的企业(见图5.5)。

随着市场的发展和竞争的加剧，许多管理者发现部门之间的严格分工阻碍了营销活动的顺利开展，降低了营销效率，由于很多活动需要通过各部门的协作才能完成，因此，打破部门之间的条块分割的局面显得十分必要。于是，许多企业开始根据关键业务流程而非职能部门来组织企业的活动。企业指定一个负责人来管理一个跨职能小组的运作，营销人员和销售人员只不过是作为流程小组的成员参与活动，他们可能对这个跨职能的小组有实线责任，而对营销部门却只有虚线责任，即严格地讲，他们主要对跨职能小组负责，而不是对营销部门负责。

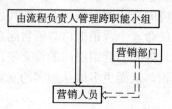

图 5.5　阶段六：以过程和结果为基础的企业

2) 营销部门的组织形式

现代营销部门有多种组织形式，主要包括：

(1) 职能式组织。当企业只生产一种或少数几种产品，或者企业不同种类产品的营销方式大体相同时，采用职能式组织比较有效，如图 5.6 所示。

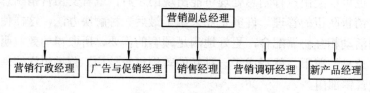

图 5.6　职能式组织

按职能设置的营销机构的优点是易于管理，但是，随着企业产品品种的增多和市场的扩大，这种组织形式会暴露出越来越多的缺点。首先，某些特定产品和特定市场的计划工作有时会不完善，未受到各职能偏爱的产品就会被搁置一旁。其次，协调难度较大，各部门各自为政，都强调自己的重要性，经常为争取更多的预算和权力闹得不可开交。

(2) 区域式组织。当企业的营销活动面向全国时，通常按地理区域组织销售队伍(有时也包括其他营销职能)。比如，在图 5.7 中，企业的全国销售经理下辖东北、华北、华南、华东和西南 5 个大区经理，每个大区经理管理 5 到 7 个区域经理(可以按省或直辖市划分)，每个区域经理又管理若干个地区经理，地区经理又管理一定数量的销售人员。

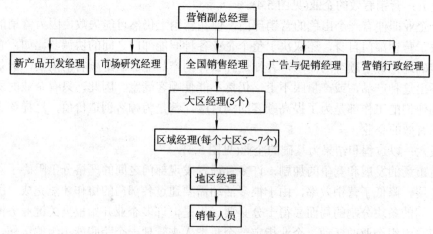

图 5.7　区域式组织

区域式组织有许多好处。第一，销售代表责任明确；第二，由于责任明确，促使销售代表与当地商界和个人加强联系；第三，由于每个销售代表只在一个很小的地理区域内活动，因此差旅费开支减少。

(3) 产品或品牌管理组织。生产多种产品和拥有多个品牌的企业常常采用产品或品牌管理组织。这种组织形式并没有取代职能式组织，只不过是增加了一个管理层而已。产品经理负责管理几个产品类目经理，产品类目经理之下再设具体产品经理和品牌经理。例如，卡夫(Kraft)公司在它的邮购部就采用了这种产品管理组织形式：麦片、儿童食品和饮料都有专门的产品类目经理分管；在麦片类目经理之下，又有专门的子类目经理分管营养麦片、无糖儿童麦片、家庭麦片和其他各种麦片。如果企业生产的各产品差异很大，或产品品种数量太多，以致职能式营销组织无法处理，在这种情况下，建立产品管理组织比较合适。

产品管理组织有许多优点。首先，产品经理能够为产品开发出有效的营销组合；其次，产品经理能更快地对市场上出现的问题作出反应；而且企业的小品牌产品由于有产品经理专门负责管理，可以避免被忽略；产品管理组织还有利于高级管理人才的培养。

但是，这种组织形式也有缺点。首先，产品经理和品牌经理往往缺乏足够的职权来有效地履行自己的职责，他们要靠劝说的方式取得其他部门的配合。第二，产品经理和品牌经理虽然能成为自己所经营产品方面的专家，但很难成为企业其他职能的专家。第三，这种组织形式的开支往往很高。

(4) 市场(客户)管理组织。许多企业向多个目标市场销售产品。比如，联想的电脑既卖给一般消费者，也卖给企业和政府机关。当客户可以按不同购买行为或产品偏好分为不同的用户类别的时候，设立市场(客户)管理组织比较合适。

这种组织形式最明显的好处是每个销售人员对顾客的特定需求非常熟悉，因此，可以使营销活动更具针对性；缺点是如果顾客遍布全国各地，那么销售人员的差旅费开支会很高。

(5) 产品管理/市场管理组织。生产多种产品并向多个市场销售的企业趋向于采用矩阵式组织。

例如，杜邦公司的纺织纤维部设有主管人造丝、醋酸纤维、尼龙、奥纶和涤纶的产品经理，同时也设有主管男装、女装、家具和工业市场的市场经理(见图 5.8)。产品经理负责制定各自产品的销售计划和盈利计划，他们同各市场经理沟通，请他们估计该种纤维在他们市场上的预期价格和销售量。另一方面，市场经理则更多地注意满足市场需求，而不仅仅是只管推销某种纤维产品。在制定市场计划时，市场经理需要与各产品经理磋商，了解各种产品的计划价格和各种原材料的供应状况。各市场经理和各产品经理的最终销售预测合计数应该是相同的。

市场经理			
男装	女装	家具	工业市场

产 品 经 理：人造纤维、醋酸纤维、尼龙、奥纶、涤纶

图 5.8 杜邦公司的纺织纤维部组织

（6）事业部组织。随着企业经营规模的扩大，企业常把大的产品或市场部门升格为独立的事业部，事业部下面再设自己的职能部门。这样就产生了另一个问题，即企业总部应当保留哪些营销活动内容？采用事业部形式的企业在这个问题上有三种选择：

① 企业总部不设营销部门。这些企业认为，各事业部已经设立了各自的营销部门，企业总部再设立营销部门没有什么实际作用。

② 企业总部保持适当规模的营销部门。有些企业在总部设立适当规模的营销部门，主要承担以下职能：协助最高管理层全面评价营销机会；应事业部要求向事业部提供咨询；帮助营销力量不足或没有营销部门的事业部解决营销方面的问题；在整个企业范围内灌输营销观念。

③ 企业总部拥有强大的营销部门。有些企业设立的营销部门除了担负上述活动之外，还向各事业部提供各种营销服务，比如专门的广告服务、销售促进服务、营销调研服务、营销管理服务等。

(三) 营销活动的评价和控制

由于企业的内外部环境都在不停地发生变化，在营销计划实施过程中可能会发生许多意外情况，因此，营销部门要监督、评价和控制各项营销活动，并及时作出调整，以确保营销目标的达成。

营销活动控制的主要类型、负责人、控制目的和方法见表 5.1。

表 5.1　营销活动控制的类型、目的和方法

控制类型	主要负责人	控制目的	控制方法
年度营销计划控制	高层管理人员中层管理人员	检查计划目标是否实现	销售分析、市场份额分析、销售额—费用比率分析、财务分析、评分卡分析
盈利能力控制	营销审计人员	检查企业在哪些方面盈利，在哪些方面亏损	分析不同产品、不同销售区域、不同顾客群体、不同销售渠道以及不同订货规模的盈利情况
效率控制	直线和职能管理人员、营销审计人员	评价和提高经费开支的效益和营销开支的效果	分析销售队伍、广告、促销和分销等方面的效率
战略控制	高层管理人员、营销审计人员	检查企业是否正在市场、产品和渠道等方面寻找最佳时机	营销有效性评价、营销审计、营销杰出企业评价、企业道德和社会责任评价

雕牌的营销控制

"雕牌"是浙江纳爱斯集团的一个知名品牌，而纳爱斯集团则是"中国 500 强企业"中排名第 221 位的企业。自 1994 年以来，纳爱斯集团完成的各项经济指标已连续 9 年稳居全国行业榜首，是中国洗涤用品行业的"龙头"企业，已进入世界洗涤企业前八强。纳爱斯集团现有员工 6000 多人，是中国规模最大、设备一流的洗涤用品综合生产基地。集团在全国大中城市设有销售公司并建立了健全的市场网络，在湖南益阳、四川成都、河北正定

和吉林的四平建有四个子公司，在 19 个省市自治区的 30 家工厂进行贴牌生产加工，这其中包括宝洁、汉高、湖南丽臣等跨国公司的在华企业和国内的知名品牌。纳爱斯集团由于发展迅速，业绩突出，多年多次荣获"中国轻工优秀企业"、"中国轻工先进集体"、"中国企业 500 强"、"质量效益型企业"，以及"诚信示范企业"、"AAA 级信用企业"、"A 级纳税信誉单位"、"国家生态示范点"等多项殊荣和信誉称号。"妈妈，我能帮你洗衣服了！"这句经典而令人眼圈发红的广告词，赚得了人们的眼泪，也使得雕牌肥皂和洗衣粉为人们所熟知，成为纳爱斯集团的两大支柱品牌之一。1992 年 5 月，纳爱斯与香港丽康发展有限公司合作成立了"中外合资浙江纳爱斯日用化学有限公司"，6 月雕牌超能皂问世。短短 7 年，浙江纳爱斯集团就使它的雕牌洗衣皂的产销量从行业倒数第二跃至全国第一；仅仅一年，纳爱斯又把它的新产品——雕牌洗衣粉送上了行业"龙头"的宝座。纳爱斯从重新进入洗衣粉行业到获得该行业第一名仅仅用了 2 年时间。2001 年它的销量达到 89 万吨，相当于所有在华跨国公司洗衣粉总量的 5 倍，超过国内前 10 家公司的总和。雕牌的快乐与亢奋在 2001 年达到了极致："在 20 世纪的最后一年，我们的确腾飞了"，浙江纳爱斯集团董事长兼总经理庄启传在 2001 年集团的职工代表大会上自豪地说。而这一品牌是如何运作并成功地推向市场的呢？我们说雕牌在广告战略和价位上的优势是其异军突起、后来居上的重要原因，而强大的分销体系则是雕牌得以顺利走向市场的最坚实的后盾和铺开市场的重要通道。

通过 20 多个贴牌生产厂商，货物被直接销售和运送到 2000 多家客户手中。而这些客户大部分身处当地最大的批发市场。他们利用批发市场的客源和极其低廉的成本，通过买主自提或者空车配货的方法，把雕牌洗衣粉迅速销售到更深入的乡镇商店内。而对比国际客户的三级分销方式和送货下乡，雕牌的渠道通路的优势是绝对的。即便是和"奇强"的办事处模式来比较，这种直运的模式显然也是更为经济和有效的。

纳爱斯集团在雕牌皂粉的分销中，采取了相当有效的铺市措施，并给予经销商以足够的优惠。如在与经销商签订合同时，都会向经销商许诺年底给予一定的返利，从经销商的角度保证了他们在年底得到相应的回报，这在很大得程度上提高了经销商的积极性，而大力度的广告宣传也使经销商对产品的大众接收程度高枕无忧。另外，促销也是雕牌给经销商的额外安慰。在低价的基础上，100 箱加赠 14 箱就足以让经销商惊喜了。

纳爱斯也将市场经营工作重心放在超市、卖场上，开创城市辐射农村的新局面。因为有了多年流通网络建设的基础和经验，又实行了保证金制度，使得雕牌在市场的开拓上有足够的优势，也让雕牌皂粉游刃有余地走进了广大的农村市场。于是雕牌开始转变市场战略，走了一条中国革命取得胜利的道路——农村包围城市，在全国各地实行分公司建制，只做超市、商场，最终形成城市辐射农村的格局。推行网络扁平化管理，减少中转环节，降低经营成本。同时，继续推行经销商保证金制度。这是对品牌经营和品牌忠诚度的"试金石"。庄启传认为：不提高经营纳爱斯、雕牌两大品牌的门槛，限定条件，锁定网络；不能让经销商获利和消费者受惠，纳爱斯大业势必难成。如此一来，经销商成倍增加，市场大大拓展，为集团的更大发展铺平了道路，采取了自建网络与经销商并行的营销策略。正是雕牌这种自上而下对渠道的重视和大力的投入，才能使得雕牌在竞争对手众多的激烈市场上脱颖而出。我们可以看到雕牌这种对渠道的强大的后盾支持终于有了可以预见的效果。

2004 年，纳爱斯集团的终端销售取得了喜人的成绩，而江苏分公司更是积极抢占制高点，合理安排促销，终端销售更是连创新高，实现了三级跳，销售额与去年同比递增超千万元。在时间上突出了不同阶段的战略重点：

一季度，完善管理体系。针对江苏终端分布既相对集中在省会城市，又发散式分布在地县级城市的个性特点，江苏分公司狠下功夫完善管理制度和网络配送体系，规范价格体系，理清网络销售结构，调整人员配备，改变作业环境，为实现"零距离面对终端"打下了较为扎实的基础。

二季度：合理安排促销。在一季度打下坚实基础的前提下，发挥具体操作的思维空间，凭借纳爱斯和雕牌企业以及产品的知名度和消费者的认可度，迎来了终端销售的旺季。通过合理安排促销，进行错位销售，扩大排面陈列，增加销售品种，分别与苏果、大润发、时代、新一佳、北京华联等超市合作，参与洗化节活动和厂商周活动，各业务人员积极选择洗化区有利地段，布置展台和端架，极大提升了纳爱斯、雕牌产品的形象。卖场、超市销售增长明显，同第一季度相比增长率为 51.83%。

三季度：配合超市挖潜。7、8、9 三个月更是捷报频传。通过与各大超市紧密配合，深挖潜力，销量不断攀升，有的超市由于来不及办理银行承兑汇票而直接打款购货。大润发超市安排的透明皂促销创下了单个产品店均销售 1000 箱的佳绩，有的门店在海报开档后 3 天内 1000 箱透明皂就销售一空。同时针对苏果、时代、家乐福等超市安排的促销产品也适销对路，销量提升明显，其中苏果超市与第一、二季度销售相比增长率分别为 76.09%和 60.88%。纳爱斯、雕牌产品受到了消费者的广泛青睐，分公司三季度终端销售与第一、二季度相比分别增长了 124.45%和 47.83%，实现了终端销售的三级跳。

同时，随着与各超市合作的层次不断提升，渠道不断拓宽，销量大幅提升，获得了双赢，从而形成了战略伙伴关系。很多卖场、超市的采购经理通过数据分析，对纳爱斯、雕牌产品的市场竞争力一致看好，他们纷纷称赞纳爱斯集团终端销售理念和灵活多变的操作方式适应了市场竞争环境。正如江苏一连锁超市采购总监所言："纳爱斯、雕牌产品被越来越多的消费者喜欢，从纳爱斯产品的销售我们看到了企业的潜力所在，我们将一如既往地与纳爱斯携手共进，强强联手，实现双赢的营销理念。"

此外，委托加工、营销网络的本土化是纳爱斯集团又一个性化的分销特点。在上文中提到的包括德国汉高在内的四个洗涤剂生产厂和宝洁的两个工厂在内的遍布全国的 19 个省的 30 家企业，他们每天都在生产着雕牌的产品，也就是说这些知名企业的在华生产商同时生产着和他们竞争市场的竞争对手的产品。有报道说，徐州汉高洗涤剂有限公司脱离了亏损 4000 万元的窘境而扭亏为盈。甘肃的"兰星"从扭亏为盈创了该厂 20 年来的洗衣粉生产的历史记录。上海制皂厂等企业专程学习考察纳爱斯，学习雕牌等品牌做大做强的经验。不仅如此，这些委托加工企业已经成为纳爱斯在全国的市场上迅速铺开的燎原之火，大大降低了运输成本，而且为销售网络的本土化打下了坚实的基础。

纳爱斯集团看到了终端销售和渠道铺陈带给整体产品市场的巨大推动力，2004 年 10 月 31 日至 11 月 3 日，纳爱斯集团召集各分公司经理、终端办负责人和区域经理，举行了为期四天的销售研讨会，共商 2005 年的销售政策。

在 2004 年，点对点、门对门的终端销售在不少区域取得了显著效果，许多分公司、代理(分销)商尝到了网络细化的甜头，送货积极性高涨，同时也认识到这是今后发展的趋势。

纳爱斯集团将进一步实行扁平化区域代理制，因地制宜，继续推广和加强点对点、门对门送货。终端在原有基础上又有了很大提升，尤其铺货陈列、品牌形象大为改善。纳爱斯集团把终端分销放在了重中之重的位置上。

　　　　　　　　　　　　　（资料来源：上海财经大学精品课程，http://course.shufe.edu.cn/course）

六、思考与练习

1. 问答题

(1) 营销计划的主要内容有哪些？

(2) 营销组织有哪几个发展阶段？

(3) 营销部门的组织类型有哪些？

(4) 如何评价和控制营销活动？

2. 案例讨论

京美食品的困境

京美食品有限公司是一家著名的包装食品公司，销售京美牌系列食品，从饼干、方便面到软饮料甚至调味品等。它在同行中颇有名气，是行业的重点大型企业。

京美食品有限公司的前身是一家历史悠久的食品大厂——国营京美食品厂。实际上，在两年前，京美食品厂才改组为京美食品有限公司，而京美公司的名气也主要来自这家产品风靡全国的大厂的声誉。

但是凡事都有利有弊。顺理成章，京美食品有限公司的几乎所有骨干人员全部来自京美食品厂，包括所有的中层经理。上任京美公司的总经理吴志鸣就在卸任前感叹道："老厂的阴影一直伴随着这家新公司。我们习惯性地用经营京美食品厂的思维来经营京美有限公司。如果一个新产品看起来能带来公司销量的增长，我们就马上引进，但我们很少考虑到这个产品是不是能带来利润……我们总是认为丰厚的利润来自巨大的销售量，这种看法根深蒂固。"

现任产品经理赵峰就是这么想的，他已经在京美干了三十多年："如果一个产品能够满足顾客需要，它就有销量，对不对？所以顾客需要什么样的食品，我们就应该生产什么样的食品，不管它是饼干、方便面还是汽水。"但是他同时也承认产品扩张也有经济上的考虑——京美下属的三十几个食品厂普遍存在开工不足的问题，如果增加新产品，往往能够利用闲置的生产力，而且随着销量的增大，成本也就随之降低了。

京美的销售原则很明确，那些要求经销京美品牌的商店必须同时经销京美全部系列的产品——它们有将近70种，而且经常不断扩大——这使得只有大型商场和超市才能做到，实际上，京美几乎90%的销售都是通过这些大商场或超市实现的，而小规模的商店就无能为力。对此，赵峰不以为然："我们知道只有大商场才有足够的地方储存和提供京美全系列的产品，但是这使得京美的品牌形象更加优秀，充满实力——我们的牌子从来不会与一些乱七八糟的伪劣产品混在一起。而且，大商场意味着什么？销量！顾客会觉得我们尽心为它们提供各种选择，这样就最大限度地提高了销量。"很多规模不够大的社区商店经常抱怨京美的这种政策，但是它们的意见一直被忽视，因为一家小商店对于京美的销售量来说，影响实在微乎其微。

1999 年，由于相比其他发展迅速且利润丰厚的竞争者，京美的利润销量比实在太小(销量 5 亿元，而毛利只有 50 万元)，公司被迫改组。为了避免京美厂根深蒂固的影响，总经理杜薇是外聘的。卸任老总吴志鸣谈到失败时归咎于销售部门的不得力，主管销售的副总孙正回应说："这不是我们的错。我觉得老厂在二十年前扩张时就有错误——它是增加产品数量的横向扩张，别人可都是纵向扩张，控制原材料和成品包装，这样可以在更好地降低成本的同时控制质量，所以别人的产品价格低却质量好，还有利润。"

最近，孙正又建议公司生产速冻食品，这种系列的食品利润远高于现在公司经营的，但是杜薇仍然犹豫不决，因为她知道速冻食品的销量不会很大，而且需要很精确的时间管理，她拿不准预期的利润会不会实现。

(资料来源：http://www.100guanli.com/)

讨论：

(1) 假设你是新的总经理，你认为哪些可能是低利润的原因？

(2) 你觉得应该如何来扭转这种局面？

3. 课后训练

为指定的某新产品设计一份营销计划。

参 考 文 献

[1] 菲利普·科特勒，凯文·莱恩·凯勒，卢泰宏. 营销管理. 13 版. 中国版. 卢泰宏，高辉，译. 北京：中国人民大学出版社，2009

[2] 菲利普·科特勒，洪瑞云，梁绍明，等. 营销管理. 3 版. 亚洲版. 梅清豪，译. 北京：中国人民大学出版社，2005

[3] 菲利普·科特勒，营销管理. 11 版. 梅清豪，译. 上海：上海人民出版社，2003

[4] [美] 大卫·J·科利斯，辛西娅·A·蒙哥马利. 公司的战略. 王永贵，杨永恒，译. 大连：东北财经大学出版社，2000

[5] 董大海. 市场营销学. 2 版. 大连：大连理工大学出版社，2001

[6] [美] 凯文·莱恩·凯勒. 战略品牌管理. 李乃和，等译. 北京：中国人民大学出版社，2003

[7] 陈兴林，周井娟. 民营企业市场营销. 杭州：浙江大学出版社，2003

[8] 符国群. 消费者行为学. 武汉：武汉大学出版社，2004

[9] 李野新. 终端营销. 北京：清华大学出版社，2008

[10] 杨丽. 国际市场营销. 大连：大连理工大学出版社，2008

[11] 徐国庆. 职业教育项目课程开发指南. 上海：华东师范大学出版社，2009

[12] 彭石普. 市场营销原理与实训教程. 北京：高等教育出版社，2006

[13] 金湖根. 市场营销学. 杭州：浙江大学出版社，2004

[14] 欧阳小珍. 销售管理. 武汉：武汉大学出版社，2004

[15] 屈云波. 区域经理实战手册. 北京：企业管理出版社，2004

[16] 杨伦超. 促销策划与管理. 重庆：重庆大学出版社，2007

[17] 陈阳. 市场营销学. 北京：北京大学出版社，2008

[18] 郑玉香，等. 市场营销学新论. 北京：北京大学出版社，2008

[19] 张苗荧. 市场营销策划. 北京：北京师范大学出版社，2007

[20] 方光罗. 市场营销学. 大连：东北财经大学出版社，2005

[21] 徐育斐，等. 市场营销策划. 大连：东北财经大学出版社，2006

[22] 王伟群，刘蔚，王卓，等. 弱势者的营销战略：市场挑战者战略. 成功营销，2003(8)

[23] 赵正. 国产手机游击战：国产手机市场营销案例.中国经营报，2003-3-3

[24] [美] 斯蒂芬·P·罗宾斯，等. 管理学. 孙健敏，黄卫伟，等译. 北京：中国人民大学出版社，2004

[25] [美] Kotler P. Marketing Management. 11th ed. Prentice Hall，2003

[26] [美] Perreault W D，Jr E Jerome McCarthy. Basic Marketing: A Global-Managerial Approach. 14 th ed. McGraw Hall，2000

欢迎选购西安电子科技大学出版社教材类图书

控制工程基础(王建平)	23.00	数控加工进阶教程(张立新)	30.00
现代控制理论基础(舒欣梅)	14.00	数控加工工艺学(任同)	29.00
过程控制系统及工程(杨为民)	25.00	数控加工工艺(高职)(赵长旭)	24.00
控制系统仿真(党宏社)	21.00	数控机床电气控制(高职)(姚勇刚)	21.00
模糊控制技术(席爱民)	24.00	机床电器与PLC(高职)(李伟)	14.00
运动控制系统(高职)(尚丽)	26.00	电机及拖动基础(高职)(孟宪芳)	17.00
工程力学(张光伟)	21.00	电机与电气控制(高职)(冉文)	23.00
工程力学(项目式教学)(高职)	21.00	电机原理与维修(高职)(解建军)	20.00
理论力学(张功学)	26.00	供配电技术(高职)(杨洋)	25.00
材料力学(张功学)	27.00	金属切削与机床(高职)(聂建武)	22.00
工程材料及成型工艺(刘春廷)	29.00	模具制造技术(高职)(刘航)	24.00
工程材料及应用(汪传生)	31.00	塑料成型模具设计(高职)(单小根)	37.00
工程实践训练基础(周桂莲)	18.00	液压传动技术(高职)(简引霞)	23.00
工程制图(含习题集)(高职)(白福民)	33.00	发动机构造与维修(高职)(王正键)	29.00
工程制图(含习题集)(周明贵)	36.00	汽车典型电控系统结构与维修(李美娟)	31.00
现代设计方法(李思益)	21.00	汽车底盘结构与维修(高职)(张红伟)	28.00
液压与气压传动(刘军营)	34.00	汽车车身电气设备系统及附属电气设备(高职)	23.00
先进制造技术(高职)(孙燕华)	16.00	汽车单片机与车载网络技术(于万海)	20.00
机电传动控制(马如宏)	31.00	汽车故障诊断技术(高职)(王秀贞)	19.00
机电一体化控制技术与系统(计时鸣)	33.00	汽车使用性能与检测技术(高职)(郭彬)	22.00
机械原理(朱龙英)	27.00	汽车电工电子技术(高职)(黄建华)	22.00
机械工程科技英语(程安宁)	15.00	汽车电气设备与维修(高职)(李春明)	25.00
机械设计基础(岳大鑫)	33.00	汽车空调(高职)(李祥峰)	16.00
机械设计(王宁侠)	36.00	现代汽车典型电控系统结构原理与故障诊断	25.00
机械设计基础(张京辉)(高职)	24.00	~~~~~~~~~其 他 类~~~~~~~~~	
机械 CAD/CAM(葛友华)	20.00	电子信息类专业英语(高职)(汤滟)	20.00
机械 CAD/CAM(欧长劲)	21.00	移动地理信息系统开发技术(李斌兵)(研究生)	35.00
AutoCAD2008 机械制图实用教程(中职)	34.00	高等教育学新探(杜希民)(研究生)	36.00
画法几何与机械制图(叶琳)	35.00	国际贸易理论与实务(鲁丹萍)(高职)	27.00
机械制图(含习题集)(高职)(孙建东)	29.00	技术创业：新创企业融资与理财(张蔚虹)	25.00
机械设备制造技术(高职)(柳青松)	33.00	计算方法及其 MATLAB 实现(杨志明)(高职)	28.00
机械制造技术实训教程(高职)(黄雨田)	23.00	大学生心理发展手册(高职)	24.00
机械制造基础(周桂莲)	21.00	网络金融与应用(高职)	20.00
机械制造基础(高职)(郑广花)	21.00	现代演讲与口才(张岩松)	26.00
特种加工(高职)(杨武成)	20.00	现代公关礼仪(高职)(王剑)	30.00
数控加工与编程(第二版)(高职)(詹华西)	23.00	布艺折叠花(中职)(赵彤凤)	25.00

欢迎来函来电索取本社书目和教材介绍！　通信地址：西安市太白南路 2 号　西安电子科技大学出版社发行部
邮政编码：710071　邮购业务电话：(029)88201467　传真电话：(029)88213675。